ro
ro
ro

Rose Gerdts-Schiffler, 1960 geboren, ist Sozialwissenschaftlerin und arbeitet seit 21 Jahren für den Weser-Kurier in Bremen als Polizei- und Gerichtsreporterin. Regelmäßig begleitet die Journalistin große Schwurgerichtsprozesse. Ein Schwerpunkt in ihrer Arbeit sind Kriminalitätsphänomene und deren Ursachen. «Ehrenhüter» ist ihr dritter Krimi. Der nächste Fall ist bereits in Arbeit und erscheint im Dezember 2011 im Rowohlt Taschenbuch Verlag. Rose Gerdts-Schiffler ist verheiratet und Mutter zweier Söhne. Zusammen mit ihrer Familie lebt sie in Bremen.

«Packend und bewegend – *Ehrenhüter* lässt einen nicht mehr los.» (Radio Bremen)

«Eine mitreißende Geschichte. Spannend erzählt und mit Witz an den richtigen Stellen.»
(Financial Times Deutschland)

ROSE GERDTS

EHRENHÜTER

Kriminalroman

Rowohlt Taschenbuch Verlag

Einige der geschilderten Szenen und der dargestellten Personen orientieren sich an tatsächlichen Begebenheiten, doch der Roman ist rein fiktiv. Ähnlichkeiten mit lebenden oder verstorbenen Personen sind rein zufällig.

2. Auflage Februar 2015

Durchgesehene und überarbeitete Ausgabe
veröffentlicht im Rowohlt Taschenbuch Verlag,
Reinbek bei Hamburg, Juni 2011

Umschlaggestaltung any.way, Cathrin Günther
(Foto: © plainpicture/Arcangel)
Satz aus der Adobe Garamond PostScript (InDesign) bei
Pinkuin Satz und Datentechnik, Berlin
Druck und Bindung CPI books GmbH, Leck, Germany
ISBN 978 3 499 25621 9

Und diejenigen sollen sich keusch halten,
die zu keiner Ehe finden, bis Allah sie durch
seine Gunst von ihrer Not befreit hat …
(Sure 24:33)

01

Nilgün umklammerte den Riemen ihres Rucksackes. Die Chemiebücher wogen schwer. Aber sie spürte nicht, wie sich Nacken und Schultern durch das Gewicht langsam verhärteten. Ungeduldig starrte sie die Hauptstraße hinauf in die Richtung, aus der die Bahn kommen sollte.

Sie warf einen Blick auf ihre Uhr. Die Bahn hatte schon zwei Minuten Verspätung. Ein schlechtes Omen.

Nilgün atmete heftig aus. Unsinn! Jetzt fing sie schon genauso an wie ihre Tante, die überall böse Vorzeichen ausmachte und danach ihr Leben ausrichtete – und das ihrer Kinder. Selbst ihre *Anne* machte sich über die Tante lustig. Unwillig schob Nilgün den Gedanken an ihre Mutter weg. Jetzt nur nicht an Mama denken! Wenn die wüsste, wofür ihre Tochter sich nach einer qualvollen Woche entschieden hatte! Wenn sie nur eine Ahnung hätte, was sie an diesem Nachmittag vorhatte …

Ihre *Anne* würde weinen, schreien und die eigene Tochter im Haus einsperren. Nilgün verbot sich weiterzudenken. Nichts wäre mehr so wie früher. Nichts.

Die ahnungslose Mutter hatte Nilgün zum Abschied umarmt und ihr einen flüchtigen Kuss auf das halblange schwarze Haar gegeben. «Pass gut auf, meine kluge Tochter, pass gut auf dich auf.» Dann schickte sie Nilgün noch ein Lächeln hinterher und schloss die Tür.

Langsam war Nilgün die Treppe hinuntergegangen. Das Geländer war an vielen Stellen abgestoßen und zerkratzt.

Die stumpfgelbe Tapete, die schon seit Jahren keinen frischen Anstrich mehr bekommen hatte, rollte sich an den Ecken auf. Vor den Eingangstüren der Nachbarn lagen Dutzende von Schuhen. Ein Dreirad, an dem eine Pedale fehlte, versperrte ihr den Weg. Genervt schob Nilgün es beiseite. Die Sonne, die durch das matte Fensterglas schien, wärmte das Treppenhaus. Aber Nilgün spürte die Wärme nicht. Die Stimme ihrer Mutter, in der so viel Stolz mitgeschwungen hatte, klang ihr noch in den Ohren.

Auch die Gespräche der Leute an der Straßenbahnhaltestelle drangen nur aus weiter Ferne zu ihr durch. Die Männer und Frauen warteten auf dieselbe Bahn, wohnten im selben Stadtteil und kauften im selben Supermarkt ein. Aber tatsächlich lebten sie auf einem anderen Planeten als Nilgün und ihre Familie. Nur gelegentlich, in der Schule oder auf der Arbeit, überschnitten sich die Umlaufbahnen. Danach kehrte jeder wieder zu sich nach Hause zurück. In sein eigenes Universum. Aber sie, Nilgün, kannte beide Leben. Das der Deutschen und das der Türken.

Wie jeden Montag traf sich die Chemie-AG nachmittags am Gymnasium. Diese Zeit bedeutete drei Stunden Freiheit für Nilgün. Ein Vorgeschmack auf das Leben, wie sie es später einmal führen wollte. Dann, wenn sie studieren und in einer anderen Stadt leben würde. Weit weg von ihrer Familie. Am besten im Osten, wo niemand sie kannte.

Die Bahn hielt direkt mit den Türen vor ihr. Nilgün fand einen Sitzplatz und lehnte den Kopf an das Fenster. Die schäbigen kleinen Reihenhäuser an der Straße glitten an ihr vorbei, aber sie beachtete die Umgebung nicht. Nilgün dachte an ihre Eltern, ihre Brüder, ihre Onkel und Tanten, die vielen Cousins und Cousinen. Heute Abend würde eine andere Nilgün nach Hause zurückkehren. Bei dem Gedanken daran schlug ihr Herz schneller. Es würde schwer werden. Der Vater würde toben. Aber was hatten ihre Eltern für eine Wahl? Letztlich müssten sie ihre Entscheidung akzeptieren.

Nilgün griff in ihre Jackentasche, holte das Handy heraus und schaltete es auf lautlos. Sobald sie in der Schule war, erwartete niemand aus der Familie, dass sie erreichbar war. Für drei Stunden durfte sie ihr Universum verlassen. Drei Stunden am Montag und ein Nachmittag zum gemeinsamen Lernen mit Freundinnen am Wochenende. Die Schule war ihre Insel. Unerreichbar für die anderen.

Schon immer hatte Nilgün Ausflüchte benutzt und Ausreden erfunden. Mal blitzschnelle Notlügen, mal ausgefeilte, verschlungene Geschichten. Sie war in ihnen zu Hause, so als gäbe es zwei Wirklichkeiten. Ihre eigene und die, die ihre Eltern hören wollten. Ein schlechtes Gewissen hatte sie deswegen nicht. Was sollte sie machen? Sie war ein Mädchen. Ein türkisches Mädchen.

Ihre älteren Brüder fragte niemand, wohin sie gingen oder wann sie wieder nach Hause kämen. Murat hatte sogar seit einem Vierteljahr eine deutsche Freundin. Natürlich würde er sie niemals heiraten. Sie war schließlich eine «Ungläubige». Aber die Freundin rief sogar manchmal bei ihnen zu Hause an und verlangte, Murat zu sprechen. Das erste Mal hatte der Vater den Mund zusammengepresst und das Telefon wortlos an seinen Ältesten weitergereicht. Murat tat so, als bemerke er den Widerwillen seines Vaters nicht. Er konnte es sich leisten. Er war der Erstgeborene. Dann kamen Osman, Nilgün und schließlich ihre kleine Schwester Saliha.

Nilgün war die Einzige aus ihrer früheren Grundschulklasse, die den Sprung auf eines der Bremer Innenstadt-Gymnasien schaffte. Und sie hatte nie Schwierigkeiten gehabt, sich gegen ihre deutschen Mitschüler zu behaupten.

Ihre *Anne* bewunderte sie dafür, wie sie sich durch die vielen Bücher in ihrem Zimmer «hindurchfraß». Ja, das war das Wort, das ihre Mutter immer benutzte: «Du frisst die vielen Wörter in dich hinein.» Sie selbst hatte erst in Deutschland lesen und schreiben gelernt. Ihr Vater hatte sie nie in die Schule geschickt. Denn es stand von Anfang an fest, dass sie mit 14 den fünf Jahre älteren Cousin Kemal heiraten würde. Und so war Nilgüns Mutter zu Hause geblieben, anstatt zur Schule zu gehen, und hatte sich auf ihre Pflichten als Ehefrau vorbereitet. Sie lernte kochen und das Feld bestellen und vor allem – gehorchen. Gehorsam, so meinte ihr Vater, lernte sie am besten zu Hause.

Aber Besma war wissbegierig. Eine Cousine brachte ihr am späten Nachmittag, wenn sie aus der Schule kam, während der Feldarbeit die ersten Buchstaben und das Rechnen bei. Heimlich natürlich.

Doch richtig schreiben lernte Nilgüns Mutter erst Jahre später in Deutschland.

«Großartig» hatte die Deutschlehrerin unter das erste fehlerfreie kleine Diktat geschrieben. Besma zeigte es den Kindern mittags voller Stolz und machte ihnen ohne viele Worte klar, dass sie sich Ähnliches von ihnen erhoffte. Besonders von ihren Mädchen, Nilgün und Saliha.

«Das Wissen wird euch schützen», wiederholte sie immer wieder. Nilgün fragte nie, was die Mutter damit meinte. Sie verstand auch so. Und sie wurde eine gute Schülerin. Die beste in ihrer Grundschulklasse. Und jetzt ging sie als Erste in der Familie aufs Gymnasium.

Noch immer spürte Nilgün den flüchtigen Kuss ihrer

Mutter auf den Haaren. Sie hatte ihre *Anne*, wie sie die Mutter häufig auf Türkisch nannten, verraten. Ihren Vater, ihre Brüder, ihre kleine Schwester Saliha, aber vor allem die Mutter. Tränen stiegen in ihr hoch. Sie würde weiter lernen, jetzt erst recht.

Am Hauptbahnhof stieg Nilgün um. Sie musste nicht lange auf ihre Anschlussbahn warten. Minuten später kam sie zur Haltestelle ihrer Schule. Doch Nilgün blieb sitzen und fuhr an dem Gebäude vorbei. Die Chemie-AG würde heute ohne sie stattfinden. So wie seit einem Dreivierteljahr. Niemand würde ihr Fehlen bemerken, denn sie hatte sich nie in der Arbeitsgruppe angemeldet.

Zwei Stationen später stieg Nilgün aus. Sie schaute sich einmal flüchtig um und bog nach wenigen Metern von der Hauptstraße in eine gepflegte Wohnstraße ein. Kleine, liebevoll bepflanzte Grünstreifen trennten Radweg und Bürgersteig. Die großen Einfamilienhäuser stammten aus den Anfängen des vergangenen Jahrhunderts. In Nilgüns Augen glichen sie herrschaftlichen Wohnsitzen. Jedes Kind hatte ein eigenes Zimmer. Manche sogar ein eigenes Bad. Nilgün dagegen teilte sich ihr Zimmer mit Saliha. Bevor sie die Welt ihrer deutschen Mitschüler vom Gymnasium kennenlernte, hätte sie sich so viel Platz für ein einzelnes Kind nicht vorstellen können. Ihre türkischen Freundinnen schliefen alle mit ihren Geschwistern in einem Zimmer. Eine Bekannte hatte ihren Schlafplatz sogar jahrelang hinter einem Vorhang in einer Ecke des Wohnzimmers gehabt. Nilgün beneidete sie damals um diesen Platz, weil sie bis spätabends heimlich mit fernsehen konnte.

Nilgün ging an zwei Frauen vorbei, die von ihren Rädern abgestiegen waren und sich angeregt unterhielten. Die

Straße machte einen kleinen Bogen, dann sah sie endlich die große Magnolie vor dem Hauseingang. Ihr Herz begann heftiger zu schlagen. Wie jeden Montag. Sie hatte eine SMS geschrieben, um ihr Kommen anzukündigen. Endlich würden sie reden können. Endlich könnte Nilgün ihre Gedanken und Ängste mit jemandem teilen. Hier war sie sicher.

Mit großen Schritten nahm sie die Sandsteintreppe und drückte auf die Klingel. Ungeduldig wartete sie darauf, dass sich jemand der Tür näherte. Doch im Haus blieb alles ruhig. Nilgün drückte erneut auf den Klingelknopf. Irgendwo im Haus wurde eine Tür geöffnet. Sie hörte, wie jemand aus der Küche über das Parkett auf die Haustür zuging.

Es war Montagnachmittag. Jetzt würde alles gut werden. Ein Strahlen legte sich auf Nilgüns Gesicht. Doch es erstarb, als die Tür mit einem Ruck aufging. Vor Verblüffung bekam Nilgün kein Wort heraus.

«Hallo. Schön, dich mal wieder zu sehen, Nilgün. Komm rein.»

Romans Vater sah sie mit einem offenen Lächeln an, deutete eine Verbeugung an und machte eine einladende Handbewegung.

Nilgün zögerte.

Sie sollte umkehren. Irgendetwas musste dazwischengekommen sein. Etwas Wichtiges. Noch nie in den vergangenen Monaten war ihre Verabredung am Montagnachmittag geplatzt. Es würde auch diesmal klappen. Sicher gab es nur eine kleine Verzögerung.

Wie zur Bestätigung sagte der Mann freundlich: «Roman kommt sicher gleich. Er muss nur seine Mutter mit dem Taxi vom Zahnarzt abholen. Meine Frau fühlte sich nach der Behandlung etwas wackelig.»

Nilgün machte noch immer keine Anstalten, etwas zu sagen. Was auch? Dass gerade heute jede Minute so kostbar sei, dass der Mann seinen Sohn anrufen und Roman sofort kommen müsse? Nein, sie durfte jetzt nicht die Fassung verlieren.

«Das tut mir leid für Ihre Frau», brachte Nilgün mühsam heraus.

Romans Vater zuckte unbekümmert mit den Schultern: «Ich glaube, es ist halb so schlimm. Ich hätte sie auch selbst abgeholt, aber ich warte auf einen dringenden Anruf. Komm doch rein, ich hab gerade einen Tee gekocht. Trinkst du einen mit?»

Nilgün sah sich noch einmal um. Niemand war auf der Straße. Auch die beiden Frauen, die sich auf dem Bürgersteig unterhalten hatten, waren verschwunden.

Sie befahl sich, ins Haus zu gehen. Sie durfte nicht unhöflich sein. Er meinte es nett. Bei den Deutschen herrschten andere Regeln als in ihrer Familie. Undenkbar, dass ihr Vater ein fremdes Mädchen zu einer Tasse Tee in seine Wohnung einladen würde. Ein Mann und ein Mädchen allein in einer Wohnung! Keine ihrer Freundinnen würde so etwas wagen. Aber auch keiner der türkischen Väter, die sie kannte, würde eine Freundin seiner Tochter bewirten.

Nilgün versuchte zu lächeln. Sie und Roman würden nachher reden. Sie musste nur noch wenige Minuten warten.

Romans Vater nahm ihr die Jacke ab und zeigte auf die mit einem tiefroten Teppich ausgelegte Treppe, die zu Romans Zimmer hinaufführte. «Tee und etwas Gebäck stehen in meinem Arbeitszimmer im ersten Stock. Wenn es dir nichts ausmacht, geh doch schon mal vor. Ich hol nur noch schnell eine Tasse für dich.»

Gleich würde er kommen. Dann würden sie eine Lösung finden. Alles würde gut werden.

Erleichtert ging Nilgün die Treppe hinauf.

02

Navideh Petersen zwang sich ruhig zu bleiben. Eine gefühlte Ewigkeit stand sie nun schon vor dem Käsewagen auf dem kleinen Bauernmarkt im Steintor. Unruhig schaute sie auf ihre Uhr. Aber der Kunde vor ihr schien sie gar nicht wahrzunehmen. Genüsslich probierte er sich vom Appenzeller bis zum Ziegen-Gouda durch das reiche Angebot. Das eine oder andere Stück ließ er sich einpacken, aber die meisten Käsesorten fand er entweder zu mild oder zu würzig.

«Dürfte ich den Ziegenkäse noch einmal probieren?» Der Mann deutete auf ein Stück am untersten Ende der Auslage. Vergeblich beugte sich die Verkäuferin vor, um an den Käse heranzukommen. So sehr sie sich auch streckte, sie kriegte die gewünschte Ziegenrolle nicht zu fassen. «Dafür bin ich zu klein. Da muss ich mal eben zu Ihnen rauskommen und die Glasscheibe öffnen», kündigte sie fröhlich an.

Navideh Petersen stieß einen stummen Fluch aus. In einer halben Stunde musste sie ihren Dienst im Polizeipräsidium in der Vahr antreten. Wenn sie schnell fuhr und auf ihrem Rad die Ampeln auch mal bei Tiefgelb nahm, würde sie es in 20 Minuten schaffen. In Gedanken ging sie ihre Einkaufsliste durch. Die Lebensmittel fürs Wochenende und die Zutaten für das geplante Abendessen hatte sie bereits eingekauft. Nur der Bio-Käse für den Nachtisch fehlte noch.

Die Verkäuferin war inzwischen wieder in ihren Wagen

zurückgekehrt. Umständlich packte sie den Käse in aller Seelenruhe in ein Stück Wachspapier ein. «Darf es noch etwas sein?», wandte sie sich wieder an ihren Kunden.

Navideh Petersen bedachte die junge Frau mit einem empörten Blick.

Der Mann zögerte und vertiefte sich erneut in die Auslage. Doch offenbar fand er nicht, wonach er suchte. «Haben Sie auch Bio-Eier?»

«Ja, vom Wörtedammhof im St.-Jürgensland.»

«Und wann war Legezeit?»

«Warten Sie, da muss ich mal eben gucken.»

Der Mann drehte sich mit einem entschuldigenden Lächeln zu Navideh um. «Ich hoffe, Sie haben es nicht eilig?» Doch bevor Navideh etwas entgegnen konnte, hatte er sich schon wieder abgewandt. «Sind das wirklich Bio-Eier? Ich hab neulich in der Zeitung gelesen, dass Woche für Woche Zigtausende von Eiern in Deutschland falsch deklariert werden.»

Er ist bösartig, dachte Navideh, durch und durch bösartig.

Seine weichen Gesichtszüge erinnerten sie an einen Sadisten, den sie und ihre Kollegen vor zwei, drei Jahren festgenommen hatten. Der Mann hatte wie der unscheinbare Nachbar von nebenan gewirkt. Tatsächlich verbarg sich hinter seinem harmlosen rundlichen Gesicht aber ein skrupelloser Mörder.

Erneut musterte Navideh den Kunden verstohlen. Wahrscheinlich ist das seine übliche Nummer, um in Stimmung zu kommen, dachte sie und sah sich nach möglichen Verbündeten um. Frauen mit wenig Zeit, die sich mit ihr auf den Mann stürzen und ihn mit seinen gerade erworbenen Käsestücken bewerfen würden. Aber hinter ihr standen nur zwei ins Gespräch vertiefte Studentinnen. Beide strahlten eine große Gelassenheit aus.

Die würden doch nicht mal merken, wenn die Verkäuferin vor ihrer Nase den Verkaufswagen abbauen würde, dachte Navideh gehässig.

Wie erwartet, hatte der leise Verdacht der Falschdeklarierung die Bio-Verkäuferin schwer getroffen. Wortreich beteuerte sie, dass der Bauernhof im St.-Jürgensland regelmäßig überprüft werde. «Sonst würden wir deren Produkte auch nicht abnehmen», merkte sie säuerlich an. Als sie schließlich in einer Schublade nach einem Faltblatt zertifizierter Bio-Höfe kramte, gab Navideh auf.

Sie griff sich ihren vollgepackten Rucksack und lief zum Supermarkt, der ein paar hundert Meter entfernt an der Hauptstraße lag. Die beiden jungen Frauen rückten auf und nahmen ihren Platz ein, ohne ihren Weggang überhaupt zu bemerken.

Der Verkäufer an der Käsetheke des Supermarktes drehte sich gerade zu ihr um, als Navidehs Handy in der Jackentasche klingelte. Umständlich fummelte sie es heraus und warf dem Mann einen entschuldigenden Blick zu.

«Hallo Navideh. Bist du schon auf dem Weg ins Präsidium?», fragte Werner Müller, der Leiter des Kriminaldauerdienstes.

«Nein. Ich bin noch beim Einkaufen. Warum?»

«Frank und Michael holen dich gleich zu Hause ab. Wir haben einen Leichenfund am Bunker Valentin in Farge. Möglicherweise ein Gewaltdelikt.»

«Männlich? Weiblich?» Navideh zögerte, bevor sie weiterfragte. «Alter?»

«Eine Frau. Vermutlich noch relativ jung. Mehr weiß ich nicht. Kann ich Frank sagen, dass du gleich zu Hause bist?»

«Ja.»

«Die beiden werden in zehn Minuten bei dir sein.»

Navideh Petersen steckte ihr Handy in den Rucksack. Seufzend entschied sie sich für ein tiefgekühltes Fertigdessert. Wenn sie Pech hatte, und es handelte sich nicht um einen Selbstmord, konnte sie das geplante Abendessen sowieso vergessen. Sie hatte den Gedanken kaum zu Ende gedacht, als sie über sich selbst erschrak. Ein Leben war ausgelöscht. So oder so würde für die Angehörigen eine Welt zusammenbrechen. Und sie dachte an ihr persisches Abendessen!

Es war nicht das erste Mal, dass Navideh feststellte, wie die Arbeit in der Mordkommission sie veränderte. Sie wollte nicht so werden wie einige der älteren Kollegen, die sich die Schicksale hinter den «Leichensachen» mit Sarkasmus vom Leib hielten.

«Man muss offenbleiben für den Schmerz und die Verzweiflung, die jeder gewaltsame Tod bei den Angehörigen auslöst», hatte sie zu Frank Steenhoff einmal gesagt. «Sonst merkt man nicht, wenn einem etwas vorgespielt wird.» Was sie dabei verschwieg, war der Gedanke, dass sie sich vor sich selbst fürchten würde, sollte sie eines Tages vor einer Leiche stehen und nichts mehr empfinden.

Frank Steenhoff, mit dem sie seit Beginn ihrer Arbeit bei der Mordkommission in Bremen das Büro teilte, gab ihr zwar recht. Aber er hatte auch Einwände. «Man muss empfinden können, ohne sich von den Gefühlen mitreißen zu lassen. Distanz zum Fall, zum Opfer und zu den Angehörigen ist genauso wichtig wie Einfühlungsvermögen bei der Vernehmung. Letztlich müssen wir alle aufpassen, dass uns die vielen Toten in unserem Job nicht den Spaß am eigenen Leben nehmen.»

Bislang war Navideh die Gratwanderung immer gelungen.

Während sie ihr Fahrrad aufschloss und eilig in ihre kleine Wohnstraße zurückfuhr, erlaubte sie sich zu hoffen, dass sie am Sonntag wie geplant Khoresch-e Bademdschan, eine Auberginen-Lamm-Pfanne, würde kochen können. Sie hatte so lange gezögert die Einladung auszusprechen. Ihre Vorfreude auf den Abend hatte mit dem Tod der Unbekannten nichts zu tun. Frank hatte recht, sie musste sogar Freude am eigenen Leben haben, selbst, wenn sie gleich vor dem Leichnam einer jungen Frau stehen würde.

Kurz vor der Ampel bog Navideh vom Fahrradweg auf die Straße und überquerte vor den Autos die Kreuzung. Um ein Haar wäre sie mit dem Reifen in das Schienenbett der Straßenbahn geraten. Sie riss ihr Rad nach links und hoffte inständig, dass das Auto hinter ihr ausreichend Abstand halten möge. Haarscharf fuhr der Wagen an ihr vorbei. Aus dem Augenwinkel sah Navideh, wie die Frau am Lenkrad sich wütend an die Stirn tippte. Kurz darauf bog sie in eine Seitenstraße ab. Ein Müllwagen kam ihr entgegen und nahm die gesamte mit Kopfsteinpflaster ausgelegte schmale Fahrbahn ein. Navideh wich auf den Bürgersteig aus und umrundete gekonnt einige Mülltonnen. Wenige Minuten später schulterte sie ihr Rad mit geübtem Griff, schloss die Haustür auf und stellte es im Wohnungsflur ab. Es war zu riskant, das Rad an den Zaun anzuketten. Ständig wechselten die Räder in Bremen die Besitzer. Selbst eine eigens eingerichtete «Ermittlungsgruppe Rad» hatte die Diebstahlzahlen nicht entscheidend senken können. Es gab zu viele Junkies mit Geldnot und zu viele Radfahrer, die sich zwar ein teures Gefährt, aber nicht das entsprechende Schloss dazu leisteten.

‹Vanessa hätte darauf bestanden, dass ich das Rad in den Keller schleppe.› Der Gedanke an ihre Exfreundin löste immer noch einen leisen Schmerz in ihr aus. Vor einem Vierteljahr hatten sie sich getrennt. Drei Jahre waren sie ein Paar gewesen. Keine von beiden hatte den Wunsch geäußert, gut befreundet bleiben zu wollen. Mit Vanessa geht es nur ganz oder gar nicht, dachte Navideh und räumte noch schnell die Lebensmittel in den Kühlschrank. Sie steckte sich ein paar Schokoriegel und eine kleine Flasche Wasser in die Tasche und zog sich ihre Jacke über. Im Hinausgehen warf sie einen flüchtigen Blick in den Spiegel. Mit ihren langen dunklen Haaren und den Jeans sah sie eher aus wie eine Studentin als wie eine Kriminaloberkommissarin.

Mit den Haaren muss dringend was passieren, dachte Navideh, während sie ihre Haustür abschloss.

Sie musste nicht lange warten. Schon von weitem erkannte sie den metallicblauen Audi, der in ihre Straße einbog. Steenhoff saß am Steuer, neben ihm ein zweiter Mann. Sie gab den Kollegen ein Handzeichen.

«Da steht sie ja, unsere schöne Kollegin.» Michael Wessel pfiff leise durch die Zähne.

Frank Steenhoff erwiderte nichts. Er stoppte das Fahrzeug so, dass Navideh Petersen direkt in den Fond des Wagens einsteigen konnte.

«Danke fürs Abholen.»

«Frank und ich hätten dich lieber zum Tanzen abgeholt als zu einer Leichenbesichtigung», sagte Wessel und grinste. Navideh meinte im Rückspiegel zu erkennen, wie Steenhoff die Augen verdrehte. Doch Wessel hatte sich Petersen zugewandt und beachtete Steenhoff gar nicht. «Ich hab gehört, Navideh, du weilst auch wieder unter den Singles?»

«Vanessa und ich haben uns getrennt, wenn du das meinst», antwortete Navideh knapp.

«Diese Neuigkeit wird die Männerwelt begeistern», sagte Wessel und lachte dreist.

«Michael …», setzte Steenhoff an, und sein Ton klang eine Spur schärfer als sonst. Doch Navideh unterbrach ihn. «Was erwartet uns am Fundort? Wisst ihr schon etwas?» Von der Seite sah sie, wie sich Wessels Gesichtsmuskeln anspannten. Steenhoff räusperte sich.

«Die Leiche ist direkt beim U-Boot-Bunker Valentin hinterm Deich entdeckt worden», erklärte er, und etwas in seiner Stimme ließ sie aufhorchen.

«Ja, und?»

«Der Körper lag auf dem Bauch. Mit dem Gesicht im Gras», fügte Wessel hinzu, als würde dies alles erklären.

«Nach der Beschreibung der beiden Beamten, die als Erste am Fundort waren, soll das Opfer ausländisch aussehen», ergänzte Steenhoff. Dann verstummte er und schien sich ganz auf den Verkehr zu konzentrieren.

Navideh verstand immer noch nicht. Ungeduldig lehnte sie sich zu den beiden Männern nach vorne. «Könnt ihr bitte mal Klartext sprechen?»

Wessel antwortete mit einer Gegenfrage. «Seit wann bist du bei der Polizei, Navideh?»

«Das war vor ihrer Zeit», gab Steenhoff zu bedenken, ohne Navidehs Antwort abzuwarten.

«Vielleicht ist es gar nicht schlecht, wenn zumindest einer von uns ganz unvoreingenommen an die Sache rangeht», erwiderte Wessel.

«Jetzt reicht's.» Energisch schlug Navideh mit der flachen Hand gegen Wessels Kopfstütze. «Entweder ihr spuckt jetzt aus, was in euren Köpfen abläuft, oder ihr setzt mich an der nächsten Bank am Weserdeich ab. Dann recherchiere ich mit dem BlackBerry, was der U-Boot-Bunker für eine Geschichte hat. Oder noch besser, ich rufe mal im Archiv der Zeitung an und frage, was denen zu diesem Ort einfällt.»

Sie hatte versucht, ihrer Stimme einen drohenden Unterton zu geben. Zu ihrem Erstaunen verzog Steenhoff keine Miene. Er schien weit weg und in Gedanken versunken.

«Frank, was ist da am Bunker passiert?» Sie spürte, wie sie immer wütender wurde. Was sollte diese Geheimniskrämerei?

Steenhoff richtete sich gerade in seinem Sitz auf. «Der U-Boot-Bunker war schon einmal Schauplatz grausiger Morde.»

«Ja, ich weiß. Zwangsarbeiter mussten den Bunker bauen. Aber die Gräueltaten liegen doch schon mehr als 65 Jahre zurück.» Petersen war irritiert.

«Von diesen Morden rede ich nicht.»

«Sondern?»

«Im August 1999 wurde dort ein junges Paar von drei Männern getötet. Es war mit das Grausamste, was ich je gesehen habe.» Steenhoffs Stimme klang belegt. Wessel starrte aus dem Fenster, als erfordere der Verkehr von ihm als Beifahrer seine ganze Aufmerksamkeit.

«War das der …» Petersen suchte nach einem Begriff, den sie mal im Präsidium gehört hatte. «… der Bunker-Mord?»

Steenhoff nickte.

«Was ist damals passiert?»

«Die falschen Leute hatten sich ineinander verliebt», antwortete Wessel lakonisch.

Petersen unterdrückte eine ungeduldige Bemerkung und rückte auf die andere Seite der Rückbank, sodass sie Steenhoffs Gesicht besser sehen konnte.

«Bei dem Paar handelte es sich um junge Kurden. Sie war 18, er fünf Jahre älter», begann Steenhoff. «Abdullah hatte schon als Jugendlicher für die PKK in der Türkei gekämpft und gehörte zum Parteikader. Irgendwann wurde er so schwer verletzt, dass er im Rollstuhl sitzen musste. Die PKK schickte ihn nach Deutschland. Nach Bremen. Dort wurde er von Familie zu Familie gereicht und versorgt. Er war für die Kurden ein Held. Einer, der sein Leben für die Sache der PKK riskiert hatte.» Steenhoff überholte einen Wohnwagen, dann fuhr er fort. «Irgendwann kam er in Yasemins Familie. Auch dort wurde er wie ein Märtyrer gefeiert. Trotz seiner Jugend verehrten und respektierten auch die älteren Männer ihn als ehemaligen Kämpfer – bis Yasemin sich in ihn verliebte.»

«Und er sich in sie», warf Wessel ein.

«Ja, und er sich in sie. Damit war die Katastrophe vorprogrammiert.»

«Aber er war doch angeblich so anerkannt und beliebt?» Navideh verstand nicht, warum die Beziehung kompliziert sein sollte.

«Das stimmt», sagte Steenhoff. «Aber erstens war er ein Krüppel und nicht der Ehemann, den sich Yasemins Eltern für ihre Tochter wünschten. Und zweitens gehörte Abdullah der PKK an. Er durfte als Kämpfer nicht einfach heiraten und eine Familie gründen. Nicht ohne Zustimmung der Partei.» Steenhoff räusperte sich. «Um es kurz zu machen: Die beiden zogen gegen den Willen von Yasemins Eltern und der Partei zusammen. Das war ihr Todesurteil. Im August 1999 wurden sie unter einem Vorwand von drei Männern abgeholt. Nach einem Zwischenstopp in einer anderen Wohnung auf dem Land fuhren sie nachts weiter. Ziel war der Bunker Valentin. Dort zerrten sie Yasemin unter vorgehaltener Pistole aus dem Wagen und schleiften sie Richtung Weser. Zwei der Männer drückten ihr Gesicht so lange in den Schlick, bis sie nicht mehr atmete.»

Angewidert verzog Navideh das Gesicht.

«Ein schrecklicher Tod», sagte Steenhoff. «Aber kein Vergleich zu den Qualen, die Abdullah erwarteten. Der junge Mann war aus dem Wagen gerobbt und musste hilflos mit ansehen, wie die Männer seine Geliebte über den Deich wegführten. Er konnte ja nicht laufen. Als die Männer ohne die Frau wieder zurückkamen, fing er an zu schreien. Sie stießen ihn vor den Wagen und fuhren so lange über den gelähmten Mann, bis er sich nicht mehr rührte. Aber er war noch immer nicht tot. Der Rädelsführer holte daraufhin einen Radmutterschlüssel aus dem Kofferraum des Wagens und schlug damit immer wieder auf den Kopf des Opfers ein. Als die Männer sicher waren, dass Abdullah tot war, fuhren sie nach Hause. Am nächsten Morgen fand ein Spaziergänger vom nahe gelegenen Campingplatz die entstellte Leiche.»

Niemand im Auto sagte etwas.

Navideh versuchte, sich die grausige Szene bildlich vorzustellen. An der Stelle, als der Wagen auf den schreienden Mann am Boden zufuhr, brach sie ab. «Ihr habt die Typen gefasst, richtig?»

«Ja. Aber die eigentlichen Auftraggeber sind abgetaucht. Die laufen bis heute frei rum.»

«Wie viele Jahre haben sie bekommen?»

Wessel schnaubte verächtlich. «Die sind wegen Totschlags und nicht wegen Mordes verurteilt worden. Der Staatsanwalt hatte noch Revision beantragt und wollte sie lebenslang hinter Gitter bringen. Aber am Ende kamen für den einen nur elf, für die anderen beiden 15 Jahre heraus.

Geradezu lächerlich für diese Tat! Niedere Beweggründe und die besondere Grausamkeit der Tat wurden nicht gelten gelassen, da die Typen angeblich selbst unter Druck gesetzt worden waren.»

Jetzt mischte sich Steenhoff wieder in das Gespräch ein. «Laut dem Vorsitzenden Richter sind die Beweggründe für diese Tat für uns Deutsche nicht nachvollziehbar. Es sei fast …, ach ja, jetzt hab ich's wieder, es sei beinahe anmaßend, ihre Beweggründe zu bewerten. Schließlich hätten die über Jahrzehnte erlittenen Grausamkeiten durch das türkische Militär den Volkscharakter der Kurden geformt.»

«Dass du dir so etwas merken kannst!» Wessel sah ihn verblüfft an.

«Diese Urteilsbegründung werde ich nie vergessen.»

«Verständlich. Das ist doch ein Freifahrtschein für jeden vermeintlich kulturell begründeten Mord!» Navideh war empört.

Sie musste an ihre Eltern denken, die mit ihren beiden kleinen Kindern der religiösen Diktatur des Mullah-Regimes im Iran entkommen waren. Ihr Vater hatte sich all die Jahre von Landsleuten verfolgt und beobachtet gefühlt. Ob das begründet war, hatte sie nie herausgefunden. Wenn ihr Vater aber aufgrund seiner liberalen politischen Überzeugungen von Anhängern des Regimes in Deutschland getötet worden wäre und ein Richter hätte für den Täter auch noch Verständnis gezeigt, dann …

Navideh ließ den Gedanken fallen. Sie wollte nicht länger über ihre Familie nachdenken, die schon seit Jahren zerstört war. Zuerst starb ihr Vater. Und dann entdeckte ihr Bruder, dass sie nach ihrer Scheidung von Marten Petersen eine Beziehung mit einer Frau angefangen hatte. In den Augen ihres Bruders gab es kaum eine größere Schande für die Familie. Eine Schande, die er auszulöschen versuchte, indem er Navideh eines Abends halb totschlug und Vanessa zu vergewaltigen versuchte ... Plötzlich sah Navideh alles wieder vor sich. Wie sie mit letzter Kraft zur Garderobe gekrochen war, wo ihre Dienstpistole lag. Dann der Schuss. Der erste, mit dem sie einen Menschen traf. Ihren eigenen Bruder.

Sie versuchte, sich wieder auf die Arbeit zu konzentrieren. «Wie nah liegen die Tatorte beieinander?»

Steenhoff räusperte sich. «Ein Kollege der Schutzpolizei, der damals den Tatort mit gesichert hat, sagte uns, der aktuelle Fundort sei in unmittelbarer Nähe der Stelle, wo sie damals die Frau im Schlick fanden.»

«Vielleicht nur ein blöder Zufall?», wandte Navideh ein. Ihre Stimme klang skeptisch.

«Man hat schon Pferde kotzen sehen, aber an solche Zufälle glaube ich nicht», antwortete Wessel.

«Also wieder eine Strafaktion unter Kurden?» Petersen sah fragend von einem zum anderen.

Steenhoff zuckte mit der Schulter. «Noch wissen wir nichts über das Opfer. Aber der Fundort ist bemerkenswert.»

03

Der Wagen passierte eine kleine Fleischerei, eine Apotheke und mehrere reetgedeckte Bauernhäuser. Hier, weit im Norden der Stadt, hatte Bremen nichts von einer pulsierenden Großstadt.

Steenhoff bog von der Rekumer Straße nach links in eine ruhige Wohnstraße ein. Die Vorgärten waren von niedrigen Mäuerchen umgeben, die Rasenflächen akkurat gestutzt, und Blumenbeete säumten die Grundstücksgrenzen. Doch die gepflegte kleinbürgerliche Atmosphäre hatte keine Chance gegen das übermächtige Bauwerk, das sich wie ein drohender Schatten hinter den Häusern erhob.

«Das ist ja unglaublich!»

Fassungslos starrte Navideh Petersen von ihrer Rückbank an Steenhoff und Wessel vorbei auf den Bunker, der am Ende der Straße lag. Schon aus der Entfernung erzeugte der gigantische graue Betonblock eine bedrückende Endzeitstimmung. Ein Streifenwagen stand quer auf der Straße. Einige der Anwohner umringten eine junge Polizistin und zeigten in Richtung Weserdeich. Ihr Kollege kam misstrauisch auf Steenhoffs Wagen zu und machte mit der Hand ein Stoppzeichen. Steenhoff wechselte ein paar Worte mit dem Beamten. Dann fuhren sie weiter.

«Wie können die Leute nur neben so etwas leben?», fragte Navideh in die Stille des Wagens hinein.

Dieselbe Frage hatte sich Steenhoff gestellt, als er damals für kurze Zeit in der Ermittlungsgruppe «Bunker» mitarbeitete. Innerhalb weniger Wochen hatten sie gleich mehrere Sokos gründen müssen, weil ein grausames Verbrechen nach dem anderen die Polizei in Atem hielt.

«Die Leute, die hier schon lange wohnen, haben uns damals erzählt, dass sie den Bunker gar nicht mehr sehen», antwortete Steenhoff. «Der Mensch ist eben in der Lage, vieles auszublenden.»

Navideh schüttelte ungläubig den Kopf. «Wisst ihr, wie groß das Ding ist?»

«Wenn ich mich richtig erinnere, ist der Bunker Valentin 33 Meter hoch und über 400 Meter lang. An seiner breitesten Stelle misst er knapp hundert Meter», dozierte Steenhoff. «Die Betonwände sollen bis zu sieben Meter dick sein. Das

Erstaunlichste sind aber die Wasserbecken im Innern. Die sind angeblich 16 Meter tief.»

«Woher weißt du das alles?», erkundigte sich Wessel verwundert.

«Ich habe Monate nach dem Doppelmord an einer Führung durch den Klotz teilgenommen. Ich sage euch, es gibt keinen schrecklicheren Ort in Bremen als dieses Monstrum.»

Schweigend fuhren sie an der Ostseite des Bunkers vorbei. Hundert Meter weiter erkannte Steenhoff den Wagen der Spurensicherer. Ein Leichenwagen und ein zweiter Streifenwagen parkten direkt daneben. Zwei Männer standen rauchend beieinander.

«In dem Bunker sollten U-Boote aus Fertigteilen endmontiert werden.» Steenhoff nahm den Faden wieder auf. «Alle 56 Stunden wollten die Nazis ein neues U-Boot vom Stapel laufen lassen. Zum Bau des Bunkers hatten sie Tausende von Gefangenen eingesetzt. Viele der Zwangsarbeiter haben die Arbeit nicht überlebt. Ganz in der Nähe wurden später Massengräber gefunden. Aber wie viele Menschen hier starben, weiß niemand genau. Jedenfalls war der U-Boot-Bunker zu 90 Prozent fertig, als ihn die Engländer in den letzten Kriegstagen bombardierten.»

Er hielt neben dem Leichenwagen auf einem kleinen provisorischen Parkplatz, wo der Feldweg einen scharfen Knick nach links machte. Ein Polizist begrüßte sie knapp und führte sie über einen niedrigen Deich in eine Art Bucht. Eigentlich idyllisch hier, dachte Steenhoff. Keine Wolke war am blauen Himmel zu sehen, Vögel zwitscherten. Auf der Weser bemerkte er ein tief im Wasser liegendes Binnenschiff, das langsam flussabwärts fuhr. Bis auf die Vogelstimmen und das entfernte Tuckern des Schiffsmotors herrschte Stille.

Mit jedem Schritt, den Steenhoff auf den Tatort zuging, stieg seine Anspannung. Direkt hinter ihm folgten Wessel und Petersen. Der Beamte zeigte auf einen von der Spurensicherung markierten Trampelpfad durch das Deichvorland. Wer zum Leichenfundort wollte, musste diesen Weg nehmen, um nicht versehentlich weitere Spuren zu legen oder vorhandene zu zerstören.

Zwei Männer in weißen Einmalanzügen krochen auf allen vieren vorsichtig auf dem Boden herum. An der Statur erkannte Steenhoff den Leiter der Tatortgruppe, Gerhard Marlowski, sowie den Rechtsmediziner Bernd Brückner.

«Na, seid ihr auch schon aufgestanden?» Marlowski warf den Ankömmlingen einen abschätzigen Blick zu, richtete sich unbeholfen auf und nickte den Kollegen mürrisch zu. «Wir hatten schon Sorge, dass die Presse den Fall löst, bevor ihr die erste Aktennotiz anfertigt.» Er deutete auf ein paar Bäume, von denen nur die grünen Kronen über den Deich schauten. «Die Kollegen mussten den Tatort weiträumig absperren. Aber vorhin ist schon wieder ein Fotograf durch die Absperrung gekommen und hat Bilder gemacht. Ich hasse diese Open-Air-Veranstaltungen. Wird Zeit, dass die Leiche in die Rechtsmedizin kommt. Aber die Herren und Damen von der Mordkommission brauchen ja mal wieder ein bisschen länger, bis sie zum Tatort finden.»

Steenhoff ließ die übellaunige Tirade ruhig über sich ergehen. Marlowski leistete gute Arbeit mit seinen Leuten. Aber als Kollege war er oft nur schwer zu ertragen. Er fand immer etwas, worüber er sich ärgern konnte. Seine bevorzugte Zielscheibe waren Journalisten und die Ermittler von der Mordkommission. Einmal waren Steenhoff und er deshalb heftig aneinandergeraten. Direkt an einem Leichenfundort, vor mehreren Beamten und dem Rechtsmediziner hatten sie sich gegenseitig beschimpft. Keiner hatte nachgegeben oder sich später entschuldigt.

Steenhoff musterte den in seinem Einmalanzug schwitzenden Marlowski. «Ich weiß gar nicht, was du hast. Bei so herrlichem Wetter draußen arbeiten zu dürfen. Darum würden dich viele im Präsidium beneiden», sagte er ironisch. Dann wurde er wieder ernst. Er schob sich an Marlowski vorbei und betrachtete den Leichnam. Ohne Zweifel handelte es sich um eine junge Frau, vielleicht sogar um eine Jugendliche. Zumindest schloss er das aus der zierlichen Statur der Unbekannten und ihrer Kleidung. Die Tote hatte halblange schwarze Haare. Ihr Körper lag auf dem Bauch. Das Gesicht war in die feuchte, dunkle Erde gedrückt und kaum noch zu erkennen. Marder und Vögel hatten das Fleisch an ihrer linken Hand weggefressen. Am rechten Bein war die Hose etwas hochgeschoben. Schrumpelige, helle Waschhaut kam zum Vorschein, die sich an einer Stelle bereits leicht ablöste. Steenhoff schätzte, dass das Opfer bereits mehrere Tage an dem Fundort lag.

«Kannst du schon etwas sagen über die Todesursache?», wandte er sich an Bernd Brückner, der gerade seine Einmalhandschuhe auszog.

Brückner zuckte mit den Achseln. «Natürlich nichts Endgültiges, aber zumindest kann ich schon jetzt sagen, dass ihr Genick gebrochen ist. Weitere Verletzungen sind so nicht zu erkennen. Ich weiß mehr, wenn ich sie obduziert habe.»

«Und seit wann liegt sie hier?»

«Ich denke, ein paar Tage. Ihre Bauchhaut hat sich von den Bakterien im Magen bereits grün verfärbt, und die Leichenflecken sind nicht mehr wegzudrücken.»

«Habt ihr Hinweise, dass der Fundort auch der Tatort war?», wollte Wessel wissen.

«Das können wir ausschließen», antwortete Marlowski. «Auf dem Weg hierher hättet euch eigentlich auf den letzten Metern Schleifspuren auffallen müssen. Aber wahrscheinlich hattet ihr eher Augen für die schöne Aussicht als für den Boden.»

«Okay, Winnetou, dann zeig doch mal, was ihr für Spuren gefunden habt», erwiderte Wessel spöttisch.

Marlowski warf ihm einen zornigen Blick zu und ging ein paar Schritte auf dem markierten Pfad in Richtung Deich. «Hier seht ihr die Fußabdrücke des mutmaßlichen Täters. Sie gehen mehrere Zentimeter tief in den Boden. Wir haben sie schon ausgegossen.» Er schob die drei Ermittler unsanft beiseite und näherte sich wieder der Leiche. «Und hier seht ihr dieselben Abdrücke nochmal im Boden. Diesmal deutlich weniger tief. Außerdem befinden sich an den Schuhen des Opfers Erdreste. Vermutlich hat er die Leiche bis hierher getragen. Dann wurde sie ihm zu schwer, und er hat sie die letzten 15 Meter über den Boden geschleift.»

Navideh Petersen runzelte die Stirn. Es kostete sie sichtbar Überwindung, den knurrigen Kollegen anzusprechen: «Aber warum hat er sie nicht einfach abgelegt, als sie ihm zu schwer wurde? Das macht doch keinen Unterschied, ob er die Leiche hier zurücklässt oder 15 Meter näher am Deich.»

Über Marlowskis Gesicht huschte die Andeutung eines Lächelns. «Bravo. Gute Frage. Ich sehe, die Oberkommissarin denkt mit. Aber die Antwort müsst ihr finden. Das ist euer Job.»

«Wie alt schätzt du das Opfer, Bernd?», wandte sich Navideh an den Rechtsmediziner, der direkt neben Marlowski stand.

«Zwischen 14 und 20, vermute ich.» Brückner warf einen

Blick auf das Gesicht der jungen Frau, das der Tod so furchtbar entstellt hatte. «Älter wird sie kaum sein.»

Navideh holte ihr Handy heraus, ging ein paar Schritte abseits und wählte die Nummer des Vermisstensachbearbeiters. Süßlicher Verwesungsgeruch stieg ihr in die Nase. Sie musste gegen einen heftigen Würgreiz ankämpfen und suchte noch ein paar Meter mehr Abstand, während sie mit ihrem Kollegen telefonierte. Kurz darauf stand sie wieder neben Steenhoff und Marlowski. Die beiden schienen gegen den Leichengeruch völlig unempfindlich zu sein.

Erwartungsvoll sah Steenhoff sie an. Aber Petersen schüttelte den Kopf. «Es ist niemand als vermisst gemeldet, auf den die Beschreibung passt.»

Steenhoff holte ein Paar Einmalhandschuhe heraus, zog sie über und ging vor der Leiche in die Hocke. Der Arm lag in einer kleinen Bodenvertiefung. Behutsam hob er die linke Hand der Frau an. Sie trug eine Uhr mit einer goldenen Einfassung. Der Zeiger war um zwei Uhr stehengeblieben.

«Vermutlich hat es in der Nacht, als sie hierhergebracht wurde, geregnet», hörte er Marlowski hinter sich sagen. «Die Hand mit der Uhr lag in der feuchten Erde oder in einer kleinen Pfütze.»

Steenhoff entgegnete nichts. Aufmerksam studierte er die Fingernägel der Toten. «Navideh, schau dir das mal an.» Er spürte, wie seine junge Kollegin direkt hinter ihm in die Knie ging und die Hand der Toten betrachtete.

«Sie hat sehr gepflegte Fingernägel. Und die Ringe scheinen aus echtem Gold zu sein.»

«Das Opfer trägt am rechten Handgelenk auch noch einen goldenen Armreif», mischte sich Bernd Brückner ein. «Und einen Ohrring mit einem herzförmigen Anhänger. Den zweiten haben wir noch nicht gefunden.»

«Um Geld ging es hier also nicht», stellte Wessel trocken fest.

Marlowski holte einen durchsichtigen Beutel aus einer Kiste, in dem etwas Silbernes in der Sonne aufblitzte. «Diesen Schlüssel haben wir bei ihr gefunden. Sieht aus wie der Schlüssel zu einem Fahrradschloss, vielleicht auch zu einem Schließfach. Sonst trug sie nichts bei sich, womit man auf ihre Identität schließen könnte.»

Erstaunt sah er Navideh Petersen nach. Sie hatte sich entfernt und ihre Jacke auf der Hälfte des Weges zwischen dem Leichenfundort und dem Deich ins Gras gelegt. Mit federnden Schritten erklomm sie die Deichkrone und ging langsam ein paar Schritte auf und ab, ohne die Männer aus den Augen zu lassen.

«Was macht denn eure Hübsche da?», erkundigte sich Marlowski neugierig.

Steenhoff drehte sich um und sah, wie Petersen auf dem schmalen Fußweg des Deiches in Richtung Parkplatz lief. Sie hielt den Kopf gesenkt, so als suche sie mit den Augen den Boden ab. Ihre nachlässig zum Zopf geflochtenen Haare hatten sich gelöst. Eine Windböe fuhr ihr durch das Haar, das sich gleich darauf wieder sanft um ihre Schultern legte.

Bewundernd betrachtete Marlowski die schlanke, hochgewachsene Statur auf dem Deich. «Ihr Ermittler seid zu beneiden. Zu den Spurensicherern will so schnell keine Kollegin. Zumindest nicht so eine.»

«Navideh will auch nur bei Frank sitzen», sagte Wessel und versuchte ein gequältes Lachen.

Steenhoff ging nicht auf Wessels Bemerkung ein. Seit Navideh Petersen damals in sein Büro gezogen war und sie sich gemeinsam mit einem wuchernden Ficus Benjamini den kleinen Raum unterm Dach teilten, gab ihr enges

Verhältnis immer wieder Raum für Spekulationen. Dabei wussten alle, dass Navideh Petersen früher mit einem Deutschen verheiratet gewesen war, danach aber mit einer Frau zusammenlebte. Einige der Kollegen fühlten sich durch ihre lesbische Neigung angespornt, noch intensiver um ihre Gunst zu werben. Doch für die meisten alleinstehenden Beamten und die notorischen Schürzenjäger im Präsidium war Navideh nicht mehr interessant, als bekannt wurde, dass sie eine Frau liebte.

Vor ein paar Monaten nun hatten Navideh und Vanessa sich getrennt. Steenhoff hatte im Präsidium kein Wort darüber verloren. Auch Navideh vermied es, über ihr Privatleben zu sprechen. Steenhoff wusste, dass sie alles tat, um sich möglichst unauffällig unter ihren meist männlichen Kollegen zu bewegen. Er hatte sie all die Jahre immer nur in Jeans und T-Shirt gesehen. Röcke oder hochhackige Schuhe trug sie nie. Dennoch zog Navideh Petersen mit ihren ebenmäßigen Gesichtszügen, den auffälligen braunen Augen und ihrer Größe von einsdreiundachtzig stets alle Blicke auf sich. Ein Umstand, den sie nach eigenen Worten hasste. Navideh Petersen verbarg sich hinter ihrer kühlen Art. Nur einigen wenigen Kollegen gegenüber wagte sie, sich auch anders zu zeigen.

Michael Wessel umwarb sie hartnäckig und hatte ihr sogar mehrfach angeboten, das Büro mit ihm zu teilen. Er hatte viele gute Gründe angeführt: Sein Zimmer, das auf der Ostseite lag, würde sich im Sommer nicht so unerträglich aufheizen. Außerdem lag es weit weg von der Eingangstür. Klingelte beispielsweise ein zur Vernehmung bestellter Zeuge an der Tür der Dienststelle, mussten oft Petersen oder Steenhoff aufstehen und für ihre Kollegen öffnen. Schließlich hatte Wessel sogar die düsteren Bilder von Emil Nolde in Steenhoffs Büro als Argument angeführt. Doch Petersen hatte dankend abgelehnt und stattdessen ein eigenes Bild von Nolde an ihrer Wandseite des Büros aufgehängt. Für Wessel war dies damals ein weiterer Beweis für seinen Eindruck, dass zwischen der neuen Kollegin und Steenhoff mehr als nur Sympathie bestand. Steenhoff nahm Wessels Mutmaßungen zur Kenntnis, kommentierte sie aber nie. Navideh und er waren Kollegen. Mehr nicht. Das hatte er auch Ira gesagt, die nach dem ersten Zusammentreffen mit der Neuen ihre Befürchtungen offen ausgesprochen hatte. Danach hatte seine Frau nie wieder gefragt.

Ira hatte Navideh Petersen nach dem Vorfall auf der Jugendfarm vor gut zwei Jahren für immer in ihr Herz geschlossen. Ohne Navideh hätte ein Serienmörder damals ihre Familie zerstört.

Steenhoff spürte, wie seine Brust enger wurde. Er hatte schon lange nicht mehr an die Jugendfarm gedacht. Aber die Bilder kamen immer wieder hoch. Doch es gelang ihm, die Gedanken an Hans Bilg wegzuschieben. Der Mann saß in einer hochgesicherten Klinik für psychisch kranke Straftäter. Seine Ärzte hatten Steenhoff versichert, dass er als unheilbar galt und wohl nie wieder in die Freiheit entlassen würde. Er konnte seiner Tochter nichts mehr tun.

Steenhoffs Blick streifte den Leichnam der jungen Frau. Und, wenn Bilg es je wagen würde, dachte er, dann …

«Frank? Ist alles okay?» Navideh Petersen stand vor ihm und musterte ihn besorgt.

«Klar.» Steenhoff räusperte sich. «Hast du auf dem Deich was gefunden?»

«Nein, eigentlich nicht.»

«Was meinst du mit ‹eigentlich›?»

«Ich hatte meine Jacke dort vorne ins Gras gelegt. Jeder,

der auf dem Deich spazieren geht, würde das Kleidungsstück sofort sehen. Und auch die Tote. Sie hat schließlich ein rotes T-Shirt an. Ich vermute, dass jemand wollte, dass sie gefunden wird. Sonst hätte er sie doch vergraben oder in einem See versenkt. Aber …»

«Aber warum macht der Täter sich dann so viel Mühe und schleppt sie über das ganze Deichvorland in Richtung Weser?», beendete Steenhoff ihren Gedanken.

Petersen nickte bestätigend.

Mit einem Ruck drehte sich Steenhoff um und ging zu Marlowski. «Du und deine Leute, ihr habt doch schon mal hier gearbeitet.»

Marlowski schaute überrascht hoch. «Nein, ich war noch nie zuvor hier.» Plötzlich hellte sich sein Gesicht auf. «Du spielst auf das kurdische Paar an, das hier in der Nähe ermordet wurde.»

«Ja.»

«Tut mir leid. Ich hatte damals Urlaub. Aber was willst du wissen?»

«Wo genau lag im August 1999 die Leiche der Kurdin?»

Anstatt zu antworten, zeigte Marlowski auf einen ebenfalls mit einem weißen Schutzanzug bekleideten Kollegen mittleren Alters, der jetzt mit einem schweren Metallkoffer vom Tatortwagen auf sie zukam. Es war Jörg Sehlers, und Steenhoff stellte ihm dieselbe Frage.

Sehlers sah sich prüfend um, so als vergleiche er die grünen Baumkronen, den Deich und die Bucht in seinem inneren Koordinatensystem. Mühsam unterdrückte Steenhoff seine Anspannung, bis Sehlers endlich zu einem Ergebnis kam.

Er streckte den Arm aus und zeigte auf eine leichte Vertiefung vor sich im Schlick. «Das Mädchen lag dort. Genau dort.»

Navideh Petersen spürte, wie ihr ein eisiger Hauch über den Rücken lief. Yasemin, die junge Kurdin, war keine zehn Meter von der Stelle, an der die Unbekannte lag, ermordet worden.

04

Die Obduktion hatte länger gedauert als erwartet. Bernd Brückner war für seine Gründlichkeit bekannt, doch diesmal wirkte er auf Steenhoff nicht konzentriert, sondern eher angespannt. Ohne dass Steenhoff ihn darum gebeten hätte, kündigte Brückner jeden seiner Arbeitsschritte an, beschrieb die einzelnen Schnitte, die er an der Leiche vornahm, und jedes Organ, das er dem eingefallenen Körper mit der hellen, dünnen Waschhaut entnahm. Steenhoff machte sich währenddessen Notizen.

Brückner hatte gerade die Gliedmaßen vermessen, als er Steenhoff das erste Mal direkt ansah. «Bei der Toten handelt es sich wie vermutet nicht um eine erwachsene Frau, sondern um ein Mädchen. Sie ist zwischen 14 und 18, höchstens. Die genaue Altersbestimmung sollen die Hamburger machen. Aber ihr Zungenbein ist noch nicht verknöchert. Außerdem trägt sie eine Hose, die unter Jugendlichen sehr populär ist.» Seine Stimme klang vorwurfsvoll.

«Was ist? Was denkst du?», fragte Steenhoff den Rechtsmediziner.

Brückner, den keine Brandleiche und keine noch so alte Wasserleiche erschüttern konnten, wirkte bedrückt. Er richtete sich auf und trat einen Schritt vom Obduktionstisch zurück. Nachdenklich schaute er auf das tote Mädchen.

«Jemand muss sie doch vermissen. Warum steht sie nicht in unserer Datei?»

Eine wichtige Frage, dachte Petersen. Aber bis jetzt hatten sie keine vernünftige Antwort darauf. «Kannst du schon sagen, wie lange sie tot ist?»

«Vier, fünf Tage. Länger nicht.» Brückner räusperte sich. «Weißt du Frank, meine Tochter ist vergangene Woche 14 geworden. Ich sterbe schon tausend Tode, wenn sie abends mal später als verabredet nach Hause kommt. Ich sage dir, spätestens nach fünf Stunden wäre die Hundestaffel unterwegs und der Hubschrauber in der Luft.»

Steenhoff stimmte ihm zu. Auch er hatte oft Angst um seine Marie. Schon einige Male hatte er nachts die Krankenhäuser abtelefoniert, wenn seine Tochter sich nach einem Diskobesuch verspätete und nicht ans Handy ging. Dabei hatte er es immer geschafft, das Ausmaß seiner Besorgnis vor ihr zu verheimlichen. Aber Ira konnte er nichts vormachen. Sie hatte ihn mehr als einmal ermahnt und ihn an seine eigene Jugend erinnert. «Warst du früher immer pünktlich zu Hause? Ich nicht. Und erzähl mir nicht, Else und Willi waren immer bis drei Uhr morgens wach, um auf dich zu warten.» Steenhoff selbst lag meistens wach, bis er endlich den Schlüssel im Schloss hörte.

Er betrachtete den Leichnam vor sich. Vielleicht ist sie illegal in Deutschland und hat hier als Prostituierte gearbeitet?, dachte er. Aber im selben Moment verwarf er den Gedanken wieder. Die jungen Osteuropäerinnen, die in Bremen heimlich anschaffen gingen, trugen keinen Goldschmuck. Das galt auch für Drogenabhängige. Für eine Osteuropäerin war das Mädchen außerdem zu dunkel. Nein, die Tote kam aus geordneten Verhältnissen. Aber warum hatte dann niemand ihr Verschwinden gemeldet?

Mitten in der Obduktion vibrierte plötzlich Steenhoffs Handy in seiner Jackentasche. Er schaut auf sein Display und erkannte die Nummer von Navideh Petersen. Eilig wandte er sich vom Obduktionstisch ab und nahm das Gespräch entgegen.

«Ja, Navideh?»

«Wir waren gerade an der damaligen Adresse von Yasemins Familie. Du weißt schon, am Niedersachsendamm. Die wohnen da nicht mehr.»

Steenhoff spürte, wie die Spannung in ihm stieg. «Wo leben sie jetzt?»

«Die türkischen Nachbarn behaupten, sie seien schon vor Jahren nach Berlin gezogen. Angeblich sind sie nach dem Tod ihrer Tochter und nach dem Gerichtsprozess nie wieder nach Bremen zurückgekommen. Wir haben mit der Nachbarfamilie gesprochen. Der Mann sprach gut Deutsch und war auch auskunftsfreudig.»

«Findet raus, wo sie in Berlin leben. Wir müssen die so schnell wie möglich befragen. Bislang ist die Familie unser wichtigster Ansatzpunkt.»

Sie verabredeten, noch am Abend die Medien einzuschalten. Sie mussten wissen, wer das Mädchen vom Bunker Valentin war.

Als Steenhoff zurück zum Obduktionstisch ging, war ihm sofort klar, dass Brückner etwas Neues entdeckt haben musste. Der Rechtsmediziner war so tief in seine Arbeit versunken, dass er ihn gar nicht bemerkte.

Steenhoff konnte geduldig sein. Doch bei einem Morddelikt waren die ersten 24 Stunden von besonderer Bedeutung. Bei den meisten Kapitalverbrechen bekamen sie innerhalb dieser kurzen Zeitspanne heraus, wer für den Tod des Opfers verantwortlich war. Dann galt es nur noch, die Tatverdächtigen zu einem Geständnis zu bewegen oder die Indizienkette so dicht zu machen, dass kein Anwalt sie vor

Gericht aufbrechen konnte. So wie im Falle eines früheren Kollegen, der seine eigene Frau getötet und den Leichnam zerstückelt hatte. Der Beamte stand von Anfang an unter Verdacht. Doch erst nach Monaten akribischer Ermittlungen hatte ein kleines Team der Mordermittler genug gerichtsverwertbare Beweise zusammengetragen, um den Mann zu überführen.

«Was gibt es, Bernd?» Steenhoff wandte sich mit mühsam unterdrückter Anspannung an Brückner.

Der Rechtsmediziner schreckte hoch. «Wir haben es nicht mit einem Opfer zu tun, sondern mit zweien.»

Steenhoff stutzte. «Du meinst …?»

«Ja, sie war schwanger», unterbrach ihn Brückner. «Im dritten Monat.» Der Mediziner stemmte seine Fäuste in die Wirbelsäule und spannte seinen Körper an, sodass es leise knackte. Erleichtert fiel Brückner wieder in sich zusammen.

Steenhoff wusste, dass der Rechtsmediziner ständig über Verspannungen und Rückenschmerzen klagte. Doch er ging nicht auf Brückners Leiden ein. «Bist du dir mit dem Schwangerschaftsmonat sicher?»

Brückner sah ihn erstaunt an. «Natürlich, sonst hätte ich es dir doch nicht gesagt.» Er deute auf die Haut an den Handgelenken. «Jemand muss sie festgehalten haben. Sie hat Hämatome in den unteren Hautschichten.» Er gab seinem Assistenten ein Zeichen weiterzumachen und zog seine Handschuhe aus. «Ich brauche eine kurze Pause. Kommst du mit vor die Tür?»

Brückner holte eine Schachtel Zigaretten und ein Feuerzeug aus seiner Jackentasche und ging mit großen Schritten auf die Eingangstür der Rechtsmedizin zu. Noch im Laufen steckte er sich eine Zigarette in den Mund. Als sie aus dem

Gebäude traten, sah Steenhoff zwei Angestellte, die in einer windgeschützten Ecke des Hofes standen und rauchten. Brückner grüßte die Männer und stellte sich abseits von ihnen in die andere Ecke. Gedankenverloren hielt er Steenhoff die Zigarettenschachtel hin, doch der schüttelte ungeduldig den Kopf.

Brückner wirkte verlegen. «Ach, entschuldige, du rauchst ja nicht.» Gierig zog er an seiner Zigarette und nahm den Gesprächsfaden wieder auf. «Jetzt wisst ihr zwar noch nicht, wer das Mädchen ist, aber ihr habt schon mal ein denkbares Mordmotiv. Vermutlich passte jemandem ihre Schwangerschaft nicht.»

«Wie kommst du auf Mord? Bislang war nur die Rede von einem Genickbruch.»

«Na, hör mal. Für ein Unfallopfer liegt sie an einem ziemlich ungewöhnlichen Ort. Sie wird ja wohl kaum beim Spaziergang vom Deich gestürzt sein.»

Steenhoff gab ihm insgeheim recht. Doch er hatte sich angewöhnt, nicht zu früh Hypothesen aufzubauen und sich so lange wie möglich nur an den Fakten zu orientieren. «Gibt es noch andere Hinweise auf eine Gewalttat?»

«Ja. Hämatome an der rechten Hüfte und der rechten Schulter und eben an den Handgelenken. Sie können allerdings auch von einem Sturz herrühren. Weitere Verletzungen habe ich noch nicht gefunden. Aber es stehen noch mehrere Untersuchungen aus. Bis morgen, übermorgen weiß ich mehr.»

«Gibt es irgendwelche Indizien für eine Sexualtat?»

«Nein. Weder ist ihre Kleidung zerrissen, noch hat sie Verletzungen im Unterleib. Außerdem haben wir bislang keine Spermaspuren entdeckt.»

Steenhoff verabredete mit Brückner, dass er sich sofort

bei ihm melden würde, falls er in den nächsten Stunden etwas Entscheidendes finden sollte. Er stand schon vor seinem Wagen, als ihm einfiel, dass er etwas vergessen hatte. Brückner hatte sich in der windgeschützten Ecke eine zweite Zigarette angezündet.

«War es ein Junge oder ein Mädchen?»

Brückner nahm einen kräftigen Zug und atmete wieder durch die Nase aus. «Ein Mädchen. Warum fragst du?»

Steenhoff zuckte mit den Schultern. «Im Augenblick interessiert mich jedes Detail.»

Ohne Gruß stieg er in seinen Wagen. Er musste dringend mit Petersen die Pressekonferenz vorbereiten. Ein Foto der Toten konnten sie nicht herausgeben. Dafür sah ihr Gesicht bereits zu entstellt aus. Vielleicht erkannte jemand die junge Frau auch aufgrund ihrer Haar- und Augenfarbe sowie der Körpergröße wieder? Die wichtigsten Anhaltspunkte aber waren ihre Kleidung und der Schmuck, den sie am Körper trug. Die Gegenstände mussten umgehend fotografiert werden.

Auf dem Weg ins Präsidium meldete sich Lars Diepenau, der Pressesprecher der Polizei. Er war wenig begeistert von der Idee, noch am Freitagabend eine Pressekonferenz einzuberufen.

«Das ist für viele Medien schon zu spät. Manche sind bereits auf Sendung, andere machen um die Zeit Feierabend. Wenn aber nur *Weser-Kurier* oder die *Bild* die Geschichte veröffentlichen, steigen die anderen vielleicht gar nicht mehr ein oder berichten gerade das Nötigste. Eine Story, die schon auf dem Markt ist, verkauft sich nun mal nicht so gut.»

«Aber wir können nicht bis Sonntag oder Montag warten, wenn die Redaktionen alle wieder besetzt sind», protestierte Steenhoff.

«Am besten gebt ihr eine kurze Nachricht mit den wichtigsten Angaben von dem Leichenfund heraus, verschickt ein, zwei Bilder an die Redaktionen und kündigt für Anfang der Woche eine Pressekonferenz mit wichtigen neuen Erkenntnissen im Präsidium an.» Diepenau lachte trocken. «Dann kommen sie alle, und ihr genießt die volle Aufmerksamkeit für euren Fall.»

Widerstrebend willigte Steenhoff ein.

Kurz vor 18 Uhr ging die Meldung an alle Medien. Diepenau hatte einige Journalisten bereits vorgewarnt und gebeten, Platz für eine wichtige Nachricht über ein mögliches Tötungsdelikt frei zu lassen. Dabei hatte er streng darauf geachtet, keine weiteren Details preiszugeben. Allein die Mordkommission entschied, was sie herausgab und was sie noch zurückhielt. Nichts fürchtete ein Pressesprecher mehr, als versehentlich Täterwissen preiszugeben. Diepenau hatte lange genug selbst als Ermittler gearbeitet, um die Tragweite eines solchen Fauxpas einschätzen zu können.

Einige Journalisten reagierten erwartungsgemäß penetrant und löcherten ihn sofort mit Fragen. Doch Diepenau blieb hart. «Spätestens gegen 18 Uhr geht die Nachricht raus. Vorher kann ich leider nichts sagen.»

Steenhoff hatte mit Petersen und Wessel vereinbart, die Schwangerschaft des Opfers vorerst zu verheimlichen. Auch wollten sie den genauen Fundort des Leichnams möglichst verschweigen. Die detaillierten Angaben zum Opfer mussten den Journalisten reichen. Steenhoff wollte alle Spekulationen zu Parallelen mit dem früheren Mordfall vermeiden. In Gedanken sah er die Schlagzeilen schon vor sich. «Bunker

Valentin fordert neues Opfer» oder «Mordserie am Todesbunker». Nein, sie konnten jetzt keine sensationsheischende Berichterstattung gebrauchen. Schließlich konnte die Unbekannte auch einem Unfall zum Opfer gefallen sein.

Steenhoff stellte sich auf einen langen Abend ein. Der Kriminaldauerdienst sollte die Zeugenanrufe direkt an ihn und seine Kollegen weiterleiten. Sollten brauchbare Hinweise darunter sein, könnten sie ihnen sofort nachgehen.

Navideh Petersen war mit ihrem Rad zu einem nahe gelegenen Supermarkt gefahren und hatte sich Knäckebrot, Käse und Weintrauben besorgt. Ohne weiteren Kommentar legte sie Steenhoff eine Tüte mit Brötchen und Schinken auf den Schreibtisch.

Überrascht sah er hoch. «Danke dir. Aber ich habe eigentlich gar keinen Hunger.»

«Spätestens in drei, vier Stunden wirst du ihn haben, und dann hat hier rings ums Präsidium alles dicht.»

Navideh holte sich einen Teller und Besteck aus dem Schrank und belegte sich mehrere Knäckebrote. Den Teller garnierte sie mit Weintrauben.

Steenhoff bewunderte ihre Fähigkeit, sich selbst unter Stress nicht zu vernachlässigen. Stets legte sie eine erstaunliche Fürsorge für sich und auch für ihn als engsten Kollegen an den Tag. Während ihr Teewasser kochte, schaute sie stumm aus dem Fenster.

«Ist etwas nicht in Ordnung, Navideh?»

Steenhoff rechnete nicht mit einer ehrlichen Antwort. Navideh war auch nach all dem, was sie in den vergangenen drei Jahren gemeinsam erlebt hatten, immer noch verschlossen. Umso überraschter war er, als sie sich zu ihm umdrehte und freimütig antwortete: «Ich hatte mich auf ein Essen übermorgen Abend gefreut und schon alles dafür eingekauft. Das kann ich jetzt wohl absagen.»

«Ja, die nächsten Tage werden wir alle kaum zu Hause aufschlagen.» Sollte er sie fragen, ob sie sich wieder mit Vanessa versöhnt hatte? Die beiden hatten immer so einen innigen Eindruck auf ihn gemacht, dass er noch nicht an eine endgültige Trennung glauben mochte. Aber er fragte nicht weiter.

Ich muss dringend Ira anrufen, durchfuhr es ihn plötzlich. Ira hatte schon vor Wochen Karten für ein Klavierkonzert besorgt. Steenhoff war von Anfang an nicht sonderlich begeistert gewesen. Er liebte Jazz und auch Rock, aber zur Klassik hatte er nie wirklich Zugang gefunden.

«Die Pianistin ist zwar noch jung, aber sie soll göttlich spielen», hatte Ira ihm vorgeschwärmt. Ein paar vermeintliche Expertinnen aus ihrer Yoga-Gruppe hatten ihr den Tipp gegeben. Seine Absage würde Ira treffen. Vielleicht konnte er Marie überzeugen, Ira zu begleiten. Steenhoff wusste zwar, dass auch seine Tochter für Klassik wenig übrighatte, aber Ira wäre sicher begeistert. Erleichtert, einen Ausweg gefunden zu haben, wählte er Maries Handynummer.

Doch seine Tochter klang alles andere als begeistert. «Ich hatte eigentlich eine andere Verabredung an dem Abend. Das passt mir gar nicht, für dich einzuspringen.»

«Du würdest mir und natürlich auch deiner Mutter einen Riesengefallen tun», sagte Steenhoff. «Außerdem hast du doch auch mal Klavierunterricht gehabt. Die Musik gefällt dir bestimmt.»

«Das ist Ewigkeiten her», wandte Marie mürrisch ein.

«Drei Jahre.»

«Nein, vier. Außerdem konnte ich meinen blöden Klavierlehrer nie leiden. Das weißt du genau. Ich habe damals nur zwei Jahre Unterricht genommen, weil Mama das zur Bedingung fürs Reiten gemacht hatte.»

«Davon wusste ich ja gar nichts», sagte Steenhoff verblüfft.

«Du kriegst sowieso vieles nicht mit, weil du nie da bist. So, wie jetzt, wo du mich einspannen willst, weil du wieder arbeiten musst.»

«Es wurde eine junge Frau mit gebrochenem Genick gefunden, deren Identität wir noch nicht kennen …», sagte Steenhoff ernst.

«Wenn du arbeiten musst, ist immer irgendjemand gewaltsam ums Leben gekommen», erwiderte Marie ungerührt. «Nur leider bringt das auch immer unser Familienleben durcheinander.»

Die Kälte in Maries Stimme berührte Steenhoff unangenehm. Wie konnte sie so teilnahmslos auf das Schicksal der jungen Frau reagieren? Wo blieb ihr Mitgefühl? Und vor allem ihr ausgeprägter Gerechtigkeitssinn? Aber er unterdrückte den Impuls, sie deswegen zu kritisieren. Schließlich hatte er selbst in all den Jahren durch seine Erzählungen viel dazu beigetragen, dass seine Tochter mit Mordfällen recht gelassen umging. Er ließ ihr noch einen Augenblick Zeit, auf seinen Vorschlag einzugehen. Aber Marie blieb stumm.

«Also, springst du für mich ein oder nicht?» Langsam wurde es Steenhoff zu viel.

«Wann ist das Konzert denn zu Ende?»

«Ich vermute spätestens gegen 23 Uhr.» Er merkte, wie seine Tochter zögerte. Dann hörte er wieder ihre Stimme.

«Okay. Das geht klar. Vorher wäre ich sowieso nicht zur Party gegangen.»

«Was für eine Party?»

Steenhoff spürte, wie die alte Unruhe wieder von ihm

Besitz ergriff. Marie war noch keine zwei Monate aus Neuseeland zurück. Ein knappes Jahr hatte sie dort bei einer Gastfamilie gelebt. Ein Jahr, in dem er sie nicht beschützen und von Feiern abholen konnte. Zwölf Monate, in denen er nicht wusste, mit wem sie sich traf. Keinen ihrer Verehrer konnte er heimlich durch einen Blick in die Polizei-Dateien überprüfen. Er hatte loslassen müssen, und es war ihm schwerer gefallen, als er Ira und vor allem sich selbst je eingestanden hätte.

Aber immerhin war Steenhoff ehrlich genug zuzugeben, dass er, seit Marie auf der Welt war, sich stets um sie sorgte.

«Papa, bist du noch dran?» Maries Stimme klang beunruhigt.

«Ja, entschuldige. Ich war eben durch einen Kollegen abgelenkt», erwiderte Steenhoff ausweichend. Aus dem Augenwinkel sah er, wie Petersen irritiert von ihrem Computer aufschaute. In dem kleinen Büro entging ihr nichts. Der wuchernde Benjamini zwischen den Schreibtischen erzeugte nur scheinbar ein wenig Privatsphäre.

«Also, die Party findet bei Simone im Bootshaus ihrer Eltern statt. Du weißt doch, eine frühere Klassenkameradin von mir. Wer will, kann dort auch übernachten. Ihr braucht mich also nicht abzuholen. Ansonsten wäre ich auch gut mit dem Rad nach Hause gekommen.»

«Die ganze Strecke nachts allein mit dem Fahrrad?» Steenhoff wurde schon bei der Vorstellung mulmig. Das alte Bauernhaus, das sie bewohnten, lag etwas abseits vom Dorf auf einem seit drei Jahrhunderten trockengelegten Stück Land im Moor. Seit der Hund da war, fühlte sich Steenhoff während seiner Abwesenheit zwar ein bisschen ruhiger, aber unterwegs konnte Ben seine Tochter schließlich auch nicht beschützen.

«Du brauchst dir keine Sorgen zu machen, Papa.» Maries Stimme klang jetzt genervt. «Alex ist auch auf die Party eingeladen, und der wohnt seit kurzem mit seinen Eltern in Lilienthal. Also ganz bei uns in der Nähe.»

«Wer ist Alex?»

«Einer meiner neuen Mitschüler. Kein Kiffer und so viel ich weiß auch kein verurteilter Mörder. Also niemand, der dich interessieren dürfte», antwortete Marie schroff.

Sofort war Steenhoff auf der Hut. Er hatte sich geschworen, nicht wieder in das alte Muster zurückzufallen. Ira hatte ihn gewarnt, dass sich seine Tochter sonst eines Tages ganz vor ihm verschließen würde. In den vergangenen Wochen war sein guter Vorsatz allerdings auch kaum auf die Probe gestellt worden. Viele von Maries Freunden waren bei ihrer Rückkehr noch in den Ferien gewesen oder hatten nur nachmittags Zeit gehabt. Zudem genoss es Marie, viel Zeit mit ihren Eltern zu verbringen. Doch kaum hatte die Schule wieder angefangen und sie sich in ihrer neuen Klasse etwas eingewöhnt, häuften sich die Einladungen. Es war nur eine Frage der Zeit, wann Marie wieder einen Freund haben würde. Aber diesmal, das hatte sich Steenhoff vorgenommen, würde er den Namen des Neuen nicht durch den Polizeicomputer jagen. Damit würde endgültig Schluss sein.

«Also gut. Ich gehe morgen mit Mama ins Konzert», hörte er Marie sagen. «Sie kann mich ja anschließend zu Simone fahren.»

Steenhoff bedankte sich erleichtert und rief dann Ira an. Wie erwartet, war sie zwar enttäuscht, dass er sie nicht begleiten konnte, freute sich aber über Maries Zusage. Verwundert stellte er fest, dass keine der beiden nach seinem neuen Fall gefragt hatte.

Er hatte gerade aufgelegt, als sein Telefon klingelte.

Steenhoff warf einen flüchtigen Blick aufs Display und meinte Maries Nummer wiederzuerkennen.

«Ja, was gibt es noch, mein Schatz?»

Ein unterdrücktes Lachen war die Antwort.

«Marie?»

«Nein, nicht Marie. Hier ist Andrea. Hallo Frank. Wir haben lange nichts voneinander gehört.»

Steenhoff unterdrückte ein Seufzen. «Andrea, ich habe heute leider keine Zeit, mit dir zu plaudern. Und du sicherlich auch nicht. Es ist schließlich Freitagnachmittag, und soviel ich weiß, seid ihr jetzt mitten in der Produktion. Also, was willst du?»

«Okay. Dann falle ich mal ganz direkt mit der Tür ins Haus: Ich hatte heute Abend um sieben Uhr eine Verabredung, auf die ich mich schon seit Tagen freue. Und nun lese ich in der dürren Mail aus eurer Presseabteilung, dass ihr in einem neuen Tötungsdelikt ermittelt und wir gegen 18 Uhr Näheres erfahren werden.» Die Reporterin machte eine kurze Pause. «Netterweise hat mich Lars Diepenau angerufen und mich vorgewarnt, dass wir noch einen prominenten Platz auf den Lokalseiten für einen kurzen Text und zwei Bilder freihalten sollen.»

«Ja, das wäre wichtig», sagte Steenhoff mit Nachdruck.

«Was hat es denn mit diesem Fall auf sich? Und warum haltet ihr keine Pressekonferenz ab?»

«Noch wissen wir zu wenig. Vielleicht war es auch ein Unfall. Aber wir sind dringend darauf angewiesen, dass die Medien uns bei den ersten Schritten behilflich sind.»

Andrea Voss überlegte einen Moment. «Mit anderen Worten – ihr habt noch keine Spur von einem Täter und sucht nach Zeugenhinweisen? Oder ...», sie zögerte. «Wisst ihr womöglich noch nicht, wer das Opfer ist?»

«Genauso ist es. Aber heb dir die anderen Fragen bitte für die Pressekonferenz Anfang nächster Woche auf. Ich habe jetzt wirklich viel zu tun.»

Doch so schnell gab Andrea Voss nicht auf. «Ein Kollege von *Bremen News* bietet den Redaktionen Bilder an, die den Leichnam zugedeckt am Bunker Valentin zeigen.»

Steenhoff fluchte innerlich. Marlowski kam ihm in den Sinn, dessen Leute einen aufdringlichen Reporter verscheucht hatten. «Ja, das Opfer lag am Bunker Valentin», sagte er und fügte energisch hinzu: «Jetzt muss ich aber Schluss machen.»

«Und wo genau?»

Steenhoff spürte, wie es in Andrea Voss arbeitete. «Ich sagte doch schon – nicht weit vom Bunker. Mehr kann ich selbst dir noch nicht sagen. Mach's gut, Andrea. Wir sehen uns Anfang der Woche. Dann erfährst du mehr.» Hastig legte er den Hörer auf.

Steenhoff kannte Andrea Voss seit vielen Jahren. Und er hatte ihr einiges zu verdanken. Sie war die einzige Journalistin, die seine Privatnummer besaß – wenngleich sie selten davon Gebrauch machte. Dafür blieb sie ihm im Alltag umso beharrlicher auf den Fersen. Inzwischen hatte er sich angewöhnt, der Polizeireporterin auch bei einer absoluten Nachrichtensperre stets ein paar dünn belegte Informationshäppchen anzubieten. «Sonst buddelt die so lange, bis sie bei uns endlich auf einen Maulwurf trifft», hatte er Petersen einmal seine Strategie erklärt.

Ein Piepton kündigte ihm an, dass er eine SMS erhalten hatte. Gedankenverloren öffnete er die Nachricht:

Am Bunker wird selbst in Friedenszeiten
auffällig viel gestorben. LG, Andrea

Steenhoff fluchte leise. Die Spekulationen der Journalisten gingen schon los und würden die Ermittler unnötig unter Druck setzen. Aber natürlich war dies die zentrale Frage: Warum lag schon wieder die Leiche einer jungen Frau beim Bunker hinter dem Deich? War darin eine Botschaft enthalten? Oder stand der Fundort für irgendetwas? Steenhoff wusste, wenn sie diese Fragen beantworten könnten, wäre er bereits ein großes Stück weiter.

Am frühen Abend schalteten Steenhoff und Petersen den lokalen Fernsehsender ein und verfolgten gespannt, wie die Journalisten ihre Nachricht umgesetzt hatten. Der Fund der unbekannten jungen Frau kam im Nachrichtenblock ganz vorn. Zu Steenhoffs Erleichterung erwähnte die Sprecherin nichts von dem früheren Doppelmord am Bunker. Dafür zeigte der Sender ein Bild vom Ohrring der jungen Frau sowie von ihrer Bekleidung. Mit ernster Stimme forderte die Sprecherin die Zuschauer auf, Hinweise auf die Identität der Toten sofort an den Kriminaldauerdienst der Polizei weiterzugeben. Dazu blendete die Redaktion die Telefonnummer noch einmal extra ein und ließ das Bild ein paar Sekunden lang stehen.

Plötzlich veränderte sich das Gesicht der Nachrichtensprecherin, und sie leitete scheinbar amüsiert zu einem neuen Thema über. Zwei 70-jährige Frauen waren auf rollenden Langlauf-Skiern auf Deutschlandtour. Sie wollten mit ihrer Aktion ältere Menschen ermutigen, Sport zu treiben. Petersen stand von ihrem Stuhl auf und schaltete den Fernseher ab.

«Der Bericht war gut. Wenn die anderen auch so präzise berichten, haben wir eine gute Chance, über Zeugen weiterzukommen.» Sie unterdrückte ein Niesen und fuhr dann fort: «In den 19-Uhr-Nachrichten der verschiedenen Sender haben sie unsere Meldung auch schon gebracht. Alle haben den Schmuck und die Kleidung der Unbekannten ausführlich beschrieben.»

«Gut. Sind die Fotos und die Angaben auf der Homepage der Bremer Polizei schon eingestellt?»

Petersen setzte sich an ihren Computer und schaute nach. «Ja, alles drinnen. Wie mit Diepenau besprochen.»

Steenhoff wählte die Nummer eines Kollegen, der damals die Ermittlungen am Bunker geleitet hatte. Aber ein anderer Beamter nahm den Hörer ab und teilte ihm mit, dass der Mann im Urlaub war.

«Kann ich ihn telefonisch erreichen?»

«Wohl kaum. Der segelt irgendwo auf der Ostsee. Wenn es ganz eilig ist, könnten wir es natürlich über Seefunk versuchen.»

Steenhoff verneinte und legte wieder auf. Er würde sich die Akten zu dem alten Fall kommen lassen. Denn er war sich sicher: Der vor Jahren verübte Doppelmord an dem kurdischen Liebespaar war der Schlüssel zu ihrem aktuellen Fall. Daran gab es keinen Zweifel.

Kurz dachte Steenhoff an eine Amerikareise, die er vor ein paar Jahren beruflich angetreten hatte. Selbst in Washington, der angeblichen Hauptstadt des Verbrechens in den USA, wäre es auffällig, wenn an einem abgelegenen Ort innerhalb weniger Jahre zwei Mordopfer gefunden würden. Bremen hatte im Gegensatz zu Washington nur einen Bruchteil der Tötungsdelikte, mit denen sich die amerikanischen Kollegen herumquälen mussten. Es blieb ihnen nichts anderes übrig. Sie mussten den Faden ganz von vorn aufrollen, im August 1999.

Es war keine Stunde vergangen, als es an Steenhoffs Tür klopfte.

«Ich bringe die Akten, die du haben wolltest.» Ein junger Beamter, der erst einige Tage bei ihnen in der Abteilung war, machte eine Kopfbewegung in Richtung Flur. Steenhoff fragte sich, worauf er wartete.

«Wollt ihr die wirklich alle hier drinnen haben?» Zweifelnd sah sich der Polizeibeamte in dem kleinen Büro um.

Steenhoff stand auf und folgte seinem Blick. Vor der Tür standen drei große Kartons, randvoll mit Akten.

«Die Hauptakte liegt hier drinnen», sagte der Mann und zeigte auf den Karton, der Steenhoff am nächsten stand.

«Was war das denn für ein Monsterverfahren?» Petersen war ebenfalls an die Tür getreten und starrte fassungslos auf die Papierberge zu ihren Füßen.

«Tja, ein Verbrechen mit politischen Dimensionen … Die Kollegen waren wahrlich nicht zu beneiden», murmelte Steenhoff und sah sich ratlos um.

«Die Kartons kommen zu Jan Schneider ins Büro. Der ist die nächsten zwei Wochen auf einem Lehrgang», sagte Petersen entschieden und trug den ersten Schwung in das andere Büro.

Sie hatten gerade den letzten Karton leergeräumt, als sich eine junge Beamtin vom Kriminaldauerdienst bei Steenhoff auf dem Handy meldete. Vergeblich versuchte sie, ihrer Stimme einen ruhigen Klang zu geben. «Wo bist du, Frank? Ich dachte, du und Navideh, ihr wolltet im Präsidium auf Anrufe warten. Aber ich konnte euch in eurem Büro nicht erreichen. In der letzten Viertelstunde haben sich bereits drei Leute wegen eurer unbekannten Toten gemeldet.»

«Schieß los!»

«Eine Anruferin meint, es könnte ihre 21-jährige Tochter sein, die seit drei Wochen verschwunden ist.»

«Ein Bremer Fall?», fragte Steenhoff verwirrt. Er konnte sich nicht erinnern, dass sein Kollege, der alle Vermisstenfälle betreute, die junge Frau erwähnt hatte.

«Nein. Eine junge Serviererin aus Düsseldorf. Die Mutter behauptet, sie hätte vor dem Verschwinden ihrer Tochter täglich mit ihr telefoniert. Allerdings soll sie persönliche Unterlagen und einen Koffer aus ihrer Wohnung mitgenommen haben.»

«Wie kommt die Frau darauf, dass es sich bei unserer Unbekannten um ihre Tochter handelt?»

«Sie meint, sie gehe jeder Spur nach.»

«Gib uns nachher ihre Nummer», sagte Steenhoff gedämpft. «Wessel wird sie anrufen. Wer waren die beiden anderen?»

«Ein 28-jähriger Kaufmann, der seine von ihm getrennt lebende Ehefrau in der Beschreibung wiederzuerkennen glaubt. Er sagte, sie sehe jünger aus, als sie tatsächlich sei. Angeblich ziehe seine Exfrau Männer wie Schmeißfliegen an.»

«Und nun will er, dass wir ihm versichern, dass seine Frau noch putzmunter ist, und ihm nebenher noch ihre neue Adresse mitteilen», sagte Steenhoff genervt. «Auch den wird Wessel zurückrufen. Aber vorher soll er ihn überprüfen. Wer war der dritte Anrufer?»

«Ein junger Mann. Aus Bremen. Er ist noch in der Leitung. Völlig aufgelöst. Er ist überzeugt, dass es sich um seine Freundin handelt. Er meint, ihren Schmuck wiederzuerkennen. Außerdem hat sie sich angeblich seit fünf Tagen nicht mehr bei ihm gemeldet.»

«Das kommt bei der größten Liebe vor», murmelte

Steenhoff. «Aber notiere dir bitte seine Adresse und gib ihm meine Durchwahl. Ich bin in einer Viertelstunde wieder an meinem Platz.» Er wollte das Gespräch gerade beenden, als ihm noch ein Gedanke kam. «Hat er gesagt, wie seine Freundin heißt?»

«Ja. Ihr Vorname ist Nilgün. Ihre Eltern stammen aus der Türkei.»

«Warte bitte!»

Steenhoff machte Petersen ein Zeichen, alles stehen zu lassen und mitzukommen. Ohne das Handy vom Ohr zu nehmen, eilte er mit großen Schritten über den Flur in sein Büro. Verwundert folgte ihm Petersen, griff sich aber nach einem weiteren Zeichen ihres Kollegen Stift und Papier.

Steenhoff schloss die Tür und setzte sich an seinen Tisch. «Stell den Anrufer durch. Ich bin wieder am Platz», wies er die junge Beamtin an. Dann nahm er den Hörer ab und drückte auf Lautsprecher.

«Frank Steenhoff, Mordkommission.»

Doch niemand antwortete. Steenhoff und Petersen hörten nur den gepressten Atem eines Menschen.

05

Steenhoff sah Petersen verwundert an. Dann versuchte er es noch einmal.

«Hallo, Sie sprechen mit Frank Steenhoff. Bitte antworten Sie. Sie brauchen nichts zu befürchten.»

Er wartete. Doch der Anrufer hatte anscheinend den Mut verloren. Steenhoff spürte, dass der Unbekannte gleich auflegen würde. Wenn er aus einer Telefonzelle anrief, würde der Mann längst über alle Berge sein, bis sie einen Streifenwagen hingeschickt hätten. Er musste Zeit gewinnen.

«Ich nehme an, Sie wollen Ihren Namen aus einem bestimmten Grund nicht nennen. Das ist in Ordnung. Völlig in Ordnung. Aber wenn Sie sich Sorgen um Ihre Freundin machen und wissen wollen, was mit ihr passiert ist, sollten Sie uns zwei, drei Fragen beantworten. Vermutlich kann ich Sie dann schnell wieder beruhigen.»

Petersen zog ihre linke Augenbraue hoch und sah ihn fragend an. Steenhoff zuckte mit der Schulter. In ihrem Job mussten sie viele Rollen beherrschen. Manchmal galt es, den knallharten Ermittler zu mimen, manchmal den verständnisvollen Seelsorger.

Steenhoff ging intuitiv vor. Er spürte, was der andere gerade brauchte. Eine Fähigkeit, um die ihn viele Kollegen bei Vernehmungen beneideten. Doch manchmal fragte er sich, wie nah er selbst der Denk- und Gefühlswelt eines Verbrechers war. Konnte er nur gut schauspielern und Verständnis für Taten und Handlungen heucheln, wo es eigentlich nur tiefste Verachtung geben durfte? Oder hatte seine Fähigkeit, sich in die verworrenen Erklärungen eines Täters hineinzuversetzen, auch noch einen anderen Hintergrund? Der beiläufig dahingeworfene Satz eines längst pensionierten Kollegen kam ihm oft in den Sinn: «Jeder gute Kriminalbeamte hat das Potenzial eines Verbrechers. Wir haben uns nur entschieden, auf der anderen Seite zu stehen.»

Diese These hatte vor Jahren auf einer Weihnachtsfeier für Streit unter den Beamten gesorgt. Steenhoff hatte damals nichts dazu gesagt. Aber die provokante Äußerung des Kollegen beschäftigte ihn noch immer.

«Ich habe Angst, dass das tote Mädchen aus der Sendung meine Freundin ist», stieß der Anrufer plötzlich hervor.

Er sprach mit brüchiger Stimme. Steenhoff schätzte ihn auf höchstens 20. «Wie kommen Sie darauf?»

«Sie hat sich seit fünf Tagen nicht mehr gemeldet.»

«Und Sie haben ein enges Verhältnis?»

«Ja. Wir lieben uns. Wir schreiben uns täglich mehrere SMS. Aber seit ein paar Tagen antwortet sie nicht mehr.»

«Seit wann genau?»

«Seit Montag.»

Steenhoff und Petersen wechselten einen Blick.

«Vielleicht sucht sie einfach ein bisschen Abstand zu Ihnen?», nahm Steenhoff den Faden wieder auf.

Der Mann schwieg.

«Oder sie hat sich in einen anderen verliebt.»

Wie erwartet, war die Reaktion heftig. «Nilgün ist nicht so eine. Selbst wenn sie Schluss machen wollte, würde sie mir das niemals am Telefon sagen. Sie ist der aufrichtigste Mensch, der mir jemals begegnet ist. Auch wenn das ihre Eltern anders sehen.»

«Warum sollten Nilgüns Eltern schlecht von ihrer Tochter denken?», hakte Steenhoff mit wachsender Spannung nach.

«Weil sie es ihr niemals erlauben würden, sich mit einem Deutschen zu treffen, geschweige denn, einen Freund zu haben.»

«Ist es denn ein Verbrechen, einen Freund zu haben?»

«Ja.» Der Mann machte eine kurze Pause und fügte dann hinzu: «Zumindest bei denen.»

Steenhoff beschloss, vorerst an einer anderen Stelle weiterzumachen. «Erkennen Sie den Schmuck wieder?»

Der Atem des Anrufers ging wieder schneller, und Steenhoff hatte den Eindruck, als würde der Mann dem Druck nicht mehr lange standhalten.

«Der Ohrring mit dem violetten Herz sieht genauso aus wie der, den ich ihr zum sechzehnten Geburtstag geschenkt habe.»

«Einen oder zwei Ohrringe?»

«Zwei. Sie hat ja auch zwei Ohrlöcher.»

Petersen nickte bestätigend. Auch Körpergröße, Haarfarbe und Haarlänge, die der Anrufer beschrieb, passten auf die Tote. Zudem bestätigte der Mann, dass seine Freundin manchmal einen goldenen Armreif trug. «Was ist mit der Bekleidung der Toten? Erkennen Sie die wieder?»

«Nein.»

Steenhoff dachte über die Aussagen des Anrufers nach. Es sprach vieles dafür, dass es sich bei der Toten um die 16-jährige Nilgün handelte. Aber warum hatte ihre Familie sich nicht bei der Polizei gemeldet? Oder ihre Lehrer und Freundinnen? Ein junges Mädchen verschwand nicht einfach von der Bildfläche, ohne dass es jemandem auffiel.

Plötzlich schob ihm Petersen einen Zettel mit der Notiz hin: «Frag nach den Fingernägeln.»

Steenhoff räusperte sich. «Betreibt Ihre Freundin Maniküre?»

«Wie jetzt?»

«Was ich wissen will, ist, ob Ihre Freundin gepflegte Fingernägel hat?»

«Sie hat lange Fingernägel und immer viel dran rumgefeilt. Wenn wir uns getroffen haben, waren ihre Fingernägel manchmal rot angemalt. Kurz bevor sie wieder nach Hause fuhr, hat sie die Farbe mit Nagellackentferner wieder abgenommen. Ihre Brüder hätten sie wohl sonst beschimpft.»

Steenhoff sah aus dem Augenwinkel, wie Petersen ihre Hand zur Faust ballte.

«Warum haben Sie eigentlich Angst, uns Ihren Namen zu verraten?», fragte Steenhoff freundlich. «Das Verhältnis, das Sie zu Ihrer Freundin haben, ist doch völlig normal. Da gibt es nichts, wofür Sie sich schämen müssten. Außerdem verlieben sich viele junge Menschen in jemanden, den die Eltern anfangs nicht so mögen.»

Die Antwort kam wie aus der Pistole geschossen: «Wenn Nilgün nichts passiert ist, und ihre Eltern erfahren über die Polizei, dass wir zusammen sind, wäre das eine Katastrophe.»

«Hören Sie, wir werden nichts tun, was Ihre Freundin gefährdet. Aber wir sollten uns treffen.»

«Nein!», wehrte der Mann heftig ab. «Ich werde noch ein paar Tage warten. Das Risiko ist zu groß. Aber wenn sie bis Ende nächster Woche nicht aufgetaucht ist, dann melde ich mich wieder.»

Steenhoff wusste, dass er jetzt handeln musste. Seine Stimme hatte plötzlich jede Freundlichkeit verloren: «Wenn Sie jetzt auflegen, stehen in fünf Minuten zwei Streifenwagen vor Ihrer Tür. Wir haben Ihre Telefonverbindung zurückverfolgt. Sie haben die Wahl, entweder Sie stellen sich freiwillig als wichtiger Zeuge zur Verfügung, oder wir holen Sie!»

Der Mann schwieg. Aber er legte nicht auf. Steenhoff meinte zu spüren, wie es in dem Anrufer arbeitete.

Schließlich sagte der Mann mit einer Stimme, die Steenhoff an ein beleidigtes Kind erinnerte: «Das war nicht fair. Sie haben mich ausgetrickst.»

«Wir sind dringend auf Ihre Mitarbeit angewiesen. Es tut mir leid, dass ich Ihnen das sagen muss, aber bislang spricht einiges dafür, dass es sich bei der Toten um Ihre Freundin handelt. Wenn Sie jetzt auflegen, bekommt auch der Täter einen Vorsprung. Also ...?»

«Also was?»

«Wie heißt Ihre Freundin mit vollem Namen?»

«Nilgün Cetin. Sie lebt mit ihrer Familie im Bremer Westen, in Gröpelingen oder Walle.»

«Und wie lautet Ihr Name?»

«Roman. Roman Rodewaldt.»

«Sie wohnen noch bei Ihren Eltern?» Es war mehr eine Feststellung als eine Frage.

«Ja. Jortzigerstraße 44. In Schwachhausen.»

«Gut. Warten Sie bitte dort auf uns. Meine Kollegin und ich sind in zehn Minuten bei Ihnen.»

Steenhoff legte auf.

«Wie kommst du darauf, dass wir so schnell seine Nummer herausgefunden hätten?», fragte Navideh Petersen verwundert. «Die Nummer war unterdrückt, und zudem hat er vermutlich aus einer Telefonzelle angerufen. Im Hintergrund waren Verkehrsgeräusche zu hören.»

«Wer sagt denn, dass Polizeibeamte immer die Wahrheit sagen müssen?», erwiderte Steenhoff trocken. «Ich musste ein bisschen nachhelfen, sonst wäre er uns abgesprungen, vor lauter Angst, etwas Falsches zu tun. Notfalls hätten wir aber die Uhrzeit notiert und den Anrufer per richterlichem Beschluss über die Telekom zurückverfolgt. Ich glaube übrigens nicht, dass er von einer Telefonzelle aus anrief. Der war zu aufgeregt, um sich mit solchen Verschleierungstaktiken zu beschäftigen.»

«Und woher wusstest du, dass er noch bei seinen Eltern lebt?»

«Er klang nicht wie jemand, der schon für sich allein Verantwortung übernimmt. Oder wie hat er auf dich gewirkt?»

Navideh musste Steenhoff recht geben. «Ja, er wirkte jung. Wie ein verängstigter Jugendlicher.» Sie überlegte. «Was meinst du? Heißt unser Opfer Nilgün?»

Steenhoff griff sich seine schwarze Lederjacke und steckte den Autoschlüssel ihres Dienstwagens ein. «Bislang spricht alles dafür.»

Noch während sie über den Hof des Präsidiums gingen, rief Navideh Michael Wessel an und bat ihn, den Namen des jungen Zeugen und seiner Freundin zu überprüfen. Schon nach wenigen Minuten meldete sich Wessel wieder bei ihr.

«Roman Rodewaldt hat nichts auf dem Zettel. Kein Ladendiebstahl, kein BTM-Verstoß – nichts. So, wie wir uns die jungen Leute immer wünschen. Laut Einwohnermeldeamt lebt er gemeinsam mit seinen Eltern, Cornelia und Klaus Rodewaldt, in der Jortzigerstraße 44. Auch die beiden sind polizeilich unbeschriebene Blätter. Der Vater ist übrigens Hochschulprofessor.»

«Und das Mädchen? Nilgün?»

«Ist polizeilich auch nie in Erscheinung getreten. Sie wohnt mit ihren drei Geschwistern zu Hause bei ihren Eltern in Walle. Der Vater besitzt einen Gemüseladen in Gröpelingen, in dem auch einer ihrer Brüder und die Mutter mitarbeiten. Ich hab mal eben kurz beim Revier nachgefragt. Ein Kollege kennt die Familie. Einer der beiden Brüder ist mal vor zwei Jahren wegen eines Körperverletzungsdelikts aufgefallen. Sonst scheint es dort nichts zu geben.»

Wenige Minuten später bog Steenhoff in die Jortzigerstraße ein. Die Parkbuchten waren mit gepflegten Kleinwagen besetzt. Er stellte den Dienstwagen in einer Nachbarstraße ab.

Navideh Petersen zeigte auf ein weiß getünchtes, dreistöckiges Haus, vor dem eine Magnolie stand. Ihre ausladenden Zweige waren so geschnitten, dass jeder Besucher wie durch einen grünen Blättertunnel auf den Eingang zukam. An der Vorderfront rankte eine alte Glyzinie empor. Ihr mehrfach gedrehter dicker Stamm verriet, dass die Kletterpflanze an die hundert Jahre alt war und aus derselben

Zeit stammte, in der auch das Haus erbaut wurde. Blühende buschartige Goldruten sorgten für gelbe Farbtupfer im Vorgarten.

Bevor Steenhoff und Petersen klingeln konnten, öffnete ihnen ein junger Mann schon die Tür. Roman Rodewaldt war groß. Er überragte Steenhoff um einige Zentimeter. Und er war auffällig blass. Seine rotgeränderten Augen verrieten, dass er geweint haben musste.

Als ihm Navideh die Hand zur Begrüßung reichte, fiel ihr sein weicher Händedruck auf. Sie lächelte ihn aufmunternd an, aber Roman Rodewaldt hatte sich schon umgedreht und seine Besucher aufgefordert, ihm ins Wohnzimmer zu folgen. Hinter einem schmalen Flur lag ein großer lichtdurchfluteter Raum; Küche und Wohnzimmer gingen ineinander über. Optischer Mittelpunkt des Raumes war ein Kaminofen. Roman zeigte auf eine lederne Sitzgarnitur und wartete, bis sich die Beamten gesetzt hatten. Dann hockte er sich auf die vorderste Kante eines Sessels und knetete nervös seine Hände.

Navideh Petersen betrachtete den jungen Mann stumm. Gleich springt er auf und rennt weg, dachte sie. Mit seinen schmalen Schultern und den langen feingliedrigen Fingern wirkte Roman Rodewaldt zerbrechlich. Umso überraschter war Navideh über die Frage, die er den beiden Ermittlern unvermittelt stellte: «Darf ich die Tote sehen?»

Steenhoff wechselte einen schnellen Blick mit seiner Kollegin, den sie eindeutig als Nein interpretierte.

«Die junge Frau, deren Identität wir aufzuklären versuchen», sagte Steenhoff abwehrend, «lag tagelang mit dem Gesicht auf einer feuchten Wiese. Sie würden sie nicht wiedererkennen.» Es gab andere Mittel, den Verdacht abzuklären. Falls es wirklich seine Freundin wäre, würde er den

Anblick der Toten nie vergessen. Das wollte Steenhoff ihm ersparen. Es reichte, wenn die Eltern das Mädchen identifizierten.

«Aber ich muss wissen, was mit Nilgün passiert ist», sagte Roman heftig.

«Das möchten wir auch wissen. Und deswegen müssen Sie uns jetzt so präzise wie möglich alle Fragen beantworten», meinte Steenhoff ruhig, und Roman nickte resigniert.

In der folgenden Stunde erfuhren Steenhoff und Petersen, dass Roman 17 Jahre alt war und die letzte Klasse des Anna-Lühring-Gymnasiums besuchte. Nilgün war ein Jahrgang unter ihm. Die beiden hatten sich bei den Projekttagen der Schule vor gut einem Jahr im Schachkurs kennengelernt.

«Nilgün war das einzige Mädchen im Kurs. Aber sie hat uns alle an die Wand gespielt. Sie ist sehr klug», erzählte Roman stolz. Er hatte sich sofort in die zurückhaltende Schülerin verliebt und sie am Ende der Projekttage zum Eis eingeladen. Doch das Mädchen hatte abgelehnt. Aber so schnell wollte Roman nicht aufgeben. Per SMS lud er sie zu der Party seines besten Freundes ein. Wieder sagte Nilgün ab, dennoch interpretierte Roman ihre Antwort positiv. «Sie bedankte sich für die Einladung und schrieb, dass es ihr sehr leidtue, sie aber nicht kommen könne», erzählte er den Ermittlern. Offenbar erinnerte er sich gern an diese Kennenlernphase. Navideh Petersen fand, dass seine Wangen wieder etwas Farbe bekommen hatten.

«Irgendwann habe ich sie zu einer Partie Schach zu uns nach Hause eingeladen – da ist sie gekommen. Aber erst, nachdem sie sich erkundigt hatte, ob meine Mutter ebenfalls zu Hause sei.» Bei dem Gedanken daran schüttelte Roman den Kopf und lachte leise auf. «Sie legt großen Wert auf Anstand und Regeln. Es hat Wochen gedauert, bis ich sie das erste Mal küssen durfte.»

Schlagartig wurde er wieder ernst. «Ich würde es nicht aushalten, wenn ihr etwas passiert wäre. Bitte, finden Sie sie! Vielleicht haben ihre Eltern oder ihre Brüder ja doch etwas über uns herausgefunden und sie in die Türkei gebracht. Sie müssen Nilgün das Handy weggenommen oder sie eingesperrt haben. Sonst hätte sie sich längst gemeldet.» Roman war nah dran, panisch zu werden. «Wenn die sie in die Türkei gebracht haben, um sie dort zu verheiraten, wäre sie in Lebensgefahr. Denn wir ...» Verlegen brach er mitten im Satz ab.

«Meinen Sie, Nilgün könnte sich in Lebensgefahr befinden, weil sie verbotenerweise ein intimes Verhältnis miteinander hatten?», sprang ihm Navideh Petersen bei.

Roman hob den Blick und sah sie verzweifelt an. «Ja. Sex vor der Ehe gilt in ihrer Familie als Todsünde. Zumindest bei den Mädchen. Es geht da irgendwie um Ehre oder so'n Scheiß.» Wütend fuhr er sich durch sein kurzes braunes Haar. «Ihr ältester Bruder darf natürlich eine Freundin haben. Sogar eine Deutsche. Die wird dann vermutlich irgendwann auf Anordnung von Papa sitzengelassen, und dann muss Murat ein türkisches Mädchen aus gutem Hause heiraten.» Er schnaufte verächtlich. «Am besten eine Analphabetin aus einem hinteranatolischem Dorf, die sich in Deutschland ohne Widerspruch herumkommandieren lässt.»

«Roman, wie kannst du so über Nilgüns Familie reden?» Der scharfe Tadel ließ den 17-Jährigen herumfahren. In der Tür stand ein Mann, der fassungslos von seinem Sohn zu den unbekannten Besuchern sah. «Darf ich fragen, wer Sie sind und was Sie von meinem Sohn wollen?»

Steenhoff stand vom Sofa auf und reichte ihm die Hand. «Frank Steenhoff, Mordkommission Bremen. Das ist meine Kollegin Navideh Petersen.»

Romans Vater sah die beiden Besucher verblüfft an. «Mordkommission? Um Gottes willen, was haben wir mit der Mordkommission zu tun?»

«Wir haben leider Grund zu der Annahme, dass Romans Freundin Opfer eines Verbrechens geworden ist», sagte Navideh vorsichtig.

«Nilgün?» Klaus Rodewaldt war erschüttert.

«Ja, Nilgün Cetin», bestätigte sie.

Eine unheilvolle Stille breitete sich im Raum aus, die plötzlich von einem lauten Schluchzer zerrissen wurde. Roman war aufgestanden, taumelte und versuchte vergeblich, sich am Kaminofen abzustützen. Mit einem Satz war Navideh bei ihm. Sie hatte schon die ganze Zeit damit gerechnet, dass der junge Mann irgendwann seine mühsam aufrechterhaltene Fassung verlieren würde. Jetzt, wo sein Vater erschienen war, konnte er sich endlich fallen lassen. Doch nicht Klaus Rodewaldt nahm ihn in den Arm, sondern sie, Navideh Petersen.

Der junge Mann ließ es geschehen und klammerte sich an die fremde Polizistin, als könne sie allein ihn vor dem drohenden Sturz in den Abgrund bewahren.

Auch Klaus Rodewaldts Augen füllten sich mit Tränen. «Ich … Ich verstehe immer noch nicht, was … was passiert ist», sagte er stammelnd und strich seinem Sohn unbeholfen über den Rücken.

Steenhoff bat ihn, sich zu setzen, und erklärte ihm in wenigen Sätzen, warum sie den Verdacht hatten, dass es sich bei der jungen Frau um Nilgün Cetin handeln könnte.

Klaus Rodewaldt hörte sich Steenhoffs Zusammenfassung an, ohne ihn ein einziges Mal zu unterbrechen. Dann fragte er mit zitternder Stimme: «Wie sicher sind Sie sich?»

«Wie gesagt, es spricht vieles dafür, aber noch fehlt uns der letzte Beweis.»

«Und was sagen die Eltern des Mädchens dazu?»

«Die haben wir noch nicht befragen können», antwortete Steenhoff.

Roman hatte sich inzwischen wieder von Navideh gelöst und sich neben seinen Vater aufs Sofa gesetzt.

Petersen griff in ihren Lederrucksack, holte vier durchsichtige Plastiktüten heraus, in denen sich die Schmuckstücke der Toten befanden, und wandte sich an den jungen Mann: «Roman, erkennen Sie den Ohrring, die Uhr und den Armreif wieder? Oder den goldenen Ring?»

Roman schien wie erstarrt. Gebannt starrte er auf die Schmuckstücke. Dann gab er sich einen Ruck, nahm die Tüte mit dem Ohrring in die Hand und ging damit zum Fenster.

Als er wieder hochschaute, meinte Navideh einen Funken Hoffnung in seinen Augen aufblitzen zu sehen. «Er sieht genauso aus wie der, den ich Nilgün geschenkt habe. Aber der hatte keinen Kratzer. Ich meine ...» Er sah sie beschwörend an. «Das ist ja schließlich kein Unikat. Solche Ohrringe gibt es bestimmt hundertfach in den Geschäften!»

Mit neuer Kraft betrachtete er nun auch den Armreif und den Ring. Zu Steenhoffs Überraschung schüttelte er auf einmal energisch den Kopf. «Nein, Nilgün trägt zwar manchmal goldene Armreife, aber so sahen die nicht aus! Und der Ring war auch anders. Irgendwie schmaler.» Er räusperte sich. «Die Uhr kenne ich auch nicht.»

«Sind Sie sicher?»

Roman Rodewaldt nickte überzeugt. «Ja, absolut sicher.»

Navideh, die hinter den Männern stand, machte Steenhoff ein Zeichen und griff sich demonstrativ in ihre langen, gewellten Haare.

Steenhoff verstand sofort. «Besitzen Sie ein Kleidungsstück von Nilgün, oder gibt es eine Haarbürste, die sie benutzt hat, wenn sie hier war?»

Der Junge nickte zögernd. Mit hängenden Schultern verließ er das Wohnzimmer. Navideh ging mit ihm in sein Zimmer und ließ die Bürste, die er ihr reichte, in eine durchsichtige Tüte fallen.

Direkt neben dem Spiegel hing das Poster einer jungen, perfekt geschminkten Sängerin, die kokett in die Kamera lachte und ihre halblangen, schwarz glänzenden Haare mit den Fingern zurückstrich. Die ersten drei Knöpfe ihrer Bluse hatte sie geöffnet, sodass der Betrachter den Ansatz ihres schwarzen BHs erkennen konnte. Navideh kannte die Frau nicht. Aber die Band, die auf einem Poster über Romans Bett hing, hatte schon häufiger in Bremen gespielt. Navideh sah sich weiter um. Die Zimmertür schmückte der schon in die Jahre gekommene Aufruf einer Bürgerinitiative, die Castor-Transporte zu stoppen. Roman Rodewaldt schien ein politisch interessierter Schüler zu sein. Für einen Heranwachsenden war das Zimmer zudem erstaunlich aufgeräumt. Voller Bewunderung registrierte Navideh, wie viele Bücher der Junge offenbar schon gelesen hatte. Eine ganze Regalwand war bis zur Decke mit Büchern gefüllt. Nur der Sandsack, der an einer schweren Kette in einer Ecke des Zimmers von der Decke baumelte, wirkte auf sie wie ein Fremdkörper im Raum.

Roman bemerkte ihren Blick und verzog seinen Mund

zu einem schmallippigen Lächeln. «Den Sack hat mein Vater mir reingehängt. Er meinte, ich müsse ja irgendwo meine Aggressionen loswerden.»

«Und hilft es?»

Roman zuckte mit den Achseln. «Eigentlich bin ich selten sauer auf irgendwas. Aber dafür haut mein Vater am Wochenende öfter drauf rum.»

Navideh wollte gerade hinausgehen, als ihr Blick erneut an der unbekannten Sängerin auf dem Poster neben dem Spiegel hängenblieb. Sie ging näher ran. Am rechten Arm trug die junge Frau einen goldenen Armreif, ihre Nägel waren leuchtend rot lackiert. Beklommen zog Navideh den Armreif des toten Mädchens vom Bunker Valentin hervor.

Roman stand direkt hinter ihr. «Sie mag das Foto nicht», sagte er wie aus weiter Ferne. «Sie findet sich zu dick auf dem Bild.» Unwillig schüttelte er den Kopf. «Dabei ist sie das schönste Mädchen auf unserer Schule.» Er machte einen Schritt nach vorn und strich mit den Fingern seiner rechten Hand zärtlich über ihr Gesicht. «Warum meldet sie sich nicht bei mir?»

Dann fing er hemmungslos an zu weinen.

Stumm ließ Navideh den Armreif in ihrer Tasche verschwinden und legte dem Jungen die Hand auf die Schulter. «Roman, es gibt noch eine wichtige Frage, die ich dir stellen muss. Hast du gewusst, dass Nilgün schwanger war?»

Verständnislos sah Roman sie an. Kurz darauf entfuhr ihm ein spitzer Schrei.

Als Klaus Rodewaldt seinen Sohn aufschreien hörte, sprang er vom Sofa auf und sah Steenhoff wütend an. «Sie platzen hier einfach unangemeldet rein und bringen das Leben meines Sohnes durcheinander. Was gibt Ihnen eigentlich das Recht dazu, den Jungen mit diesen ungeheuerlichen Behauptungen so fertigzumachen? Womöglich ist die Tote gar nicht Nilgün, und Roman tut sich noch etwas an!»

«Wir werden uns so schnell wie möglich Gewissheit verschaffen und Sie benachrichtigen», versprach Steenhoff. Er machte Petersen, die jetzt im Türrahmen vom Wohnzimmer auftauchte, ein Zeichen zum Gehen.

Klaus Rodewaldt eilte mit großen Schritten die Treppe hinauf. Das Weinen klang jetzt gedämpfter, und Steenhoff vermutete, dass Roman auf seinem Bett lag und sein Gesicht in den Kissen vergrub. Auch er machte sich Sorgen um die psychische Verfassung des Jungen.

Mitten im Lauf stoppte Klaus Rodewaldt plötzlich und drehte sich noch einmal zu ihnen um. «Wie sind Sie eigentlich auf unsere Familie gekommen?»

«Ihr Sohn hat auf den Fernsehbeitrag bei *buten un binnen* reagiert und uns angerufen. Er meinte Nilgün als die Tote erkannt zu haben», antwortete Steenhoff.

Klaus Rodewaldt verzog die Mundwinkel. «Sehen Sie zu, dass Sie Gewissheit bekommen. Vermutlich ist Romans Freundin einfach mit einem anderen Jungen zusammen.» Dann ließ er die beiden Ermittler stehen und verschwand im Zimmer seines Sohnes.

Steenhoff und Petersen gingen schweigend zur Haustür. Erst als sie wieder auf der Straße waren, erzählte Navideh von dem Poster in Romans Zimmer. «Der Armreif, den Nilgün auf dem Bild trägt, sieht genauso aus wie der, den wir beim Opfer gefunden haben. Ich habe ihn aus der Tüte geholt und daneben gehalten. Roman stand direkt hinter mir. Wir haben dasselbe gesehen, aber der Junge hat mich trotzdem gefragt, warum sich Nilgün nicht meldet.»

«Er leugnet das Offensichtliche», erwiderte Steenhoff. «Vermutlich fürchtet er die Wahrheit.»

«Vermutlich?», fragte Petersen verwundert. «Glaubst du, er könnte etwas mit Nilgüns Tod zu tun haben und uns seine Verzweiflung nur vorspielen?»

Steenhoff zuckte mit den Achseln. «Du weißt genauso gut wie ich, dass 90 Prozent aller Tötungsdelikte von jemandem aus dem näheren sozialen Umfeld der Opfer begangen werden. Und es war wohl kaum jemand näher dran an Nilgün als Roman. Vielleicht wollte ihn das Mädchen verlassen, und er ist durchgedreht?»

«Und wie passt der merkwürdige Fundort zu deiner Theorie?»

«Gar nicht», erwiderte Steenhoff trocken. Er öffnete das Dienstauto und machte Petersen ein Zeichen einzusteigen. «Deswegen bringen wir auch erst die Haarbürste ins Labor und fahren dann erst nach Walle.»

06

Saliha öffnete behutsam ihre Zimmertür. Durch den schmalen Spalt sah sie einen kleinen Ausschnitt des Wohnzimmers. Die weiß gestrichene Wand über dem Sofa war nackt bis auf zwei dunkel gebeizte Holzplatten, auf denen in geschwungenen, arabischen Schriftzeichen Koranverse zu lesen waren. Ihr Vater hatte die Verse rahmen und hinter Glas setzen lassen. Saliha hatte vergessen, was sie besagten. Im Gegensatz zu ihrem Vater Kemal und ihren Brüdern ging Saliha nur selten in die Moschee. Sie traf ihre Freundinnen lieber in der Schule oder beim Sport. Ihr Vater zwang sie nicht, in der Moschee zu beten. Er vertrat die Ansicht, dass seine Kinder selbst den Weg zu Allah finden müssten. Auch überließ er seinen Töchtern die Entscheidung, ob sie ein Kopftuch tragen wollten oder nicht.

Ihre *Anne* ging schon als Mädchen in der Türkei nicht ohne Kopfbedeckung vor die Tür. Und auch in Deutschland hatte sie das Kopftuch außerhalb des Hauses nie abgelegt. Dennoch bestand Besma Cetin nicht darauf, dass ihre Töchter es ihr gleichtun sollten. Saliha war deshalb sehr stolz auf ihre Eltern. Obwohl sie beide auf dem Dorf geboren waren, weit entfernt von der nächsten Stadt, ließen sie ihren Kindern mehr Freiheiten als viele andere Familien aus der Nachbarschaft. Sie vertrauten ihren Töchtern, dass sie niemals die Familienehre beflecken würden. So hatten Nilgün und Saliha auf jede Klassenfahrt mitfahren dürfen. Ihr *Baba* hatte sich lediglich jedes Mal vorher von der Klassenlehrerin in die Hand versichern lassen, dass seine Töchter im Landschulheim kein Schweinefleisch essen mussten. Dass Jungen und Mädchen in getrennten Zimmern schliefen, hatten ihre Lehrer stets von sich aus auf den Vorbereitungsabenden betont.

Auch der Schwimmunterricht in der Grundschule war nie ein Problem für ihren Vater gewesen. Nilgün hatte sich am Ende der vierten Klasse allerdings trotzdem nur mühsam ein paar Meter über Wasser halten können. Saliha dagegen schaffte das silberne Schwimmabzeichen gleich beim ersten Versuch. Den Ausweis hatte sie gerahmt und über ihr Bett gehängt, gemeinsam mit einer bronzenen Medaille über 50 Meter Brustschwimmen. Ihre deutsche Freundin Lena holte bei demselben Schulturnier Gold. Wie hatte Saliha ihre Freundin beneidet! Lena schien im Wasser zu Hause zu sein. Regelmäßig ging sie am Wochenende mit ihren Eltern zum Baden. Im Winter ins Hallenbad, im Sommer an einen der vielen Bremer Seen. Für *Anne* dagegen wäre es undenkbar, sich vor fremden Männern im Badeanzug zu zeigen. Und auch ihrem Vater Kemal wäre es nicht eingefallen, sich eine Badehose anzuziehen und mit seinen Kindern im Wasser zu toben. Deutsche machten das – aber von den türkischen Nachbarn in der Straße ging niemand mit seinen Kindern schwimmen.

Seit Saliha 13 Jahre alt war, mied sie Bäder und Seen. Ihre Eltern hatten ihr gegenüber nie ein direktes Verbot ausgesprochen, aber Saliha spürte, dass sie es nicht gewollt hätten, wenn sich ihre jüngste Tochter in dieser Hinsicht wie eine Deutsche verhielt. So sah sie ihren Brüdern im Sommer zwar sehnsüchtig hinterher, wenn sie sich mit Klassenkameraden zum Schwimmen trafen. Aber sie nahm sich nie heraus, dasselbe zu tun. Murat und Osman waren Jungen. Ihr Leben verlief nach anderen Regeln.

So wie heute, wenn Osman und Murat bei ihrem Vater im Wohnzimmer saßen, während Saliha sich mal wieder in das winzige Schlafzimmer zurückzog, das sie sich mit Nilgün teilte. *Anne* war auch zu Hause. Natürlich. Wo sollte sie sonst sein? Aber Saliha hörte und sah nichts von ihr. Ihre Mutter hatte die Fähigkeit, sich in Luft aufzulösen, wenn *Baba* wütend oder gereizt war. Sie konnte dann putzen, kochen und das Essen servieren, ohne dass man sie bemerkte. Fast schien es Saliha, als würden die Dinge des täglichen Lebens von ganz allein geschehen.

Saliha hatte nie mit ihrer Mutter darüber gesprochen, aber Nilgün sah es ähnlich. Bei einem ihrer langen nächtlichen Gespräche bemerkte sie böse: «Das ist die Überlebensstrategie von vielen türkischen und arabischen Frauen: möglichst aus dem Bewusstsein ihrer Männer zu verschwinden.» Saliha hatte protestiert, schließlich schlug ihr Vater die Mutter nur selten. In den vergangenen Jahren erinnerte sie nur eine Handvoll Situationen, in denen ihr Vater die Mutter mit einer Ohrfeige für ihr Verhalten strafte. Aber insgeheim fand sie auch, dass *Anne* fast immer geduckt wirkte, wenn ihr Mann im Raum war. Und auch die beiden Schwestern sprachen mit gedämpften Stimmen, sobald Männer die Wohnung betraten.

Saliha war ihr eigenes Verhalten erst aufgefallen, nachdem die ältere Schwester sie darauf aufmerksam gemacht hatte. Zunächst protestierte sie und wandte ein, dass es schließlich eine Form des Respekts gegenüber dem Vater und anderen erwachsenen Männern sei. Aber Nilgün fegte ihr Argument wütend beiseite: «Wir unterwerfen uns den Männern und den Traditionen in unserer Familie und merken es noch nicht einmal. Du und ich, wir ähneln dummen Hühnern, die mit ein paar hingeworfenen Brocken zufrieden sind und glauben, wir könnten selbst über unser Leben entscheiden. Nur weil sie mich zum Gymnasium gehen lassen und nichts dagegen haben, dass du in einer Mädchenmannschaft Volleyball spielst!» Sie schnalzte abfällig. «So dumm sind wir, dass wir schon ein bisschen Freiheit mit einem selbstbestimmten Leben verwechseln!»

Wütend hatte sich Nilgün damals im Bett aufgesetzt und mit der Faust auf die Bettdecke gehauen. «Und Osman und Murat? Die sind niemandem Rechenschaft schuldig. Unsere Brüder können sich treffen, mit wem sie wollen und wann sie wollen. Nur wir beide nicht. Schließlich ist unsere heilige Familienehre davon abhängig, wie sich *Anne*, du und ich in jeder einzelnen Minute unseres Lebens verhalten. Wie wir Frauen der Familie sprechen, uns anziehen, ob wir den Blick rechtzeitig senken oder es gar wagen, mit einem fremden Jungen oder mit einem Mann in der Öffentlichkeit laut zu lachen.»

Saliha war damals so schockiert, dass sie nichts erwidern konnte. Sie hörte, wie ihre Schwester im Bett neben ihr schwer atmete. Als sie schon glaubte, Nilgün sei eingeschlafen, schaltete ihre Schwester plötzlich das Licht ein und packte Saliha am Arm. «Ich sage dir, Saliha: Die Familienehre ist nichts anderes als ein verdammtes Frauengefängnis. Aber ich will nicht immer eingesperrt sein. Ich schwöre, wenn die Zeit gekommen ist, werden sie für mich die Türen aufschließen, oder ich werde ausbrechen.»

Saliha starrte ihre Schwester entsetzt an. Nilgün war für ihren messerscharfen Verstand bekannt, aber noch nie hatte Saliha sie so über die eigene Familie reden hören. Erst als Saliha heftig anfing zu weinen, wurden Nilgüns Gesichtszüge wieder eine Spur weicher. «Du brauchst keine Angst zu haben. *Anne* und *Baba* werden mich eines Tages gehen lassen. Ganz bestimmt. Und dich auch!» Tröstend zog Nilgün sie an sich.

Wieder wagte Saliha einen längeren Blick ins Wohnzimmer. Ihre beiden Brüder saßen auf der Couch und schauten stumm zu Boden. Osman zerrupfte einen Werbeprospekt. Murat stierte regungslos auf einen Punkt auf dem Teppich zu seinen Füßen. Die aufgebrachte Stimme ihres Vaters ließ Saliha zusammenzucken. Hastig schloss sie die Tür bis auf einen winzigen Spalt. Angestrengt versuchte sie zu verstehen, worum es in dem Telefonat ging. Als ihr Vater mehrmals den Namen «Ayub» fallen ließ, ahnte sie, dass er mit seinem älteren Bruder in Bremerhaven sprach. Ob er es ihm gesagt hatte?

Saliha verspürte das dringende Bedürfnis, zur Toilette zu gehen. Aber sie blieb in ihrem Zimmer. Seitdem ihre Schwester nicht von der Schule zurückgekommen war, wagte sie kaum noch zu atmen. Das Unvorstellbare war geschehen: Nilgün, ihre Vertraute, war weg. Niemals hätte sie sich träumen lassen, dass ihre ältere Schwester sie ohne ein Wort, ohne Vorankündigung verlassen würde.

Die beiden Schwestern hatten immer über alles gesprochen. Vor einigen Wochen auch über das Unaussprechliche. Darüber, dass Nilgün seit Ende Juni vergangenen Jahres einen Freund hatte. Einen Deutschen aus ihrer Schule. Einmal nannte sie im Schlaf seinen Namen. Seitdem beobachtete Saliha jede Regung Nilgüns ganz genau. Aber sie ließ sich nichts anmerken. Bis zu dem Nachmittag im Spätsommer, an dem Nilgün versehentlich ihr Handy auf dem Bett liegenließ, weil ihre Mutter sie in die Küche rief. Als Saliha sah, dass eine SMS für ihre Schwester angekommen war, konnte sie der Versuchung nicht widerstehen und öffnete die Nachricht. Saliha war wie vom Donner gerührt. Der Junge aus den Träumen hatte Nilgün geschrieben. Einen einzigen Satz nur. Fünf Wörter, die Nilgüns Leben zerstören könnten, wenn die Falschen sie zu lesen bekämen: «Der Montag war wieder wunderschön! R.»

Saliha zweifelte damals keinen Moment, dass sich hinter der Abkürzung der Junge verbarg, dessen Namen Nilgün im Traum gerufen hatte. Als sie abends kurz vorm Einschlafen ihre Schwester auf die SMS ansprach, fühlte sie, wie der Körper im Bett neben ihr erstarrte. Sie schämte sich, dass sie an Nilgüns Handy gegangen war, und wollte ihre Schwester in den Arm nehmen und sich entschuldigen, aber Nilgün stieß Saliha weg. Sie war außer sich und beschimpfte Saliha mit mühsam unterdrückter Stimme. Saliha bat immer wieder um Verzeihung, aber erst, als sie schwor, ihren Eltern niemals etwas davon zu erzählen, beruhigte sich Nilgün langsam wieder. Dann sprach sie von Roman. Erst zögerlich und jedes Wort abwägend. Schließlich wurden ihre Schilderungen immer detaillierter. Nilgün beschrieb die Geschenke, die Roman ihr machte, seine Zettel, die er ihr in der Schule zusteckte und die sie nach dem Lesen sofort vernichtete, sein mit Bücherregalen vollgestelltes Zimmer, in das sie beide sich ungestört von seinen Eltern zurückziehen konnten. Und schließlich erzählte sie atemlos auch von dem Undenkbaren, das sie begangen hatten. Saliha hörte zu, zitternd vor Angst und Faszination. Nie würde sie wagen, was ihre ältere Schwester seit Monaten riskierte. Aber Nilgün war klug und mutig

Und nun war sie verschwunden.

Spätestens um 19 Uhr war Nilgün montags immer nach Hause gekommen. Als sie heute um Viertel nach acht immer noch nicht da war, hatte *Anne* den Vater im Laden angerufen. Eine Viertelstunde später stand Kemal Cetin schnaubend in der Wohnung. Er war wütend, weil Nilgün nicht an ihr Handy ging. Wozu hatte er das Gerät gekauft, wenn sie es ausstellte? *Anne* versuchte, sich unsichtbar zu machen, aber *Baba* schrie sie an, dass sie eine schlechte Mutter sei, wenn sie nicht wisse, wo sich ihre älteste Tochter herumtreibe. Die Schule mit den vielen Deutschen habe Nilgün verdorben. Sie wisse nicht mehr, was sie ihrer Familie schulde. Ein anständiges Mädchen treibe sich nicht bei Einbruch der Dunkelheit in den Straßen herum.

Mit einem Ruck wurde die Tür zu Salihas und Nilgüns Schlafzimmer aufgerissen.

Saliha saß auf ihrem Bett und sah erschrocken zu ihrem Vater hoch. Sein wutverzerrtes Gesicht machte ihr Angst.

«Wo ist deine Schwester?»

«Ich weiß es nicht, *Baba*.»

«Wo?»

«Ich schwöre, ich weiß es nicht!»

Der Schlag ins Gesicht kam unerwartet. Die Tränen schossen ihr in die Augen. Als Saliha sie wegwischte, blieb eine schmierige Spur aus Schleim und Blut auf ihrem Handrücken zurück. Ihr Vater schien es gar nicht zu bemerken. Er zog sie an den Haaren zu sich heran, sodass sie vor Angst und Schmerzen laut aufheulte. «Wo treibt sich Nilgün herum? Sag es mir, oder ich werde die Antwort aus dir herausprügeln!»

«Nilgün hat mir nichts gesagt! Bitte, *Baba* …»

Der zweite Schlag traf sie mit solcher Wucht, dass sie mit der linken Schulter gegen die Wand prallte. Schützend riss Saliha ihre Arme über den Kopf, um weitere Schläge abzufangen. Vergeblich. Neben sich hörte sie das Gekreische ihrer Mutter, die den Vater anflehte aufzuhören.

«Ich habe noch gar nicht richtig angefangen!», brüllte er und versetzte seiner Tochter mehrere Faustschläge gegen die Brust. «Wo ist deine Schwester? Sag es mir. Ihr wisst alles voneinander. Ihr redet jede Nacht. Erzähle mir ihr dreckiges Geheimnis! Los, erzähl! Oder bist du auch so eine Hure wie deine Schwester?» Wieder prasselten seine Fäuste auf sie ein.

Das Klingeln an der Haustür schien aus einer anderen Zeit zu kommen. Erst dachte Saliha, es sei das Dröhnen in ihrem Kopf, aber der Ton wiederholte sich. Wieder und wieder. Die Klingel schien sich verhakt zu haben. Es hörte gar nicht mehr auf.

Und plötzlich gab es keine Schläge mehr. Kemal Cetin sah fassungslos auf seine jüngste Tochter, die zusammengekrümmt auf ihrem Bett lag, den Kopf unter den Armen verborgen. Schwer atmend richtete er sich auf, blickte mit leeren Augen seine weinende Frau an und ging wie in Trance an ihr vorbei zur Tür.

Wimmernd kroch Saliha in die äußerste Ecke ihres Bettes und rollte sich wie ein kleines Kind zusammen. Schluchzend strich ihr die Mutter über das Haar. «Bitte sag uns, wo deine Schwester ist. Bitte! Mit wem hat sie sich heute getroffen? Sie ist doch noch nie zu spät von der Schule nach Hause gekommen. Bitte, Saliha!»

Aber Saliha antwortete nicht. Nie würde sie ihre geliebte Schwester dem Vater preisgeben. Nie!

Nilgün war aus dem Frauengefängnis ausgebrochen. Wie sie es angekündigt hatte. Vermutlich war sie bei ihrem deutschen Freund, vielleicht auch bei einer ihrer Mitschülerinnen. Die Schwester war beliebt. Sie hatte viele Möglichkeiten unterzuschlüpfen. Aber warum hatte sie ihr nichts gesagt? Nilgün konnte sich doch auf sie verlassen.

Saliha hörte, wie ihr Vater mit jemandem sprach. Einen Moment lang meinte sie, die Stimme der Bosnierin aus der Nachbarwohnung zu erkennen. Eine energische Frau, die sich immer kerzengerade hielt. Selbst wenn sie den Müll nach draußen trug, tat sie es mit solcher Würde, als habe sie Juwelen in der Hand. Die Kinder aus dem Haus nannten sie wegen ihrer Körperhaltung nur «der Stock». Vermutlich hatte die Bosnierin die Schreie gehört und kurzentschlossen geklingelt. Der Vater sprach beruhigend auf die Nachbarin ein. Wenig später hörte Saliha, wie er die Haustür wieder schloss. Seine Schritte kamen näher. Ihre Mutter rückte noch näher an sie heran, aber der Vater ging an ihrem Zimmer vorbei ins Wohnzimmer und ließ sich auf den Sessel fallen.

Am nächsten Morgen blieb Saliha zu Hause. Auch am Mittwoch und Donnerstag ging sie nicht zur Schule. Zwei Freundinnen, die sich nach ihr erkundigten, fertigte ihre Mutter am Telefon ab. Angeblich habe Saliha hohes Fieber und könne auch die nächsten Tage nicht das Haus verlassen.

In der Tat hätte Saliha nicht auf die Straße gehen können, ohne dass man sie sofort angesprochen hätte. Ihre Arme, die Schulter und der Rücken waren übersät mit blauen Flecken. Obwohl es für die Jahreszeit zu warm war, trug sie einen langärmeligen Pullover, um ihre Verletzungen zu verbergen. Sie wollte nicht, dass ihr Vater sie so sah. Auch nicht die beiden Brüder. Aber vor allem mied sie selbst jeden Blick in den Spiegel. Sie schämte sich. Was hatte sie für einen Vater, der seine eigene Tochter so zurichtete? Was war sie für eine Tochter, dass er sie so schlagen musste? Waren die Geheimnisse, die sie mit Nilgün teilte, so schlecht, so furchtbar, dass er all seine Liebe zu ihr und Nilgün vergaß?

Noch nie zuvor hatte der Vater sie so misshandelt. Ihre Brüder hatten früher öfter mal Schläge kassiert. Doch gegenüber den Töchtern hielt er sich immer zurück. Abgesehen von ein paar Ohrfeigen, die er ab und an austeilte. Aber sie taten kaum weh. Saliha hatte im Gegensatz zu Nilgün gelernt, sie zu ignorieren.

Nilgün, wo bist du?, dachte Saliha. Warum meldest du dich nicht? Warum schreibst du keine SMS? Die Verzweiflung schnürte Saliha den Hals zu. Hatte Nilgün Angst, dass der Vater Salihas Handy kontrollierte? Ahnte sie überhaupt, was sie mit ihrem gewagten Ausflug in die Welt ihres deutschen Freundes ausgelöst hatte?

Ihre Brüder und der Vater waren Montagabend noch lange weggewesen. Sie hatten Nilgün gesucht. Erst mitten in der Nacht kamen sie in die Wohnung zurück. Saliha hörte sie miteinander reden. Leise. Einmal schluchzte ihre Mutter laut auf. Aber der Vater fuhr sie scharf an. Danach war ihre

Anne verstummt. Erst später meinte Saliha sie wieder weinen zu hören, während Murat, Osman und ihr Vater miteinander sprachen. Geflüsterte Worte. Nicht für die Ohren der Frauen in der Familie gedacht. Vergeblich versuchte sie, den einen oder anderen Satz zu verstehen. Aber die Stimmen waren so gedämpft, dass sie nur den Namen ihrer Schwester heraushörte. Erschöpft schlief Saliha schließlich ein.

Am nächsten Morgen waren sie und ihre Mutter allein in der Wohnung. Die drei Männer hatten das Haus schon verlassen. Saliha vermutete, dass sie Nilgün vor der Schule abfangen wollten. Sie betete, dass sie ihre Schwester nicht fanden. Besser Nilgün würde von selbst wiederkommen. Der Vater würde sie zwar hart bestrafen. Sehr hart. Aber noch war die Schande nicht bekannt geworden. Noch war das Gesicht ihres Vaters gewahrt. Noch redeten die Leute nicht. Aber mit jeder Stunde würde sein Zorn auf die ehrlose Tochter wachsen. Mit jedem Tag würde es für sie schwerer werden zurückzukehren.

Als der Vater am Dienstagabend ohne Nilgün in die Wohnung kam, erwartete Saliha, dass sie erneut verhört werden würde. Aber er kam nicht zu ihr. Auch nicht am nächsten Morgen. Es war, als existierte sie gar nicht mehr. So wie Nilgün. Vielleicht hatte er sie längst gefunden und beschlossen, sie zu verstoßen.

Ihre Mutter hatte rotumränderte Augen und sprach kaum ein Wort. Abends saßen die Männer im Wohnzimmer erstarrt vor ihrem Tee. Etwas Furchtbares musste passiert sein. Salihas Welt war mit einem Ruck stehengeblieben. Als sie sich schließlich doch weiterdrehte, hätte Saliha alles getan, um sie wieder anzuhalten.

07 Schweigend stieg Navideh Petersen in den alten, metallicblauen Audi ihrer Dienststelle. Ein Windstoß wirbelte ein paar braun gefärbte Blätter einer wuchtigen Kastanie vom Straßenrand auf. Navideh ließ die Beifahrertür einen Augenblick länger als nötig offen stehen. Sie wandte ihr Gesicht der Abendsonne zu und schloss die Augen. Sie liebte den Herbst.

Wann immer Navideh konnte, setzte sie sich in dieser Jahreszeit auf ihr Mountainbike und fuhr ins Blockland hinaus. Am liebsten an einem freien Tag mitten in der Woche, wenn sie fast allein auf der schmalen Straße hinter dem Wümmedeich unterwegs war. Am Wochenende bevölkerten Inlineskater und Radsportler aus der Stadt die Route, die dem gemächlich mäandernden Fluss folgte. Doch wenn Navideh sich ins Blockland aufmachte, begegnete sie höchstens ein paar Bauern. Die seit Jahrhunderten besiedelte Wümmeniederung strahlte eine große Ruhe aus. Navideh beneidete die wenigen Menschen, die hier lebten. Ihre auf Wurten und Deichen gebauten Häuser hatten ihren unverrückbaren Platz in dieser weiten Landschaft. Manche der Familien lebten schon seit Generationen auf ihren Höfen. Ein eher karges Leben, aber eines, das den Menschen Wurzeln gab.

Navideh Petersen konnte sich an ihre eigene Heimat kaum noch erinnern. Als ihre Eltern vor den Mullahs aus dem Iran flüchteten, war sie noch ein Kind gewesen. Ihre einzige Erinnerung war ein schwacher Geruch von Duftreis mit Koriander und Bockshornklee. Eine dürftige Verbindung zu dem, was manche Kollegen als Navidehs Heimatland bezeichneten. Sie erwarteten wie selbstverständlich, dass sich Petersen dort auskannte. Aber sie hatte mit dem Iran abgeschlossen und war nie wieder dort gewesen, seit sie eines Nachts im Alter von neun Jahren von ihrer Mutter geweckt und schlaftrunken in ein wartendes Auto gedrängt worden war.

Ihre Flucht nach Deutschland hatte Tage gedauert, aber Navideh konnte sich nur noch daran erinnern, dass sie die östliche Stadtgrenze von Teheran schon fast erreicht hatten, als sie entsetzt feststellte, dass die Mutter ihre Puppe nicht eingepackt hatte. Bitterlich fing sie an zu weinen, und ihr Vater wendete nach einem heftigen Wortwechsel mit der Mutter kurzerhand das Auto und fuhr zurück. Er stellte das Auto der Familie ein paar Straßen von ihrem Haus entfernt ab und verschwand unter dem zischenden Protest der Mutter in der Dunkelheit. Ein paar Minuten später stieg er mit ihrer Puppe im Arm wieder ein.

Der Vater war Navideh gegenüber später oft streng gewesen, aber für diesen Moment würde sie ihn immer lieben.

«Wollen wir losfahren?»

Steenhoffs Stimme riss Navideh aus ihren Gedanken. Sie nickte verlegen und zog die Autotür zu. Sie war dankbar, dass diesmal Steenhoff am Steuer saß. Denn die Begegnung mit Roman Rodewaldt ging ihr nicht aus dem Kopf. Der Junge war intelligent. Und als sie beide vor dem Poster in seinem Zimmer standen, hatte er dasselbe gesehen wie sie. Doch er hatte sich geweigert, die Wahrheit anzunehmen. Navideh hatte keinen Zweifel daran, dass er Nilgün liebte. Sie horchte in sich hinein. War es das richtige Wort? Sie meinte, noch etwas anderes als Liebe gespürt zu haben. So wie er das Bild des Mädchens angeschaut und ihr Gesicht zärtlich mit den Fingerspitzen berührt hatte, wirkte es, als verehrte Roman seine türkische Freundin geradezu.

Wann war sie das letzte Mal so geliebt worden? Navideh sah vor sich auf die Straße, ohne etwas wahrzunehmen. Hatte überhaupt ein Mensch sich jemals so auf sie eingelassen?

Und hatte sie es jemals zugelassen? Marten, der smarte Jura-Student aus Bremen, war ihr Sprungbrett gewesen, um sich als junge Frau aus der Enge ihres Elternhauses zu befreien. Sie hatten geheiratet. Natürlich. Etwas anderes wäre für ihren Vater nicht denkbar gewesen. Immerhin hatte er großzügig darüber hinweggesehen, dass Marten Christ war. Aber einem Zusammenleben von Mann und Frau ohne Trauschein hätte er seine Zustimmung verweigert. So waren sie also zum Standesamt gegangen. Schon damals spürte Navideh, dass etwas daran falsch war. Aber sie hatte keine Erfahrung in Gefühlsdingen. Viele ihrer deutschen Freundinnen wechselten ständig ihre Beziehungen, eine Woche waren sie heiß verliebt und in der nächsten schon wieder desinteressiert. Andere ließen Navideh nicht nur an allen gefühlsmäßigen Details ihrer Eroberungen teilhaben, sondern nahmen ihre neuen Freunde auch gleich mit nach Hause. Dort wurden sie neugierig, aber eben meist sehr offen von den Müttern und Geschwistern begutachtet. Wenn Zweifel an der Treue, den Gefühlen oder dem Charakter des jeweils aktuellen Jungen aufkamen, diskutierten bei ihrer Hamburger Freundin Berrit beispielsweise nicht nur die Eltern, sondern auch die Schwestern mit.

Die Selbstverständlichkeit, mit der Berrit von Anfang an über Liebesdinge sprach, hatte Navideh befremdet und zugleich angezogen. Eine derartige Offenheit wäre in ihrer Familie unvorstellbar gewesen. Ihr älterer Bruder Mahmud hatte sie seit der Pubertät heimlich überwacht. Einmal verprügelte er sogar einen Jungen, der es wagte, Navideh vor der Schule zu küssen. Danach hatte sie monatelang nicht mehr mit Mahmud gesprochen. Sie lernte, sich innerlich vor ihrem Bruder und ihren Eltern zu verstecken. Je weniger die Familie von ihr wusste, umso freier konnte sie sich bewegen.

So waren ihre Eltern denn auch völlig überrascht, als sie von ihren Heiratsplänen mit Marten Petersen hörten. Marten hatte den großen Vorteil, dass er nicht wie ihre Familie in Hamburg, sondern in Bremen lebte und dort auch studierte. Navidehs Mutter brach es fast das Herz, als ihre Tochter eines Tages alle Kleider und Bücher in Kartons packte und in Martens geliehenen Transporter wuchtete. Aber natürlich fand sie es völlig normal, dass eine Frau ihrem Mann in seine Heimatstadt folgte.

Was sie nicht verstand, ja, was sie entsetzte, war die Tatsache, dass sich ihre Tochter Navideh wenig später bei der Bremer Polizei bewarb.

Navideh zuckte zusammen.

Steenhoff hatte seinen rechten Arm um die Lehne ihres Beifahrersitzes gelegt und berührte dabei ihre langen schwarzen Haare. Sie entspannte sich wieder, als sie sah, dass er sich nur nach hinten umgedreht hatte, um den Wagen in der engen Straße rückwärts auf eine gepflasterte Auffahrt zu manövrieren und einen Müllwagen vorbeizulassen. Kaum stand das Fahrzeug, setzte sich ihr Kollege wieder gerade in seinem Sitz auf. Er schien die Berührung nicht bemerkt zu haben. Zumindest schenkte er ihr keine Beachtung. Steenhoff hatte sie stets wie eine normale Kollegin behandelt. Er hatte für ihr Äußeres keine Augen. Navideh vermutete, dass er trotz seiner langjährigen Ehe noch immer in seine Frau Ira verliebt war. Eine lebendige, starke Frau, die stets für Überraschungen gut war. Vielleicht, dachte sie, bin ich auch einfach nicht sein Typ. Letztlich war es ihr aber gleichgültig. Steenhoffs Desinteresse an ihr als Frau erleichterte ihre Zusammenarbeit im Alltag enorm. Nur deshalb hatte sie es gewagt, Steenhoff im Laufe der Zeit, in der sie das kleine Büro unterm Dach teilten, manchmal etwas aus ihrem Privatleben zu erzählen. So gehörte Steenhoff bis vor kurzem auch zu den wenigen im Präsidium, die wussten, dass sie sich von ihrer Freundin getrennt hatte. Er hatte ehrlich bestürzt gewirkt, als sie ihm von ihrer Entscheidung erzählte. An seinem Verhalten ihr gegenüber hatte sich seitdem aber nichts geändert.

Steenhoff bog in den Kreisverkehr am Stern ein. Kurz darauf passierten sie den Hollersee und das Park Hotel. Er fuhr noch ein Stück durch Findorff mit seinen gepflegten kleinen Reihenhäusern und bog dann in die Münchner Straße ab. Hinter der Bahnlinie hielt er sich rechts, dann ging es immer geradeaus. Die Menschen auf der Straße sahen hier anders aus. Junge Frauen in langen Mänteln und mit Kopftuch schoben Buggys vor sich her. Viele wurden von zwei, drei kleinen Kindern begleitet.

«Hat Roman Gröpelingen oder Walle gesagt?», erkundigte sich Steenhoff plötzlich.

«Er wusste es selbst nicht so genau.»

Steenhoff beugte sich vor und öffnete das Handschuhfach vor Navideh. «Schau mal im Stadtplan nach. Ich glaube, die Straße, die er uns genannt hat, liegt noch in Walle.»

Navideh fand die Schifftstraße sofort. «Du hast recht. Das ist gar nicht Gröpelingen. Wieso weiß er nicht, wo seine Freundin wohnt?»

«Er hat sie nie besucht», stellte Steenhoff trocken fest. «Vermutlich hält er sich auch nie in diesem Stadtteil auf.»

«Und woher kennst du diese kleine Straße?»

«Ich musste hier vor Jahren mal zu einem Tötungsdelikt raus», sagte Steenhoff. «Ein ziemliches Drama. Eine junge Frau war von ihrem eifersüchtigen Ehemann zu Tode geprügelt worden. Ihr ältester Sohn, ich glaube, er war vier oder fünf Jahre alt, hatte die Tat miterleben müssen.»

«Auch Türken?»

«Nein, beide Deutsche.» Steenhoff verzog das Gesicht. «Wie sich später herausstellte, hatte die Frau überhaupt keinen Geliebten. Alles nur krankhafte Einbildung. Das hat sogar dieser Idiot einsehen müssen. Wenig später hat sich der Typ im Gefängnis aufgehängt.»

«Manchmal hasse ich unseren Job», murmelte Navideh lakonisch und sah schweigend aus dem Fenster.

Steenhoff erwiderte nichts. Doch plötzlich machte er ein Zeichen. «Da ist die Schifftstraße. Ich bin gespannt, wie die Eltern uns erklären, warum sie das Verschwinden ihrer Tochter nicht gemeldet haben.»

Obwohl es noch keine Bestätigung für ihren Verdacht gab, war Navideh Petersen sicher, dass es sich bei der Toten um Nilgün Cetin handelte.

Steenhoff stellte das Fahrzeug direkt vor dem Mehrfamilienhaus ab und stieg langsam aus. Navideh spürte seinen Widerstand, in eine dieser Wohnungen zu gehen und die Welt einer Familie mit ein paar Worten zu zerstören. Aber vielleicht ahnten Nilgüns Eltern längst, dass etwas Schreckliches passiert war. Oder sie wussten, dass Nilgün nicht mehr am Leben war, weil sie es selbst so beschlossen hatten.

Vor dem Haus spielten drei Kinder auf viel zu großen Fahrrädern Fangen. Petersen schätzte sie auf neun, höchstens zehn Jahre. Als die Kinder die Lust am Spiel verloren, ließen sie die alten Räder einfach zu Boden fallen. Neugierig musterten sie die beiden Besucher.

Navideh holte tief Luft, dann drückte sie auf den Klingelknopf an der Haustür. Sie wartete, dass es summte, aber nichts passierte.

Steenhoff musterte die Glastür. Im unteren Teil hatte die Scheibe einen großen Riss. Mit der rechten Schulter drückte er gegen die Tür. Sie gab sofort nach. Die vielen Kinder im Haus hatten dem Flur ihren Stempel aufgedrückt. Die Wände waren schmutzig, und vor den Wohnungstüren stapelten sich Schuhe und Spielsachen. Zwei Roller sahen aus, als hätten man sie aus einem Sperrmüllhaufen herausgezogen. Die unterschiedlichsten Essensgerüche zogen durch das Treppenhaus.

Im zweiten Stock blieben Steenhoff und Petersen vor einer grün lackierten Tür stehen. «Hier ist es», sagte Steenhoff und zeigte auf einen kleinen Zettel am Türrahmen, der das Namensschild ersetzte.

Er klingelte.

Als sich nichts rührte, klopfte er energisch. Im selben Moment öffnete sich die Tür hinter ihnen. Eine Frau mit sorgsam frisierten Haaren musterte sie streng.

«Sie wollen zu den Cetins?»

«Ja. Wissen Sie vielleicht, ob jemand zu Hause ist?», fragte Navideh freundlich.

Die Frau ging nicht auf sie ein und beantwortete stattdessen die Frage mit einer Gegenfrage: «Kommen Sie vom Amt?»

Erstaunt wechselten Petersen und Steenhoff einen Blick. «Warum fragen Sie?», erkundigte sich Steenhoff.

Die Frau zuckte ungeduldig mit der Schulter. «Hätte ja sein können.»

Steenhoff drehte ihr den Rücken zu und bollerte diesmal kräftig mit der Faust gegen die Tür. «Hier ist die Polizei. Bitte öffnen Sie die Tür!»

Wieder blieb es still in der Wohnung. Hinter ihnen wurde die Tür ins Schloss gezogen. Steenhoff wandte sich demonstrativ an Petersen und sagte laut: «Da ist niemand zu Hause. Wir müssen ein andermal wiederkommen.»

Er bedeutete der verwunderten Petersen, ihm zu folgen, und ging die Treppenstufen hinunter. «Wenn wir das Haus verlassen, drehen wir uns auf ein Zeichen von mir um. Du guckst dir die beiden linken Fenster an, ich die rechten. Ich bin sicher, dass um diese Uhrzeit jemand von der Familie zu Hause ist.»

Lässig schlenderten sie zu ihrem Dienstfahrzeug.

«Jetzt», befahl Steenhoff plötzlich. Beide wirbelten herum, und Navideh sah, wie jemand hastig im äußersten linken Fenster der Wohnung seinen Kopf zurückzog. Die Gardine schwang noch leicht hin und her.

«Also, auf ein Neues», sagte Steenhoff grimmig und drückte ein zweites Mal energisch die Tür auf. Fünf Minuten später öffnete ihnen eine türkische Frau zögernd die Wohnungstür.

Steenhoff schätzte die Frau auf Anfang 40. Sie hatte sich rasch ein Kopftuch übergezogen. Ungeduldig schob sie eine Haarsträhne, die sich gelöst hatte, zurück unter den Stoff.

Navideh stellte sich und ihren Kollegen höflich vor und fragte dann freundlich: «Ich nehme an, Sie sind Besma Cetin?»

Die Frau nickte unsicher.

«Dürfen wir reinkommen?»

«Mein Mann ist nicht da. Er ist noch im Geschäft.»

Navideh spürte ihre Ängstlichkeit. Aber darauf konnten sie jetzt keine Rücksicht nehmen. «Es tut mir leid. Aber es ist sehr wichtig. Es geht um Ihre Tochter Nilgün.»

Die Frau riss erschrocken die Augen auf. Dann öffnete sie die Tür ganz und bat die beiden Beamten herein. Mit einem Handzeichen dirigierte sie die Polizisten ins Wohnzimmer. Im Gegensatz zu dem schmuddeligen Treppenhaus machte die Wohnung einen einfachen, aber gepflegten Eindruck.

«Bitte.» Besma Cetin deutete auf das Sofa und rief jemandem etwas auf Türkisch zu. Eine Tür ging auf, und ein dünnes Mädchen huschte schüchtern an ihnen vorbei in die Küche.

Nervös knetete die Frau ihre Finger. «Ich muss meinen Mann anrufen. Er wird mit Ihnen reden.»

«Nein.» Steenhoff ergriff erstmals das Wort. Erschrocken sah die Frau ihn an. «Geben Sie mir bitte die Nummer Ihres Mannes. Ich werde ihn anrufen und ihn bitten herzukommen.»

Die Frau nickte ergeben und nannte Steenhoff eine Handynummer.

Kemal Cetin meldete sich sofort und versprach, umgehend zu kommen. Ob er überrascht war über den Besuch der Beamten, konnte Steenhoff nicht sagen.

«Frau Cetin, wo ist Ihre älteste Tochter Nilgün?»

«Nilgün?»

«Ja.»

In der Frau arbeitete es. Krampfhaft bemühte sich Besma Cetin, Zeit zu gewinnen. «Ich weiß nicht. Ich verstehe nicht.»

Ärgerlich fuhr Navideh sie an. «Frau Cetin, Sie sprechen ein gutes Deutsch. Sie verstehen sehr wohl, was wir von Ihnen wissen wollen. Verkaufen Sie uns nicht für dumm!» Sie sah die Frau streng an. «Also, wo ist Ihre Tochter Nilgün?»

Panik flackerte in den Augen der Mutter auf. «In der Schule. Sie ist in der Schule.»

«Es ist Abend. Die Schule ist längst aus», erwiderte Steenhoff. Die Frau war eine lausige Lügnerin.

«Sie hat noch eine …» Besma Cetin suchte nach dem richtigen Wort. «Eine Arbeitsgemeinschaft an der Schule.»

«Was für eine Arbeitsgemeinschaft?»

«Ich weiß nicht.»

«Wann kommt sie wieder?»

«Spät.» Ruckartig stand die Frau auf und nahm ihrer Tochter, die mit einem Tablett ins Zimmer kam, die Gläser und das Zuckerdöschen ab. Sanft, aber bestimmt schob sie das Mädchen wieder aus dem Raum. Dann goss sie den Besuchern den dampfenden Tee ein. «Bitte, nehmen Sie.»

Navideh bedankte sich und nutzte die plötzlich eintretende Stille, um sich im Wohnzimmer umzusehen. Der Raum wurde von der mächtigen Sitzgarnitur und einem großen Fernseher dominiert. Ihr fiel auf, dass in dem Wandschrank nicht nur sorgsam gerahmte Fotos der Familie standen, sondern auch mehrere Reihen von Büchern in türkischer und deutscher Sprache. Sie war während ihrer Zeit bei der Schutzpolizei in Gröpelingen schon in vielen arabischen und türkischen Familien aus einfachen Verhältnissen gewesen. Manche von ihnen besaßen nur ein Telefonbuch. Petersen hatte damals viele Frauen kennengelernt, die kaum zur Schule gegangen und als Analphabetinnen nach Deutschland gekommen waren. Nilgüns Familie schien anders zu sein. Dafür sprach schon, dass ihre älteste Tochter auf dem Gymnasium war. Navidehs Blick fiel auf die gerahmten arabischen Suren hinter sich.

«Sie sind gläubig, Frau Cetin?»

Navideh bemerkte, dass nicht nur die Frau, sondern auch Steenhoff sie verblüfft anschaute.

Besma Cetin schnalzte mit der Zunge und ordnete unwillkürlich die Haare unter ihrem Kopftuch. «Natürlich. Wir besuchen regelmäßig die Moschee.»

«Dann gehe ich davon aus, dass Sie uns auch nicht anlügen würden», sagte Navideh und fixierte die Frau streng.

Verlegen schaute die andere zu Boden und murmelte: «Natürlich nicht.» Im selben Moment war ein Geräusch an der Haustür zu hören. Erleichtert sprang Besma Cetin auf. Aber Steenhoff war schneller. «Bitte bleiben Sie sitzen.» Mit wenigen Schritten war er im Flur und begrüßte den überraschten Kemal Cetin. Hinter dem Mann stand ein Jugendlicher von vielleicht 17 oder 18 Jahren. Steenhoff hatte verhindern wollen, dass sich die Eltern auf Türkisch absprachen, was sie sagen und was sie weglassen wollten. Das hatte er durch sein Verhalten zwar erreicht, aber zugleich hatte er mit seiner schnellen Reaktion für eine feindselige Atmosphäre in der Wohnung gesorgt.

Steenhoff stellte Kemal Cetin dieselbe Frage wie seiner Frau.

«Nilgün ist nicht da», antwortete der Gemüsehändler, ohne zu zögern. «Sie ist auf Klassenfahrt.»

«Wie lange?»

«Noch die ganze nächste Woche.»

Besma Cetin sah betreten aus dem Fenster. Steenhoff setzte sich auf das Sofa und sah den Mann eindringlich an. «Ihre Frau hat uns gerade gesagt, Nilgün sei in einer Arbeitsgemeinschaft in der Schule. Ich frage mich, warum Sie beide uns belügen?»

Der Junge machte einen drohenden Schritt auf Steenhoff zu. Doch ein scharfes Wort seines Vaters genügte, und er ließ sich auf einen Stuhl fallen.

Steenhoff holte eine durchsichtige Tüte mit dem goldenen Armreif und dem Ohrring aus der Innentasche seiner Lederjacke. Langsam zog er die Fundstücke heraus und legte sie auf den Wohnzimmertisch.

«Ist das der Schmuck Ihrer Tochter Nilgün?»

Hilflos blickte Besma Cetin von ihrem Mann zu den

beiden Beamten. Als Kemal Cetin nicht reagierte, sprang sie auf und nahm den Schmuck in die Hände. Ihre Augen füllten sich mit Tränen, während ihre Finger über den Armreif fuhren. «Wo haben Sie das her? Wo ist meine Tochter? Wo ist meine Nilgün?» Die Verzweiflung war echt.

Steenhoff suchte nach den richtigen Worten. Vergeblich. «Wir haben den Schmuck bei einem Mädchen gefunden, das seit mehreren Tagen tot auf einer Wiese in Farge lag. Sie hat halblange schwarze Haare und ist 1,65 Meter groß.»

Besma Cetin stieß einen schrillen Schrei aus. Zitternd rutschte sie von ihrem Stuhl auf die Knie, warf sich auf den Boden und schlug immer wieder mit dem Kopf auf. Bevor Petersen oder Steenhoff reagieren konnten, war der Sohn bei ihr. Auch die Tochter kam aus ihrem Zimmer geschossen, als sie das Wimmern der Mutter hörte.

Navideh ging in den Flur und bat den Notrufsprecher in der Einsatzzentrale der Feuerwehr, einen Notarzt zu schicken. Dann kehrte sie zurück zu der jammernden Frau und sprach leise auf sie ein.

Steenhoff beobachtete Nilgüns Vater. Der Mann schenkte seiner Frau und der heftig weinenden jüngsten Tochter keinen Blick. Steenhoff konnte nicht sagen, was Kemal Cetin in diesem Moment fühlte. Oder ob er überhaupt etwas fühlte? Er wirkte wie ausgelöscht.

«Herr Cetin, seit wann ist Nilgün weg?»

Der Mann starrte seine Hände an. Die Fingerknöchel färbten sich weiß. Krampfhaft bemühte er sich, nicht die Fassung zu verlieren. «Osman, bitte erkläre du …»

«Seit Montag», antwortete schließlich sein Sohn. «Sie ist seit Montagabend nicht wieder nach Hause gekommen.»

Etwas in Osmans Stimme ließ Steenhoff aufhorchen. «Was habt ihr daraufhin gemacht?»

«Wir haben sie gesucht. Ist doch klar, oder?», antwortete der Junge gereizt.

«Und? Habt ihr sie gefunden?»

«Nein. Sonst wäre sie wohl kaum da, wo sie jetzt ist.»

Die Art, wie Osman über seine Schwester redete, gefiel Steenhoff nicht.

«Herr Cetin, warum haben Sie Ihre Tochter nicht als vermisst gemeldet? Heute ist Freitag. Sie ist seit Montag verschwunden.»

Der Mann rührte sich noch immer nicht. Besorgt beobachtete Steenhoff Kemal Cetin. Er hätte gern seine Trauer respektiert und ihn und seine Familie allein gelassen, aber als Mordermittler musste er manchmal unerbittlich sein. «Haben Sie Nilgün seit Montag nochmal lebend gesehen?»

Der Mann schüttelte unmerklich den Kopf. Das Jammern seiner Frau, die noch immer auf dem Boden hockte, schwoll zu einem lauten Wehklagen an.

«Habt ihr Tanten oder Cousinen, die schnell kommen können?», fragte Navideh das Mädchen.

Saliha nickte und ging in die Küche, um ihr Handy zu holen. Sie wollte gerade die Verwandten benachrichtigen, als Osman sie zurückhielt. «Du rufst jetzt niemanden an. Das ist allein unsere Sache. Das hier geht niemanden etwas an.»

«Osman, warum seid ihr nicht zur Polizei gegangen, als Nilgün nicht nach Hause kam?»

Der Junge zuckte trotzig mit den Schultern.

Langsam wurde Steenhoff wütend. «Ist das häufiger vorgekommen, dass Nilgün über Nacht wegblieb?»

«Das hätte sie wagen sollen!», sagte Osman wütend.

«Was hättest du dann mit ihr gemacht?», schaltete sich Navideh ein.

«Ich hätte sie …» Er brach mitten im Satz ab. «Nilgün wusste, was sie uns schuldig war.»

«Was meinst du damit?»

«Niemals hätte sie unsere Ehre in den Dreck gezogen.»

«Dir geht es um Ehre. Ich frage mich, warum man sich nicht sorgt, wenn die 16-jährige Schwester und Tochter tagelang wegbleibt.» Steenhoff suchte vergeblich den Blick von Nilgüns Vater. «Herr Cetin, wenn Sie mir diesen Widerspruch nicht erklären können, muss ich Sie zur Vernehmung aufs Präsidium mitnehmen.» Doch die Worte schienen an ihm abzuperlen. Das Verhalten des Mannes befremdete Steenhoff. Er reagierte anders als alle Menschen, die Steenhoff bislang in ähnlichen Situationen erlebt hatte. Blitzschnell überlegte er, ob er der Familie alles erzählen sollte. Es würde ihre Qualen noch vergrößern. Aber hatten sie nicht auch das Recht, alles über ihre tote Tochter zu erfahren?

Schließlich gab er sich einen Ruck. «Sie oder einer ihrer beiden Söhne müssen mich in die Rechtsmedizin begleiten, um Nilgün zu identifizieren. Aber vorher habe ich Ihnen und Ihrer Frau noch etwas zu sagen.» Steenhoff streifte Osman und Saliha mit einem flüchtigen Blick. «Ich möchte, dass Ihre Kinder den Raum verlassen.» Keiner der beiden rührte sich. Erst als Kemal Cetin ihnen stumm bedeutete hinauszugehen, standen sie auf und gingen.

Steenhoff schloss die Tür hinter ihnen und wandte sich an die Eltern. Sie allein sollten entscheiden, was sie ihren Kindern erzählten und was nicht. Er holte tief Luft. Dann berichtete er ohne Umschweife von Nilgüns Schwangerschaft.

Später war Steenhoff froh, als der von Petersen alarmierte Notarzt an der Tür klingelte. Die zweite Nachricht schien die Eltern mindestens ebenso zu schockieren wie die Nachricht vom Tod ihrer Tochter. Besma Cetin begann nach Luft zu schnappen und griff sich ans Herz. Kemal Cetin sprang auf und trat mit Wucht gegen den Wohnzimmertisch. Dann ging er zum Fenster und fixierte einen Punkt auf der Straße. Als er sich wieder umdrehte, wirkte er um Jahre gealtert. Zu Steenhoffs Überraschung sagte er völlig ruhig: «Wir können jetzt fahren.»

Inzwischen war auch der älteste Sohn, Murat, in der Wohnung eingetroffen. Besorgt kümmerte er sich um seine Mutter. Anders als Osman und sein Vater hatte er offenbar keine Probleme, seine Gefühle zu zeigen. Er weinte still vor sich hin.

Als Steenhoff mit Kemal Cetin ins Auto stieg, war er froh, die ungeheure Wucht der Trauer, die in der kleinen Wohnung hing, hinter sich zu lassen. Er hatte Wessel benachrichtigt. Der Kollege sollte Petersen dabei unterstützen, die Geschwister und Nilgüns Mutter zu vernehmen.

Die Identifizierung in der Rechtsmedizin würde Steenhoff wohl nie vergessen. Gefasst ließ sich Kemal Cetin an die Bahre führen, auf der sich unter einem großen Tuch der schmale Körper des Mädchens abzeichnete. Steenhoff hatte ihn so behutsam wie möglich darauf vorbereitet, dass die Tote tagelang auf einer feuchten Wiese gelegen und der Verfall seine Spuren hinterlassen hatte. Aber er wusste nicht, ob Kemal Cetin wirklich verstanden hatte, was er ihm damit sagen wollte.

Als der Assistent des Rechtsmediziners auf ein Zeichen von Steenhoff langsam das Tuch vom Gesicht des toten Mädchens zog, schwankte Kemal Cetin nicht einen Moment. Er schaute nur kurz auf den Leichnam und drehte sich dann zu Steenhoff um. «Das ist sie.»

Steenhoff war sich nicht sicher, ob es eine Frage oder eine Feststellung war. Daher fragte er noch einmal nach: «Das ist also ohne Zweifel Ihre Tochter?»

Der Mann sah ihm direkt in die Augen. «Die Tote heißt Nilgün. Aber ich habe keine Tochter mehr, die diesen Namen trägt.» Dann drehte sich Kemal Cetin um und ging zur Tür, ohne dem Mädchen noch einen Blick zu schenken.

Erschüttert sah Steenhoff ihm nach. Der Assistent stand wie gelähmt neben dem Leichnam und hielt noch immer das Tuch über dem Gesicht des Mädchens. Steenhoff konnte es nicht fassen. Kemal Cetin sagte sich vor den Kühlkammern in der Rechtsmedizin von seiner ermordeten Tochter los, nur weil sie schwanger gewesen war? Die Heftigkeit, mit der die Wut ihn überwältigte, kam für ihn selbst überraschend. Der Mann hatte fast die Tür erreicht, als Steenhoff ihn brutal am Arm packte und ihn zwang, sich umzudrehen.

«Verdammt, da liegt deine Tochter», rief er. «Tot! Verstehst du? Tot! Dein eigen Fleisch und Blut – und du tust so, als gehe dich das alles hier nichts an. Nur weil sie sich gestattet hat, eure Regeln zu brechen und jemanden ohne eure Genehmigung zu lieben. Ich will, dass du sie dir ansiehst. Schau ihr ins Gesicht!»

Steenhoff schubste den Mann zurück zur Bahre. Der Stoß war so heftig, dass Kemal Cetin strauchelte und sich auf der Bahre aus Stahl abstützen musste. Schwer atmend blieb er über seine tote Tochter gebeugt stehen. Aber er sah durch sie hindurch. Steenhoff wollte nachsetzen, ihn zwingen, Nilgün anzuschauen, aber plötzlich stand der Assistent vor ihm. Der Mann war einen Kopf größer als er und muskulös. Er hatte Steenhoff an den Oberarmen gepackt und hielt ihn fest.

«Lass gut sein, Frank.» Seine sanfte Stimme stand im krassen Gegensatz zu seiner Kraft.

Steenhoff starrte den Mann an, dann nickte er resigniert. Mit schweren Schritten ging er, ohne sich noch einmal umzudrehen, zum Ausgang.

«Ich warte im Auto auf Sie.»

Kurze Zeit später kam Kemal Cetin aus der Rechtsmedizin. Steenhoff riss die Beifahrertür auf und machte dem Mann ein Zeichen einzusteigen. Kemal Cetin hatte erwartete, dass der Kommissar ihn wieder nach Walle zurückfahren würde, aber zu seiner Überraschung wendete der Polizist sein Dienstauto und fuhr mit ihm in die entgegengesetzte Richtung.

08

Die Etage der Mordermittler lag bis auf ein Zimmer schon im Dunkeln, als Steenhoff seine Chipkarte aus dem Portemonnaie nahm und sie über das Lesegerät an der Tür zog. Er öffnete die Tür zum Kommissariat und ließ Kemal Cetin den Vortritt.

Bei Fabian Block war noch Licht. Er hatte an diesem Abend Mordbereitschaft. Steenhoff hatte den jungen Kollegen bereits per Handy gebeten, an der Vernehmung teilzunehmen und das Gespräch zu protokollieren. Block sagte sofort zu, obwohl er sich bereits auf seinen Feierabend gefreut hatte. Der würde nun auf sich warten lassen. Steenhoff war für seine stundenlangen Vernehmungen bekannt.

Steenhoff setzte eine Kanne Kaffee auf und stellte auch Kemal Cetin ungefragt eine Tasse hin. Der Gemüsehändler schüttelte den Kopf. «Ich trinke keinen Kaffee.»

«Okay. Dann koche ich Ihnen eben einen persischen Tee. Soll niemand sagen, man werde hier nicht gut versorgt», antwortete Steenhoff kühl und griff sich die Teedose seiner Kollegin Petersen.

Kemal Cetin verzog keine Miene.

Neugierig schaute Block von seinem Computer hoch. Die Atmosphäre zwischen den beiden Männern war geladen. Aber keiner von beiden verlor ein Wort über das, was gerade in der Rechtsmedizin zwischen ihnen geschehen war.

Während die Teeblätter im heißen Wasser zogen, musterte Steenhoff Nilgüns Vater.

Der Mann war von gedrungener Statur. Er hatte kräftige, behaarte Unterarme und breite Schultern. Steenhoff vermutete, dass der Türke von Kindesbeinen an körperlich schwer gearbeitet hatte. Auffällig waren seine dunklen, fast schwarzen Augen, von denen selbst jetzt noch ein leuchtender Schimmer ausging. Sein Blick schien auf einen Punkt an der gegenüberliegenden Wand gerichtet zu sein. Er wirkte abwesend, fast wie unter Drogen. Steenhoff fragte sich, ob der Mann möglicherweise hinter seiner demonstrativ zur Schau getragenen Verachtung für seine Tochter einen Schock erlitten hatte. Aber Kemal Cetin konnte alle Fragen zu seiner Person ohne Zögern beantworten. Nur eine leise Unruhe ging von ihm aus. Wiederholt griff sich der Mann in die Hosentasche. Schließlich tastete er mit der rechten Hand über sein Hemd und holte eine zerknüllte Zigarettenschachtel aus der Hemdtasche hervor.

«Darf ich rauchen?»

Steenhoff unterdrückte ein Seufzen. «Bitte.»

Kemal Cetin steckte sich eine Zigarette an und inhalierte mit geschlossenen Augen. Verwundert stellte Steenhoff fest, dass der Mann nicht im Geringsten nervös wirkte. Steenhoff überlegte, wie er beginnen sollte. Üblicherweise versuchte er, einen Draht zum Verdächtigen aufzubauen. Selbst wenn der Mensch, den er zu vernehmen hatte, ihm zutiefst zuwider war, gelang es ihm in der Regel, seine wahren Gefühle zu verbergen. Der Täter sollte sich in seinen Motiven verstanden fühlen. Nur deswegen öffneten sich viele Verbrecher den Ermittlern. Auf diese Weise hatte Steenhoff schon viele Geständnisse erhalten. Geständnisse, die den Täter zwar erleichterten, aber ihn oft für Jahre hinter Gitter brachten.

Weichkochen nannten die Kollegen Steenhoffs Methode. Tatsächlich sahen viele Mörder und Totschläger in Steenhoff zunächst nur den umgänglichen, verständnisvollen Beamten. Jemand, der mit ihnen fühlte, der wusste, warum sie rotgesehen hatten, warum sie so handeln mussten, wie sie gehandelt hatten. Erst vor Gericht merkten viele, dass sie einem Irrtum aufgesessen waren. Die Erkenntnis traf manche Täter wie ein Schlag: Der Kommissar, der als Zeuge in ihrem Prozess aussagte, war von Anfang an nur darauf bedacht, sie zu überführen.

Doch diesmal waren die Fronten von Anfang an klar. Kemal Cetin konnte er nichts mehr vorspielen. Der Türke wusste, dass Steenhoff kein Verständnis für seine Haltung gegenüber der freiheitsliebenden Tochter aufbrachte.

Steenhoff schaltete das Aufnahmegerät ein. «Wie sind Sie nach Deutschland gekommen?»

«Warum ist das wichtig?»

«Alles ist wichtig, um zu begreifen, warum Ihre Tochter sterben musste.»

«Ich habe Ihnen bereits gesagt, dass ich keine Tochter mehr habe.»

Block sah erstaunt von seinem Computer hoch.

Steenhoff zwang sich, ruhig zu atmen. Diesmal würde es dem Gemüsehändler nicht gelingen, ihn aus der Reserve zu locken. «Richtig, Herr Cetin. Sie haben keine Tochter mehr.

Denn die wurde im Alter von nur 16 Jahren getötet und wie ein Stück Dreck auf eine Wiese geworfen», erwiderte Steenhoff kalt.

«Sie selbst hat sich wie ein Stück Dreck verhalten. Sie hat uns alle beschmutzt.»

Ungerührt fuhr Steenhoff fort: «Also, wie und wann sind Sie nach Deutschland gekommen?»

«Was hat das mit ihr zu tun?»

«Beantworten Sie die Frage!»

Kemal Cetin zuckte mit den Schultern. «Wir stammen aus dem Dorf Dicle, bei Diyarbakir, im Osten der Türkei. Ich bin mit 13 oder 14 Jahren mit meiner Mutter und vier Geschwistern nach Bremen gekommen. Mein Vater hatte hier bereits mehrere Jahre gearbeitet und für uns eine Wohnung besorgt.»

«Wo?»

«In der Neustadt. Am Niedersachsendamm.»

«Wo war Ihre heutige Frau zu diesem Zeitpunkt?»

«Sie war noch im Dorf, in Dicle. Wir waren einander versprochen. Aber sie war noch zu jung zum Heiraten. Ich habe meine Cousine erst nachgeholt, als sie 14 Jahre alt war.»

«Ihre Cousine? Da war sie alt genug zum Heiraten?»

«Ja.»

Im Folgenden erfuhr Steenhoff, dass Besma Cetin mit 17 Jahren ihr erstes Kind bekommen hatte, Murat. Ein Jahr später folgte Osman, ihr Zweitgeborener. Anfangs wohnte Kemal Cetin noch gemeinsam mit seiner Frau und den beiden Kindern sowie einer jüngeren Schwester in der Wohnung seiner Eltern am Niedersachsendamm. Mit der Geburt des dritten Kindes erhielten sie eine eigene Wohnung in der früheren Kaserne. Dort teilten sich mehrere Familien die früheren Gemeinschaftsbäder und die Toiletten. Für Kemal Cetin und seine Frau Besma, die als Kinder das Wasser für die Familie noch aus einem zwei Kilometer entfernten Brunnen im Dorf hatten holen müssen, war das neue Zuhause dennoch komfortabel. Jede Familie besaß eine eigene kleine Küche. In den vergleichsweise milden Wintern konnten sie die Zimmer mit Kohle heizen. Niemand musste mehr hungern. Niemand musste monatelang vor sich hinsiechen, bevor die Straßen wieder vom Schnee befreit waren und der Weg zum Arzt in der Stadt wieder befahrbar war.

Auf dem Hof der ehemaligen Kaserne konnten die Kinder spielen, ohne Gefahr zu laufen, von streunenden Hunden oder Schlangen gebissen zu werden. Im Sommer saßen die Nachbarn abends lange draußen, grillten oder spielten Tavla. Außer beim Einkaufen und auf der Arbeit brauchten Kemal Cetin und Besma kein Deutsch zu sprechen. Manchmal kam es ihnen vor, als wären sie nie aus ihrem türkischen Dorf weggezogen.

«Das war auch der Grund, warum wir schließlich dort weggingen.»

Fragend sah ihn Steenhoff an.

«Unsere Kinder wurden älter und sprachen nur Türkisch. Wir wollten aber, dass sie auch deutsche Freunde finden und die deutsche Sprache lernen. Also zogen wir nach Walle.»

«Dort leben auch viele Türken», wandte Steenhoff ein.

«Aber auch Deutsche», sagte Kemal Cetin entschieden. «Natürlich hätten wir noch lieber in einem anderen Stadtteil mit mehr Deutschen gewohnt, aber dort konnten wir die Mieten nicht bezahlen.»

Verwundert machte sich Steenhoff eine Notiz. Bislang hatte er in Kemal Cetin nichts anderes als einen ärmlichen

Bauernsohn gesehen, der seine archaischen Vorstellungen mit nach Deutschland gebracht hatte. Er fragte sich, wie seine Verachtung für die älteste Tochter mit seinem Anspruch zusammenpasste, dass seine Kinder möglichst gut Deutsch lernen sollten.

Als hätte er Steenhoffs Gedanken erraten, fuhr der Mann ruhig fort: «Ich bin sechs Jahre zur Schule gegangen, dann musste ich die Ziegen und Schafe meines Onkels hüten und meinem Vater im Geschäft helfen. Meine Frau Besma ist nie zur Schule gegangen, ihr Vater hielt es für überflüssig, dass sie Lesen und Schreiben lernte. Sie war mir ja versprochen. Aber Besma wollte lernen. Als wir nach Deutschland kamen, hat sie mich oft gebeten, sie einen Kursus für Analphabetinnen besuchen zu lassen. Ich habe es ihr erst verboten. Aber schließlich habe ich nachgegeben. So konnte sie auch den Kindern in der Schule etwas helfen. Besma hat immer darauf geachtet, dass die Kinder ihre Hausaufgaben machen und viel lernen.»

«Gab es ein Kind, das besonders erfolgreich in der Schule war?»

«Ja.»

«Sagen Sie es mir.»

Kemal Cetins Gesichtszüge verhärteten sich. «Nilgün.»

«Sie hat ein Gymnasium besucht?»

«Ja.»

«Waren manchmal deutsche Freundinnen von ihr zu Besuch?»

Kemal Cetin zuckte mit den Schultern. «Ich weiß nicht. Ich bin von morgens bis abends im Geschäft.»

Steenhoff ließ ein paar Sekunden verstreichen, bevor er die nächste Frage stellte. «Wussten Sie, dass Nilgün seit längerem einen Freund hatte?»

Die dunklen Augen des Mannes blitzten auf. «Nein!»

«Was glauben Sie, warum hat sie es Ihnen nicht erzählt, Herr Cetin?» Steenhoffs Stimme klang schneidend.

«Weil … wir sie sonst umgebracht hätten.»

Steenhoff meinte zu erkennen, dass sich Kemal Cetins Augen einen Moment lang mit Tränen füllten. Doch schnell hatte sich der Mann wieder im Griff. Der Satz hing schwer im Raum, und Steenhoff ließ sich Zeit, bevor er mit der Vernehmung fortfuhr.

«Dann ist jetzt ja alles richtig. Ihre Tochter ist tot. Ihre Familienehre gerettet.»

Der Mann schwieg.

«Vielleicht ist Ihnen jemand zuvorgekommen, vielleicht aber auch nicht, Herr Cetin. Vermutlich sind Sie Ihrer ältesten Tochter auf die Schliche gekommen und haben sie getötet und ihre Leiche im hintersten Winkel Bremens entsorgt.»

Der Vater verzog keine Miene.

«Oder Sie haben nur den Auftrag zu dem Mord an Ihrer Tochter gegeben. Und Murat oder Osman mussten den Vollstrecker spielen …»

Wütend sprang Kemal Cetin auf. Sofort richteten sich auch Steenhoff und Fabian Block auf.

«Ich meine, es fällt doch auf, Herr Cetin, dass Ihre Tochter das erste Mal in ihrem Leben vier Tage wegbleibt und Sie Nilgün nicht bei der Polizei als vermisst melden.» Ungerührt herrschte Steenhoff den Mann an: «Verhalten sich so gute Eltern?»

«Ich will sofort einen Anwalt haben!», entgegnete Kemal Cetin heftig. «Ohne Anwalt sage ich nichts mehr.»

Steenhoff nickte Block zu.

Eine halbe Stunde später ging Kemal Cetin erhobenen Hauptes durch die Tür. Block begleitete ihn bis zum Ausgang, wo Murat im Auto auf seinen Vater wartete.

«Warum lässt du ihn gehen, Frank?», fragte Fabian Block bei seiner Rückkehr unwillig. «Es spricht doch einiges dafür, dass es jemand aus der Familie war.»

«Für einen Haftbefehl wird es kaum reichen», antwortete Steenhoff ruhig. «Aber für eine Telefonüberwachung vielleicht schon. Ich denke, Navideh und Michael haben die anderen Familienmitglieder mit ihren Fragen aufgescheucht. Vielleicht verraten sie uns ja etwas am Telefon.»

Im selben Augenblick hörte Steenhoff gedämpfte Stimmen. Kurz darauf ging die Tür auf, und Petersen und Wessel kamen ihm auf dem langen Flur entgegen. Navideh sah blass und sehr müde aus.

«Okay. Dann wollen wir mal», begrüßte Steenhoff die Kollegen und öffnete die Tür zu seinem Büro.

Wessel sah demonstrativ auf seine Uhr. «Es ist schon verdammt spät, Frank. Können wir die Ergebnisse der Vernehmungen nicht morgen früh austauschen?»

Steenhoff schüttelte den Kopf. «Du weißt so gut wie ich, dass wir keine Zeit verlieren dürfen. Aber ich verspreche dir, wir machen es so kurz wie möglich.»

Wessel hatte Murat und seine Mutter vernommen, während Petersen nacheinander mit Saliha und Osman sprach. Übereinstimmend hatten sie berichtet, dass Nilgün am Montagabend nicht wie üblich um 19.00 Uhr nach Hause gekommen war und dass Besma Cetin daraufhin ihren Mann benachrichtigt hatte. Gemeinsam mit Murat hatte er sich daraufhin auf die Suche nach der Tochter gemacht. Osman war eine Adressenliste aller Mitschülerinnen von Nilgün durchgegangen und hatte mehrere Mädchen angerufen und nach seiner Schwester gefragt. Dann hatte er per Handy seinen Vater angerufen und sich mit ihm und Murat an einer Kreuzung in Walle getroffen, um die Grünanlagen im Stadtteil abzusuchen. Zuvor war Murat in zwei Jugendtreffs gewesen, um nach Nilgün zu suchen.

«Ab diesem Zeitpunkt waren sie zu dritt und geben sich natürlich auch gegenseitig ein Alibi», sagte Wessel. «Gegen Mitternacht sind sie nach Hause zurückgekommen, angeblich ohne Nilgün gefunden zu haben», fasste er die Vernehmungsergebnisse zusammen.

«Am Dienstagmorgen haben sich Murat und Osman vor Nilgüns Schule versteckt, um sie abzufangen.» Navideh schaute in ihre Notizen. «Angeblich konnten sie sich zwar vorstellen, dass ihre Schwester ohne Erlaubnis bei einer Freundin übernachtet hatte, nicht aber, dass sie die Schule schwänzen würde. Dass Nilgün einen Freund haben könnte, schien völlig außerhalb ihrer Vorstellungswelt.» Sie räusperte sich. «Nach Aussage von Osman haben sie bis einschließlich Donnerstag jeden Morgen vor der Schule auf ihre Schwester gewartet.»

«Hat jemand sie dabei beobachtet?», erkundigte sich Steenhoff.

Wessel schüttelte den Kopf. «Die Brüder sagten uns, dass die Familie nicht wollte, dass Nilgüns Verschwinden bekannt wird. Deshalb hätten sie auch nicht die Polizei benachrichtigt.»

«Was ist mit der Kleinen? Wie heißt sie noch?»

«Saliha», sprang Navideh Steenhoff bei. «Das Mädchen war praktisch nicht vernehmungsfähig. Sie saß nur apathisch auf dem Wohnzimmersessel.»

«Wenn es ihr etwas bessergeht, müssen wir nochmal an

sie ran. Die beiden Schwestern teilten immerhin ein Zimmer. Da erzählt man sich viel, wenn abends das Licht ausgeht. Navideh, das solltest du machen.»

Petersen nickte. «Saliha hatte übrigens ein übergeschminktes Hämatom im Gesicht.»

«Ich habe nichts gesehen», sagte Wessel überrascht. Auch Steenhoff hatte nichts bemerkt.

«Jemand muss sie in den vergangenen Tagen geschlagen haben.»

«Finde es heraus, Navideh», sagte Steenhoff ernst. «Hol sie notfalls aus dem Unterricht heraus, damit sie ohne ihre Eltern und Brüder mit dir sprechen kann.»

Sie verabredeten, sich am nächsten Morgen um acht Uhr zur nächsten Besprechung im Präsidium zu treffen. Wessel und Petersen gingen gemeinsam nach draußen. Steenhoff machte sich noch einige Notizen, dann schaltete er das Licht aus und lief über den menschenleeren Flur zur Tür. Seine Tochter Marie kam ihm in den Sinn. Sie hatte in den vergangenen Jahren schon mehrere Freunde gehabt. Und wenn er ehrlich war, hätte er schon Maries erste Eroberung am liebsten zum Teufel gejagt. Dieser schlaksige Junge, der seine geliebte Tochter so ungeschickt umfasste und abknutschte. Plötzlich hatte er wieder das Gesicht des Jungen vor sich. Seine halblangen blonden Haare hingen ihm in die Augen. Schon die Geste, wie er alle paar Sekunden den Kopf zur Seite warf, um etwas sehen zu können, machten Ira und ihn wahnsinnig. Ob Marie damals mit ihm geschlafen hatte? Auf seine vorsichtigen Nachfragen hatte Steenhoff nie eine Antwort erhalten. Wenn der Junge Marie geschwängert hätte … Steenhoff packte allein bei dem Gedanken die blanke Wut. Vielleicht hätte er dann, ähnlich wie Kemal Cetin, auch in einer Vernehmung spontan gesagt, dass er zu allem bereit gewesen wäre. Wenn auch nur in seiner Phantasie. Erst später hatte er sich eingestehen können, dass es ihm kein Freund von Marie hätte recht machen können. Er hatte einfach Angst gehabt, Marie zu verlieren. So wie man eine Tochter eben verlor, wenn sie vom Mädchen zur Frau wurde.

Die Ecke des Parkplatzes, in dem er seinen Wagen geparkt hatte, lag im Dunkeln. Für den Bruchteil einer Sekunde blitzte ein helles Licht am Nachthimmel auf. Das Grollen kam aus weiter Ferne. Irgendwo in 30, 40 Kilometer Entfernung ging ein Gewitter nieder. Wind kam auf.

Steenhoff wollte gerade in seinen Wagen steigen, als ein Schatten neben seinem Fahrzeug auftauchte.

«Könntest du mich vielleicht nach Hause bringen? Mein Rad hat einen Platten.» Navideh Petersen wirkte verlegen.

Der Wagen hatte das Präsidiumsgelände kaum verlassen, als sie sich direkt an Steenhoff wandte.

«Was meinst du? War es jemand aus der Familie? Einer der beiden Söhne oder Kemal Cetin?» Ohne seine Antwort abzuwarten, redete sie weiter. Navideh war überzeugt, dass weder die Mutter noch Saliha etwas mit Nilgüns Tod zu tun hatten. «Die Verzweiflung von Besma Cetin war echt», sagte Petersen bestimmt. «So einen Auftritt kann man nicht spielen.»

Steenhoff gab ihr recht. Aber er blieb vorsichtig. Gab es in diesen Kulturen nicht auch Klageweiber, die auf Bestellung Unmengen von Tränen vergossen, um einen Toten zu ehren? Trotz vieler Einsätze in türkischen und arabischen Familien waren ihm Denkweise und Verhalten der Menschen fremd geblieben. Nein, Nilgüns Angehörige bildeten weiterhin den engsten Kreis der Verdächtigen. Obwohl sie ganz offensichtlich nichts von der Schwangerschaft ihrer

Tochter wussten. Vorausgesetzt ihre Reaktion war nicht gespielt, als er ihnen die Tatsache im Wohnzimmer mitgeteilt hatte.

«Vielleicht sind sie Montagabend hinter Nilgüns und Romans Beziehung gekommen und haben sie gewaltsam beendet?», sagte Steenhoff.

«Aber sie behaupten, Nilgün tagelang gesucht zu haben. Ihre Beschreibungen der Orte und Plätze stimmten überein», entgegnete Petersen.

Steenhoff schüttelte unwillig den Kopf. «Und warum haben sie dann nicht die Polizei eingeschaltet? Nur um nicht in den Verdacht zu kommen, eine unehrenhafte Tochter zu haben? Das ist doch albern. Das passt doch nicht.»

Er schaute Petersen direkt an. «Navideh, deine Familie ist doch auch muslimisch geprägt. Die hätten doch auch Gott und die Welt in Bewegung gesetzt, wenn du verschwunden wärst und sie sich Sorgen gemacht hätten. Alles andere ist doch nicht normal.» Er spürte sofort, dass seiner Kollegin der Vergleich unangenehm war. Aber es war zu spät. Er konnte den Satz nicht wieder zurücknehmen.

«Meine Eltern stammen aus der oberen Mittelschicht im Iran. Beide haben studiert und sind in der Großstadt aufgewachsen. Ihr Verhalten in Ausnahmesituationen und Konflikten kann man sicherlich nicht mit denen ehemaliger Hirten und Analphabeten aus Ostanatolien vergleichen. Solche Menschen sind viel stärker in ihren Traditionen verhaftet als beispielsweise das Bildungsbürgertum in der Türkei.» Nachdenklich fügte Navideh noch hinzu: «Aber selbst in meiner Familie galt meine Beziehung mit Vanessa als Schande. Und wie weit mein Bruder bereit war zu gehen, um diese Schande in seinem Sinne auszulöschen, weißt du ja selbst am besten.»

«Aber deine Mutter hat ihn daraufhin vor die Tür gesetzt. Sie hat sich klar dagegengestellt.»

«Ja, das hat sie.»

«Und wie hätte dein Vater reagiert, wenn er noch leben würde?»

Petersen starrte auf die nur von einigen Laternen beschienene Straße vor ihnen. «Diese Frage habe ich mir oft gestellt.» Sie überlegte und fuhr dann fort: «Er hätte mir sicher nichts angetan. Aber vermutlich hätte er den Kontakt zu mir abgebrochen.»

Als sie sah, dass Steenhoff verständnislos den Kopf schüttelte, reagierte sie gereizt: «Was meinst du, wie viele deutsche Männer und Frauen, die ihren Eltern das erste Mal von ihrem gleichgeschlechtlichen Partner erzählen, anschließend nicht mehr Mamas Liebling sind oder von ihrem Vater enterbt werden?»

Steenhoff wollte etwas einwenden, aber Navideh sprach unbeirrt weiter. «Ich glaube, der Grund, warum der Vater und die Brüder Nilgün so ablehnend gegenüberstehen, hat wenig mit ihrem muslimischen Glauben zu tun. Jedenfalls würde das zu kurz greifen.»

«Sondern?»

«Das ist nicht so einfach zu erklären. Aber ich werde mich in den nächsten Tagen nochmal mit dem Ehrbegriff in dem ostanatolischen Kulturkreis beschäftigen. Vor Jahren habe ich darüber mal in der Ausbildung eine Arbeit geschrieben. Ich habe sie irgendwo zu Hause rumliegen.»

Navideh zwirbelte ihre langen Haare zu einem Zopf, den sie ohne Nadel am Hinterkopf festmachte. Im Profil hatte sie eine lange, feingeschnittene Nase. Selbst bei diesen Lichtverhältnissen bemerkte Steenhoff ihre langen, dunklen Wimpern. Mit ihrem glatten Teint und der braunen Haut ähnelte sie den Frauen aus den Modeheften, die Marie früher nachzueifern versuchte. Nur ein paar Fältchen um ihre Augen herum verrieten, dass Navideh Petersen schon Anfang 30 war.

«Deine Vorstellung von dem Begriff Ehre ist eine andere als meine», spann Navideh ihren Gedanken weiter. «Und meine wiederum eine andere als die von Nilgüns Familie. Offenbar spielt die Ehre aber eine enorme Rolle im Leben der Cetins. Zumindest die Männer haben die Familienehre mehrfach in ihrer Vernehmung betont. Die Brüder haben noch nicht einmal nachgefragt, wie Nilgün denn ums Leben gekommen ist. Vermutlich weil die Schwester aufgrund ihres Fehltritts für sie sowieso schon auf eine Art gestorben war.»

«Vielleicht wissen sie ja auch, wie Nilgüns letzte Stunde ausgesehen hat», warf Steenhoff ein. «Aber du hast recht, Navideh: Was bringt einen Vater sonst dazu, einem Mordermittler gegenüber zu äußern, er hätte seine Tochter selbst umgebracht, wenn er von deren Liebesbeziehung gewusst hätte. Anstatt etwas zu beschönigen, hat er sich damit enorm belastet. Wir müssen dringend besser verstehen, wie die ticken.» Er unterdrückte vergeblich einen heftigen Niesreiz.

Navideh kramte in ihrer Tasche nach einem Tempo und fand nur ein zerknülltes, wenn auch unbenutztes Exemplar. «So etwas wie den Begriff Familienehre kennt man in Deutschland doch gar nicht, oder?» Sie sah ihn fragend an.

«Nun, vor 30 Jahren galt es noch als Schande, wenn die Tochter ein uneheliches Kind bekam. Oder wenn sich eine Frau scheiden ließ. Das fiel auch immer negativ auf die Familie zurück.»

«Oder wenn sie ein Verhältnis mit einem Asylbewerber hatte», schlug Petersen vor.

«Aber wünscht man der eigenen Tochter oder Schwester deshalb den Tod?», fragte Steenhoff zweifelnd.

«Nein», sagte Navideh entschieden. «So etwas gibt es in Deutschland wohl nicht. Oder besser: nicht mehr. Aber das heißt auch, dass Deutsche und Einwanderer zwar Tür an Tür leben, aber wir uns trotzdem in völlig unterschiedlichen Welten befinden. Zwischen den Kulturen ist ein unsichtbarer Grenzzaun, der niemanden durchlässt.»

«Nilgün ist durchgeschlüpft.»

«Und sie hat dafür bezahlt.»

Navidehs Gedanken begannen Steenhoff immer mehr zu fesseln. «Kümmere dich morgen darum, Navideh. Aber zuerst musst du Saliha ein zweites Mal vernehmen.»

Schweigend fuhren sie durch das nächtliche Bremen. Zahlreiche Ampeln waren abgeschaltet, und sie kamen schnell voran. Erst im Ostertor, wo Navideh Petersen in einem Altbremer Haus lebte, waren die Straßen belebt wie am Tage. Studenten, Punks und Schüler, aber auch ältere Paare zogen zwischen den vielen Kneipen hin und her. Und obwohl ein Gewitter heraufzog und es bereits kühl war, saßen in den Straßencafés viele Menschen und unterhielten sich angeregt oder betrachteten die Passanten bei einem Glas Wein.

«Hier ist man wohl nie allein», sagte Steenhoff, der vor einer Gruppe Radfahrern kapitulierte, die ihm lachend in der Einbahnstraße entgegenkamen und es nicht für nötig hielten auszuweichen.

«Und wenn doch, dann fällt es hier besonders schmerzhaft auf», sagte Navideh.

Verwundert sah Steenhoff sie an. Doch vergeblich suchte er in ihrem Gesicht nach einer Spur Ironie. Navideh sprach kaum über ihr Privatleben oder über ihre Gefühle, und er wusste nicht, ob der hingeworfene Brocken eine Aufforderung zu einem Gespräch sein sollte oder nur eine lakonische Anmerkung war. Als er noch überlegte, ob er sie zu einem Bier einladen sollte, zeigte seine Kollegin auf die Kreuzung direkt vor ihnen.

«Die Ampel ist rot. Da kannst du mich rauslassen. Von der Ecke ist es nicht mehr weit bis zu meiner Wohnung.»

Navideh bedankte sich und stieg aus.

Selbst unter den vielen jungen Frauen und Männern, die sich für den Diskoabend herausgeputzt hatten, war sie mit ihrer schlanken Statur und den langen schwarzen Haaren eine auffällige Erscheinung. Steenhoff sah, wie sie einem viel zu schnell fahrenden Taxi auswich und kurz darauf in einer dunklen Seitenstraße verschwand. Hinter ihm hupte jemand ungeduldig. Die Ampel war auf Grün umgesprungen. Leise schimpfend gab Steenhoff Gas.

Er wollte gerade nach links abbiegen, als ein junger Mann quer über die Straße lief, ohne auf den Verkehr zu achten. Steenhoff musste scharf abbremsen, um den übermütigen Fußgänger nicht anzufahren. Der Mann hielt kurz inne und schlug mit geballter Faust auf die Motorhaube. Der Schlag klang dumpf in Steenhoffs Ohren. Empört riss er die Fahrertür auf und herrschte den Unbekannten an: «Mach das nicht nochmal, sonst komme ich raus.»

Ohne ihn eines Blickes zu würdigen, zeigte ihm der Mann den Stinkefinger.

Steenhoff sprang aus dem Wagen, packte den Unbekannten und wollte ihn zur Rede stellen. Doch verdutzt ließ er ihn wieder los. Vor ihm stand Osman. Der Blick des Jungen flackerte. Seine Gesichtszüge waren vor Wut verzerrt.

09 Mit zwei großen Schritten nahm Navideh Petersen die Stufen der Sandsteintreppe zu ihrem Wohnhaus. Ihre Wohnung lag im Hochparterre.

Sie schloss die Tür auf und ging, ohne Licht einzuschalten, in den Flur. Einen Augenblick lang meinte sie, noch den Duft von Vanessas Parfum in der Nase zu haben. Aber das konnte nicht sein. Vanessa war vor mehr als drei Monaten ausgezogen. Seitdem stand ihr Zimmer leer. Navideh vermied es hineinzugehen. Sie hatte sich vorgenommen, es als Gästezimmer einzurichten. Dabei war ihre Mutter die Einzige, die ab und an zu Besuch kam und über Nacht in Bremen blieb. Meist fuhr sie noch am selben Abend wieder zurück nach Hamburg, oder sie übernachtete im Hotel. Immerhin schafften sie es inzwischen, sich ohne größere Streitereien zu treffen. Das war nicht immer so gewesen.

Nachdem ihr Bruder Mahmud hinter Navidehs Liebe zu Vanessa gekommen war, hatte es eines Abends einen Kampf auf Leben und Tod zwischen den beiden Geschwistern gegeben. Ihre Mutter hatte sich anschließend klar entschieden: «Bevor dein Bruder dich nicht aus tiefstem Herzen um Verzeihung bittet, will ich nichts mehr mit ihm zu tun haben», hatte sie kurz nach der Tat gesagt – und Wort gehalten. Schließlich akzeptierte die Mutter sogar Navidehs Beziehung mit Vanessa. Doch jetzt, ein Jahr später, war die Beziehung kaputt. Navidehs ständige Überstunden und ihre unregelmäßigen Arbeitszeiten hatten dazu geführt, dass Vanessa abends immer häufiger allein loszog und auf eigene Faust etwas unternahm. Und als sie sich zum zweiten Mal in eine andere Frau verliebte, war auch das letzte Fünkchen Vertrauen bei Navideh aufgebraucht. Es war aus. Aus und vorbei.

Obwohl sie Vanessa mit ihrer unbändigen Lebenslust

noch immer liebte, trennte sie sich im Frühsommer von ihr. Am Tag von Vanessas Auszug hatte Navideh freiwillig einen Wochenenddienst im Kommissariat übernommen. Noch nie hatte sie ihren Feierabend so gefürchtet wie an jenem Abend. Sie war mit ihrem Mountainbike nach Hause gefahren und hatte das Rad, wie jedes Mal, die steilen Treppen hinunter in den Keller getragen. Als sie die Wohnungstür aufschloss, bekam sie weiche Knie. Auf den ersten Blick wirkte alles wie immer. Doch am Kleiderständer hingen nur noch Navidehs Regenjacke und ein riesiger Sommerhut, auf den sie so stolz war und den sie trotzdem kaum trug. Die Haken daneben waren leer. Auch im Schuhschrank sah es sehr übersichtlich aus. Vanessa liebte Schuhe und hatte die Angewohnheit, sie in der ganzen Wohnung zu verteilen. ‹Wenigstens werde ich nachts nicht mehr über Pumps stolpern›, dachte Navideh. Widerstrebend öffnete sie die Tür zum Wohn- und Esszimmer, das in den Wintergarten überging. Entsetzt sah sie auf die rechte Wand: Der Karl Schmidt-Rottluff über dem Sofa fehlte. Ein grau-weißer Fleck zeigte deutlich die Umrisse des Rahmens. Auch zwei Korbsessel und ein Weichholzschrank neben dem Fernseher waren verschwunden. Vanessa hatte Navidehs Geschirr, das in dem Schrank gestanden hatte, einfach auf dem Boden abgestellt.

Am Ende ihres Rundgangs durch die Wohnung, die von da an ihr allein gehörte, fühlte sich Navideh ganz leer. Aber sie bereute ihren Entschluss nicht. Sie wollte nicht zweifeln, nichts rückgängig machen. ‹Ich kann mein Leben nicht mit einem Menschen verbringen, dem ich nicht mehr vertrauen kann.› Wie ein Mantra wiederholte sie diesen Satz immer wieder. Es half, bis zu dem Zeitpunkt, als sie ins Badezimmer ging und nach der Zahnpasta suchte. Ungeduldig riss Navideh den Spiegelschrank auf. Die Fächer waren leer. Nur ein kleines rotes Haarband lag noch im untersten Fach. Vanessa hatte es immer benutzt, wenn sie duschte und ihre Haare nicht waschen wollte. Petersen wickelte das Band wie einen Ring um ihren linken Zeigefinger, setzte sich auf den Badewannenrand und fing hemmungslos an zu weinen.

Gut drei Monate war das jetzt her.

Warum war es nur so schwierig, jemanden zu vergessen, der einem nicht guttat? Navideh zog sich im Gehen den Pulli aus und warf ihn in die Ecke. Sie nahm sich vor, am nächsten Morgen noch vor der Arbeit eine Waschmaschine anzustellen. Ihr rechter Fuß streifte über etwas Glattes, Kühles am Boden. Erstaunt schaltete sie das Licht an. Jemand hatte ihr eine Postkarte unter der Wohnungstür durchgeschoben. Einen Kunstdruck von Emil Nolde. Düstere, blau-graue Wolken hingen über dem Deich und der endlos weiten Wattenlandschaft. Meer und Land schienen eins zu sein. Nur der schmale Deich trennte die Elemente. Als Navideh genauer hinsah, entdeckte sie eine winzige geduckte Kate hinter dem mühevoll von Menschenhand errichteten Erdwall. Navideh liebte Nolde. Die Melancholie seiner Bilder brachte etwas in ihr zum Klingen. Wo andere nur die Schwermütigkeit eines norddeutschen Malers sahen, fühlte sie eine eigenartige Seelenverwandtschaft und Tiefe.

Neugierig drehte sie die Postkarte um. Als sie die Unterschrift entzifferte, fing ihr Herz an, schneller zu schlagen, und sie begann zu lesen.

«Hallo Navideh, ich hoffe, Euer neuer Fall nimmt Dich nicht allzu sehr in Beschlag. Ich freue mich auf unser Essen. Wenn Du noch Lust auf ein Glas Wein oder einen frisch gepressten O-Saft hast, komm einfach rüber. Ich fahre heute

Nacht Taxi und würde mich über einen kurzen Plausch mit Dir freuen.

Bis bald, Jorges.»

Navideh schaute auf die Uhr. Es war kurz nach Mitternacht.

Sie schaltete das Licht aus und ging ans Wohnzimmerfenster. Stoßstange an Stoßstange standen die geparkten Autos. Am Ende der Straße entdeckte sie Jorges Taxi. Er war also noch zu Hause. Sie brauchte nur rüberzugehen und zu klingeln. Ganz unverbindlich, auf ein Glas Wein. Eine gute Möglichkeit abzuschalten. Sie überlegte, ob sie sich wieder anziehen und in das Haus mit den blühenden Dahlien im Vorgarten schräg gegenüber gehen sollte. Er würde sich freuen. So viel stand fest.

Aber konnte sie um diese Uhrzeit einen Mann besuchen, ohne dass er sofort Erwartungen an ihren Besuch knüpfen würde? Navideh zögerte. Dann ging sie ins Bad, duschte kurz und suchte sich aus ihrem Kleiderschrank frische Unterwäsche und einen eng anliegenden Pulli aus.

Als sie 20 Minuten später auf die Straße trat, war Jorges' Taxi nicht mehr da.

Navideh wusste nicht, ob sie enttäuscht oder erleichtert sein sollte. Vielleicht war es besser so. Sie würde die Verabredung zum Essen sowieso absagen müssen. Mitten in einem aktuellen Mordfall hatte sie keine Zeit für eine Romanze. Eigentlich war das Ganze sowieso eine Schnapsidee. Jorges war neun Jahre jünger als sie. Neun Jahre! Als sie volljährig wurde und ihren Führerschein machte, ging Jorges noch zur Grundschule. Im Vergleich zu ihm war sie uralt. Was für ein absurder Gedanke, dass sie sich ineinander verlieben könnten. Aber vielleicht könnten sie Freunde werden. Navideh konnte wunderbar mit ihm reden und noch besser mit ihm lachen. Dabei hatte sie bislang nur während eines Straßenfestes oder ab und an vor dem Gemüsestand im Supermarkt mit ihm gesprochen.

Jorges, so viel wusste Navideh bereits, hatte einen Lebensweg mit vielen Höhen und Tiefen hinter sich. Mit 17 war er im Streit von zu Hause ausgezogen, hatte kurzerhand die Schule abgebrochen und war ein Jahr lang durch Europa gezogen. Mit seinen Jonglierkünsten und Taschentricks hielt er sich über Wasser. In Paris verliebte er sich Hals über Kopf in Dajana, ein Mädchen aus Rumänien. Sie waren unzertrennlich. Wie im Rausch taumelten sie durch das Quartier Latin, liefen Arm in Arm durch das Künstlerviertel Saint Germain des Près und schworen sich auf der überfüllten Aussichtsplattform des Eiffelturms, dass sie ewig zusammenbleiben würden. Doch nach einer Woche musste Dajana zurück nach Rumänien. Ein Onkel hatte ihr dort einen lukrativen Job in seiner Autofirma versprochen. Und sie brauchte Geld, um ihr Studium in Bukarest zu finanzieren. Nach einem tränenreichen Abschied auf dem Flughafen Charles de Gaulle stellte sich Jorges an die nächste Schnellstraße Richtung Süden. Keine Stunde länger wollte er ohne Dajana in Paris bleiben.

Schließlich kaufte er sich eine Fahrkarte nach Rumänien und bestieg einen altersschwachen Reisebus, der auf der Fahrt nach Bukarest zweimal liegenblieb. Doch die Telefonnummer, die Dajana ihm auf einer Serviette notiert hatte, war falsch.

Aber Jorges gab nicht auf. Er postierte sich vor das Hauptgebäude der Universität in der Innenstadt. Hunderte von Studenten und Studentinnen bummelten Tag für Tag über den Universitätsplatz. Er stellte sich in die Mitte und jonglierte und machte dazu Späße, die keine Übersetzung brauchten. Nachmittags stand oft eine dichte Traube von Menschen um ihn herum. Aber Dajana war nie dabei. Abends strich Jorges ungeduldig durch die Kneipen der Stadt. Irgendwo unter den zwei Millionen Menschen der Stadt musste sie doch sein.

Nach zwei Monaten war ihm endlich klar, dass er sie nicht mehr finden würde. Deprimiert kehrte er nach Bremen zurück. Er war dünn geworden und kämpfte gegen eine ständige Müdigkeit an. Selbst das Jonglieren kostete ihn Kraft. Ständig musste er einen Hustenreiz unterdrücken.

Als er schließlich zum Arzt ging, überredete ihn der Mediziner zu einem Tuberkolintest. Eine Röntgenuntersuchung bestätigte den Verdacht des Arztes: Jorges war in Rumänien an Tbc erkrankt. Das Antibiotikum, das er nehmen musste, schlug nicht an. Schließlich verordnete ihm der Lungenfacharzt einen Medikamentencocktail, der zu einer Entzündung des Sehnervs führte. Jorges verfiel zunehmend.

Der Wendepunkt kam, als er auf dem Marktplatz zufällig seiner Schwester über den Weg lief, zu der er seit seinem Auszug keinen Kontakt mehr gehabt hatte. Schockiert lud sie ihn zu einem Kaffee ein, und die beiden verbrachten den ganzen Nachmittag miteinander. Am nächsten Tag kam ihn seine Mutter in seinem winzigen Ein-Zimmer-Apartment besuchen. Endlich konnten sie miteinander reden, ohne mit Worten übereinander herzufallen. Danach telefonierten sie fast täglich. Ein paar Wochen später kündigte Jorges seine Wohnung und zog wieder bei seiner Mutter ein. Dort, so hatten sie vereinbart, sollte er so lange bleiben, bis es ihm gesundheitlich wieder besserginge.

Mit Hilfe seiner Familie kam Jorges wieder auf die Beine. Er holte sogar seinen Schulabschluss nach. In Abendkursen absolvierte er sein Abitur. Ein Arzt, mit dem er sich während der langen Zeit der Erkrankung angefreundet hatte, vermittelte ihm schließlich eine Ausbildungsstelle zum Krankenpfleger. Mit einer festen Stelle an einem Krankenhaus wähnte sich Jorges endlich am Ziel seiner Träume. Aber nach einer Weile merkte er, dass er mehr wollte, als die Anweisungen anderer zu befolgen. Er wollte die Patienten selbst untersuchen und sie behandeln. Als seine Großmutter starb, vermachte sie jedem ihrer drei Enkel 15 000 Euro Bargeld. Für Jorges war es ein Wink des Schicksals. Er bewarb sich an mehreren Universitäten, bekam aber keinen Studienplatz. Doch Jorges war es gewohnt, für seine Träume zu kämpfen. Er arbeitete weiter als Krankenpfleger und fuhr so oft wie möglich nachts und am Wochenende Taxi. Das Geld legte er für sein Studium zurück. Um möglichst wenig auszugeben, zog er in ein kleines WG-Zimmer im Ostertor. Er war dort der Älteste, und die zwei Studenten, mit denen er Bad und Küche teilte, fand er nicht sonderlich sympathisch. Aber da die Wohnung zentral lag und wenig kostete, nahm er die Nachteile in Kauf.

Navideh Petersen hatte Jorges Anfang August auf einem Straßenfest kennengelernt. Er jonglierte mit fünf Bällen und brachte den Kindern Zaubertricks bei. Mit ihrem Mountainbike war Navideh schwungvoll in die Straße eingebogen und konnte gerade noch rechtzeitig abbremsen. Gut 20 Tische hatten die Anwohner auf die Straße geschleppt und mit den unterschiedlichsten Kuchen, selbstgebackenem Kürbisbrot, Marmelade und Obst aus ihren Kleingärten beladen. Navideh hatte nicht vor zu bleiben, aber plötzlich baute sich ein zehnjähriger Knirps vor ihr auf und fragte stolz: «Soll ich dir einen Zaubertrick zeigen?»

Navideh stand nicht der Sinn nach Zaubertricks. Sie

hatte auf dem Rückweg ins Präsidium nur etwas Obst und ein paar Brote von zu Hause holen wollen. Aber der Junge strahlte sie so erwartungsvoll an, dass sie widerstrebend mitspielte. «Okay, dann zeig mal, was du kannst.»

«Ich wette mit dir, dass du farbenblind bist», sagte er und schaute sie verschmitzt an. «Alle Erwachsenen sind farbenblind. Selbst Mama konnte Gelb nicht von Rot unterscheiden.»

«Na, hoffentlich fährt sie dann nicht Auto», erwiderte Navideh trocken.

«Nee. Sie fährt nur Rad. So wie du.» Er musterte ihr Mountainbike mit Kennerblick. «Aber nicht so ein cooles, sondern nur so'n Oma-Rad.»

«Und wie geht der Trick nun?» Leicht ungeduldig nahm Navideh den Faden wieder auf.

Der Junge holte ein zerknittertes Blatt Papier aus der Hosentasche und versuchte, es mit der rechten Hand glatt zu streichen. Auf dem Zettel standen sechs Begriffe in unterschiedlichen Farben. «Du musst die Wörter einfach nur laut vorlesen», sagte er, und seine Stimme bebte vor Aufregung. «Ich habe die Seite vorher verhext. Wetten, du kannst die Wörter nicht richtig lesen?»

Die Sache begann Navideh langsam Spaß zu machen. Amüsiert stellte sie ihr Rad an einem Zaun ab und folgte dem Jungen an einen Tapeziertisch, auf den er das Papier legte. Neugierig scharten sich mehrere Kinder um die beiden.

«Und los!», befahl der Zehnjährige und drückte Navideh mit wichtigem Gesichtsausdruck den Zettel in die Hand.

Das erste Wort war in gelber Schrift geschrieben und lautete «Rot». Das nächste, «Grün», stand in blauer Schrift auf dem Papier, darunter folgte der Begriff «Grün» in schwarzer

Schrift. Schon bei den ersten drei Wörtern verhaspelte sich Navideh. Die Kinder schütteten sich aus vor Lachen.

«Du kannst wirklich verdammt gut hexen», sagte sie anerkennend.

«Willst du noch einen Zaubertrick sehen?», fragte der Junge. Drei Kinder nickten begeistert an Navidehs Stelle. Die Ablenkung tat ihr gut.

«Also meinetwegen, noch einen Trick. Aber dann muss ich los.»

Der Junge holte ein lilafarbenes Tuch aus seiner Hosentasche und hielt es vor ihr in die Luft. «Siehst du, es ist nur ein Tuch und nichts weiter …» Er stopfte sich das Tuch in den Ärmel und ging einen Schritt zur Seite. Das war der Moment, in dem Navideh sah, wie der Jongleur plötzlich alle Bälle fallen ließ und in einem atemberaubenden Sprint an den Tischen vorbeiflitzte. Ratlos starrte Petersen ihm nach. Dann suchte ihr Blick instinktiv ihr Rad. Es war nicht mehr da!

Navideh stieß einen lauten Fluch aus. In den wenigen Minuten, in denen sie mit den Kindern gespielt hatte, war ihr Mountainbike geklaut worden.

«Der da hat es genommen», sagte ein Mädchen erschrocken und zeigte auf einen Mann, der in wenigen hundert Metern Entfernung auf ihrem Rad in eine Seitenstraße bog. Dicht gefolgt von dem Jongleur. Wütend nahm auch Navideh die Verfolgung auf. Sie merkte nicht, dass eine Traube von Kindern es ihr gleichtat. Die Verfolgung eines echten Diebes war allemal spannender als die besten Zaubertricks. Die ungewöhnliche Truppe von Verfolgern kam jedoch nicht weit. Vom anderen Ende der Wohnstraße kam ihnen plötzlich der Jongleur entgegen. Er saß auf Navidehs Mountainbike und klingelte fröhlich. Einige Kinder klatschten begeistert.

Kurz vor Navideh stoppte der Mann.

«Wo ist er hin?», erkundigte sie sich atemlos.

«Wer?»

«Na, der Dieb!»

«Keine Ahnung. In irgendeiner Seitenstraße entschwunden. Ich glaube Richtung Sielwall. Der Typ sah aus wie ein Junkie.» Der Jongleur stieg ab und hielt ihr triumphierend das Rad hin. «Bitte schön.»

«Wie sah er aus und wie war er gekleidet?», fragte Navideh ungeduldig.

«Überlass die Verfolgung mal besser der Polizei», erwiderte der junge Mann.

«Ich bin Polizistin. Also, wie sah er aus?»

Neugierig musterte sie der Jongleur. Sie wusste, was jetzt kommen würde. Gleich würde er ihr sagen, dass sie überhaupt nicht wie eine Polizistin aussah. Sie konnte den Spruch nicht mehr hören. Aber der Mann sagte nur schlicht: «Ich komme mit und zeige dir den Typ. Wenn du ihn dann festnimmst, bewache ich dein Rad. Zwei Kurzstreckenrekorde an einem Tag schaffe ich nicht.»

Navideh zögerte, doch dann gab sie sich einen Ruck. «Okay, setz dich hinten drauf.»

Das Gewicht des Mannes auf dem Gepäckträger ließ sie einen Moment lang schwanken, doch dann trat Navideh kräftig in die Pedalen.

«Ich heiße übrigens Jorges», stellte sich der Unbekannte hinter ihr vor.

«Navideh.»

«Ich wusste gar nicht, dass du in dieser Straße wohnst.»

«Manchmal habe ich auch eher das Gefühl, im Präsidium zu wohnen», antwortete sie mürrisch.

Der Mann hinter ihr schwieg.

Sie fuhren alle typischen Treffpunkte von Drogenabhängigen im Viertel ab, aber den Fahrraddieb fanden sie nicht. Navideh liebte das Viertel mit den engen Gassen, den vielen kleinen Boutiquen und Cafés. Doch es zog eben nicht nur Künstler und Intellektuelle an, sondern auch viele Drogenabhängige und Dealer. Navideh kannte in Bremen niemanden, dem nicht mindestens einmal das Rad gestohlen worden war. Ihre Kollegen hatten schon vor längerer Zeit eine eigene Ermittlungsgruppe eingerichtet, aber dennoch verschwanden jedes Jahr fast 9000 Fahrräder.

«Wir wäre es mit einem Kaffee?», fragte Jorges, als sie ein Straßencafé passierten, an dem einige der Tische noch von der Nachmittagssonne beschienen wurden.

Navideh sah auf ihre Uhr und zögerte.

«Oder musst du heute noch Verbrecher jagen?», setzte Jorges lachend hinterher.

«Nein, sieht heute nicht danach aus.»

Vergnügt sprang Jorges vom Gepäckträger und setzte sich an einen Tisch, während Navideh ihr Rad abschloss.

Nachdem beide bestellt hatten, sah er Navideh gespannt an. «Ich überlege die ganze Zeit, in welcher Abteilung du wohl arbeiten könntest …» Jorges tat so, als würde er in tiefes Grübeln verfallen. «Es gibt nur eins: Du bist beim Staatsschutz und ermittelst undercover in der Bremer Islamistenszene.»

«Klingt spannend», räumte Navideh ein. «Aber ich muss dich enttäuschen. Ich arbeite bei der Mordkommission.»

«Und in deiner Freizeit fängst du zur Entspannung Fahrraddiebe», sagte Jorges spöttisch. Sie lachten beide.

Navideh erfuhr, dass der Jongleur ähnlich wie sie auch nur selten freihatte und neben seiner Arbeit als Krankenpfleger mehrmals in der Woche nachts Taxi fuhr.

«Hast du keine Angst, überfallen zu werden?», fragte sie.

Jorges zuckte gleichmütig mit den Schultern. «Ich habe fast ein Jahr lang mehr oder weniger auf der Straße gelebt, unter anderem in Rumänien. Seitdem habe ich eine Antenne für Gefahr entwickelt. Und was ist mit dir? Hast du keine Angst bei deinem Job?»

Er sah sie so offen an, dass sich Navideh um eine ehrliche Antwort bemühte. Aufmerksam hörte Jorges zu. Mitten im Satz fiel Navidehs Blick dann zufällig auf seine Uhr. «Oh verdammt, schon so spät.» Sie raffte ihre Tasche, das Handy und das Halstuch zusammen und legte einen Zehn-Euro-Schein auf den Tisch.

«Der Kaffee geht auf meine Rechnung. Ich muss dringend ins Präsidium. Und danke, dass du das Rad zurückgeholt hast!»

Als sie losfuhr, drehte sie sich noch einmal kurz zu dem Tisch um. Jorges hob zum Abschied die Hand.

Seitdem hatten sie sich manchmal zufällig beim Einkaufen getroffen. Und jedes Mal kamen sie sofort miteinander ins Gespräch. Beim letzten Treffen war Navideh einem spontanen Impuls gefolgt und hatte Jorges zum Essen zu sich nach Hause eingeladen. Doch aus dieser Essensverabredung würde nun nichts werden. Navideh spürte, dass es auch eine Seite in ihr gab, die erleichtert war.

Mit Jorges verging die Zeit stets wie im Flug, sie lachten viel und hatten, trotz ihrer unterschiedlichen Lebenswege, gemeinsame Interessen. Aber bis vor einigen Monaten hatte Navideh noch eine Frau geliebt. Was wollte sie jetzt mit einem Mann? Zumal mit einem, der neun Jahre jünger war als sie?

Nachdenklich stieg Navideh die Treppen zu ihrem Haus hoch. Vor der Eingangstür blieb sie stehen. Der Nachthimmel war wolkenverhangen. Spätestens morgen würde es Regen geben. Sie ging hinein und zog die Tür hinter sich zu. Gleichzeitig nahm sie sich vor, Jorges nicht ein zweites Mal zum Essen einzuladen. Sie würden weiterhin plaudern, wenn sie sich zufällig trafen, und vielleicht mal einen Kaffee zusammen trinken gehen, aber mehr nicht. Alles andere würde ihr Leben nur unnötig verkomplizieren. Erst jetzt merkte sie, wie müde sie war. Sie musste dringend ins Bett.

Gerade als sie das Licht im Schlafzimmer ausschalten wollte, hatte sie das Gefühl, etwas übersehen zu haben. Was war es? Hatte sie vergessen, die Haustür abzuschließen?

Plötzlich wusste sie es. Ihr Anrufbeantworter hatte rot geblinkt. Oder war es nur Einbildung? Unruhig stand Navideh auf und ging in den Flur. Tatsächlich. Es blinkte. Jemand hatte sie mitten in der Nacht angerufen. Wahrscheinlich Jorges. Navideh drückte auf den Abspielknopf.

Doch es war nicht Jorges, sondern Steenhoff. Seine Stimme klang drängend. «Navideh, bitte melde dich! Ich kann dich auf dem Handy nicht erreichen. Osman hat versucht, mich niederzuschlagen. Er ist bewaffnet.»

10

Sofort war Navideh hellwach. Frank Steenhoff hatte sie auch schon auf dem Handy, das in ihrer Tasche lag, zu erreichen versucht.

Sie hörte die kurze Nachricht auf ihrem Anrufbeantworter ein zweites Mal ab, dann wählte sie Steenhoffs Handynummer. Er meldete sich sofort. Straßengeräusche übertönten seine Worte. Dann war er wieder deutlich zu hören. Steenhoff erklärte ihr knapp, was passiert war, nachdem ihm Nilgüns Bruder fast vors Auto gelaufen war. Gemeinsam mit mehreren Beamten des Einsatzdienstes durchsuchte er seitdem die Lokale und Straßen im Viertel nach Osman.

«Der hat vielleicht gewütet, als ich ihn am Arm packte und zur Rede stellen wollte! Ich glaube, er hat mich gar nicht erkannt.»

Steenhoff vermutete, dass er unter Drogen stand oder betrunken war. «Der Junge hat versucht, mir einen Faustschlag ins Gesicht zu verpassen. Als ich mich duckte, hat er nach mir getreten. Dabei habe ich die Waffe gesehen, die in seinem Gürtel steckte.»

«Hältst du ihn für so gefährlich?»

«Hältst du jemanden mit Waffe und in einem derartigen emotionalen Ausnahmezustand für ungefährlich?»

«Nein, natürlich nicht», antwortete Navideh verlegen. «Wo bist du jetzt?»

«In der Lübecker Straße, Richtung Sielwallkreuzung. Dort können wir uns treffen und die Kneipen an der Hauptstraße unter uns aufteilen.»

Zehn Minuten später stand Navideh an der Kreuzung, die das Ostertorviertel vom Steintor trennte. Es hatte angefangen zu nieseln. Sofort bereute sie, ihre Lederjacke angezogen zu haben.

Navideh stellte sich in den Eingang eines fünfstöckigen Hauses mit zahlreichen WGs und schaute in die Richtung, aus der Steenhoff jeden Moment auftauchen musste. Ein paar Punks hatten sich mit ihren Hunden auf dem breiten Bürgersteig vor einem Lokal niedergelassen. Den Wetterumschwung schienen sie zu ignorieren. Viele von ihnen waren noch jung. Heimatlose Gestalten, die wochenlang auf der Straße lebten und ihren Unterhalt zusammenbettelten. Navideh dachte an ihre Zeit als Schutzpolizistin in Gröpelingen. Damals fühlte sich die Tochter eines älteren Kollegen von der Punkszene angezogen. Mit schwarz geschminkten Augen, rot gefärbten Haaren, in zerrissenen schwarzen Netzstrümpfen und nietenbesetzter Lederjacke war sie eines Abends auf der Wache erschienen und hatte nach ihrem Vater gefragt. Ein Auftritt, der ihren Vater provozieren sollte. Doch während die Kollegen das Mädchen anstarrten, tat der Vater freudig überrascht und ließ sich nicht aus der Ruhe bringen. Kaum hatte sie das Revier wieder verlassen, ließ er sich erschöpft in seinen Bürostuhl zurückfallen. Dann sah er sich im Wachraum um und lachte gequält: «Wenn mein Töchterlein meint, sie kann uns hier eine Vorstellung liefern, dann kann ich das auch. Meine Frau ist schon ganz krank wegen dieser Punkscheiße. Aber ich habe mir geschworen, dass sie mit ihrer Provo-Tour bei mir nicht mehr ankommt.»

Ein paar Kollegen nickten anerkennend. Jemand klopfte ihm auf die Schulter. Dann wechselten sie das Thema.

Unter den Punks auf der anderen Straßenseite kam jetzt Unruhe auf. Einer von ihnen stritt mit einem Mädchen in zerrissenem Minirock lautstark um einen Joint. Hunde kläfften. Ein Dritter griff gereizt ein und entriss den beiden kurzerhand den Joint. Dann nahm er selbst einen kräftigen Zug und reichte ihn an das Mädchen weiter.

Navideh kamen Punks häufig vor wie Boten der Endzeit. Sie kultivierten ihr trostloses, schmuddeliges Outfit, mit dem sie sich bewusst vom Rest der Gesellschaft abgrenzten. Doch diese Gruppe, die ihr gegenüber auf dem Bürgersteig lagerte, wollte nicht einmal mehr provozieren. Navideh vermutete, dass sie schon lange in ihrer eigenen Welt lebten. Ohne Zukunft und Perspektive.

Vor dem Hauseingang direkt gegenüber entdeckte Navideh zwei Afrikaner, die auf jemanden zu warten schienen. Sie kannte die Gesichter mit dem gehetzten, suchenden Blick. Junge Männer aus Togo oder Sierra Leone, die in Flüchtlingsunterkünften lebten und von Dealern für ihre Straßengeschäfte angeworben wurden.

Lachend schoben sich einige junge Frauen an Navideh vorbei. Sie waren stark geschminkt und trugen enganliegende Kleidung. Die Gruppe hinterließ eine Duftwolke billigen Parfums. Ungeduldig suchte Navideh die Straße ab. Wo blieb Steenhoff?

«Na, suchst du noch jemanden für heute Nacht?» Ein angetrunkener Mann baute sich vor ihr auf und betrachtete sie schamlos von Kopf bis Fuß.

«Mach, dass du weiterkommst», sagte sie angewidert. Doch die Worte perlten an ihm ab. Grinsend kam er auf sie zu. Sein schlechter Atem schlug Navideh ins Gesicht. Als er zu lächeln versuchte, sah sie seine gelben Zähne.

«Mensch, hau endlich ab!», herrschte sie den Unbekannten an.

Mit einem Ruck wurde der Mann plötzlich nach hinten gerissen. Taumelnd suchte er an einem Verkehrsschild Halt. Hinter ihm trat Steenhoff aus dem engen Hauseingang und wischte seine rechte Hand an der Jacke ab. «Wollen wir?»

«Danke, aber das wäre nicht nötig gewesen», sagte Navideh mit einem Blick auf den Betrunkenen, der sich leise schimpfend trollte.

«Ich wollte nur nicht so lange warten, bis er dir seine Lebensgeschichte zu Ende erzählt hat», antwortete Steenhoff trocken.

Navideh wollte etwas entgegnen, aber Steenhoff war mit den Gedanken schon wieder bei Osman Cetin. «Ich habe mit den Kollegen abgesprochen, dass wir beide uns die linke

Seite vom Ostertor stadteinwärts vornehmen. Irgendwo hier muss er sein.»

«Wir beide? Ich dachte, wir wollten uns aufteilen?»

«Es ist sicherer, wenn wir um diese Uhrzeit zu zweit durch die Kneipen ziehen», sagte Steenhoff.

Prüfend sah Navideh ihn an. Sie brauchte keinen Beschützer. Sie lebte in diesem Viertel. Sie konnte auf sich selbst aufpassen. Aber Steenhoff ließ keine Spur von Ironie erkennen. «Hast du deine Dienstwaffe dabei?»

«Ja.»

«Okay, dann los.»

Das Publikum in den Lokalen war stark gemischt. Steenhoff sah Gruppen von Studenten, aber auch Halbwüchsige, die eigentlich längst zu Hause sein sollten. Manche der Nachtschwärmer waren in seinem Alter. Auch den einen oder anderen Polizeibeamten erkannte er wieder. Die Tatsache, dass er frühmorgens mit Navideh Petersen im Kneipenviertel unterwegs war, würde die Gerüchteküche im Präsidium wieder anheizen. Aber darauf konnte er jetzt keine Rücksicht nehmen.

Aus dem Augenwinkel sah er, wie sich drei Männer an der Theke nach Navideh umdrehten, als sie sich an ihnen vorbeizwängte. Einen Augenblick lang war der Gedanke verlockend, sich einfach mit ihr in eine Ecke zu setzen, ein paar Biere zu trinken und Nilgün, Osman und den Polizeialltag zu vergessen.

«Hier ist er nicht.» Petersen kam ihm entgegen und verschwand, ohne auf Steenhoff zu warten, wieder durch die Eingangstür.

«Ey! Für die bist du doch viel zu alt», hörte er plötzlich jemanden sagen. Ein Mann mit ausgebleichten blonden

Haaren und der aufdringlichen Gesichtsbräune eines Sonnenstudios sah ihn herausfordernd an. Erwartungsvoll lauerten seine Freunde am Tisch und beobachteten Steenhoff. Sie wollten Streit, ein bisschen Abwechslung zwischen den Bieren.

Steenhoff antwortete nicht und ging zur Tür. Ohne sich umzudrehen, wusste er, dass die Männer ihm enttäuscht nachsahen.

Petersen wartete schon auf der Straße auf ihn. «War noch was?»

Er schüttelte den Kopf.

Systematisch durchkämmten sie Lokal für Lokal. Aber Osman hielt sich in keiner der Kneipen auf.

«Wo warst du eigentlich, als ich dich angerufen habe?», fragte Steenhoff unvermittelt.

Navideh unterdrückte ein Gähnen und blickte ihn irritiert an. «Ich wollte noch kurz bei einem Nachbarn vorbeischauen, aber er war nicht da.»

«Um Mitternacht?»

«Ja, um Mitternacht.»

Es war anmaßend, überhaupt zu fragen. Steenhoff suchte vergeblich nach einem unverfänglichen Thema, um das peinliche Schweigen zu beenden.

Da griff Petersen plötzlich nach seinem Arm. «Osman!»

Steenhoff zog sie in den dunklen Eingang eines Bio-Ladens und holte sein Funkgerät heraus. Er gab leise ihre Position an und forderte seine Kollegen auf, ohne Alarm zu kommen. «In spätestens drei Minuten sind sie hier», flüsterte er.

Osman stand vor einem hell erleuchteten Lokal und unterhielt sich mit einem dunkelhaarigen Mann. Gebannt beobachteten sie die beiden. Unvermittelt schlug Osman dem anderen auf die Schulter, nickte ihm zu und verschwand mit großen Schritten in einer Seitenstraße.

«Scheiße.» Steenhoff sah sich suchend um. Von den Kollegen war noch nichts zu sehen. «Warte hier», befahl er Petersen. «Ich bleib dran. Du musst die Kollegen einweisen.»

Ohne eine Antwort abzuwarten, lief er ebenfalls in die Seitenstraße.

Wütend trat Navideh gegen einen Behälter, in den die Kunden des Bio-Ladens ihre gebrauchten Korken werfen sollten. Als sie wieder hochschaute, war auch der zweite Mann nicht mehr da. Undeutlich nahm sie noch eine Bewegung in der dunklen Wohnstraße wahr, in der Steenhoff und Osman verschwunden waren. Dann schob sich eine Straßenbahn in ihr Sichtfeld. Sie hoffte, hinter der Bahn einen Streifenwagen zu entdecken, aber außer ein paar Radfahrern war die Straße leer.

Die Bremsen der Bahn quietschten, und einen Moment lang meinte Navideh, Steenhoffs Stimme zu hören. Er rief nach ihr. Oder war das nur Einbildung? Nichts hielt sie mehr in ihrem Versteck. Stattdessen hastete Navideh über die Straße und war Sekunden später ebenfalls in der Dunkelheit verschwunden.

Im Gegensatz zu der beleuchteten Hauptstraße stand in der ruhigen Seitenstraße nur alle 100 Meter eine Laterne. Viele Häuser lagen im Dunkeln. Die Straße wirkte wie ausgestorben. An den Zäunen standen Räder, die ihre Besitzer mit dicken Schlössern angeschlossen hatten. Andere waren an Eisenringe in den Hauswänden gekettet.

Navideh lauschte angestrengt in die Nacht. Ein Trupp grölender Männer, die auf der Hauptstraße in Richtung

Sielwallkreuzung zogen, übertönte alles. Dann war es wieder still. Irgendwo hier mussten Steenhoff und Osman sein. Sie holte ihr Handy heraus, um dem Lagezentrum ihre neue Position bekannt zu geben. Da hörte sie einen erstickten Schrei. Kurz darauf stöhnte jemand, hatte aber noch genug Kraft zu fluchen.

Die Geräusche kamen aus einem Garagenhof. Navideh rannte auf die Einfahrt zu und zog ihre Dienstwaffe. Der Hof lag in völliger Dunkelheit. Dennoch meinte sie, zwei Schatten auf dem Boden zu erkennen, die miteinander kämpften. Vorsichtig ging sie darauf zu. Ein dritter Schatten stand bei den Kämpfenden und trat auf den unten liegenden Mann ein.

«Hände hoch! Polizei!», brüllte Navideh und versuchte, das leise Zittern in ihrer Stimme zu unterdrücken. Die Schatten schienen mitten in ihrer Bewegung zu gefrieren. Der Mann, der neben den Kämpfenden stand, drehte sich um und schleuderte etwas in ihre Richtung. Dann machte er einen Satz, zog sich an einem hohen Drahtzaun hoch und verschwand in einem der angrenzenden Gärten.

Mit gezogener Pistole ging Navideh auf die am Boden liegenden Männer zu. Als sie näher kam, sah sie, dass Osman auf Frank Steenhoff hockte. Er wirkte wie vom Donner gerührt.

Navideh dirigierte ihn ein paar Meter in Richtung der Garagen und befahl ihm, sich hinzulegen.

«Eh, das ist nass hier», protestierte Osman.

«Scheißegal», fuhr sie ihn grob an. «Hinlegen!» In ihrer Zeit bei der Schutzpolizei hatte sie gelernt, Klartext zu sprechen. Bei Typen wie Osman kam man anders nicht weiter. Sie warf Steenhoff einen kurzen prüfenden Blick zu.

Er hatte sich aufgesetzt und stützte sich mühsam mit der

rechten Hand ab. Trotzdem hatte er schon wieder genug Kraft, seine Kollegin anzuherrschen. «Was machst du hier? Du solltest doch auf die anderen warten!»

«Alles okay?», fragte sie anstelle einer Antwort.

«Ja», antwortete Steenhoff unwirsch. Er fuhr sich über seine aufgeplatzte Augenbraue und verrieb, ohne es zu bemerken, etwas Blut in seinem Gesicht.

Navideh war erleichtert, dass ihm nichts Schlimmeres passiert war. Sie reichte ihm die Hand und zog ihn hoch. «Ich dachte, ich gucke mal nach, bevor dir Osman und der andere Typ womöglich ihre ganze Lebensgeschichte erzählen.»

Steenhoff grinste gequält. Humpelnd ging er auf Osman zu und legte ihm Handschellen an. Als er den Jungen abtastete, fand er eine Pistole und ein Messer.

Der Lärm auf dem Garagenhof hatte die Nachbarschaft geweckt. In einigen Häusern ging Licht an.

Prüfend untersuchte Steenhoff die Waffe in seiner Hand. «Es ist eine Gaspistole.» Er klang erleichtert. Dann sah er sich suchend auf dem Garagenhof um. «Hier muss irgendwo mein Funkgerät liegen. Ich hab's verloren, als mich der andere Kerl plötzlich angegriffen hat.»

Navideh holte erneut ihr Handy hervor und wählte die Nummer des Lagezentrums. Im selben Moment bogen mit hoher Geschwindigkeit zwei Streifenwagen in den Hof ein. Jemand aus der Nachbarschaft musste die Polizei alarmiert haben. Die Wagen hatten Fernlicht eingeschaltet. Schlagartig war es um sie herum taghell.

Steenhoff gab eine knappe Beschreibung des Mannes ab, der ihnen entwischt war. Die Information wurde auch an die Zivilfahnder weitergegeben. Bei ihnen war die Chance am größten, den Mann in den verwinkelten Gassen zu fassen.

Steenhoff tupfte sich mit einem Taschentuch die blutende Platzwunde an der Stirn ab.

«Das muss genäht werden», sagte Navideh entschieden. Steenhoff wollte protestieren, aber sie kam ihm zuvor. «Ira wird in den nächsten Tagen schon über genügend blaue Flecken bei dir hinwegsehen müssen. Wenn du die Verletzung nicht nähen lässt, hast du eine lebenslange Erinnerung an diesen Abend.»

«Okay. Ich fahre kurz ins Krankenhaus, und dann werde ich mir den Jungen vorknöpfen», knurrte Steenhoff. Er humpelte auf zwei Beamte zu und sprach mit ihnen. Die Männer hievten Osman vom Boden hoch und führten ihn zu einem Streifenwagen. Steenhoff ging zu einem zweiten Polizeiwagen und ließ sich vorsichtig auf die Rückbank sinken.

Navideh stieg auf der anderen Seite ein. «Ich komme mit, dann kannst du mir erzählen, was eigentlich passiert ist.»

Steenhoff, so erfuhr Navideh, war keine hundert Meter weit gekommen, als plötzlich Osman aus einem Hauseingang direkt auf ihn zulief. Als Steenhoff ihn aufforderte, stehen zu bleiben, flüchtete der Junge in den Garagenhof. Dort hatte er sich heftig gegen seine Festnahme gewehrt. Den zweiten Mann hatte Steenhoff erst bemerkt, als dieser ihn von hinten niederschlug.

«Ich verstehe das alles nicht», sagte Navideh. «Was macht Osman in der Nacht, nachdem wir der Familie die Nachricht vom Tod der Schwester überbringen, hier im Viertel? Und warum greift er dich zweimal an? Der scheint ja völlig durchgedreht zu sein.»

Steenhoff nickte und suchte vergeblich in seiner Jacke nach einem neuen Taschentuch. Die junge Schutzpolizistin, die den Wagen steuerte, bemerkte seine Not und reichte ihm eine Packung Taschentücher.

«Dreh nochmal um», bat Steenhoff die Beamtin. «Wir müssen zurück in die Friesenstraße. Ich habe etwas Wichtiges vergessen.» Die Polizistin wendete.

«Die Kollegen haben dein Funksprechgerät gefunden», beruhigte ihn Navideh.

«Ja, ich weiß», sagte Steenhoff abwesend. Er sah angestrengt nach draußen. «Langsamer», befahl er, als sie in die Wohnstraße hineinfuhren. «Stopp!»

Er ließ sich von der Polizistin eine Taschenlampe geben und lief die Treppen bis zur Eingangstür eines Altbremer Hauses hinauf. Navideh folgte ihm zögernd.

«Ich frage mich, was Osman hier mitten in der Nacht wollte», sagte Steenhoff und notierte sich den Namen am Klingelschild.

«Sollen wir die Bewohner wecken?»

«Nein, nicht jetzt.»

Zehn Minuten später erreichten sie die Ambulanz der Klinik. Während sich Steenhoff seine Platzwunde von einem jungen Arzt nähen ließ, ging Navideh nach draußen.

Der Himmel war stark bewölkt. Sie lehnte sich an einen Pfeiler und schloss die Augen. Vanessa kam ihr in den Sinn. Es war gut, dass sie nicht mehr zusammen waren. ‹Jetzt bin ich niemandem mehr Rechenschaft schuldig, wenn ich erst mitten in der Nacht vom Dienst nach Hause komme›, dachte sie. Vanessa hatte nie viel Verständnis für ihre Arbeit aufgebracht. Ständig hatte es Streit darüber gegeben.

Müde rieb sich Navideh die Augen. Die kalte Nachtluft tat ihr gut. Ihr ganzer Körper sehnte sich danach, sich endlich hinzulegen und auszuruhen.

Plötzlich hatte sie Nilgün vor Augen. Eine strahlende, verliebte junge Frau. Nun lag dieselbe Frau bleich und mit von Würmern zerfressenem Gesicht in einer Kühlkammer der Rechtsmedizin. Tot, wie ihr ungeborenes Baby. Wer hatte ihr das angetan? Und warum hatte der Täter das Mädchen am anderen Ende Bremens abgelegt? Oder war es nur ein Unfall gewesen und jemand hatte sich in Panik der Leiche entledigen wollen? Nur wenige Meter von dem Fundort entfernt, an dem Spaziergänger vor Jahren eine ermordete Frau entdeckt hatten?

Navideh glaubte nicht an einen Zufall. Der Fundort war eine Botschaft. Aber sie konnten sie nicht lesen. War es jemand aus der Familie gewesen? Die Eltern hatten ehrlich entsetzt gewirkt. Auf der anderen Seite hatten sie Nilgün tagelang nicht bei der Polizei als vermisst gemeldet. Wie passte das zusammen? Die Cetins reagierten doch wahrscheinlich schon nervös, wenn das Mädchen nur zwei Stunden später als üblich nach Hause kam. Und jetzt auch noch Osman! Nilgüns Bruder schien völlig den Verstand verloren zu haben. Sie seufzte.

«Geht es Ihnen gut?»

Navideh öffnete die Augen und sah sich einer älteren Frau gegenüber, die ganz in Weiß gekleidet war. Die Schwester hielt ihre Zigarette hinter den Rücken, damit der Rauch Navideh nicht störte. «Ich warte nur auf meinen Kollegen. Er wird gerade genäht», antwortete Navideh.

«Ach, Sie sind Polizistin», stellte die Schwester ruhig fest. In ihrer Stimme lag keine Frage. Ihre Gelassenheit musste sie sich während vieler Nachtschichten in einer Großstadt erworben haben. «Möchten Sie auch eine?» Die Frau lächelte sie freundlich an.

«Danke, ich rauche nicht.»

«Ich auch nur, wenn ich nachts arbeite. Irgendwie muss man ja diese Stunden rumbringen. Aber ich sag immer: Hauptsache, wir haben Arbeit, nicht wahr?»

Navideh zog, einem spontanen Impuls folgend, doch eine Zigarette aus dem Päckchen, das die Schwester ihr hinhielt, und steckte sie sich in den Mund. Es war Jahre her, dass sie zuletzt geraucht hatte, aber heute Nacht musste es sein.

«Sie sind nicht aus Bremen?», fragte Navideh, um das Schweigen zu beenden.

«Nein. Ich komme aus Sachsen. Bin gleich nach der Wende rüber.» Sie inhalierte tief und lächelte Navideh schief an. «Anders als ich sprechen Sie zwar ohne Akzent, aber wie die typische Bremerin sehen Sie auch nicht gerade aus.»

«Ich stamme aus dem Iran», erwiderte Navideh.

«Ach, wo die schönen Männer herkommen!», meinte die Frau schwärmerisch.

Sie waren bei ihrer zweiten Zigarette angelangt, da kannte Navideh schon die wichtigsten Lebensstationen von Tatjana. Die Krankenschwester war nicht gerade vom Schicksal verwöhnt, aber sie hatte sich eine positive Lebenseinstellung bewahrt. «Tag für Tag sehe ich hier Leute, denen geht's schlechter als unsereins», sagte sie. «Wir können doch froh sein, dass wir gesund sind, nicht wahr?» Ohne eine Antwort abzuwarten, drückte sie ihre dritte, halb aufgerauchte Zigarette in einen mit Sand gefüllten Blumenkübel und zwinkerte Navideh zu.

«Tschüs. Passen Sie auf sich auf!»

Im Eingang kam ihr Steenhoff entgegen. Tatjana sah die genähte Wunde über seiner Augenbraue und schaltete sofort. «Ihre Kollegin wartet schon vor der Tür.» Dann verschwand sie im Fahrstuhl.

Verwundert schaute Steenhoff der unbekannten Frau hinterher. Noch erstaunter war er, als er Petersen mit einer Zigarette in der Hand sah. «Seit wann rauchst du?»

«Seit heute Nacht.» Sie drückte ihre Zigarette aus. «Aber ab sofort bin ich wieder Nichtraucherin.»

«Kanntest du die Frau?»

«Tatjana, die Krankenschwester aus Sachsen? – Nein.»

Steenhoff schüttelte den Kopf, fragte aber nicht weiter nach. Er atmete tief ein und ging auf den Taxistand zu. Müde folgte ihm Navideh.

Im Präsidium verweigerte Osman die Aussage. Ohne einen Anwalt wollte er nicht mit der Polizei sprechen. Insgeheim war Navideh erleichtert. Sie sehnte sich nach ihrem Bett und konnte sich kaum noch auf den Beinen halten. Im Gegensatz zu ihr wirkte Steenhoff noch fit. Sie kannte ihn lange genug, um zu wissen, dass er, wenn es sein musste, über eine große Selbstbeherrschung verfügte. Er bat einen Kollegen vom Kriminaldauerdienst, morgens bei Wessel anzurufen und ihn zu informieren, dass sie sich eine Stunde später als geplant treffen wollten. Navideh hätte sich am liebsten erst gegen Mittag verabredet, aber sie war zu müde, um zu protestieren.

Es war schon früher Morgen, als sie endlich nach Hause fuhr.

Widerstrebend ließ Steenhoff Osman wieder laufen. Für einen Haftbefehl reichte es nicht. Auch wenn die Durchsuchung zwei kleine Päckchen Marihuana zutage gefördert hatte. Unter heftigem Protest ließ Osman eine Blutprobe über sich ergehen. Steenhoff war überzeugt, dass der Junge unter Drogen stand, als er ihm vors Auto lief. Vielleicht hatte er auch noch etwas anderes als Marihuana genommen. Osman selbst äußerte sich nicht dazu und beantwortete alle Fragen nur mit einem gleichgültigen Schulterzucken.

Nach der Blutprobe veranlasste Steenhoff, dass zwei seiner Kollegen vom Dauerdienst den Jungen nach Hause brachten. Sie sollten sein Zimmer durchsuchen.

«Nach was sollen wir konkret suchen?», fragte der ältere der beiden Beamten gespannt.

«Offiziell nach Drogen und Waffen. Aber schaut euch einfach um. Uns interessiert, was der Junge in seiner Freizeit treibt. Ob er religiöse oder islamistische Literatur rumliegen hat, ob er Kampfsport betreibt oder eine Freundin hat. Wir müssen alles über Osman wissen. Ein Zimmer verrät oft mehr über einen Menschen als eine Aussage.»

Steenhoff hatte kurz darüber nachgedacht, selbst an der Durchsuchung teilzunehmen. Aber er musste schlafen, und wenn es nur ein paar Stunden waren. Er durfte sich keine Fehler erlauben. Er hatte schon das Licht im Büro ausgeschaltet, als er nochmal zu seinem Telefon ging. Die Beamtin vom Kriminaldauerdienst meldete sich sofort.

«Kannst du für mich rausfinden, wer in dem Haus Friesenstraße 48 wohnt? Du erreichst mich per Handy. Ich mach mich schon auf den Weg nach Hause.»

«Schon ist gut», antwortete die Beamtin lakonisch.

Steenhoff saß kaum im Auto, da meldete sie sich wieder. «Das ist ein Einfamilienhaus. Stefanie und Andreas Wagenknecht. Außerdem wohnen da noch ihre drei Kinder, Sara, Lennart und Rike.»

«Wie alt?»

«Die Eltern …»

«Nein, die Kinder.» Steenhoff unterbrach sie ungeduldig.

Die Beamtin zögerte. Gespannt wartete Steenhoff auf ihre Antwort. «Sara ist 19 Jahre alt, Lennart 16 und Rike zwölf.»

«Auf welche Schule geht der Junge?»

Die Beamtin lachte leise auf. «Das geben unsere Datenbanken noch nicht her, Frank. Wenn es ganz eilig ist, wecke ich die Eltern und frage sie, sonst musst du bis morgen früh warten, wenn die Bildungsbehörde wieder besetzt ist.»

Steenhoff dankte ihr und legte sein Handy auf den Beifahrersitz. Hinter der Landesgrenze schien er der einzige Mensch zu sein, der um diese Zeit noch unterwegs war. Er hatte gerade die Wümmebrücke passiert, als in seinem Lichtkegel ein Fuchs am Straßenrand auftauchte. Sofort trat er auf die Bremse. Für ein paar Sekunden kam sein Wagen ins Schleudern und geriet auf die gegenüberliegende Fahrbahn. Er steuerte dagegen. Nur um wenige Zentimeter verpasste er eine Birke am Straßenrand.

Er war schon drei Kilometer weitergefahren, als das Zittern kam. Aufgewühlt stoppte er an einer verwaisten Bushaltestelle und wartete, bis er sich wieder beruhigt hatte. Am Straßenrand standen ein paar Häuser. Ihre Fenster waren dunkel. Hinter den Gebäuden lagen nur Wiesen und Kuhweiden. Steenhoff wollte gerade wieder losfahren, als sein Handy erneut klingelte.

Die Beamtin aus dem Kriminaldauerdienst war dran. Ihre Stimme klang triumphierend. «Ich weiß jetzt, auf welche Schule Lennart Wagenknecht geht …» Sie legte eine rhetorische Pause ein, um die Spannung zu erhöhen.

«Los, spuck's aus.»

«Lennart geht auf das Anna-Lühring-Gymnasium in Schwachhausen. Hat dieselbe Schule nicht auch euer türkisches Mädchen besucht?»

Steenhoff starrte auf die Straße vor sich. Wind war aufgekommen und wirbelte die ersten herbstlich gefärbten Blätter am Boden auf. Über die ruhig daliegende Straße huschte eine Katze. Als sie in Richtung des Autos schaute, blitzten ihre Augen im Scheinwerferlicht auf. Lautlos verschwand sie wieder in einem Gebüsch. Was hatte Osman von dem Jungen gewollt?

«Frank, bist du noch da?», meldete sich die Beamtin wieder zu Wort.

«Ruf um sieben Uhr bei der Familie an. Für den Jungen fällt der Unterricht aus. Er soll auf keinen Fall zur Schule gehen. Bitte ihn, ins Präsidium zu kommen.»

«Was soll ich den Eltern als Begründung sagen?»

Steenhoff zögerte. Sollte sie den Eltern sagen, dass der Junge in Gefahr schwebt? Noch hatte er nichts in der Hand. Es war eine Ahnung, ein Gefühl, mehr nicht.

«Ich muss ihren Sohn als Zeugen in einem Tötungsdelikt befragen.» Er überlegte kurz, dann fügte er hinzu: «Am besten, der Vater begleitet ihn.»

11

Am Samstagmorgen wachte Steenhoff nach wenigen Stunden Schlaf wie gerädert auf. Ihm war kalt. Er hörte Geschirr klappern und öffnete mühsam die Augen. Die Sofadecke war auf den Boden gerutscht. Ben hatte es sich darauf bequem gemacht. Als Steenhoff sich aufrichtete, hob der Hund den Kopf. Der Golden Retriever stand auf, streckte sich und sah Steenhoff erwartungsvoll an.

«He, gib mir meine Decke wieder», brummte Steenhoff und zog einmal kräftig. Mit einem Ruck wurde der Hund übers Parkett gezogen. Ben bellte freudig und wedelte mit dem Schwanz. Er liebte es, mit seinem Herrchen zu toben. Steenhoff erkannte zu spät, was Ben vorhatte. Er stöhnte auf. Nicht jetzt! Nicht nach so einer Nacht! Aber Ben sprang schon auf ihn zu. Als der ausgewachsene Hund auf ihm landete, wurde Steenhoff mit Wucht ins Sofa zurückgeworfen. Seine Schnauze war direkt über Steenhoffs Gesicht, und der Hund leckte ihm ungestüm über die Wange.

«Du erwartest jetzt aber nicht, dass ich dich auch noch küsse?»

Steenhoff linste durch Bens Vorderpfoten hindurch und sah, wie Ira mit zwei Bechern Kaffee in der Hand auf ihn zukam.

«Hatten wir Streit, als wir uns vor Wochen das letzte Mal gesehen haben? Oder warum übernachtest du auf dem Sofa?» Sie sah ihn amüsiert an.

«Ich wollte dich nicht wecken», erwiderte Steenhoff. Er befahl dem Golden Retriever, sich zu setzen, und klopfte auf den Platz zu seinen Füßen. Enttäuscht, dass das Spiel schon zu Ende war, hockte sich Ben vors Sofa.

Ira nahm auf der Sofakante Platz und reichte Steenhoff den Kaffee. «Ich habe mir schon Sorgen gemacht, als ich heute Morgen aufwachte, und Ben war nicht da.»

«Und ich dachte schon, du hättest mich vermisst», brummte Steenhoff.

Plötzlich stutzte Ira. Ihre Fröhlichkeit war wie weggewischt, als sie die rot geschwollene Narbe über der Augenbraue ihres Mannes sah. «Was ist passiert, Frank?»

«Jemand hat mir mit einem Stiefel ins Gesicht getreten.» Als er Iras entsetzten Gesichtsausdruck sah, beeilte er sich hinzuzufügen: «Halb so schlimm. Ist nur eine kleine Platzwunde. Der Schlag auf den Hinterkopf tat mehr weh.»

Erst jetzt sah Ira, dass Steenhoffs linker Arm mit blauen Flecken übersät war. Sie stand mit einem Ruck auf und ging einen Schritt zurück. Fassungslos musterte sie ihren Mann. «Bis du in eine Schlägerei geraten?»

«Hauptsächlich bin ich verprügelt worden. Ich hatte leider kaum Gelegenheit zurückzuschlagen.»

Er berichtete Ira, was passiert war. Als sein Blick auf ihre Armbanduhr fiel, brach er mitten in der Erzählung ab. «Ich muss gleich wieder los. Wir haben in einer Stunde Besprechung.»

Ira seufzte. «Erst sagst du das Konzert ab, auf das wir uns beide so gefreut haben, dann bleibst du die ganze Nacht weg, und jetzt musst du schon wieder los.»

«Wenn der Fall gelöst ist, nehme ich mir ein paar Tage frei. Versprochen. Ich habe noch einen Haufen Überstunden», versprach Steenhoff, während er in Richtung Bad lief. Nach drei Schritten drehte er unvermittelt um. Er nahm Ira hastig in den Arm. «Dann fahren wir ein paar Tage weg. Mit ganz viel Zeit, okay?»

Ira erwiderte nichts, aber ihr war die Enttäuschung anzusehen.

Als Steenhoff aus dem Bad zurückkam, trank er den Rest seines Kaffees aus und verschlang mit drei Bissen ein frisches Brötchen, das seine Frau morgens gekauft hatte. Ira hatte es sich mit ihrem Frühstück und einer Zeitung in einem alten Ohrensessel gemütlich gemacht. Obwohl er sie bat, sitzen zu bleiben, stand sie auf und begleitete ihn zur Tür. Ben trottete hinter ihnen her und ließ den Schwanz hängen. Er mochte es nicht, wenn sie sich trennten. Am zufriedensten war er, wenn auch Marie im Haus war und alle zusammen im Wohnzimmer saßen.

Als Steenhoff vom Hof fuhr, winkte ihm Ira nach. Ben

war an ihr hochgesprungen. Sie hielt seine Pfoten fest, sodass es aussah, als würde der Hund sie umarmen.

Steenhoff nahm sich vor, bald einen Überraschungsabend für Ira zu organisieren. Vielleicht Kino oder mal ins Theater. Er ahnte jedoch, dass es wohl bei dem guten Vorsatz bleiben würde. Er konnte froh sein, dass Ira ihre eigene Arbeit und viele Interessen hatte. Sie beschwerte sich zwar manchmal, dass er so wenig Zeit hatte, aber zum Glück hatte sie Freundinnen, mit denen sie regelmäßig in Konzerte oder zum Sport ging.

Im Präsidium wurde Steenhoff schon erwartet. Er wollte gerade ins Besprechungszimmer gehen, als ihn die Sekretärin abfing. Marianne Schwenning wirkte angespannt. «Du hast Besuch», sagte sie leise. «Mutter und Sohn warten schon eine halbe Stunde auf dich. Die Frau wirkt sehr aufgelö…»

«Sind Sie, bitte schön, Herr Steenhoff?»

Erst jetzt sah Steenhoff, dass im Flur hinter der Sekretärin eine elegant gekleidete Frau stand. Ihr Sohn lümmelte sich auf der Holzbank. Er hatte seine Beine weit in den Raum gestreckt und die Hände in den Taschen seiner Jeans vergraben. Neugierig sah er Steenhoff an.

«Die sind viel zu früh da», sagte Steenhoff so leise, dass ihn nur die Sekretärin verstehen konnte. «Sag Navideh Bescheid, dass sie ins Vernehmungszimmer kommen soll. Die Besprechung verschieben wir um eine weitere Stunde.»

Stefanie Wagenknecht war nicht aufgelöst, wie Marianne Schwenning gemeint hatte, sondern wütend. Kaum hatten sie das Vernehmungszimmer betreten, da ging sie schon zum Angriff über.

«Was ist das für eine Art, eine Familie morgens um 7 Uhr

rauszuklingeln und den Sohn zum Verhör zu beordern? Lennart hätte heute eine Mathearbeit geschrieben. Der Junge hat für die Arbeit tagelang gelernt, und Sie erwarten, dass er ohne Erklärung alles stehen- und liegenlässt! Ihre Kollegin hatte auf keine unserer Fragen eine vernünftige Antwort. Nur diese kryptischen Aussagen, aus denen man nicht schlau wird. Unmöglich! Was ist das eigentlich für ein Umgang mit uns Bürgern? Der Staat ruft, und wir sollen springen? So geht das nicht … Und jetzt lassen Sie uns hier auch noch warten. Was ist das überhaupt für ein Unsinn, dass Lennart als Zeuge in einem Tötungsdelikt aussagen soll? Unser Junge geht an drei Tagen bis nachmittags zur Schule, und in seiner knappen Freizeit spielt er Tischtennis. Er treibt sich nicht mit irgendwelchen Chaoten aus dem Viertel herum. Das Ganze ist nichts als eine ärgerliche Verwechslung.»

Während der Schimpftirade von Stefanie Wagenknecht war Navideh Petersen unbemerkt hinzugekommen. Steenhoff wartete, bis die Mutter fertig war, und als sie erschöpft eine kurze Pause einlegte, bat er sie, sich zu setzen.

«Danke, dass Sie beide so schnell gekommen sind. Ich kann Ihnen versichern, dass es keine Verwechslung ist», begann er vorsichtig.

Überrascht sah Stefanie Wagenknecht ihren Sohn an. Dann fixierte sie Steenhoff böse. «Das ist unmöglich …»

«Ich erkläre Ihnen gleich, worum es geht, aber möchten Sie vielleicht eine Tasse Kaffee?»

Während Lennart Wagenknecht dankend annahm, ließ sich seine Mutter nicht so leicht erweichen. Steif saß sie auf ihrem Stuhl und musterte Petersen misstrauisch. «Darf ich zunächst erfahren, wer die Dame ist?», erkundigte sie sich mit bissigem Unterton in der Stimme.

Steenhoff unterdrückte seine Ungeduld und stellte seine

Kollegin vor. Dann berichtete er in wenigen Sätzen von Nilgün Cetin, deren Leiche sie am Morgen zuvor in Farge entdeckt hatten. Mutter und Sohn hatten davon in der Zeitung gelesen.

«Das war schon ein Schock für Lennart. Er kannte das Mädchen», unterbrach Stefanie Wagenknecht Steenhoff. «Nicht privat, sondern von der Schule», beeilte sie sich noch hinzuzufügen.

«Genau darüber möchten wir mit dir sprechen», erklärte Steenhoff und wandte sich Lennart Wagenknecht zu. «Wie gut kanntest du Nilgün?»

Stefanie Wagenknecht war sofort auf der Hut. Sie schnellte von ihrem Sitz nach vorn und fixierte Steenhoff angriffslustig. «Entschuldigen Sie mal, steht mein Sohn hier etwa in Verdacht, etwas mit dieser scheußlichen Sache zu tun zu haben?»

«Nein. Lennart, du sitzt hier als Zeuge und nicht als Beschuldigter», stellte Steenhoff ruhig klar und ließ die aufgebrachte Mutter einfach links liegen. «Also?»

Im Gegensatz zu seiner Mutter wirkte Lennart Wagenknecht, als könne ihn nichts so schnell aus der Ruhe bringen. Gelangweilt kaute er auf einem Kaugummi herum und zuckte mit der Schulter. «Keine Ahnung, wir kannten uns eben», sagte er gedehnt.

«Vom Tischtennis?»

Lennart lachte spöttisch auf. «Nö. Ich glaube nicht, dass Nilgün freiwillig Sport gemacht hätte … Wir kennen uns aus der Schule. Aus den Pausen. Außerdem haben wir manchmal gegeneinander Schach gespielt.»

«Das hast du ja nie zu Hause erzählt», warf seine Mutter ein.

Lennart schnaufte leise, ging aber nicht auf sie ein. «Nilgün hat in den Freistunden Schach gespielt. Gegen Geld», fügte er hinzu. «Meist hat sie gewonnen und abkassiert.»

«Hat sie auch gegen dich gewonnen?», wollte Navideh wissen.

«Ja. Sie hat gegen die meisten Jungs an der Schule gewonnen. Die Mädchen hatten erst gar keine Lust, gegen sie anzutreten. Vor allem nicht gegen Geld. Mir hat sie vor drei Wochen 20 Euro abgenommen. Dabei war ich kurz davor, sie schachmatt zu setzen», erinnerte er sich bedauernd.

«Ihr spielt um Geld?», unterbrach ihn seine Mutter entsetzt.

«Bringt mehr Spaß», antwortete der Junge trocken.

Die Mutter setzte zu einem Tadel an, aber Steenhoff kam ihr zuvor. «Habt ihr euch auch privat getroffen?»

«Nö.»

«Oder in einer Kneipe oder einem Café?», hakte Navideh nach. Er zögerte. «Ja. Einmal. Vor 14 Tagen hat sie ihren Sportunterricht mal wieder ausfallen lassen. Bei uns war an dem Tag der Erdkundelehrer krank. Wir trafen uns zufällig auf dem Hof, und da hat sie mich gefragt, ob wir zu einem Spiel ins Café beim Krankenhaus gehen wollen.»

«Und?»

«Klar wollte ich. Ich wollte mir mein Geld zurückholen.»

«Und?»

«Sie hat wieder gewonnen, und ich war die nächsten 15 Euro los. Zum Trost hat sie mich zum Milchkaffee eingeladen. Aber bezahlt hab ich dann trotzdem.»

Navideh räusperte sich. Sie suchte nach den passenden Worten: «War da auch mal mehr zwischen euch? Ein Kuss oder eine Liebesbeziehung? Ich muss das fragen», fügte sie schnell hinzu. «Es ist wichtig für die Ermittlungen.»

Gespannt beobachteten Steenhoff und Petersen den Jungen. Stefanie Wagenknecht ließ ihren Sohn keine Sekunde aus den Augen.

«Nilgün war ja ein auffällig hübsches Mädchen …», versuchte Steenhoff dem Jungen eine Brücke zu bauen.

«Ja, sie war cool», bestätigte Lennart zögernd.

Navideh gab sich einen Ruck. «Frau Wagenknecht, es wäre gut, wenn wir Ihren Sohn an dieser Stelle für fünf Minuten allein befragen könnten.»

Die Frau sah sie überrascht an und öffnete den Mund, um zu protestieren. Doch dann stand sie überraschend auf und ging zur Tür. Stefanie Wagenknecht hatte den Griff schon in der Hand, als sie sich noch einmal umdrehte. «Sagen Sie mir bitte Bescheid, wenn dieses Thema besprochen ist», sagte sie kühl.

Ein unangenehmes Schweigen breitete sich aus, als Stefanie Wagenknecht verschwunden war.

«Dann erzähl mal», wandte sich Navideh aufmunternd an Lennart. «Wenn wir darüber mehr wissen, können wir dir sagen, warum wir nicht wollten, dass du heute Morgen zur Schule gehst.»

Lennart strich eine Strähne seiner halblangen braunen Haare aus dem Gesicht. Steenhoff sah, dass er mit sich rang.

«Ich … ich fand Nilgün echt süß. Also deswegen war es mir auch eigentlich egal, ob ich gegen sie gewinne oder verliere. Und ich dachte, dass es ihr auch so ging.» Er stockte und fuhr dann widerwillig fort. «Nach dem letzten Spiel in dem Café hab ich sie geküsst.»

«Und dann?»

«Nilgün war plötzlich sauer und ist, ohne zu zahlen, aus dem Café gelaufen.»

«Hat sie vorher noch etwas gesagt?»

Lennart schüttelte den Kopf «Nicht wirklich. Nur so einen Quatsch, dass ich ihre Ehre verletzt hätte oder so was Ähnliches.»

«Hat euch jemand gesehen?», wollte Steenhoff wissen.

«Keine Ahnung. In dem Café sind oft Schüler. Aber ich habe nicht auf sie geachtet.»

«Mehr war da nicht?»

«Nein.»

«Sicher?»

«Ja. Leider.» Lennart sah die Kommissare direkt an. Steenhoff wusste, dass der Junge die Wahrheit sagte.

«Und warum sollte ich nun heute Morgen nicht zur Schule gehen?», erkundigte Lennart sich neugierig.

Steenhoff stand auf, öffnete die Tür und gab Stefanie Wagenknecht, die auf dem Flur wartete, ein Zeichen, wieder hereinzukommen. Anschließend berichtete er Mutter und Sohn, dass ein Bruder von Nilgün mit einem Messer bewaffnet nachts vor der Tür der Familie gestanden hatte. «Wir gehen davon aus, dass er Lennart ein Verhältnis mit seiner getöteten Schwester unterstellt. Möglicherweise ist er auch überzeugt, dass Lennart etwas mit dem Tod von Nilgün zu tun hatte.»

Stefanie Wagenknecht und ihr Sohn waren schockiert. «Und wie lange bleibt der Bruder in Haft?», fragte die Mutter aufgebracht.

«Er ist auf freiem Fuß. Wir haben nicht genug gegen ihn in der Hand, um ihn festzunehmen», antwortete Steenhoff ruhig.

«Das kann doch wohl nicht wahr sein! Wir können Lennart doch nicht zu Hause einschließen, nur damit dieser Verrückte ihm nichts antut!» Stefanie Wagenknecht wurde rot vor Zorn. «Wenn Sie nichts unternehmen, gehen wir an die Presse. Das ist ein Skandal. Wir warten doch nicht, bis dieser Türke unseren Sohn mit dem Messer absticht!»

Steenhoff holte tief Luft. Er hätte das Messer nicht erwähnen sollen. Die Frau reagierte zu Recht alarmiert auf die Neuigkeiten. Angestrengt suchte er nach einer Formulierung, um der Mutter ihre Angst zu nehmen.

«Rechtlich können wir nichts gegen ihn unternehmen», unterbrach er ihren Redefluss. «Bislang wissen wir nur, dass er vergangene Nacht vor Ihrem Haus stand. Er selbst schweigt dazu. Als er mir begegnet ist, war er schon wieder auf dem Rückweg, ohne jemanden bedroht zu haben oder bei Ihnen eingebrochen zu sein.» Steenhoff sah Stefanie Wagenknecht fest an. «Wir werden ihn uns heute Mittag nochmal vorknöpfen. Ich kann Ihnen garantieren, dass er danach nicht mehr wagen wird, sich Lennart zu nähern. Vermutlich ist er in seiner Trauer um seine getötete Schwester einfach nur durcheinander.»

Navideh Petersen bezweifelte, dass sich Osman so leicht beeindrucken ließ. Aber sie sagte nichts. Sie konnten Lennart nicht unter ständigen Polizeischutz stellen. Aber wenn sie recht hätten und Osman durch Nilgüns Liebesaffäre und ihre Schwangerschaft die Familienehre in Gefahr sah, dann war vor allem Roman gefährdet. Früher oder später würden Osman und Murat herausfinden, dass es Roman war, mit dem ihre Schwester ein Verhältnis eingegangen war. Sie mussten dringend mit dem Jungen sprechen.

«Uns ist vor allem wichtig, dass Ihr Sohn in den kommenden Tagen etwas Vorsicht an den Tag legt», sagte Steenhoff. Er versprach, das zuständige Revier zu informieren. «Die werden in den kommenden Nächten in Ihrer Straße Streife fahren.»

Stefanie Wagenknecht sah skeptisch aus, aber sie wiederholte nicht ihre Drohung, an die Öffentlichkeit zu gehen.

Steenhoff gab Mutter und Sohn noch seine Handynummer und brachte sie zur Tür. Sie waren kaum die Treppe hinuntergelaufen, als er die Mutter fragen hörte: «Sag bloß, du hattest was mit der ermordeten Türkin?»

Lennart nuschelte etwas, was Steenhoff nicht verstand. Kurze Zeit später sah er, wie die beiden über den Hof liefen. Stefanie Wagenknecht gestikulierte heftig. Lennart trottete mit gesenktem Kopf und hochgezogenen Schultern neben ihr her.

Gedankenverloren sah Steenhoff Mutter und Sohn nach. Jemand hatte Nilgün an ihren Bruder verraten. Plötzlich spürte er, dass jemand hinter ihm stand. Ohne aufzuschauen, wusste er, dass es Navideh Petersen war.

«Wegen eines Kusses zwischen zwei Jugendlichen schleicht dieser Osman nachts mit einem Messer in der Tasche um fremde Häuser.» Steenhoff war empört. «Wo leben wir eigentlich?»

«In verschiedenen Welten», antwortete Navideh. «In manchen türkischen Familien reicht schon ein Gerücht, um ein Mädchen in Gefahr zu bringen.»

«Aber jedem normalen Vater oder jeder normalen Mutter ist doch das Leben der eigenen Tochter wichtiger als das Gerede von anderen.»

«Ja, wenn er nicht in dem engen Korsett des traditionellen Ehrbegriffs steckt, das vielen türkischen und arabischen Familien auferlegt ist.»

Steenhoff sah Navideh fragend an.

Nachdenklich fuhr sie fort: «Für einen traditionellen türkischen oder arabischen Mann ist seine Ehre das wichtigste Kapital im Leben. Erst diese Ehre macht ihn zum anerkannten Mitglied seiner Gemeinde. Er wird durch sie geschäftsfähig und ein akzeptierter Verhandlungspartner. Und er kann damit rechnen, dass seine Söhne eine Braut und seine Töchter einen Ehemann finden. Seine Ehre wiederum erwirbt er sich nicht selbst, sondern sie wird durch das Verhalten der weiblichen Familienmitglieder bestimmt. Zentral ist dabei, dass die Mädchen noch Jungfrauen sind, wenn sie heiraten, und sich vor der Ehe nicht mit Jungen einlassen. Aber auch mangelnder Gehorsam gegenüber männlichen Familienmitgliedern kann die Ehre des Patriarchen schmälern. Deswegen scheuen manche Männer nicht davor zurück, ihre Autorität gegenüber ihren Töchtern und Ehefrauen notfalls auch mit Gewalt durchzusetzen.»

«Hast du das selbst so erlebt? Oder woher weißt du das alles?», fragte Steenhoff verblüfft.

Navideh zuckte unmerklich zusammen, hatte sich aber sofort wieder im Griff. «Ich hab dir doch erzählt, dass ich meine Abschlussarbeit darüber geschrieben habe», sagte sie mit fester Stimme. «Als ich später am Revier im Bremer Westen Dienst gemacht habe, hat mir diese Arbeit oft geholfen, die Konflikte in den türkischen Familien zu verstehen. Denn die Mädchen, die hier aufwachsen, rebellieren natürlich gegen diese Denkweise. Und schon knallt es. Die Mädchen gehen stiften, flüchten in Frauenhäuser, fügen sich oder werden in den Ferien in der Türkei verheiratet.»

«Das ist doch alles vorsintflutlich», sagte Steenhoff wütend.

«Du musst bedenken, wo die Leute herkommen. Die meisten, mit denen wir es in Bremen zu tun haben, stammen aus Dörfern aus dem Südosten der Türkei. Das Leben dort wird seit Jahrhunderten von archaischen Traditionen bestimmt. Der Verlust der Ehre kann für die betroffenen

Angehörigen bedeuten, dass sie ausgegrenzt werden und niemand mehr etwas mit ihnen zu tun haben will. In den türkischen Großstädten geht es völlig anders zu. Ich hatte eine Freundin in Hamburg, deren Eltern aus Ankara stammten. Eine selbstbewusste, moderne Frau. Sie hätte ebenso aus Paris oder London kommen können.»

«Und was hat der Islam deiner Meinung nach mit diesem Ehrbegriff zu tun?», hakte Steenhoff nach.

«Soviel ich weiß, gibt es darüber einen großen Gelehrtenstreit», erwiderte Navideh. «Einige Soziologen und auch einige türkischstämmige Autoren sind der Überzeugung, dass der Islam dringend modernisiert werden müsste. Denn er hat einen großen Einfluss auf die Geschlechterfrage. Andere argumentieren, dass vor allem die Traditionen und nicht etwa der Islam die Frauen in ihre unterdrückte Rolle zwingen.»

Steenhoff schüttelte abwehrend den Kopf.

«Guck dir die Deutschen an», fuhr Navideh unbeirrt fort. «Musste nicht eine Frau noch vor einigen Jahren ihren Mann um Erlaubnis bitten, wenn sie arbeiten gehen wollte? Oder die Vergewaltigung in der Ehe. Diesen Straftatbestand gab es bis 1997 nicht mal! Da die Väter des Gesetzes offenbar der Ansicht waren, dass eine verheiratete Frau kein Recht auf sexuelle Selbstbestimmung hat … Oder das Wahlrecht oder das Recht zu studieren –»

«Du redest wie eine Feministin», unterbrach sie Steenhoff.

«All diese Einschränkungen und Benachteiligungen haben mit dem Christentum vermutlich wenig zu tun, aber viel mit Traditionen.»

«Aber bei uns gab es nicht diesen verqueren Ehrbegriff», wandte Steenhoff ein.

«Bist du dir da so sicher? Denk nur mal an den Begriff

der Anstandsdame oder daran, dass es früher völlig verpönt war, einen Ehepartner aus einem anderen Stand zu heiraten. Das ist noch gar nicht so lange her. Bis vor einiger Zeit wurde eine junge Frau mit einem unehelichen Kind gesellschaftlich geächtet, ihr Kind galt als wertloser Bastard.» Sie dachte kurz nach. «Haben sich Männer nicht sogar noch im 19. Jahrhundert wegen Kleinigkeiten duelliert? Ich habe mal irgendwo gelesen, dass diese sogenannten Ehrenmänner für eingebildete oder tatsächliche Beleidigungen Satisfaktion vom Gegner forderten und dafür bereit waren, den anderen zu töten.»

Steenhoff hörte ihr aufmerksam zu.

«Die Deutschen glauben immer, wer weiß wie fortschrittlich zu sein, aber all diese Errungenschaften im Verhältnis zwischen Männern und Frauen sind noch verdammt jung. Ganz abgesehen davon, dass Frauen noch immer schlechtere Chancen im Beruf haben als Männer.»

«Du bist tatsächlich eine Feministin», stellte Steenhoff trocken fest.

«Und ich bin stolz darauf», erwiderte sie würdevoll.

Steenhoff musterte seine Kollegin und suchte vergeblich nach einem ironischen Zug um ihre Mundwinkel. Aber Navideh Petersen war es ernst.

Erst als Wessel ihnen vom anderen Ende des Flurs zuwinkte und auf seine Uhr tippte, beendete Steenhoff das Gespräch. «Lass uns in die Besprechung gehen. Wir haben heute eine Menge zu tun.»

Es war schon Mittag als Steenhoff vor dem Haus von Romans Eltern hielt. Klaus Rodewaldt reagierte ähnlich empört wie Stefanie Wagenknecht. Aber er drohte nicht mit seinem Anwalt oder der Presse.

«Wir haben das Mädchen hier immer freundlich aufgenommen, und jetzt muss sich mein Sohn vor dieser Familie in Acht nehmen», schimpfte er. «Das kann doch wohl nicht wahr sein!»

«Die tun mir schon nichts, Papa», versuchte ihn Roman zu beruhigen. Aber in seiner Stimme schwang Angst mit.

«Wir werden uns die beiden Brüder noch heute vornehmen», kündigte Steenhoff an.

«Was ist mit dem Vater?», warf Klaus Rodewaldt ein.

«Den auch.»

«So eine Familie gehört abgeschoben. Die haben hier mit ihren mittelalterlichen Ansichten nichts zu suchen.»

«Papa!» Roman sah seinen Vater entsetzt an.

Klaus Rodewaldt winkte wütend ab und verließ den Raum.

«Mein Mann macht sich große Vorwürfe, dass wir Roman diese Freundschaft nicht ausgeredet haben», schaltete sich Cornelia Rodewaldt ein. Romans Mutter war unbemerkt zur Tür hereingekommen und gab Steenhoff die Hand. «Ich nehme an, Sie sind der Herr von der Polizei? Roman und mein Mann haben mir von Ihnen erzählt.»

Cornelia Rodewaldt wirkte gefasst. Ihren Vorschlag, ein Gespräch mit Nilgüns Eltern zu vereinbaren, um das gegenseitige Misstrauen abzubauen, lehnte Steenhoff jedoch ab. «Vielleicht später. Aber derzeit würde es die Familie überfordern. Roman steht in den Augen der Cetins nicht nur unter Verdacht, Nilgün etwas angetan zu haben, sondern er hat auch ein Tabu gebrochen, indem er mit ihr geschlafen und sie geschwängert hat.»

«Ja, Sie haben vermutlich recht», räumte Cornelia Rodewaldt nachdenklich ein. Sie sah Roman an, der ihrem Blick aber auswich. «Aber wie können wir unseren Sohn denn schützen? Das Ganze ist ja völlig irrational. Ich meine, in dem Alter ist es doch absolut normal, dass junge Leute miteinander … intim werden. Also, als wir von der Schwangerschaft erfuhren, waren wir natürlich auch entsetzt. So früh sollte man noch nicht eine solche Verantwortung übernehmen. Aber sicherlich hätten wir zusammen eine Lösung gefunden.»

«Ich werde veranlassen, dass das zuständige Revier nachts regelmäßig Streife fährt. Aber Roman sollte die nächsten Tage abends besser zu Hause bleiben oder zumindest nicht allein unterwegs sein», sagte Steenhoff bestimmt. «Außerdem werden wir gleich mit Nilgüns Eltern sprechen und ihnen deutlich machen, dass ihre Familie auseinanderzubrechen droht, wenn Osman den Rachegedanken nicht sofort fallenlässt. Dann ist nicht nur ihre Tochter tot, sondern auch der jüngste Sohn bald im Knast.»

Cornelia Rodewaldt brachte Steenhoff zur Tür. «Sie müssen meinen Mann entschuldigen. Er hat sich seit seiner Jugend immer für Minderheiten und Ausländer eingesetzt. Und jetzt so etwas …»

Sie biss die Lippen aufeinander und kämpfte zum ersten Mal gegen die Tränen an.

Roman stand hinter seiner Mutter. Matt lehnte er sich an den Türrahmen. Erst jetzt fiel Steenhoff auf, wie blass der Junge war. Seine Augenlider waren stark gerötet. Er hatte viel geweint. Steenhoff fluchte innerlich. Fast hätte er vergessen, die wichtigste Frage zu stellen. Er schob die verdutzte Cornelia Rodewaldt mit einem entschuldigenden Blick ein paar Zentimeter beiseite und wandte sich an den Jungen: «Wann hast du eigentlich Nilgün zuletzt gesehen?»

«Äh … am Freitag in der Schule», erklärte Roman. «Ansonsten haben wir uns immer montags bei mir verabredet.»

«Und am vergangenen Montag?»

«Da ist sie nicht gekommen, obwohl sie mir noch eine SMS geschrieben hatte, dass sie nachmittags kommen würde.»

«Doch sie war da.» Klaus Rodewaldt kam langsam die Treppe herunter. Roman sah ihn überrascht an.

Sein Vater wirkte zerknirscht. «Entschuldigung, ich hatte das völlig vergessen. Ich hätte es Ihnen schon bei Ihrem letzten Besuch sagen müssen. Nilgün war am Montag für ein paar Minuten hier. Ich hatte sie hereingebeten, damit sie auf Roman warten kann, und ihr einen Tee angeboten. Der Junge sollte nur kurz meine Frau mit dem Taxi vom Arzt abholen. Nilgün hatte sich aber kaum gesetzt, als sie plötzlich aufsprang und schon wieder los wollte. Ich glaube, sie hatte kurz zuvor eine SMS erhalten. Sie sagte, sie werde sich später noch bei Roman melden, deswegen habe ich auch nichts ausgerichtet.»

«Warum hast du mir das nicht erzählt?», fuhr ihn Roman wütend an.

«Tut mir leid, Roman. Ich habe es an dem Montag einfach nicht für wichtig gehalten. Außerdem wollte sie sich bei dir melden. Und Mama hat, wie du weißt, an dem Abend noch so schlimme Schmerzen bekommen, dass ich mit anderen Dingen beschäftigt war.»

«Wie hat Nilgün an dem Nachmittag auf Sie gewirkt?», hakte Steenhoff nach.

«Normal. Vielleicht etwas unsicher, weil Roman nicht da war und ich sie hereingebeten habe. Aber wie gesagt, eigentlich ganz normal.»

«Und nachdem sie die Nachricht gelesen hatte?»

Klaus Rodewaldt dachte nach. «Eilig. Und vielleicht etwas nervös. Aber ehrlich gesagt habe ich mir keine weiteren

Gedanken darüber gemacht. Ich meine, ich habe manchmal schon Probleme, mich in meinen eigenen Sohn hineinzuversetzen. Junge Frauen, fürchte ich, sind mir ein noch größeres Rätsel.»

Steenhoff ließ sich von Roman Nilgüns Handynummer geben. Dann verabschiedete er sich von der Familie und ging zum Dienstauto zurück. Er rief Wessel an und bat ihn, die Verbindungsdaten von Nilgüns Handy überprüfen zu lassen. Mit Hilfe der Funkzellenpeilung konnten sie vielleicht herausfinden, wo und wann ihr Handy zuletzt eingeschaltet war.

Steenhoff spürte seine Müdigkeit und das überwältigende Bedürfnis, sich hinzulegen. Vielleicht würde ihm ein kurzer Spaziergang einen klaren Kopf verschaffen. Die gepflegte Wohngegend lud dazu ein. Er schaute auf die Uhr und nahm sich vor, sich nur ein wenig die Beine zu vertreten.

Während er lief, ging er den Fall noch einmal in Gedanken durch. Warum musste Nilgün sterben? Und warum hatte jemand ihren Leichnam ausgerechnet auf den Wiesen hinter dem U-Boot-Bunker am anderen Ende Bremens abgelegt? Die Unfalltheorie erschien ihm immer unwahrscheinlicher. Schließlich hatte das Mädchen zahlreiche Hämatome am Körper und vor allem am Handgelenk. Nilgün hatte gegen Geld Schach gespielt. Gab es noch andere unbekannte Seiten an ihr, die sie womöglich in Gefahr gebracht hatten?

Ein Auto hupte und riss Steenhoff aus seinen Gedanken. Erneut schaute er auf seine Uhr. Petersen war gerade in der Schule, um Saliha zu befragen. Und Wessel war mit Fabian Block unterwegs, um einige von Nilgüns Freundinnen aufzusuchen. Er hatte noch Zeit, sich auf einen Parkplatz am Bürgerpark zu stellen. ‹Ich brauche nur ein bisschen Schlaf, um wieder klar zu denken›, dachte er.

Ohne dass er es beabsichtigt hatte, stand er plötzlich vor Romans und Nilgüns Schule. Eine Gruppe von Fünftklässlern kam ihm lärmend entgegen. Ein dicklicher Junge hatte ein beleidigtes Gesicht aufgesetzt und forderte lautstark: «Gebt mir meinen Schrankschlüssel wieder. Wenn ihr ihn mir nicht sofort gebt, dann ...»

Steenhoff hörte nicht mehr, womit der Junge seinen Mitschülern drohte. Die Gruppe war plötzlich ins Rennen gekommen, da eine Straßenbahn nahte.

Steenhoff fasste sich in die Jackentasche. Die Tüte mit dem metallenen Beweismittel war noch da. Er hatte am Vortag vergessen, sie zusammen mit Nilgüns Schlüssel zu den anderen Fundstücken zu legen. Einem Impuls folgend ging er zum Haupteingang der Schule.

Steenhoff hatte Glück. Die Schulsekretärin wollte gerade Feierabend machen, als sie ihn im Flur entdeckte. Die Frau wusste sofort, wo sich Nilgüns Klasse befand, und führte Steenhoff hin. Vor dem Eingang standen 22 Metallschränke. Nilgüns war ganz außen rechts, die Nummer elf.

«Ich weiß nicht, ob Sie den Schrank einfach so öffnen dürfen.» Die Sekretärin bekam plötzlich Zweifel. «Ich meine, schließlich gibt es ja Datenschutz ...»

Steenhoff glaubte seinen Ohren nicht zu trauen. «Es geht hier um ein Tötungsdelikt», knurrte er die Frau an.

Sie nickte verlegen. Steenhoff bat sie, ein paar Schritte zurückzugehen. Er wollte nicht, dass die Frau Einblick in Nilgüns Spind erhielt. Gespannt steckte er den Schlüssel ins Schloss. Er passte. Aber Steenhoff musste den Schlüssel gar nicht drehen, denn die Tür war schon offen. Jemand hatte das Schloss aufgebrochen und anschließend die Spindtür wieder zugedrückt.

Steenhoff brauchte den Schlüssel nur zu sich hin zu ziehen, um den Spind zu öffnen. Der Anblick des Inhalts ließ seinen Puls schneller schlagen.

12

Navideh Petersen entdeckte Saliha auf einer Bank am Rande des Schulhofes. Die Sitzfläche war mit Grünspan überzogen, und in den Ritzen zwischen den Holzblättern lag das bräunliche Laub einer Kastanie. Jemand hatte vor langer Zeit ein Kaugummi mitten auf die Sitzbank gedrückt. Aber Saliha schien unempfindlich für den Anblick der verschmutzten Bank. Sie hatte ihre Hände tief in den Jackentaschen vergraben und starrte auf ihre Schuhe. Sie bemerkte Navideh erst, als diese direkt vor ihr stand. Langsam, als koste es sie unendliche Mühe, hob sie den Kopf.

«Hallo, Saliha. Ich freue mich, dass du wieder zur Schule gehst», begrüßte Navideh sie.

Saliha antwortete nicht.

Navideh zog ihre Regenjacke aus und legte sie als Unterlage auf die Bank, um sich zu dem Mädchen zu setzen. Unmerklich rückte Saliha ein Stückchen von ihr ab.

«Es muss schwer sein, nach so einer Sache wieder in die Klasse zu kommen. Alle bombardieren einen mit Fragen. Die anderen haben ja sicher die Zeitungen gelesen», begann Navideh.

Das Mädchen zuckte die Schultern, und im selben Moment wurde Navideh klar, wie unsinnig ihre Bemerkung war. Saliha war offensichtlich völlig allein. Niemand schien sich für sie und das Schicksal ihrer Schwester zu interessieren.

«Wo sind deine Freundinnen?»

«In der Klasse? Beim Bäcker?» Salihas Stimme klang bitter.

Zu bitter für eine 14-Jährige, fand Navideh.

«Vielleicht besprechen sie auch, was sie am Wochenende machen wollen. Oder auf welchen Jungen sie gerade stehen.»

«Warum ist niemand hier bei dir?», fragte Navideh direkt.

«Ich will allein sein.» Sie setzte sich aufrecht hin und schaute mit zusammengekniffenen Augen über den Schulhof.

«Saliha, ich möchte mit dir über deine Schwester sprechen. Hier und nicht zu Hause. Ich habe deinen Lehrern Bescheid gesagt. Können wir ein Stückchen gemeinsam gehen?»

«Ich will hier bleiben.»

«Einverstanden», antwortete Navideh widerstrebend. Obwohl sie am äußeren Rand des Schulhofes saßen, fühlte sie sich beobachtet. In einiger Entfernung zogen kleine Grüppchen von Mädchen ihre Kreise. Sie hatten sich untergehakt und schauten unverhohlen zur Bank hinüber. Einige von ihnen trugen ein Kopftuch.

«Kanntest du Nilgüns Freund?», begann Navideh vorsichtig.

Saliha schüttelte den Kopf.

«Aber du wusstest, dass sie einen hatte?»

Saliha zögerte. Doch sie blieb stumm und verkroch sich wieder in ihre Jacke.

Navideh wusste, so kam sie nicht weiter. Sie musste Saliha aus ihrem Kokon herauslocken. «Jemand hat deine Schwester getötet und sie wie Abfall auf eine Wiese geworfen …» Das Mädchen zuckte zusammen. «Dieser Mensch muss bestraft werden. Und dazu brauchen wir deine Hilfe!» Navideh beobachtete Saliha, doch das Mädchen blieb auf der Hut.

‹Ich habe es falsch angefangen›, dachte Navideh. Saliha würde nichts sagen. Krampfhaft suchte Navideh nach einem Weg, zu dem Mädchen durchzudringen.

«Was hätte Nilgün gemacht, wenn du getötet worden wärst?» Navideh startete einen erneuten Versuch. «Hätte sie sich einfach verkrochen und den Mund gehalten, oder hätte sie gewollt, dass der Täter bestraft wird? Wärest du ihr so scheißegal gewesen, wie sie es dir offenbar ist?»

«Sie ist mir nicht scheißegal!» Saliha fuhr Navideh wütend an und sprang aufgebracht von der Bank.

Navideh hielt sie am Arm fest. Dabei rutschten Salihas Jacke und ihr Pullover hoch. Auf dem rechten Arm war ein großer blaugrüner Fleck zu sehen. Navideh lockerten ihren Griff nicht, sondern schob den Ärmel der Jacke noch ein Stück weiter hoch. Der Arm des Mädchens war voller Hämatome.

Saliha schaute beschämt zu Boden. Schnell entzog sie Navideh den Arm und schob den Pullover runter.

«Wer hat dich so zugerichtet, Saliha?»

«Ich bin gefallen.» Als der Schulgong ertönte, setzte sie sich wieder.

«Lüg nicht!», sagte Navideh streng. «Dein Vater hat dich geschlagen. Hab ich recht? Immer und immer wieder auf dich eingedroschen. Hat er dich auch beschimpft und angespuckt? Oder ist dir das erspart geblieben?»

Saliha schlug die Hände vor dem Gesicht zusammen und fing an zu weinen. Erst leise, dann immer lauter. Navideh kam es wie ein Dammbruch vor. Sie kämpfte gegen die bleierne Gewissheit, zu weit gegangen zu sein. Vorsichtig rückte sie näher an das Mädchen heran. Saliha schien es in ihrer Verzweiflung nicht zu bemerken. Wieder und wieder schluchzte sie laut auf. Der schmale Körper krümmte sich bei dem vergeblichen Versuch, die Tränen zu unterdrücken. Navideh war froh, dass die Pause mittlerweile zu Ende war und sie allein auf dem Schulhof waren.

«Es tut mir leid», sagte sie leise und legte einen Arm um die bebenden Schultern. Saliha ließ es geschehen. Am liebsten hätte Navideh ihre Worte rückgängig gemacht. «Ich kenne das, was du erlebt hast», begann Navideh behutsam. «Mein Vater hat mich früher oft geschlagen, wenn er meinte, dass ich zu sehr wie eine Deutsche werde. Aber er war noch harmlos im Vergleich zu meinem Bruder ... Dabei fand ich die Schläge gar nicht das Schlimmste. Es waren die Worte, die mich so tief verletzt haben. Wenn mein Vater mich in seiner Wut eine Hure oder Schlampe nannte ... Seine eigene Tochter!»

Navideh spürte, dass Saliha ihr zuhörte, obwohl sie sie noch immer nicht ansah. Die Tränen liefen ihr unaufhörlich über die Wangen. «Irgendwann, mein Vater war schon lange tot, habe ich beschlossen, mir das nicht mehr gefallen zu lassen. Niemand hat das Recht, uns Mädchen und Frauen zu schlagen und zu beleidigen, Saliha. Verstehst du? Niemand. Kein Vater und kein Onkel, kein Bruder und auch keine Mutter.»

«Das hat Nilgün auch immer gesagt.» Saliha suchte in ihrer Jacke vergeblich nach einem Taschentuch. Der Rotz lief ihr die Nase runter.

Navideh fummelte mit der rechten Hand ein Päckchen Taschentücher aus ihrer Hosentasche und reichte es ihr. Mit dem linken Arm hielt sie weiter die schmalen Schultern umfasst. Sie spürte keinen Widerstand mehr.

«Nilgün war ein verdammt kluges Mädchen. Wusstest du übrigens, dass sie an ihrer Schule zur Schülerin des Jahres gewählt werden sollte?»

Saliha schaute überrascht hoch und schüttelte den Kopf.

«Deine Schwester hat seit zwei Jahren jede Woche mehrere Stunden kostenlos Nachhilfe für Schüler aus ärmeren Familien gegeben. Dafür hat sie den älteren Jungen das Geld aus der Tasche gezogen, wenn sie sie beim Schachspielen besiegt hat.»

Saliha nickte anerkennend. Zum ersten Mal meinte Navideh, so etwas wie ein Lächeln um ihren Mund zu erkennen. Saliha wusste also, dass Nilgün um Geld spielte.

«Habt ihr auch manchmal Schach miteinander gespielt?»

«Nein. Aber sie hat versprochen, es mir im nächsten Türkeiurlaub beizubringen.»

«Hat sie viel Geld dabei gewonnen?»

«Ich glaub schon. Die Jungen rissen sich darum, gegen sie zu spielen. Und sie wollte sich Geld fürs Studium verdienen.»

«Wussten deine Eltern davon?»

Saliha sah Petersen entsetzt an. «Nein, natürlich nicht.»

«Und die anderen haben es zu Hause nicht erzählt?»

«Soviel ich weiß, gehen nur wenige türkische Schüler auf Nilgüns Schule. Und von denen hat sie sich immer ferngehalten.»

«Warum?»

«Weil ...», Saliha suchte nach den richtigen Worten. «Weil sie Angst hatte, dass die anderen Schüler zu Hause etwas von ihr erzählen würden. Das hätten *Anne* und *Baba* erfahren. In unserer Familie ist es wichtig, was andere über uns denken und reden. Meinen Eltern und Osman ist es zumindest sehr wichtig.»

«Und Murat?»

Saliha zuckte die Schultern. «Der lebt sein eigenes Leben.»

«Geht er denn nicht regelmäßig in die Moschee?»

«Doch. Aber er schert sich nicht um das Gerede der Nachbarn. Er hat ja auch eine deutsche Freundin.»

«Warum war dein Vater so wütend auf dich, dass er dich geschlagen hat?», fragte Navideh sanft.

Saliha kroch wieder in sich zurück, und Schweigen breitete sich aus. Navideh ließ ihr Zeit. Nach einer Weile, die Navideh wie eine Ewigkeit vorkam, begann Saliha zögernd zu sprechen. «Er dachte, ich wüsste, mit wem sich Nilgün herumgetrieben hat.»

«Und wusstest du es?»

«Ja.»

Navideh wartete ab. Schließlich gab sich Saliha einen Ruck.

«Sie hat es mir vor einigen Wochen erzählt, nachdem ich zufällig eine SMS von ihrem Freund gelesen hatte.» Sie stockte. «Ich musste Nilgün schwören, dass ich es nie jemandem erzählen würde.»

«Du hast den Schwur gehalten», sagte Navideh anerkennend.

«Ja.»

«Aber jetzt ist deine Schwester von einem Unbekannten getötet worden, und deswegen musst du mir alles erzählen, was du weißt, damit wir den Täter finden können.» Navideh ließ die Worte auf Saliha wirken. Dann drehte sie das Gesicht des Mädchens sanft zu sich und sah sie beschwörend an: «Du hilfst deiner Schwester nicht mehr durch Schweigen. Aber du kannst helfen, ihren Tod zu sühnen, wenn du mit uns zusammenarbeitest!»

Saliha starrte angestrengt geradeaus, als hätte sie gerade am anderen Ende des Hofes etwas Wichtiges entdeckt. Doch dort fegte nur der Hausmeister einen großen Haufen Blätter zusammen. Endlich gab sie sich einen Ruck. Mit tränenverschleiertem Blick sah sie Navideh an. Jedes einzelne Wort schien sie Kraft zu kosten. «Und was, wenn es … wenn es einer von uns war?»

«Du meinst, jemand aus eurer Familie?»

Saliha nickte.

«Wie kommst du darauf?»

«Sie haben meine Schwester an dem Abend zu dritt gesucht. Osman, mein Vater und Murat. *Baba* war so wütend, dass sie nicht pünktlich nach Hause gekommen war und auch nicht an ihr Handy ging … Als die drei spätnachts wiederkamen, waren sie so merkwürdig, und *Anne* hat die ganze Zeit geweint.» Saliha schluchzte laut auf.

«Was meinst du mit merkwürdig?»

«Sie haben miteinander geflüstert, sodass ich nichts verstehen konnte. Am nächsten Morgen waren sie schon früh weg. Ich glaube, sie waren vor Nilgüns Schule und wollten ihr auflauern.»

«Und? Haben sie Nilgün an dem Morgen gesehen?»

«Ich weiß es nicht. Sie haben nicht mit mir darüber geredet.»

Navideh studierte Salihas Gesicht. Sie hatte keinen Zweifel, dass das Mädchen die Wahrheit sagte.

Sie musste sich überwinden, die nächste Frage zu stellen. «Hältst du es für möglich, dass einer deiner Brüder oder dein Vater Nilgün getötet haben, weil sie dahintergekommen sind, dass sie ein Verhältnis mit einem Jungen hatte?»

Saliha richtete sich kerzengerade auf. Dann drehte sie sich um und sah Navideh zum ersten Mal direkt in die Augen. «Ich weiß nur, dass meine Schwester tot ist und mein Vater mehr Angst hat, seine Ehre zu verlieren, als dass er um Nilgün trauert. Als er gestern von der Polizei zurückkam, sagte er, dass er keine Tochter mehr habe, die Nilgün heißt. Er will, dass wir ihren Namen in der Familie nie wieder erwähnen. Er hat sie verstoßen! Meine tote Schwester …! Was würden Sie an meiner Stelle denken?»

Navideh wog jedes Wort ab. Doch schließlich entschied sie sich, ehrlich zu sein. «Ich würde es nicht glauben wollen. Und gleichzeitig hätte ich furchtbare Angst, dass es einer von ihnen gewesen sein könnte.»

Saliha presste sich die Hand vor den Mund und versuchte vergeblich, ein erneutes Weinen zu unterdrücken.

Sanft strich ihr Navideh über den Kopf. «Ich verspreche dir», murmelte sie, «wir werden alles tun, damit du bald Gewissheit hast.»

Steenhoff zog sich Einmalhandschuhe über und holte mehrere naturwissenschaftliche Bücher aus dem Spind. Hinter ihnen lag eine kleine, prall gefüllte Plastiktüte, um die ein Gummiband gebunden war. Vorsichtig streifte er es ab.

«Darf ich fragen, was Sie da machen?», meldete sich die Sekretärin hinter ihm zu Wort.

«Lesen», sagte Steenhoff kurz angebunden. Er spürte die Unruhe der Frau und entschied sich, einen anderen Ton anzuschlagen. «Geben Sie mir nur fünf Minuten, dann sind Sie mich wieder los. Allerdings muss ich dann die Spurensicherer alarmieren. Nilgüns Spind war aufgebrochen.» Er trat einen Schritt zurück und untersuchte die Schränke der anderen Schüler. Die Schlösser waren alle intakt. Nur das

Schloss an Nilgüns Schrank war leicht verbogen, was ihm vorher nicht aufgefallen war.

«Ich benachrichtige jetzt den Schulleiter», kündigte die Sekretärin an und lief zur Treppe.

Steenhoff öffnete den ersten Umschlag. Es war ein Brief von Roman. Nur wenige Sätze, in denen er seine Liebe zu Nilgün beteuerte und von ihrem letzten gemeinsam verbrachten Montag schwärmte. Auch die anderen Briefe stammten von ihm. Der jüngste war erst vier Wochen alt. Soviel Steenhoff auf die Schnelle erkennen konnte, schrieb Roman von nichts anderem als von seiner Lust, mit Nilgün zu schlafen, seinen tiefen Gefühlen zu ihr und der Sehnsucht, sich endlich frei mit ihr zeigen zu dürfen.

Er steckte die Briefe zurück in die Tüte und benachrichtigte die Tatortgruppe. Vielleicht hatten sie Glück und fanden ein paar Fingerabdrücke vom Täter. Aber wonach hatte der Einbrecher in Nilgüns Spind gesucht?

Eine halbe Stunde später sah Steenhoff durchs Fenster, wie der Wagen der Tatortgruppe auf dem Schulhof vorfuhr und Marlowski ausstieg. Die Sekretärin redete aufgeregt auf den Kollegen ein. Zu Steenhoffs Überraschung nickte Marlowski mehrfach, rief seinem Kollegen etwas zu und verzichtete darauf, sich bereits am Wagen umzuziehen und in seinen weißen Einmalanzug zu schlüpfen. Obwohl der Schulhof an dieser Stelle kaum einsehbar war, wollte die Sekretärin wohl vermeiden, dass Neugierige zufällig Zeugen wurden, wie Mitarbeiter der Mordkommission an dem Gymnasium zum Einsatz kamen.

Steenhoff wies Marlowski kurz ein, dann rief er Wessel an und verabredete sich mit ihm vor dem Haus der Cetins. Sie mussten dringend mit Osman und seinem Bruder Murat sprechen. Wessel versprach, so schnell wie möglich zu kommen. Zuvor wollte er aber noch die Befragung einer Schulkameradin von Nilgün zu Ende führen.

Diese Zeit nutzte Steenhoff, um den Leiter des Kriminaldauerdienstes anzurufen, denn er hatte morgens im Präsidium vergessen, nach dem Ergebnis der Durchsuchung von Osmans Zimmer zu fragen. Aber die Schicht hatte gewechselt, und sein Kollege verwies ihn auf den Bericht, der an Steenhoffs Kommissariatsleiter gegangen war. Steenhoff unterdrückte einen Fluch und versuchte, die Sekretärin zu erreichen. Aber Marianne Schwenning nahm nicht ab. Und Fabian Block war ja mit Wessel unterwegs. Doch schließlich hatte Steenhoff Glück, und der Kommissariatsleiter selbst meldete sich. Tewes war morgens von den Mitabeitern des Dauerdienstes informiert worden.

«Euer Osman hatte zwei Verbrauchseinheiten Marihuana zu Hause gebunkert», begann Tewes. «Heute Morgen rief übrigens auch die Rechtsmedizin an. Bernd Brückner hat Cannabis in Osmans Blut nachgewiesen. Er will dir seinen Bericht bis heute Nachmittag schicken.»

«Gut. Und haben die Kollegen vergangene Nacht noch etwas gefunden?»

«Ja. Allerdings.»

Steenhoff wartete gespannt.

«Sie haben eine Liste beschlagnahmt, auf der die Namen von sechs Schülern standen. Zwei aus Nilgüns Jahrgangsstufe und vier aus den höheren Klassen. Darunter auch Lennart Wagenknecht und Roman Rodewaldt. Kennst du einen Max Hintemann?»

«Nein, warum?»

«Hinter seinen Namen hat Osman ein Ausrufezeichen gesetzt. Vermutlich hat er ihn fälschlicherweise für den Liebhaber seiner Schwester gehalten.»

Steenhoff notierte sich den Namen. «Und sonst?»

«Laut Bericht gab es keine weiteren Auffälligkeiten. Die Kollegen vom Dauerdienst haben sich auch das Bücherregal des Burschen angesehen. Waren wohl nicht allzu viele Exemplare dort. Aber es gab keine fanatischen Schriften oder Sonstiges, was du dir vielleicht erhofft hast.»

«Ich hatte mir nichts erhofft», erwiderte Steenhoff.

Er bat Tewes, Fabian Block auf die vier noch unbekannten jungen Männer auf der Liste anzusetzen. Block sollte zusammentragen, was er über sie finden konnte. Dann rief er bei Petersen an. Ihr Handy war eingeschaltet, aber sie ging nicht ran. Vermutlich war sie noch immer in Salihas Schule.

Steenhoff setzte sich in seinen Wagen und schloss die Augen, während er versuchte, die nächsten Schritte zu denken. Wenige Minuten später war er eingenickt.

Das Klingeln seines Handys weckte Frank Steenhoff wenig später. Er hatte das Gefühl, tief und lange geschlafen zu haben, doch ein Blick auf die Uhr verriet ihm, dass es keine zehn Minuten gewesen waren.

Petersen war dran und berichtete von ihrem Gespräch mit Saliha. «Frag Osman und Murat, wann genau sie sich an dem Montagabend getrennt haben und ob es Zeugen dafür gibt», bat sie ihn. «Dieselbe Frage solltet ihr auch nochmal Kemal Cetin stellen. Vielleicht verstricken sie sich in Widersprüche.»

Erstaunt hörte Steenhoff, dass Saliha offenbar Vertrauen zu Petersen gefasst hatte.

«Sie hält es für möglich, dass ihre Brüder und ihr Vater Nilgün auf dem Gewissen haben.»

«Aber waren sie nicht am nächsten Morgen vor der Schule, um das Mädchen abzufangen?»

«Das haben sie auch behauptet. Aber noch haben wir keine Zeugen dafür.»

«Und selbst wenn wir Zeugen fänden, würde das auch nichts beweisen», gab Steenhoff zu bedenken. «Es wäre das perfekte Alibi, um zu vertuschen, dass sie Nilgün bereits am Montagabend getötet haben.»

«Ihr Alibi wäre allerdings noch besser, wenn sie Nilgüns Verschwinden offiziell gemeldet hätten», warf Petersen ein.

«Aber dann wäre Nilgüns Name öffentlich geworden und ihre verdammte Familienehre in Gefahr geraten.»

«Früher oder später wäre Nilgüns Fehlen ja doch aufgefallen», warf Navideh ein. «Ihre Lehrer hätten Alarm geschlagen oder Roman. Angenommen, die Familie steckt tatsächlich hinter dem Tötungsdelikt, hätte sie sehr irrational gehandelt.»

«Die meisten Mordfälle passieren aus einem Impuls heraus, einem plötzlichen Wutanfall oder im Rausch», antwortete Steenhoff. «In all den Jahren beim 1. K. kannte ich nur zwei Täter, die eiskalt Schritt für Schritt planten und rational vorgingen. Und ist ein verletztes Ehrgefühl nicht ein starker Antrieb, Dinge zu tun, die man sonst nie tun würde? Also irrational zu handeln?»

«Trotzdem, irgendwie passt es nicht», erwiderte Navideh matt. Ihre Stimme klang müde.

Sie vereinbarten, sich am frühen Nachmittag wieder im Präsidium zu treffen.

Als Steenhoff wenig später in die Schifftstraße einbog, erkannte er den grünen Audi schon von weitem. Wessel saß hinterm Steuer und las in einer Sportzeitschrift. Als Steenhoff an die Scheibe klopfte, schrak er zusammen. Dann ließ er die Scheibe hinunter.

«Lass uns noch ein paar Schritte gehen, bevor wir uns Osman und Murat vorknöpfen», schlug Steenhoff vor. Wessel war sofort einverstanden.

Auf dem Rasen zwischen den Mehrfamilienhäusern spielten viele Kinder unterschiedlichsten Alters. Ein paar Mädchen versuchten, eine Freundin zu fangen, die geschickt zwischen den niedrigen Büschen Haken schlug. Zwei andere liefen auf Stelzen, kippten aber immer wieder um. Eine Gruppe Jungs hatte sich ein provisorisches Tor gebaut und brüllte sich gegenseitig Befehle zu, auf die keiner der Mitspieler zu achten schien. Am Spielfeldrand lagen mehrere Roller und Kinderräder. Niemand machte sich die Mühe, die Räder abzuschließen.

Steenhoff erinnerte die Szene an seine eigene Kindheit in Bremen. In jedem Haus hatten damals Spielkameraden gewohnt. Er selbst besuchte nie einen Kindergarten und verbrachte die Jahre vor der Schule gemeinsam mit einer Horde Gleichaltriger auf der Straße und einem verwilderten Grundstück, auf dem im Zweiten Weltkrieg eine Bombe detoniert war. Sie spielten immer draußen, den ganzen Tag, bei jedem Wetter. Was sollten sie auch drinnen, in den engen kleinen Kinderzimmern?

«Das ist hier fast wie früher», griff Wessel unbewusst Steenhoffs Gedanken auf.

Steenhoff betrachtete die Kinder. Ihr Lachen und ihre lauten Rufe schienen nie zu verstummen. Der Kinderlärm gehörte zu den mehrstöckigen Häusern mit den kleinen Wohnungen wie die Satellitenschüsseln über den Balkonen.

Sie umrundeten in einem großen Halbkreis das Haus der Cetins, dann hatten sie sich einen Plan zurechtgelegt, wie sie bei der Befragung vorgehen wollten.

Wessel hatte vorgeschlagen, als Erstes Murat beiseitezunehmen. Der älteste Sohn der Familie schien ihm von den drei Männern der Familie der zugänglichste zu sein. «Wenn einer redet, dann er», sagte Wessel überzeugt, auch wenn er an dem Morgen nicht viel Neues über Nilgün erfahren hatte. «Ihre beiden engsten Freundinnen wussten zwar, dass sie sich Geld mit Schachspielen verdiente, aber angeblich hatten sie keine Ahnung, dass sie seit Monaten einen Freund hatte.» Er schüttelte unwillig den Kopf.

«Du glaubst ihnen nicht?»

Wessel drehte sich empört zu Steenhoff um. «Natürlich nicht! Worüber reden Mädels in dem Alter pausenlos? Alles dreht sich doch nur um Jungs und ob sie selbst zu dick oder zu klein sind oder einen Pickel auf der Nase haben.» Er lachte abfällig. «Ich habe zwar keine eigenen Kinder, aber ich sage dir, Nilgüns Freundinnen wussten mehr. Die wollten nur nicht raus mit der Sprache. Aber die beiden knöpfe ich mir nochmal vor.»

«Vielleicht haben sie tatsächlich nichts von Roman gewusst», sagte Steenhoff nachdenklich.

«Die haben sich zig SMS jeden Tag geschickt. Jeder Furz war ihnen eine Nachricht wert. Und da soll Nilgün ihren Freundinnen gegenüber Roman einfach unterschlagen haben?»

«Es gibt ein Sprichwort aus dem Orient: Wenn es drei Leute wissen, weiß es bald das ganze Dorf», erwiderte Steenhoff. «Das Mädchen liebte Roman, und sie erwartete ein Kind von ihm. Aber seine Existenz bedrohte ihr gesamtes bisheriges Leben. Niemand durfte von ihm wissen. Auch ihre Schwester, mit der sie ein Zimmer teilte, hat es ja offensichtlich nur zufällig erfahren. Roman war ihre Chance, auszubrechen und eines Tages so zu leben wie ihre deutschen

Freundinnen, aber mit der Beziehung hinterging sie auch die ungeschriebenen Gesetze ihrer Familie.»

Wessel schien nicht überzeugt.

Plötzlich blieb Steenhoff stehen. «Ich möchte bloß wissen, wo Nilgüns Handy geblieben ist. Wir müssen die Handys der beiden Freundinnen beschlagnahmen. Kümmere dich nachher bitte um einen richterlichen Beschluss. Und Romans Handy und die Verbindungsdaten brauchen wir auch. Wenn Nilgün ständig Kurznachrichten verschickt hat, möchte ich wissen, wen ihre letzte erreicht hat, und vor allem, was drin stand.»

«Was ist mit Saliha?», fragte Wessel.

«Um die kümmert sich Petersen.»

Sie hatten kaum geklingelt, da öffnete ihnen Besma Cetin die Tür. Unter ihren rot geränderten Augen lagen tiefe Schatten. Sie sah die Besucher erschrocken an. Ohne Gruß begann sie sofort, auf Steenhoff einzureden: «Osman hat es nicht so gemeint, Herr Kommissar. Bitte glauben Sie mir, er ist ein guter Junge …»

Hilflos schaute sie in Richtung Wohnzimmer und rief etwas auf Türkisch. Dann bat sie Steenhoff und Wessel in die Wohnung. «Bitte, kommen Sie herein.»

Osman stand in der Mitte des Raumes. Er wusste nicht, wohin mit seinen Händen, und hielt sich an der Fernbedienung fest. Wieder sagte Besma Cetin etwas auf Türkisch. Diesmal klang ihre Stimme scharf.

Osman richtete sich auf und sah Steenhoff verlegen an. «Es tut mir leid wegen gestern Nacht. Ich hatte etwas geraucht und war so wütend … Ich habe Sie erst gar nicht erkannt …» Er brach ab und schaute zu Boden.

Steenhoff hatte nicht damit gerechnet, dass sich Osman

zu der vergangenen Nacht äußern würde. Osmans Anwalt hatte ihm eingeschärft, nichts zu sagen. Doch offenbar war seine Mutter anderer Meinung.

«Osman will sich bei Ihnen entschuldigen», erklärte sie für ihren Sohn. «Er ist durcheinander und versteht nicht, was passiert ist. Keiner von uns versteht es.» Sie schlug die Hände vors Gesicht und begann zu weinen.

Osman machte Steenhoff und Wessel ein Zeichen, sich zu setzen. Während Besma Cetin in der Küche verschwand, um ein Taschentuch zu suchen und Tee zu kochen, ergriff Steenhoff das Wort. «Uns geht es nicht anders als euch, Osman. Wir verstehen auch noch nicht, warum deine Schwester sterben musste.»

Osman mied seinen Blick und starrte auf den Tisch vor ihm.

«Vor allem möchten wir wissen, warum du eine Liste mit Schülern gemacht hast und bei einem von ihnen gestern Nacht vor der Haustür standest?»

Osman zuckte mit den Schultern. «Eins von diesen Schweinen hat meine Schwester entehrt. Ich war so wütend …»

«Da wolltest du dich rächen und ihn fertigmachen», mischte sich Wessel ein.

«Ja … Nein. Ich weiß nicht, was ich da wollte. Ich hatte was geraucht, Mann …»

Bevor Wessel etwas entgegnen konnte, trat Besma Cetin mit dem Tablett ins Wohnzimmer und mischte sich wütend ein. «So redest du nicht mit dem Kommissar!», befahl sie ihrem Sohn streng. Osman murmelte eine Entschuldigung.

«Warum also die Liste?», begann Steenhoff erneut.

Osman knetete seine Hände. «Ich habe am Montagabend rumtelefoniert und alle angerufen, die Nilgün kannten. Da habe ich erfahren, dass sie sich häufiger mit Jungs rumgetrieben hat. Sie hat unsere Ehre in den Dreck gezogen!»

Steenhoff unterdrückte seinen aufkommenden Ärger: «Was wolltest du mit den Schülern auf deiner Liste machen?»

«Sie zur Rechenschaft ziehen, sie verprügeln, ihnen Angst einjagen ... Was weiß ich.» Er sah Steenhoff trotzig an.

«So wie du Nilgün am Montag zur Rechenschaft gezogen hast?»

Osman erstarrte. Mit zusammengekniffenen Augen taxierte er Steenhoff. Dann ging er drohend auf ihn zu und blieb direkt vor ihm stehen. Nur wenige Zentimeter trennten ihre Gesichter.

Steenhoff sah, wie Osmans Nasenflügel bebten. Er stand unter einem ungeheuren Druck.

«Ich habe damit nichts zu tun!», sagte er mit gepresster Stimme und kam noch ein Stückchen näher.

Steenhoff sah aus dem Augenwinkel, dass Wessel kurz davor war einzugreifen. Er machte ihm mit der Hand ein Zeichen, stehen zu bleiben. Osman versuchte ihn mit seinen Blicken zu durchbohren, aber Steenhoff wich nicht einen Zentimeter zurück.

«Du gehörst zu den Tatverdächtigen, Osman. Genauso wie dein Vater und dein älterer Bruder. Und wenn du irgendetwas damit zu tun hast, dann werden wir es herausfinden.»

Osman schnaubte wütend auf.

«Und damit wir uns richtig verstehen», fuhr Steenhoff mit schneidender Stimme fort. «Du wirst die Jungen auf deiner Liste in Ruhe lassen. Wenn einem von ihnen in nächster Zeit auch nur ein Haar gekrümmt wird, stehen wir im nächsten Moment vor eurer Tür und nehmen dich mit!

Dann wirst du die nächsten Monate im Knast verbringen und kannst deine Ausbildung vergessen. Verstanden?»

Osman wirkte wie versteinert.

«Ich will wissen, ob du mich verstanden hast?»

Der Junge zuckte zusammen. «Ja», murmelte er widerstrebend.

«Ich habe nichts gehört.»

Osman atmete tief aus. «Ja! Ich habe Sie verstanden.»

«Gut», erwiderte Steenhoff eine Spur freundlicher. Dann leitete er das Gespräch auf den Montagabend über, an dem Nilgün verschwand. Einen Moment lang überlegte er, Osmans Mutter zu bitten, hinauszugehen, entschied sich jedoch dagegen.

Sie setzten sich, und Steenhoff begann mit der erneuten Befragung.

«Ich habe Ihren Kollegen doch schon alles erzählt», protestierte Osman.

«Dann erzählst du es mir eben nochmal», sagte Steenhoff ruhig. «Also, wann habt ihr angefangen, nach ihr zu suchen?»

Wessel machte sich Notizen, während Osman stockend anfing zu reden. Er hatte mehrere von Nilgüns Freundinnen angerufen, während Murat zwei Jugendtreffs in Walle und Gröpelingen nach seiner Schwester absuchte. Sein Vater kontaktierte eine Tante, die Nilgün sehr mochte, und erkundigte sich beiläufig nach Nilgün. Dann trafen sich Osman, Murat und ihr Vater und suchten die Grünanlagen nach dem Mädchen ab.

«Warum ausgerechnet dort?», fragte Steenhoff.

«Es gibt dort Plätze, wo sich Mädchen mit Jungs treffen», erwiderte Osman abfällig.

Gegen 22 Uhr war er gemeinsam mit Murat nach

Schwachhausen gefahren und ziellos durch die Straßen um ihre Schule gelaufen. Erst nachts waren sie wieder zu Hause.

Steenhoff warf Wessel einen raschen Blick zu. Wessel schien keine Widersprüche zur ersten Aussage bemerkt zu haben. Akribisch ließ er sich die Straßen nennen, in denen Osman nach seiner Schwester gesucht haben wollte. Zum besseren Verständnis holte er einen Stadtplan aus der Tasche und zeichnete die beschriebenen Wege ein. Mit einem roten Stift notierte er daneben die ungefähre Uhrzeit.

«Was hättest du mit Nilgün gemacht, wenn du sie zusammen mit ihrem Freund gefunden hättest?», fragte Wessel plötzlich.

Osman atmete tief aus, und Besma Cetin, die den Männern gerade einen Tee einschenken wollte, erstarrte in ihrer Bewegung. «Wenn ich sage, dass ich mit ihr geschimpft hätte, würden Sie mir das wohl kaum glauben, oder?» Ein maliziöses Lächeln spielte für Sekundenbruchteile um seinen Mund.

«Ist es ein Verbrechen, wenn eine junge Frau vor der Ehe mit ihrem Freund ins Bett geht?», fragte Steenhoff provozierend.

Die Verachtung, die ihm daraufhin von Osman entgegenschlug, war mit Händen zu greifen. Seine Augen blitzten zornig: «Ihr Deutschen seid anders. Unsere Frauen machen so etwas nicht!»

Eine halbe Stunde später stiegen Steenhoff und Wessel die Stufen zum Gemüseladen von Kemal Cetin hinunter. Das kleine Geschäft war im Souterrain eines mehrstöckigen Hauses untergebracht. Jeder Quadratzentimeter war vollgestellt. In dem kleinen Raum roch es nach Anis, Knoblauch und Salbei.

Kemal Cetin und sein Sohn Murat schienen wenig überrascht, als sie die beiden Beamten vor sich sahen, und Steenhoff vermutete, dass seine Frau Kemal gewarnt hatte.

Wessel hatte Steenhoff gebeten, auf der Fahrt zu dem Geschäft der Cetins am nächsten Buchladen zu halten, um dort zwei neue Stadtpläne zu kaufen. Vater und Sohn stutzten kurz, als Wessel sie aufforderte, unabhängig voneinander die Orte und Straßen einzuzeichnen, an denen sie am Montagabend nach Nilgün gesucht hatten. Aber schließlich nahmen sie die Stifte von Wessel entgegen und beugten sich über das Straßennetz. Anschließend steckte Wessel die Stadtpläne kommentarlos wieder ein. Er würde sie später im Büro auswerten.

Dann bat Steenhoff erst Kemal Cetin und anschließend Murat ins Hinterzimmer des Geschäftes. Ein altes Sofa und ein Marmortisch waren die einzigen Möbel im Raum. Über dem Sofa hing ein Bild von der türkischen Riviera. Die Farben waren so stark verblasst, dass Strand, Meer und Berge miteinander verschwammen.

Die Aussagen von Vater und Sohn waren nahezu identisch. Als Steenhoff wissen wollte, was sie mit Nilgün gemacht hätten, wenn sie sie gefunden hätten, zögerte Kemal Cetin keine Sekunde. «Ich hätte sie bestraft und von der Schule genommen.»

«Und sonst? Nichts weiter?»

«Reicht das nicht?», konterte Kemal Cetin kühl.

Murat hatte auf dieselbe Frage nur mit einem Achselzucken reagiert. «*Baba* wollte, dass wir sie finden. Also haben wir sie gesucht. Es ist seine Entscheidung, was er mit seiner Tochter macht. Aber Allah wollte, dass ihr Mörder sie eher findet als wir.»

Steenhoff fröstelte.

Noch auf dem Rückweg ins Präsidium rief Steenhoff bei Staatsanwalt Jens Degert an. «Wir brauchen so schnell wie möglich eine Telefonüberwachung. Die Männer der Familie scheinen von Nilgüns Tod emotional kaum berührt zu sein. Der Vater hat den Namen seiner Tochter nicht einmal bei der Vernehmung erwähnt. Da ist etwas faul in der Familie. Außerdem müssen wir drei Handys beschlagnahmen.»

Jens Degert, der gerade ein freies Wochenende hatte, versprach, sofort ins Büro zu fahren und die Anträge beim Amtsgericht zu stellen.

Erleichtert ließ sich Steenhoff auf den Beifahrersitz zurückfallen. Für Montagmorgen hatten sie eine Pressekonferenz angekündigt. Spätestens am Dienstag würde die gesamte türkische Gemeinde wissen, wer im Deichvorland am Bunker Valentin tot aufgefunden war. Fünf Meter neben der Mulde, in der vor Jahren eine junge Kurdin von zwei Landsleuten so lange mit dem Gesicht in den Matsch gedrückt worden war, bis sie erstickte.

‹Zwei von uns müssen nach Berlin›, durchfuhr es Steenhoff. Sie mussten die Angehörigen des damaligen Opfers in die Mangel nehmen. Er wollte nicht glauben, dass es Zufall war, dass zwei junge Frauen, die nach den strengen Gesetzen ihrer Familie eine verbotene Liebe lebten, getötet und später an derselben Stelle aufgefunden wurden.

Als sie auf dem Rückweg durch den Stadtteil Schwachhausen fuhren, bat Steenhoff Wessel, noch einmal bei Roman Rodewaldt zu halten. Wessel wartete im Auto auf ihn. Fünf Minuten später kam Steenhoff mit dem beschlagnahmten Handy des Jungen aus dem Haus.

«Er wollte es mir erst nicht überlassen», erzählte Steenhoff beiläufig, während er die gespeicherten Nachrichten aufrief. «Aber dann hat seine Mutter ein Machtwort gesprochen.»

«Das Handy ist für viele junge Leute überlebenswichtig», brummte Wessel und bog wieder auf die Hauptstraße ein. «Zumindest glauben sie das.»

Mit einem Ruck setzte sich Steenhoff auf. «Stopp mal!»

Wessel fuhr auf den Haltestreifen einer Buslinie, bremste und stellte den Motor ab. Gespannt beugte er sich zu seinem Kollegen.

Steenhoff wirkte wie elektrisiert, als er Wessel das Handy vor die Nase hielt. «Da! Nilgüns letzte Nachricht an Roman!»

Wessel überflog die Nachricht und pfiff leise durch die Zähne.

«Dreh um», befahl Steenhoff. «Wir fahren zurück zu den Rodewaldts.»

13

Die beiden Männer hatten die mächtige alte Fichte gefällt und in tagelanger Arbeit mit Äxten und Sägen von ihren Ästen befreit. Das Holzhaus musste fertig werden. Es eilte. Der Winter in den Ostkarpaten stand bevor. Ein rumänischer Winter, kein Vergleich zu Norddeutschland. In spätestens zwei Wochen sollte das Haus fertig sein. Die Schläge der Hämmer, mit denen die Männer die Nägel in die Stämme trieben, waren durch das ganze Tal zu hören. Selbst das Läuten der Kirchenglocken aus dem Dorf im Nachbartal kam nicht gegen sie an.

Verwundert stellte Jorges fest, dass das Dröhnen immer lauter wurde. Sie mussten ihre Arbeit unterbrechen. Der Lärm war nicht zum Aushalten. Er musste sich konzentrieren. Am Wochenende wollte er auf dem Marktplatz von Piatra Neamt zeigen, was er seit seiner Rückkehr nach Rumänien gelernt hatte. Nicht weniger als sieben Bälle wollte er gleichzeitig in der Luft halten. Die Menschen am Fuß der Ostkarpaten waren Gaukler gewohnt. Aber wahre Artisten sahen sie nur selten. Artisten wie Jorges, den Deutschen.

Er selbst hatte die Plakate, die seinen Auftritt ankündigten, überall in der Stadt aufgehängt. Aber er musste noch üben. Der siebte Ball entglitt immer wieder seinen geschickten Händen. Jorges versuchte, sich zu konzentrieren, aber das Hämmern wurde immer lauter.

Er sehnte sich auf die mit wilden Blumen bewachsenen Wiesen entlang der Bistrita, an deren linkem Ufer Piatra Neamt lag. Die Menschen schlenderten sonntags gerne den schmalen Fußweg entlang. Am Sonnabend würde er seine Künste mitten in der Stadt zeigen. Und sonntags wollte er runter zum Fluss gehen, wo sich seine Mütze schnell mit Münzen füllen würde. So einen wie ihn hatten sie noch nicht in ihrer Stadt gesehen: sieben Bälle! Das konnte nur er, Jorges, der Deutsche.

Die Männer hatten aufgehört zu hämmern. Einer rief seinen Namen. Es klang ungeduldig. Jorges legte seine Bälle auf den Boden und rief den beiden Arbeitern etwas zu. Doch sie hörten ihn nicht, schauten noch nicht einmal hoch. Es war eine andere Stimme, die ihn rief. Verwundert registrierte Jorges, dass man sogar seinen Vornamen kannte.

«Marlon-Joël Jorges!»

Niemand in Rumänien nannte ihn so. Sie riefen ihn alle Jorges. Wer hatte schon Lust, sich die Zunge zu brechen und diesen lächerlichen Vornamen auszusprechen, mit dem seine Mutter damals aller Welt zeigen wollte, dass ihr Baby etwas ganz Besonderes war.

«Öffnen Sie die Tür. Wir wissen, dass Sie da drinnen sind.»

Jorges schlug die Augen auf. Er meinte noch den kühlen Wind auf seiner Haut zu spüren, der im Herbst von den Hängen der Ostkarpaten in die Täler wehte. Ihm war kalt. Aber er war nicht in Rumänien, und er musste auch nicht das Jonglieren mit sieben Bällen üben. Das Schlafzimmerfenster stand auf kipp, und seine Decke lag halb auf dem Boden. Jemand hämmerte mit den Fäusten gegen die Haustür. Unwillig quälte sich Jorges aus dem Bett. Vermutlich wollte der Typ zu Carola aus der Nachbarwohnung. Ständig hatte sie Ärger mit ihren Kerlen. Wenn sie nicht öffnete, trommelten ihre Liebhaber manchmal gegen seine Tür. Aber verdammt, er wusste auch nicht, wo sich Carola mal wieder herumtrieb. Mit einem Ruck riss er die Wohnungstür auf.

«Was gibt es?», fragte Jorges müde.

«Sind Sie Marlon-Joël Jorges?»

Die Stimme gefiel Jorges nicht. Streng klang sie und autoritär. Die beiden Fremden wollten nicht zu Carola, sie wollten zu ihm. Der Mann trug eine kurze Jacke und dunkle Jeans. Er hatte nur nach seinem Namen gefragt, aber Jorges hatte sofort das Gefühl, sich rechtfertigen zu müssen.

«Was wollen Sie von ihm?», fragte er vorsichtig.

«Sind Sie ein Bekannter von Herrn Jorges?», mischte sich nun der zweite Mann ein.

In dem Moment polterte der Nachbarjunge die Treppe hinunter und warf alle paar Meter seinen Basketball gegen die Wand im Treppenhaus. Geschickt fing er ihn jedes Mal wieder auf. Als er die drei Männer im Hausflur stehen sah, stutzte er. Der Ball prallte von der Wand ab, schleuderte gegen das Geländer und flog auf den seltsamen Besucher zu, der Jorges nach seinem Namen gefragt hatte. Reflexartig riss der Mann die Arme hoch und fing den Basketball auf. Dabei hob sich seine Jacke um ein paar Zentimeter. Erschrocken erkannte Jorges, dass der Fremde eine Waffe trug.

Instinktiv wollte er die Tür zuschlagen. Doch der Mann war schneller und stellte seinen Fuß dazwischen. Bevor Jorges seine aufkommende Panik spüren konnte, lag er schon am Boden. Jemand drehte ihm die Arme auf den Rücken. Dann hörte er es klicken. Grob riss ihn der zweite Mann nach oben.

«Schnell, Daniel», rief Jorges dem verdutzten Jungen im Hausflur zu. «Hol die Polizei!»

«Nicht nötig. Wir sind von der Polizei», erwiderte der erste Mann und holte seinen Ausweis hervor.

«Was soll das?» Jorges ärgerte sich über das Zittern in seiner Stimme. Mit der rumänischen Polizei kam man am besten nie in Kontakt und wenn, dann nur, wenn man eine prall gefüllte Brieftasche bei sich trug. Mit der deutschen Polizei hatte er wenig Erfahrung. Aber er war überzeugt, dass er nur Gelassenheit demonstrieren musste, um die Situation wieder zu entschärfen.

«Können wir uns nicht ins Wohnzimmer setzen, und Sie erklären mir in Ruhe, was ich verbrochen haben soll», sagte Jorges und rang sich ein Lächeln ab. Doch sein Versuch blieb ohne Resonanz.

Der Beamte schob Jorges durch die Wohnung und stieß ihn aufs Sofa. Jorges trug nur ein dünnes T-Shirt und eine Unterhose. Er wusste, dass seine Scham angesichts der Situation völlig unerheblich war, aber wenn sie ihn schon verhören wollten, dann sollten sie ihm gefälligst erlauben, eine lange Hose aus dem Schlafzimmer zu holen.

«Ich möchte mir etwas überziehen.»

«Wo waren Sie gestern Nacht, Herr Jorges?»

Er hatte sich vorgenommen, auf nichts zu antworten, bevor diese unwürdige Situation nicht beendet war. Aber die Frage des Beamten hatte ihn überrascht.

«Ich bin Taxi gefahren.»

«Die ganze Nacht?»

«Ja. Aber ich möchte mir etwas überziehen.»

«Auch in Huchting?»

«Ich möchte mir etwas …» Plötzlich dämmerte es ihm, warum die beiden Polizisten nach seiner Nachtschicht plötzlich bei ihm auftauchten. «Sind Sie etwa wegen dieser bescheuerten Frau hier?»

«Wen meinen Sie mit *bescheuerter Frau*, Herr Jorges?» Der Mann, der ihm die Handschellen angelegt hatte, sah ihn lauernd an.

Aber jetzt war es ihm egal. Diese verdammte Frau hatte ihn nicht nur betrogen, sondern ihm auch noch die Polizei auf den Hals gehetzt.

«Wen ich meine? Na, die Frau, die sich von mir erst durch halb Bremen kutschieren lässt und mich dann mit einer 50-Euro-Rechnung am Sodenmattsee hängenlassen will.»

«Da waren Sie sauer.»

«Klar war ich sauer.» Was sollte dieser ironische Unterton? Jorges fing an, diese selbstgefälligen Typen zu hassen. «Jetzt machen Sie mich endlich wieder los. Ich weiß überhaupt nicht, was Sie von mir wollen.»

«Und weil die Frau nicht zahlen konnte, wollten Sie sich anders entschädigen lassen. Habe ich recht?»

Bevor Jorges antworten konnte, mischte sich der zweite Mann ein und belehrte ihn über seine Rechte.

«Ich verstehe nicht. Was meinen Sie?» Der Kloß im Hals wurde dicker.

«Sie sind ihr an die Wäsche gegangen und wollten sie

vergewaltigen. In einem Frauen-Nacht-Taxi. Ausgerechnet! Aber die Frau hat sich gewehrt. Und da haben Sie eben eine härtere Gangart angelegt. Manche Frauen sollen das ja mögen. Nicht wahr, Herr Jorges, das haben Sie doch gedacht? Vielleicht mag sie das ja auch!»

Jorges sah von einem zum anderen. Er wusste, er musste überzeugend wirken. Sein Blick durfte nicht flackern. Ganz ruhig und vernünftig musste er sprechen. Nur sich jetzt nicht verhaspeln.

«Ich bin hinter der Frau hergerannt, weil ich mein Geld haben wollte. 50 Euro! Dafür sitze ich manchmal stundenlang im Taxi, und die haut einfach ab.» Er machte eine Pause. Vergeblich suchte Jorges nach einer Spur von Verständnis in den Gesichtern der beiden Polizisten. Ihre Blicke schienen ihn zu durchbohren.

«Die Frau war schnell, aber nach zwei-, dreihundert Metern habe ich sie packen können. Wir sind beide gestürzt. Wenn Sie mir endlich die Handschellen abnehmen würden, dann kann ich Ihnen zeigen, wie ich die Frau festgehalten habe.»

Der Mann, der direkt vor ihm stand, zögerte, dann nickte er seinem Kollegen zu. Sekunden später hörte Jorges ein leises Klicken hinter seinem Rücken. Er rieb sich die schmerzenden Handgelenke. Zumindest war er wieder frei. Sie reagierten also doch. Er musste nur vernünftig mit ihnen sprechen, dann würde sich alles klären.

«Dürfte ich mir kurz etwas überziehen?»

«Nein.» Die Antwort ließ keinen Spielraum. Der schneidende Ton zerschnitt alle Hoffnungen, dass er die Männer überzeugen konnte.

«Ich habe die Frau nicht vergewaltigt. Ich wollte mein Geld, sonst nichts.» Seine Stimme vibrierte. Jorges wollte aufspringen, aber er zwang sich mit aller Kraft, sitzen zu bleiben. Er sah es den Männern an. Sie hatten längst ihr Urteil über ihn gefällt. Panik stieg in ihm hoch. «Ich habe der Frau nichts getan. Das müssen Sie mir glauben. Ich ...»

Er stockte. Was für eine jämmerliche Vorstellung! Warum sollten Polizisten so einem wie ihm glauben? Nur weil er sie anflehte? Verzweifelt suchte Jorges in seinen Erinnerungen nach irgendetwas, womit er die beiden Beamten überzeugen könnte.

«Ich habe bei dem Gerangel ein Portemonnaie in ihrer Jackentasche gefühlt. Das habe ich ihr abgenommen. Aber es waren nur 25 Euro drin. Die habe ich rausgenommen, und dann hat sie ihr Portemonnaie zurückbekommen. Okay, das macht man nicht, aber sollte ich die Frau wegen 50 Euro zur nächsten Polizeiwache schleppen? Ich habe genommen, was ich kriegen konnte, und bin zurück zum Auto. Sie hat getobt und mich gekratzt, aber ich habe mich nicht weiter um sie gekümmert.»

«Du bist ein richtig netter Bursche.» Das Lächeln des Beamten gefiel Jorges nicht. «Verzichtest großmütig auf die Hälfte deines Lohnes. Doch damit nicht genug, musst du um die andere Hälfte auch noch kämpfen, und dann wirst du auch noch zerkratzt, ohne dass du dich wehrst.»

«Ich habe mich gewehrt», widersprach Jorges. «Ich habe sie von mir gestoßen und sie angeschrien, dass sie abhauen soll.»

«War es nicht genau anders herum?»

Nun mischte sich auch der zweite Mann ein: «War es nicht die Frau, die versucht hat, dich wegzustoßen und laut geschrien hat? So laut, dass du es nicht mehr ertragen konntest und sie geschlagen hast? So laut, dass du ihr den Mund zugehalten hast, während du ihre Kleidung zerrissen hast.

So laut, dass du ihr schließlich mit Wucht eine Taschenlampe aus dem Taxi auf den Kopf geschlagen hast, damit sie endlich still ist, wenn du kommst!»

Jetzt kam es drauf an: Er musste sich rechtfertigen, alles erklären, aber es kam kein Ton über seine Lippen.

«Ziehen Sie sich an. Wir werden die Vernehmung auf dem Präsidium fortsetzen», befahl der ältere der beiden Beamten, der offenbar das Wort führte. «Außerdem müssen Sie noch eine Speichelprobe abgeben.»

In Begleitung des zweiten Polizisten ging Jorges in sein Schlafzimmer und holte eine Hose aus dem Schrank. Seine Hand zitterte, als er sich ein frisches T-Shirt aus der Kommode nahm.

Stumm ließ er sich wenig später zum Auto führen und stieg ohne Widerstand ein.

Steenhoff stieß einen lauten Fluch aus. Dann schlug er mit der Faust gegen die Tür. Aber niemand öffnete. Wessel kam durch eine weiß gestrichene Pforte, die den hinteren Garten von der Straße abteilte. Er zuckte mit den Schultern: niemand zu Hause. Eine Frau, die schwer beladen mit Einkaufstüten den gepflasterten Weg zum Nachbarhaus entlangging, blieb stehen und musterte die Männer misstrauisch.

«Darf ich fragen, was Sie auf dem Grundstück der Familie Rodewaldt machen?»

Steenhoff stellte sich als Polizist vor. Für Diskretion war jetzt keine Zeit.

«Ich hoffe, nichts Schlimmes», entfuhr es der Nachbarin sofort.

«Nein, aber etwas Eiliges», antwortete Steenhoff vage. «Wissen Sie, wo die Familie sein könnte?»

Die Frau bat Steenhoff, einen Moment lang zu warten,

schloss die Haustür auf und rief nach jemandem. Kurz darauf erschien ein Mann, der die beiden Beamten neugierig betrachtete.

«Meine Frau sagte, Sie suchen nach den Rodewaldts?»

«Ja, es ist dringend.»

Er fuhr sich mit der Hand durch sein ergrautes, aber noch volles Haar und zögerte. Steenhoff schätzte ihn auf Anfang 60. Es war ihm anzusehen, dass er überlegte, ob er mit der Polizei zusammenarbeiten sollte oder nicht. Steenhoff unterdrückte ein Seufzen. Mit einer bestimmten Sorte Intellektueller hakte es immer wieder im polizeilichen Alltag.

«Für die Rodewaldts ist unsere Information von großer Bedeutung», versuchte er den Mann aus der Reserve zu locken.

Der Nachbar warf seiner Frau einen verstohlenen Blick zu. Steenhoff sah aus dem Augenwinkel, dass sie ihm zunickte.

«Ich habe gesehen, wie sie Getränkekisten und leere Taschen ins Auto gepackt haben. Sah alles nach dem wöchentlichen Großeinkauf aus. Sie sind gerade erst weg. Soll ich etwas ausrichten, wenn sie zurückkommen?»

«Nicht nötig», beeilte sich Steenhoff zu sagen. «Ich versuche, die Rodewaldts nachher telefonisch zu erreichen.»

Sie saßen kaum im Auto, als Steenhoff Navideh Petersen anrief. Er bat sie, Block und Tewes zu benachrichtigen. Nilgüns SMS an Roman bedeutete eine Wende in dem Fall. Sie mussten ihr weiteres Vorgehen aufeinander abstimmen. Petersens Stimme klang belegt, aber Steenhoff ging nicht darauf ein.

Eine halbe Stunde später saßen sie alle zusammen im Besprechungsraum. Zwei fast erkaltete Pizzen standen auf einem

Beistelltisch. Steenhoff vermutete, dass Wessel sie bestellt hatte. Aber Tewes pries sie vor dem Beginn ihrer Sitzung an, als habe er ein Gourmet-Büfett für seine Leute spendiert. Obwohl die Pizzen genauso bescheiden schmeckten, wie sie aussahen, war bald alles weg. Nur Navideh Petersen hatte nichts angerührt.

Steenhoff benötigte eine gute halbe Stunde, bis er das Wichtigste zusammengefasst hatte. Dann übernahm Navideh und schilderte ihr Gespräch mit Saliha. Steenhoff fiel auf, dass sie abwesend wirkte und häufig auf ihren Stichwortzettel schauen musste. Als Fabian Block ein paar Mal nachhakte, musste sie ihn zweimal bitten, die Fragen zu wiederholen.

Nachdem alle auf denselben Stand gebracht waren, zog Steenhoff Romans Handy aus der Tasche. Er suchte unter den vielen Kurznachrichten nach der entscheidenden SMS und öffnete sie. Die anderen warteten gespannt.

«Also, an dem Montagabend, an dem sich Nilgüns Spur verliert, schreibt sie Roman um 19.20 Uhr folgende Nachricht …» Vergeblich suchte Steenhoff in der Jackentasche nach seiner Brille. Ungeduldig sah er sich im Raum um. Schließlich nahm er widerwillig Tewes' Brille, die dieser ihm hinhielt, und las: «Roman, ich will nicht mehr. Ich habe mich in einen anderen Mann verliebt. Mit ihm habe ich eine gemeinsame Zukunft. Es tut mir leid. Nilgün.»

Niemand sagte etwas. Es war allen klar, dass die vier Sätze ihre bisherigen Ermittlungen in eine völlig andere Richtung lenkten. Tewes bat darum, dass Steenhoff die Nachricht ein zweites Mal vorlas. Nilgüns letzte Nachricht schien wie ein Hinweis aus dem Jenseits. Wer war der Mann, von dem sie sprach? Wieso hatten sie ihn bislang übersehen?

Nach einer Weile meldete sich Wessel zu Wort. «Sieht so

aus, als hätte uns unser junger Freund eine wichtige Information unterschlagen. Fragt sich nur, warum?»

«Nilgün hat ihn verlassen. Das hat ihn sicherlich mächtig gekränkt.»

«Oder wütend gemacht», warf Tewes ein.

«Aber sie erwartete ein Kind von ihm, warum sollte sie ihn ausgerechnet jetzt verlassen?», erwiderte Steenhoff.

«Vielleicht war das Kind ja gar nicht von ihm», preschte Block vor. «Vielleicht war das Kind ja von ihrem neuen Freund? Sie spricht ja von einer gemeinsamen Zukunft.»

«Wir werden das überprüfen», sagte Steenhoff und machte sich eine Notiz. Er würde Staatsanwalt Jens Degert bitten, sofort alles zu veranlassen, damit sie Roman einem Speicheltest unterziehen könnten. Er dachte an Nilgüns Parallelwelt. Es war sicher schwer für sie gewesen, die Liebesbeziehung mit Roman all die Monate geheim zu halten. Nilgün hatte sich immer wieder neue Geschichten zurechtlegen müssen. Er konnte sich kaum vorstellen, dass das Mädchen noch ein weiteres Geheimnis mit sich herumschleppte. Im Laufe der Jahre war Nilgün eine geübte Lügnerin geworden, um sich ein paar Freiheiten zu ermöglichen. Aber dass der engmaschigen Kontrolle der Familie gleich zwei Liebesbeziehungen entgangen sein sollten, mochte er kaum glauben. Vielleicht hatte sie auch nur die Beziehung zu Roman abbrechen wollen und nach einem scheinbar guten Grund gesucht. Steenhoff versuchte, sich in das Mädchen hineinzuversetzen. Sie war schwanger – die größtmögliche Katastrophe, die in ihrem Leben passieren konnte.

«Vielleicht wollte sie das Kind auch abtreiben und alles andere, was damit zu tun hatte, hinter sich lassen», schlug Wessel als neue Hypothese vor.

Steenhoff schaute in Petersens Richtung. Was sagte sie dazu? Sie war die einzige Frau in der Runde. Zudem entstammte sie einer Kultur, in der voreheliche Liebesbeziehungen ähnlich hart sanktioniert wurden. Ihre Blicke kreuzten sich, aber Navideh sagte nichts. ‹Sie wirkt müde, aber verdammt, sie muss sich zusammenreißen. Ich tue es ja schließlich auch›, dachte Steenhoff verärgert. Er beschloss, sie direkt anzusprechen.

«Navideh, was denkst du über die SMS an Roman?»

Sie zuckte zusammen und schien von weit her zu kommen. Verlegen sah sie Steenhoff an. Verblüfft registrierte er, dass sie ihm gar nicht zugehört hatte. Mit ein paar belanglosen Sätzen rettete sie sich aus der Situation. Die anderen schienen nichts bemerkt zu haben. Aber Steenhoff nahm sich vor, Petersen gleich nach der Besprechung auf ihr fehlendes Engagement anzusprechen.

«Wir sollten umgehend die schnellstmögliche genetische Überprüfung des Fötus beauftragen», fuhr Steenhoff fort. «Außerdem müssen wir Roman in die Zange nehmen. Der Junge hatte bei seiner ersten Befragung angegeben, an dem Montagabend wie immer beim Sport gewesen zu sein.»

«Was macht er?», erkundigte sich Block.

«Basketball», antwortete Steenhoff. «Sein Alibi haben wir überprüft. Von 18 Uhr bis 20 Uhr hat er mit sieben anderen Spielern trainiert. Danach sind sie noch in eine Kneipe gegangen. Zwei seiner Mitspieler bestätigten, dass sie sich gegen 22.30 Uhr wieder getrennt haben. Um kurz vor 23 Uhr war Roman wieder zu Hause.»

«Wer sagt das?», wollte Block wissen.

«Romans Mutter. Sie gab an, sich noch Schmerztabletten aus der Hausapotheke in der Küche geholt zu haben, als Roman gerade vom Sport zurückkam.»

«Hat Roman eigentlich einen Führerschein?», wollte Wessel wissen.

Steenhoff ahnte, worauf sein Kollege hinauswollte. Wer immer Nilgüns Leiche nach Farge geschafft hatte, musste ein Auto benutzt haben.

«Roman besitzt noch keinen Führerschein», erwiderte Steenhoff. «Aber ich nehme an, dass er schon fahren kann, denn er steht kurz vor der Prüfung.»

Sie verabredeten, die geplanten Ermittlungen in Berlin noch hinauszuschieben, bis sie Roman zu dem neuen Sachverhalt vernommen hatten.

Eifersucht war ein starkes Motiv. In vielen Fällen sogar das entscheidende Motiv, wie Steenhoff immer wieder feststellte. Es zog sich wie ein roter Faden durch die meisten Tötungsdelikte, die er in den vergangenen Jahren bearbeitet hatte. Aber es fiel ihm schwer, sich Roman als einen Mörder vorzustellen, der seiner Freundin im Streit das Genick brach und ihre Leiche ans andere Ende Bremens schaffte.

Nach der Besprechung ging Steenhoff zurück in sein Büro. Petersen folgte ihm in ein paar Metern Abstand. Er wollte sie gerade auf ihr Verhalten ansprechen, als sie auch schon mit dem Wasserkocher in der Hand wieder aus dem Zimmer verschwand. Im selben Moment klingelte das Telefon. Der Rechtsmediziner Bernd Brückner meldete sich bei ihm und berichtete, dass er an Nilgüns Leiche weitere Hämatome in den unteren Hautschichten entdeckt hatte.

Steenhoff legte gerade auf, als Navideh ins Zimmer kam und sich eine Kanne Tee aufgoss. Der Duft von Minze stieg Steenhoff in die Nase.

«Brückner hat weitere Hämatome an Nilgüns Körper entdeckt», verkündete er. Steenhoff hatte mit Erstaunen oder Nachfragen gerechnet, doch Navideh zog nur die

Augenbraue hoch. Dann widmete sie sich wieder ihrem Tee.

Verärgert fuhr Steenhoff sie an: «Navideh! Was ist los mit dir? Du wirkst völlig abwesend.»

«Oh. Das tut mir leid.» Sie schien verlegen.

«Mir auch. Denn ich brauche dich, deine Einwände und Ideen in den Besprechungen. Aber vorhin hast du nicht einen Ton gesagt. Also, wo drückt der Schuh?» Er beobachtete sie gespannt.

Navideh setzte ein unbekümmertes Gesicht auf und quälte sich ein Lächeln ab. Sie wollte gerade zu einer Antwort ansetzen, als Steenhoff sie schon unterbrach.

«Jetzt tu nicht so, als wenn alles in Ordnung wäre. Ich sitze lange genug in diesem winzigen Büro mit dir zusammen, um zu merken, dass dir irgendetwas über die Leber gelaufen ist. Was ist los?»

Er stand auf und ging zu ihr hin. Sein Blick hielt sie fest. Besorgt bemerkte er, dass sich ihre Augen mit Tränen füllten. Peinlich berührt wollte sie sich umdrehen, doch Steenhoff hielt sie an den Schultern fest. «Du musst es mir ja nicht erzählen, aber verdammt, vielleicht kann ja selbst so ein unsensibler Haudegen wie ich mal hilfreich sein.» Er lächelte aufmunternd.

«Es ist …», setzte Navideh an, doch dann brach sie ab. «Es ist nichts.» Hilflos hob sie die Arme. «Ach, es ist wegen meines Nachbarn … Jorges. Er soll … also, er hat … Sie sind überzeugt, dass er …» Verzweifelt suchte sie nach den richtigen Worten.

Steenhoff ließ ihr Zeit.

Navideh atmete schwer aus. «Die Kollegen aus dem K 32 sagen, er hat versucht, eine Frau zu vergewaltigen. Im Frauen-Nacht-Taxi. Aber das ist unmöglich», stammelte sie.

«Warum?»

«Er ist nicht der Typ Mann, der so etwas tut.»

«Gibt es einen Typ, bei dem man so etwas grundsätzlich ausschließen kann?»

«Natürlich», sagte Navideh vehement. «Du zum Beispiel. Wenn mir jemand weismachen wollte, du hättest eine Frau sexuell bedrängt, wüsste ich, dass er lügt.»

«Danke für dein Vertrauen. Aber wir kennen uns seit Jahren und haben vieles zusammen erlebt. Wie gut kennst du den Mann, um den es geht?»

Auf Navidehs Gesicht legte sich eine leichte Rötung.

‹Sie ist verliebt›, durchfuhr es Steenhoff. Ein Anflug von Eifersucht machte sich in ihm breit. Navideh, seine schöne Kollegin, hatte sich, seit er sie kannte, nie für Männer interessiert. Nach der Trennung von ihrem Ehemann hatte sie sich vor einigen Jahren für eine Frau entschieden und lange mit ihr zusammengelebt. Wie selbstverständlich war er davon ausgegangen, dass sich Navideh nach dem Bruch mit Vanessa erneut eine Frau als Partnerin suchen würde.

«Ist Jorges der Nachbar, den du mitten in der Nacht noch besuchen wolltest?»

Sie schaute ihn verwundert an. «Ja. Dass du dich daran erinnerst!»

«Was genau werfen sie ihm denn vor?»

Navideh setzte sich und fuhr sich mit den Fingern der rechten Hand durch ihre langen schwarzen Haare. Ein paar Strähnen legten sich über die Stuhllehne. Steenhoff bildete sich ein, dass ein bläulicher Schimmer auf ihnen lag. So wie bei den Indianern in den Comics, die er als Kind zu Hunderten verschlungen hatte. Navideh hätte den bewunderten Figuren seiner Kindheit problemlos Modell stehen können. In den vergangenen Jahren hatte er oft gedacht, dass sie ihn an jemanden aus früheren Zeiten erinnerte. Aber er war nicht darauf gekommen, wer es war. Jetzt wusste er es. Unwillkürlich musste er schmunzeln. Navideh sah aus wie die Häuptlingstochter, um deren Liebe sein muskelbepackter Lieblingsheld Heft für Heft erneut gekämpft hatte.

Steenhoff schob die Gedanken beiseite. Er war froh, dass Navideh so sehr mit sich selbst beschäftigt war, dass sie noch nicht mal ahnte, wie ihr Kollege gedanklich abschweifte.

Erleichtert, endlich die Maske der Selbstbeherrschten abnehmen zu können, ließ sie sich in ihren Sitz fallen und verschränkte die Arme hinter dem Kopf. Im selben Moment sprang ein Knopf an ihrer Hemdbluse auf.

Steenhoff zwang sich, nicht auf den dunklen BH darunter zu starren. «Dein Knopf ...», sagte er matt.

Wieder schien Navideh zu erröten. Während sie zu erzählen begann, nestelte sie nervös an ihrer Bluse herum.

Steenhoff erfuhr, dass sich Jorges nach seiner Vernehmung bei ihr gemeldet und von den Vorwürfen erzählt hatte. Demnach beschuldigte ihn eine 44-jährige Frau, sie nach einer Taxifahrt in der Nähe des Sodenmattsees überwältigt und misshandelt zu haben. Nur dank ihrer heftigen Gegenwehr sei es nicht zu einer Vergewaltigung gekommen. Für die Glaubwürdigkeit der Frau sprach, dass sie große Hämatome an den Innenseiten der Oberschenkel und an der Brust aufwies. Außerdem war ihre Oberbekleidung zerrissen. Als sich ein Mann mit seinem Hund dem Tatort näherte, flüchtete Jorges nach Aussage der Frau in seinen Wagen. Das vermeintliche Opfer hatte noch in der Nacht Anzeige erstattet.

«Wieso können die so sicher sein, dass es Jorges war?»

«Die Frau hat sich das Kennzeichen gemerkt», antwortete Navideh. «Er bestreitet auch gar nicht, sie gefahren zu haben. Er sagt, sie wollte ihn um die Fahrtkosten prellen. Also hat er sie festhalten wollen. Es sei zu einer Rangelei gekommen, und er hat ihr 25 Euro abgenommen. Die Hälfte von dem, was sie ihm schuldete. Er schwört Stein und Bein, dass nicht mehr passiert ist. Als er mich vorhin anrief, war er am Boden zerstört.» Sie sah Steenhoff ernst an. «Ich weiß, es klinkt naiv, aber ich glaube ihm.»

«Wie gut kennt ihr euch?», wollte Steenhoff wissen. Die Frage war legitim. Wenn er Jorges helfen wollte, musste er mehr über ihn wissen. Aber insgeheim musste Steenhoff sich eingestehen, dass ihn die Antwort auch persönlich interessierte.

«Eigentlich nicht besonders gut. Mehrere längere Gespräche, mal vor dem Käsestand auf dem Wochenmarkt im Viertel, mal vor der Tiefkühltruhe im Supermarkt, mal ein gemeinsamer Kaffee.»

«Nichts Intimes?»

«Nein», antwortete Navideh schnell und sah Steenhoff überrascht an. «Aber ich habe trotzdem das Gefühl, ich kenne Jorges schon lange. Und ich weiß, er hat nichts Gewalttätiges in sich.» Sie ging zum Fenster und drehte Steenhoff den Rücken zu. «Weißt du, Frank, wir haben hier ständig mit Menschen zu tun, die ausrasten, auf andere losgehen. Sie sogar töten. Außerdem musste ich jahrelang mit meinem gewalttätigen Bruder unter einem Dach leben. Ich spüre, wenn jemand nichts von dieser Energie hat.»

Er sah sie nachdenklich an. «Was für diesen Fall bedeuten würde, dass die Frau lügt.»

«Ja.»

Sie schwiegen. Dann nahm Steenhoff den Faden erneut auf. «Weißt du, wie sie heißt?»

«Gabriele Koch.»

Er setzte sich an seinen Computer und gab den Namen in die Anzeigen-Datei ein. Auf dem Bildschirm erschienen mehrere Einträge.

«Die Frau war schon häufiger Opfer. Sie hat eine Anzeige wegen Trickbetrügereien an der Haustür gemacht, wegen Körperverletzung gegen unbekannt und zuletzt wegen eines versuchten Raubes in Huchting. Auch da wurde der Täter nicht ermittelt. Alles in den vergangenen zwei Jahren.»

«Das klassische Opfer, das Straftaten anzieht?»

«Möglich. Wahrscheinlich sogar. Aber denkbar wäre auch noch etwas anderes.»

Navideh sah ihn gespannt an.

«Vielleicht inszeniert die Frau die Taten, um Aufmerksamkeit zu erzielen. Ich habe so einen Fall mal vor Jahren erlebt. Der vermeintliche Täter wurde später rehabilitiert, aber sein Leben war trotzdem zerstört. Es bleibt immer etwas hängen.»

Mit einem Mausklick schloss Steenhoff die Datei wieder. «Dein …» Er suchte nach der passenden Bezeichnung. «Dein Nachbar sollte sich einen guten Anwalt nehmen. Man muss der Frau auf den Zahn fühlen. Vielleicht ist sie psychisch krank und nimmt Medikamente. Ein Kleidungsstück ist schnell zerrissen …»

«Und die großen Hämatome an den Oberschenkeln?»

«Dafür habe ich genauso wenig eine Erklärung wie du. Aber wenn dein Gefühl dich nicht trügt, stammen die Verletzungen nicht von Jorges. Ist eigentlich der Zeuge mit dem Hund gefunden worden? Der, der die vermeintliche Vergewaltigung verhindert hat?»

«Nein.»

«Warum nicht? Er soll doch in der Nähe gewesen sein. Ansonsten hätte der Täter doch nicht von seinem Opfer abgelassen. Folglich muss er auch Schreie gehört haben. Wenn es ihn gibt, muss man ihn auch ermitteln können. Der Anwalt sollte darauf bestehen, dass die Medien über den Fall berichten und einen Zeugenaufruf starten.» Er goss sich einen abgestandenen Kaffee ein. «Und warum wollte diese Frau eigentlich mitten in der Nacht zum Sodenmattsee?»

«Angeblich war das Jorges Wahl. Sie behauptet, ihre eigene Wohnung als Fahrtziel angegeben zu haben. Die liegt in der Nähe des Tatorts.»

«Ist Jorges Taxi schon videoüberwacht?»

«Nein. Danach habe ich auch schon gefragt.»

«Mist. Du hast aber natürlich schon geguckt, ob dein Nachbar sonst noch etwas auf dem Kerbholz hat, oder?»

«Ja. Natürlich. Aber er ist sauber. Keine Einträge. Nichts.»

Steenhoff schrieb Navideh zwei Namen auf und schob den Zettel über den Tisch. «Wenn ich jemals in Schwierigkeiten geraten sollte, dann würde ich mich von einem dieser beiden Anwälte verteidigen lassen. Die sind hartnäckig, intelligent und erfahren. Wenn jemand Jorges helfen kann, dann sie. Ansonsten solltest du nochmal mit den Kollegen vom Fachkommissariat sprechen und deine Bedenken äußern.»

«Danke, Frank.» Sie faltete den Zettel und steckte ihn in ihr Portemonnaie.

Steenhoff stand auf und zeigte auf die Tür. «Und jetzt soll Roman uns erklären, warum er die Trennung verschwiegen hat.»

14 Ein nicht enden wollender Strom kreischender Kinder bewegte sich durch die dunkelbraune Eichentür der Schule und kam Saliha auf der Treppe des ersten Stockwerkes entgegen. Unbewusst drehte sie sich zur Seite. Jemand rief ihren Namen, aber Saliha wollte gar nicht wissen, wer sie suchte. Sie sehnte sich nach der Stille ihres Zimmers. Sie wollte nur noch nach Hause. Zugleich fürchtete sie nichts mehr, als wieder Nilgüns leeres Bett vor sich zu sehen. Die Schwester war ihre einzige Vertraute in der Familie. Die Toten verrieten einen nicht, würden es nie tun. Und Nilgün hatte auch zu Lebzeiten immer zu ihr gestanden. Aber jetzt fühlte sich Saliha so allein wie noch nie zuvor.

Ihre Mutter putzte die Wohnung, kaufte ein und kochte. So wie immer. Aber *Anne* sprach kaum noch ein Wort. Saliha sah, dass sie Tabletten schluckte. Viele Tabletten. Sie halfen Besma, morgens aufzustehen und ihre Arbeit zu verrichten, steif und hölzern wie ein Roboter. *Baba* hatte ihnen allen bei Strafe verboten, den Namen der Schwester auch nur zu erwähnen. Nilgün war nicht nur tot, sondern ihre ganze Existenz war wie ausgelöscht. Nur ihr kleiner Talisman, eine Giraffe mit einem roten Halsband, stand wie immer auf der Fensterbank und schaute auf die Straße. Die Giraffe hatte weiches, flauschiges Fell. An manchen Stellen war die Figur fast blank gerieben, so sehr hatte Nilgün das Stofftier immer geknetet und gestreichelt, wenn sie für eine Klassenarbeit lernte oder sich etwas sehnlichst wünschte.

Ohne dass sie hätte sagen können, wie sie an ihrem ersten Schultag nach Nilgüns Tod wieder nach Hause gekommen war, stand Saliha irgendwann vor ihrem Wohnhaus mit der abgeblätterten Fassade. Ein Mädchen aus der Nachbarschaft grüßte sie scheu. Aber der Blick und die Stimme des Kindes erreichten Saliha erst, als es schon um die Ecke verschwunden war.

Sie stieß die Haustür auf und bemerkte nicht, dass die Scheibe im oberen Teil zersplittert war. Langsam, Schritt für Schritt stieg Saliha die Treppenstufen hinauf. Ihr Rucksack mit den Büchern wog schwer, die Trageriemen drückten sich in ihre Haut. Aber der leise Schmerz tat ihr gut. Zumindest empfand sie noch etwas. Seit Tagen fühlte sich Saliha wie in einem Kokon gefangen. Nichts drang zu ihr durch. Weder die Schläge ihres Vaters noch die Tränen ihrer Mutter. Auch Osman konnte ihr keine Angst mehr machen. Seine Fragen, die eher einem Verhör glichen, perlten an ihr ab. Manchmal schloss sie die Augen und hoffte, dass alles nur ein böser Traum war. Noch zwei Stockwerke, und Besma würde ihr lächelnd die Tür öffnen und nach dem Schultag und den Freundinnen fragen. Sie würden ein bisschen plaudern und scherzen und zusammen die letzten Handgriffe für das Essen erledigen.

Baba und ihre Brüder würden erst abends zu Hause essen. Mittags nach der Schule saßen nur Nilgün, *Anne* und sie zusammen. Ihre Mutter würde wieder fragen, was sie heute gelernt hatte. Sie schien sich für alles zu interessieren, auch wenn sie sich unter linearen Funktionen, Wechselstrom oder Aggregatzuständen nichts vorstellen konnte. Die beiden Mädchen wetteiferten mit Fremdwörtern und Fachbegriffen, und ihre Mutter lauschte ihnen, als sängen sie ein betörendes Lied.

Natürlich hatte Nilgün immer gewonnen, obwohl sie oft so tat, als gingen ihr die Ideen aus. Aber Saliha wusste, dass ihre Schwester sie damit bewusst ermutigen wollte. Sie sollte Lust bekommen zu lernen. Noch mehr, als sie es jetzt schon tat. In diesen Dingen ähnelten sich *Anne* und Nilgün wie Zwillinge. Beide liebten Bücher. Solche, in denen lange Geschichten erzählt wurden, aber auch Lehrbücher. Wenn die Mutter Bücher vom Tisch nahm, um Platz für Teller und Speisen zu schaffen, beobachtete Saliha sie oft, wie sie ehrfurchtsvoll mit der Hand über die Einbände strich. Die Buchstaben versprachen ihren beiden Töchtern ein anderes Leben als das, was sie selbst führte. Ob mathematische oder chemische Formeln – für Besma ähnelten sie Zaubersprüchen, die einem, wenn man sie nur beherrschte, die ganze Welt öffneten. Nilgün sog das Wissen, das ihrer Mutter verwehrt geblieben war, auf und konnte schon bald besser mit ihm umgehen als viele ihrer Mitschüler. Saliha tat sich schwerer, und manchmal schrieb sie die Lösungen lieber vor dem Unterricht ab, als sich nachmittags durch die Bücher zu quälen.

Wenn Nilgün sie beim Mogeln erwischte, schimpfte die Schwester mit ihr. Es waren die einzigen ernsthaften Streitigkeiten zwischen ihnen, an die sich Saliha erinnern konnte. Nilgün hatte sie ein «dummes Huhn» gescholten und sie sogar einmal in ihrem Zimmer eingeschlossen. Erst nachdem sie alle englischen Vokabeln gelernt hatte, durfte Saliha wieder heraus. Sie war wütend gewesen, als Nilgün am frühen Abend endlich die Tür öffnete. Doch ihre Schwester hatte sie angelächelt und ihr eine Überraschung versprochen.

Nachdem Nilgün alle Vokabeln abgefragt hatte, verschwand sie in der Küche und kam mit einer Schale Tel Kadayif für sie beide zurück. Saliha liebte diese Süßspeise. Die langen, feinen Nudeln aus Mehl, Wasser und Salz wurden mit Zuckersirup übergossen. Nilgün raspelte immer noch ein paar Nüsse darüber. Sie liebte es, Desserts für die Familie zu kreieren. Das alltägliche Kochen dagegen überließ Nilgün ihrer Mutter oder Saliha. Doch meist drängte die *Anne* ihre Mädchen mit sanfter Gewalt aus der Küche. «Lernt, meine Töchter, lernt. Eure Hausaufgaben sind wichtiger als schmutzige Töpfe», pflegte sie zu sagen. Für diese Haltung hatte sie sogar gelegentlich Streit mit ihrem Mann riskiert.

Anders als die Mutter hatte *Baba* in der Heimat Lesen und Schreiben gelernt. Aber wie viele Jungen auf dem Dorf war er nur sechs Jahre zur Schule gegangen. Er war glücklich über seine Söhne, die beide einen Schulabschluss in der Tasche hatten. Der Lerneifer seiner ältesten Tochter aber war ihm suspekt. «Was sollen die Mädchen mit all dem Wissen in ihren Köpfen?», hatte er Besma in einem Streit vorgehalten. «Sie werden heiraten und ihre Männer versorgen. Dazu müssen sie nicht zwölf Jahre zur Schule gehen.» Doch eigentlich war Kemal Cetin stolz auf seine große Tochter, die so gute Noten mit nach Hause brachte. Und so war in den vergangenen Monaten das erste Mal die Möglichkeit eines Studiums angesprochen worden. Kemal Cetin hatte Besmas Andeutungen brüsk von sich gewiesen. Aber nachts, wenn er nicht schlafen konnte, hatte er sich Nilgün als Rechtsanwältin vorgestellt oder als Ärztin in einem weißen Kittel, die abends müde von ihrer Arbeit in ihr großes Haus zurückkehrte. Natürlich würde sie zusammen mit ihrem Mann und den alten Eltern unter einem Dach wohnen. Er, Kemal Cetin, würde sich um den großen Garten und die Gemüsebeete hinter dem Haus kümmern, Besma um Nilgüns Kinder und den Haushalt. Die Schufterei in seinem kleinen Laden hätte endlich ein Ende. Murat würde das Geschäft übernehmen, und er würde nur ab und an aushelfen.

Der Gedanke an Nilgüns Zukunft hatte etwas Verlockendes und Bedrohliches zugleich. Schlaue Frauen besaßen Macht und Einfluss. Mehr als es vielen Männer recht war. Aber gemeinsam mit Besma würde er Nilgün helfen, den passenden Mann zu finden. Am besten jemanden aus der entfernten Familie.

Saliha suchte in ihrer Jackentasche nach dem Haustürschlüssel. Irritiert stellte sie fest, dass er nicht da war. Sie setzte ihren Rucksack vor der Wohnungstür ab und öffnete den Reißverschluss der Vordertasche. Ihre Finger ertasteten einen Anspitzer, mehrere Stifte, ein paar Büroklammern und etwas Münzgeld, aber keinen Schlüssel. Sie überlegte. Vermutlich lag der Schlüssel in ihrer Sporttasche, die sie versehentlich im Klassenraum in der Schule stehengelassen hatte. Saliha zuckte gleichgültig mit den Schultern. Sie musste schließlich nur klingeln, ihre Mutter war immer zu Hause.

Saliha drückte auf die Klingel. Sie lauschte auf die Schritte ihrer Mutter. Aber in der Wohnung blieb es still.

Sie klingelte ein zweites Mal. Diesmal hielt sie den Knopf länger gedrückt. Sie wartete einen Moment, dann hörte sie ein Poltern und Schritte, die sich der Tür näherten. Mit einem Ruck wurde die Haustür aufgerissen. Unwillkürlich wich Saliha zurück.

«Da bist du ja endlich», fuhr ihr Bruder sie böse an. «Du bist eine Stunde zu spät.» Er packte sie am Ärmel und zog sie in die Wohnung.

Wo ist *Anne*?, wollte Saliha fragen. Aber dazu kam sie nicht mehr. Osman versetzte ihr eine schallende Ohrfeige. Sie taumelte und musste sich mit beiden Händen an der Wand abstützen. Schon hatte ihr Bruder ein zweites Mal mit der flachen Hand zugeschlagen. Saliha spürte einen brennenden Stich über ihrem rechten Auge. Schützend riss sie die Arme hoch. Aber Osman packte sie und schubste sie ins Wohnzimmer.

Weinend fand Saliha an einem Sessel am Fenster Halt und richtete sich auf. «Warum tust du das?», schrie sie ihren Bruder an. «Was habe ich dir getan?»

«Wo hast du dich die ganze Zeit herumgetrieben, he? Willst du unsere Familie noch weiter in den Dreck ziehen? Die Leute zeigen schon wegen deiner Schwester mit dem Finger auf uns. Sie reden, und sie werden noch mehr reden, wenn die Polizei mit den Journalisten spricht. Die Schande wird in der Zeitung stehen. Sie werden im Fernsehen darüber berichten.»

Drohend baute er sich vor Saliha auf.

«Ich schwöre, Murat und ich werden nicht zulassen, dass du unsere Ehre auch noch mit Füßen trittst. Du wirst nicht so werden wie sie. *Baba* hat ihr viel zu viele Freiheiten gelassen. Den Fehler werden wir nicht ein zweites Mal machen. Ab morgen kommst du nach der Schule sofort nach Hause. Wenn du das Haus nachmittags verlassen willst, meldest du dich bei mir, Murat oder *Baba* ab. Und wage es nicht, uns zu hintergehen.» Er hob die Hand und deutete eine weitere Ohrfeige an.

Saliha duckte sich. Aber diesmal beließ er es bei einer Drohung.

Ihr Bruder marschierte auf die Wohnungstür zu. Osman stand schon halb im Hausflur, als er sich noch einmal umdrehte. «Heute gehst du nicht mehr raus.»

«Wo ist *Anne*?», fragte Saliha ängstlich.

Er sandte ihr einen vernichtenden Blick zu. «Du wirst heute Abend das Essen machen. *Anne* liegt im Krankenhaus.»

15 Steenhoff war früh aufgewacht. Nach einem Blick auf den Wecker hatte er sich noch einmal auf die Seite gedreht. Draußen war es dunkel. Aber er konnte nicht wieder in den Schlaf finden. Nachdem er mehrere Positionen ausprobiert hatte, fühlte er sich wacher als zuvor. Neben sich hörte er Iras regelmäßige Atemzüge. Es war Sonntag. Sie würde frühestens in zwei Stunden aufstehen, um mit ihm zu frühstücken. Mit geschlossenen Augen lag er auf dem Rücken und dachte über Besma Cetin und ihre Kinder nach. Wie unterschiedlich die vier waren. Obwohl er Nilgün nie kennengelernt hatte, imponierte ihm das Mädchen. Als Kind einer einfachen Familie aus dem Osten der Türkei hatte sie kaum Aussichten, in Deutschland einen höheren Bildungsabschluss zu erreichen. Aber sie hatte ihre Chancen genutzt. Jede einzelne. Zielstrebig war sie, aber nicht rücksichtslos. Das zeigte schon die Tatsache, dass sie jüngeren Schülern, deren Eltern sich keine Nachhilfe leisten konnten, kostenlos Mathe und Englisch beigebracht hatte.

Er musste unwillkürlich schmunzeln. Die Vorstellung, wie Nilgün den Jungen aus den höheren Klassen das Geld aus der Tasche gezogen hatte, gefiel ihm. Sie war ein hübsches Mädchen. Eine wie sie hätte ihm in seiner Jugend auch gefallen können. Und vermutlich wäre ihm das Kräftemessen auf dem Schachbrett damals auch den einen oder anderen Zehner wert gewesen.

Die Jungen hatten sich offenbar darum gerissen, in den Freistunden in dem kleinen Café bei der Schule gegen Nilgün anzutreten. Das Mädchen musste ihre Gegner oft schachmatt gesetzt haben. Petersen hatte in einer Schachtel aus Nilgüns Spind über 1500 Euro gefunden. Saliha bestätigte ihr, dass Nilgün das Geld gewonnen hatte. Petersen hatte gezögert, doch schließlich hatte sie die Scheine wieder zurückgelegt.

«Wenn Herr Cetin seine Tochter in seinem Gedächtnis auslöschen will, dann braucht er auch ihr Geld nicht», erklärte sie. Steenhoff widersprach nicht. Es ging die Polizei nichts an, wie die Hinterlassenschaft des Mädchens aufgeteilt wurde. Sollte Saliha das mit ihrer Mutter klären.

Steenhoff rollte sich auf den Bauch. Seine Lieblingsposition. Schon als kleiner Junge hatte er sich mit dem Kopf in die Armbeuge gekuschelt, um sich selbst ein wenig Geborgenheit zu verschaffen. Immer dann, wenn die Wut auf seine Mutter, die ihren ältesten Sohn für ihre neue Familie verlassen hatte, wieder mal in abgrundtiefe Trauer umschlug, hatte er sich ins Bett verzogen und sich selbst in den Arm genommen. Bis heute gab ihm diese Position eine Art inneren Halt und half ihm in den Schlaf. Doch an diesem Morgen drängten sich Osman und Murat in seine Gedanken. Unwillig versuchte er, die beiden Brüder aus seinem Bewusstsein zu verbannen. Ein guter Kriminalbeamter muss abschalten können, sonst macht ihn die Arbeit hier fertig.

Wer hatte das noch gesagt? Steenhoff ging in Gedanken die pensionierten Kollegen durch, blieb aber nirgendwo hängen.

Auf einmal wusste er, wer es gesagt hatte: der ehemalige Polizeipräsident. Er war nur noch kurz im Amt gewesen, nachdem Steenhoff bei der Mordkommission angefangen hatte. Bei einem der ersten Fälle, in denen Steenhoff als junger Beamter mitgearbeitet hatte, saß er in mehreren Besprechungen dabei. Steenhoff konnte sich noch genau an den Fall erinnern. Ein Kind war getötet worden. Die Öffentlichkeit stand Kopf. Der Druck, den Mörder zu finden, lastete schwer auf den Mitarbeitern der Sonderkommission. Aber noch mehr beschäftigte die Polizei damals die Ahnung, dass der Unbekannte erneut zuschlagen würde – falls sie versagen und ihn nicht rechtzeitig finden würden. Er war damals dankbar gewesen, nicht allzu nahe an der trauernden Familie dran gewesen zu sein. Das erledigten ältere, erfahrenere Kollegen. Nach vier Tagen intensiver Ermittlungen stellte Steenhoff eine gewisse Mutlosigkeit in der Sonderkommission fest.

Der Präsident war an jenem Abend zu ihnen gestoßen. Er musste etwas Ähnliches bemerkt haben, denn er hatte eine Geschichte von den «wahren Fällen» zu erzählen begonnen. Bei den meisten Kapitaldelikten, so seine These, stand der Täter mehr oder weniger daneben. «Man muss es den Burschen nur noch beweisen, dass sie es waren, und oft genug gestehen sie schon, sobald man sie nur anschubst.» In spätestens zwei, drei Tagen sei der Fall gelöst. Bei einigen wenigen Delikten aber werde die Ermittlungsgruppe Tage, Wochen und Monate gefordert. Manchmal sogar Jahre. Dann zeige sich, wer ein guter und hartnäckiger Ermittler sei, hatte der Präsident sie damals indirekt darauf eingeschworen, nicht nachzulassen. Und dann hatte er sie aufgefordert, nach Hause zu gehen und zu schlafen, Kräfte zu sammeln und abzuschalten. Denn das müsse ein guter Kriminalbeamter können, sonst würde er sich schnell aufreiben.

Steenhoff rollte sich wieder auf den Rücken.

‹Ich hab's nie gelernt›, dachte er düster. Erst wenn der Täter ein Geständnis ablegte, tauchte er langsam wieder auf. In der Zwischenzeit gaukelte er seinen wenigen Freunden und vor allem seiner Familie nur vor, anwesend zu sein. Selbst einen Kindergeburtstag von Marie hatte er über einem wichtigen Fall einmal komplett vergessen. Ira konnte ihm das lange nicht verzeihen. Danach nahm Steenhoff sich an Maries Geburtstagen immer frei. So war er zumindest anwesend, auch wenn seine Gedanken manchmal zwischen Wattepusten und Topfschlagen abschweiften. Selbst als ein Bankräuber im Bremer Norden vor einigen Jahren zwei Menschen erschoss und sie ihn nach sechs Wochen immer noch nicht gefasst hatten, organisierte er an Maries zehntem Geburtstag die Schatzsuche rund um ihren Hof. Aber während die Kleinen aufgeregt herumwuselten und vergeblich nach Zeichen an Zäunen und Pfeilern suchten, hatte Steenhoff über die Motivation des Doppelmörders spekuliert. Schließlich wies Ira ihn verwundert darauf hin, dass er vergessen hatte, eine Spur zur nächsten Aufgabe zu legen. Beschämt musste er sich selbst eingestehen, dass er noch nicht einmal an Maries Geburtstag ein paar Stunden abschalten konnte. Während Ira den Haufen gackernder Mädchen mit ein paar Späßen ablenkte, hatte Steenhoff schnell zur Kreide gegriffen und kleine Pfeile aufs Pflaster gemalt.

Der ehemalige Polizeipräsident hatte recht. Es musste auch ein Leben neben dem Fall geben. Heute Morgen wollte Steenhoff ausschlafen und mit Ira frühstücken, bevor er wieder ins Büro fuhr. Zumindest zwei Stunden an etwas anderes denken als an Ehre und den Preis, den sie in manchen Familien forderte. Steenhoff zwang sich, die Augen geschlossen zu halten. Er musste nur an etwas Schönes denken, dann könnte er sicherlich weiterschlafen. Nach einer Weile blieben seine Gedanken beim Saxophonspielen hängen. Er überlegte schon eine Weile, ob er sich ein neues Instrument leisten sollte.

Als er endlich wieder einschlief, träumte er aber nicht von Jazz oder einem neuen Saxophon, sondern von Navideh. Sie hatte einen neuen Freund. Einen Mann, der viel lachte und sie mit seiner Heiterkeit ansteckte. Beide saßen in der Kantine des Präsidiums und steckten die Köpfe zusammen.

Plötzlich ließen sie sich prustend in die Stühle zurückfallen. Er beobachtete sie durch die Glastür und wunderte sich, was dieser Mann Navideh so Lustiges erzählte. Noch nie zuvor hatte er sie so ausgelassen erlebt. Warum war sie mit ihm immer ernst? Was gab es überhaupt zu lachen? Navideh und er hatten sich auf ihren Fall zu konzentrieren und nicht auf einen neuen Flirt. Verärgert rief er ihren Namen. Navideh drehte sich in seine Richtung um und schaute ihn fragend an. Im selben Moment verwischte das Gesicht des Mannes. Plötzlich saß Navideh mit einer unbekannten Frau am Tisch. Sie hatte kurze blonde Haare, hohe Wangenknochen und fein geschwungene dunkle Augenbrauen. Er konnte schwer sagen, wen von beiden er attraktiver fand. Navideh und die Unbekannte schienen das perfekte Paar. Als er sich zu den beiden Frauen setzen wollte, standen beide im selben Moment wortlos auf und gingen.

Steenhoff wachte beschämt auf. Die beiden hatten ihn ohne Grund bloßgestellt. Warum hatten sie ihn so abblitzen lassen?

Er brauchte ein paar Sekunden, bis er begriff, dass es nur ein Traum gewesen war. Ein Blick auf die Uhr verriet ihm, dass er immerhin gut eine Stunde geschlafen hatte. Leise richtete er sich auf, zog sich Hemd und Hose an und ging barfuß ins Erdgeschoss, um sich einen Kaffee zu kochen.

Während die Kaffeemaschine lief, schaute er in den großen Garten, an den sich die von Gräben durchzogenen Weiden des Nachbarn anschlossen. Der Bauer hatte sein Vieh schon reingeholt. Dafür konnte Steenhoff um diese Zeit ab und an Rehe auf den Wiesen sehen. Einmal war sogar ein Fuchs frühmorgens durch ihren Garten geschlichen.

Steenhoff schenkte sich eine Tasse Kaffee ein und überlegte, ob er den Kamin im Wohnzimmer anzünden sollte.

Ohne weiter nachzudenken, ging er zum Holzkorb, öffnete die Klappe des Kamins und schichtete die Scheite. Er liebte das Prasseln des Holzes. Erst in gut zwei Stunden würde er zu den Rodewaldts fahren, bis dahin wollte er sein Privatleben genießen.

Als die ersten Flammen emporzüngelten, setzte er sich mit seiner Tasse in einen Sessel und legte die nackten Füße auf einen Hocker. Zögerlich eroberte sich der Tag die dunklen Ecken im Garten zurück. Die Schatten unter den Bäumen zogen sich langsam zurück.

Vorsichtig nippte er an seiner Tasse und sog den Kaffeeduft ein. Seine Gedanken schweiften unwillkührlich zu der Familie des getöteten Mädchens.

Wie passten die Cetins zusammen? Sie schienen völlig unterschiedlich in ihrer Art zu denken und zu fühlen. Besma Cetin kam ihm in den Sinn. Sie war als Analphabetin nach Deutschland gekommen. Trotzdem oder gerade deshalb hatte Bildung für sie einen unschätzbaren Wert. Eine Haltung, die vor allem ihre älteste Tochter übernommen hatte. Nilgüns Lebensweg war vorgezeichnet gewesen. Sie hätte vermutlich ebenso sicher studiert, wie Murat als Gemüsehändler enden würde. Aber er schien im Gegensatz zu seinem jüngeren Bruder sanft und feinfühlig. Petersen hatte ihm erzählt, dass Murat seit längerem mit einem deutschen Mädchen zusammen war. Doch hatte sie nicht ebenfalls erwähnt, dass auch Murat regelmäßig die Moschee besuchte? Wie passte dazu seine Beziehung mit einer Andersgläubigen?

Steenhoff legte noch ein Scheit nach. Die Flammen verbreiteten eine behagliche Wärme. ‹Diese Familie ist voller Widersprüche›, dachte er. Osman war in Bremen geboren. Während der Junge für sich selbst dieselben Freiheiten beanspruchte wie seine deutschen Freunde, auf Partys ging und rauchte, sollten sich seine Schwestern von ihren Freundinnen in der Schule klar unterscheiden. Für Osman war es klar, dass seine Schwestern keinen Tanzkurs besuchten und im Sommer nicht in kurzen Röcken und enganliegenden T-Shirts zur Schule gingen. Und die Mädchen hatten es akzeptiert oder zumindest so getan als ob. Saliha konnte er nur schwer einschätzen. Er hatte das Mädchen unter Schock erlebt. Am klarsten erschien ihm noch Kemal Cetin. Der Mann war in einfachsten Verhältnissen aufgewachsen. Als er nach Deutschland zog, hatte sich nicht viel an seinem Leben geändert. Wie zu Hause hatte seine Familie auch in Deutschland mit Gemüse gehandelt. Nur dass sie es in Deutschland überwiegend vom Großmarkt bezogen, anstatt es mühsam selbst anzubauen. Sein Weltbild war in Schwarz und Weiß aufgeteilt. Entscheidungen trafen die Männer, zumindest alle wichtigen. Kemal Cetin, so schätzte Steenhoff, hatte keine Zweifel an dieser Ordnung, die das Leben seiner Familie seit jeher bestimmte. Wenn seine Religion ihm in Alltagsfragen nicht weiterhalf, konnte er sich auf die Traditionen verlassen. Wer in seiner Familie die Gesetze überschritt, riskierte seinen Zorn oder körperliche Züchtigung.

Kemal Cetin wirkte auf Steenhoff wie ein Mann, der keine Selbstzweifel kannte. Nilgün hatte die Gesetze so stark verletzt, dass sie nicht mehr dazugehörte. Daran gab es für Kemal Cetin nichts zu rütteln. Er hatte seine tote Tochter aus der Familie verbannt. Niemand durfte mehr ihren Namen nennen.

Kemal Cetin war Steenhoff zuwider. Der Mann wirkte kalt und unberührbar. Steenhoff traute ihm alles zu. Selbst den Mord an seiner eigenen Tochter. Doch warum dieser Ort? Warum hätte sich Kemal Cetin die Mühe machen sollen, den Leichnam im Norden Bremens hinter einem ehemaligen U-Boot-Bunker abzulegen? Wenige Meter neben dem Fundort, an dem die junge Kurdin vor Jahren gelegen hatte. Galt der Platz womöglich als Ort der Strafe für ungehorsame Töchter? Der Gedanke ließ ihn nicht mehr los. Er nahm sich vor, ihn mit den anderen am Nachmittag zu diskutieren.

«Du hast schon den Ofen angemacht?»

Steenhoff drehte sich um. Hinter ihm stand Ira. Er hatte sie nicht die Treppe hinuntergehen hören. Sie wickelte ihren dünnen Morgenmantel um ihren schlanken Körper und hockte sich auf die Sessellehne. «Du denkst schon wieder über deinen neuen Fall nach», stellte Ira messerscharf fest und sah ihn besorgt an.

«Nein, ich genieße die Ruhe und das Feuer», log Steenhoff.

Aber Ira konnte er so leicht nicht täuschen. «Schön wär's. Vermutlich konntest du nicht schlafen, weil die Mosaikteilchen in deinem Fall nicht zusammenpassen.»

Einen Moment lang keimte Ärger in Steenhoff auf. Er wollte sich nicht dafür rechtfertigen, dass ihn der gewaltsame Tod eines Mädchens jede Minute beschäftigte.

Aber Ira war in Gedanken schon wieder woanders. Sie zeigte auf den Holzkorb. «Da du ja sowieso den Rest des Sonntags im Büro verbringen wirst, habe ich mich heute Nachmittag mit Katrin zum Holzhacken verabredet. Sie hat einen Verwandten, der gerade zwei Bäume in seinem Garten umgehauen hat.»

Steenhoff sah sie entsetzt an. «Ihr wollt Holz hacken? Mit unserer großen Axt?»

Ira klang belustigt. «Mit der Laubsäge könnte es etwas zu lange dauern …»

«Aber wir haben das Holz doch immer gekauft. Ist doch

auch viel praktischer.» Vergeblich versuchte er, seinen besorgten Unterton zu verbergen.

«Aber es ist auch teurer und weniger romantisch», hielt ihm Ira entgegen.

«Was soll denn am Holzhacken romantisch sein?»

«Die Esoterik-Fraktion in meinem neuen Yoga-Kurs würde dir erklären, dass es einen Menschen ungemein erdet, wenn er sich mit den Grundbedürfnissen beschäftigt. Und dazu gehören Essen, Geborgenheit und natürlich Wärme.» Sie öffnete die Klappe des Ofens und legte noch ein neues Scheit auf die Glut. Dann kam sie zu Steenhoff zurück, setzte sich auf seinen Schoß und lehnte sich mit einem genüsslichen Seufzer an.

«Aber hast du schon jemals zuvor diese Riesenaxt in der Hand gehabt?», fragte Steenhoff.

«Ja, ganz im Gegensatz zu dir», erwiderte Ira trocken. «Du wüsstest sicherlich noch nicht einmal, wo sie steht.»

«Im Geräteschuppen.»

«Falsch. Sie steht im Keller.»

«Okay, meine Frau geht also am Sonntagnachmittag Holz hacken, während ich im Büro herumsitze.»

«Du hast recht. Das klingt nicht sehr aufregend.»

«Aber ich fürchte, ich werde den ganzen Tag unter Hochspannung stehen, weil ich immer diese verfluchte Axt vor mir sehe, wie sie knapp an deinen hübschen Füßen vorbeisaust.» Er knetete sanft Iras Zehen und strich mit den Fingerspitzen an ihrem linken Knöchel entlang. «Willst du nicht lieber mit Katrin in aller Ruhe in die neue Landsauna in Lilienthal gehen? Die sollen dort wunderbare Massage-Angebote haben», sagte er lockend.

«Nein, wir fahren erst nach Grasberg raus, zerlegen den Baum und trinken dann einen heißen Punsch.»

«Okay», gab sich Steenhoff geschlagen. «Aber bitte haltet die geplante Reihenfolge ein und streitet euch nicht, sonst habe ich noch mehr Arbeit im Büro.»

Schmunzelnd erhob sich Ira. «Du kannst ja deinen Kollegen erzählen, dass deine Frau den verpatzten Sonntag erwartungsgemäß enttäuscht allein zu Hause verbringt und frustriert die ersten Weihnachtsplätzchen backt. Dann ist die Welt der Kriminalisten wieder im Lot.»

«Du pflegst deine Vorurteile», sagte Steenhoff und ärgerte sich, dass seine Stimme eine Spur zu scharf klang. «Das klassische Paar-Modell – er arbeitet, die Ehefrau wartet – gibt es schon lange nicht mehr bei der Polizei. Zumindest nicht in unserem Haufen. Navideh hat bis vor kurzem mit einer Frau zusammengelebt, Wessel ist solo, und Schneider lebt getrennt von seiner Familie, ist aber alle naselang bei ihnen zu Hause.»

«Vermutlich haben seine früheren Freundinnen nicht genug Holz gehackt.» Gut gelaunt sprang Ira auf und ging die Treppe hinauf. Auf der obersten Stufe drehte sie sich noch einmal um. «Wer macht Frühstück?»

«Du», schlug Steenhoff vor und tat, als verzöge er säuerlich den Mund. «Du weißt, ich bin Kriminalist. Ich hänge ein bisschen an den alten Rollen.»

«Kein Problem, ich bin ja sowieso hauptberuflich im Dienstleistungsgewerbe unterwegs. Ruh dich nur aus, bevor du gleich stundenlang im Büro herumsitzen musst. Deine liebe Frau duscht nur kurz, und dann wird sie ein leckeres Frühstück bereiten.»

Verwundert schaute Steenhoff ihr hinterher.

Ira liebte Wortgeplänkel. Oft gewann sie die verbalen Zweikämpfe, aber Steenhoff genoss es trotzdem. Ihre Lebendigkeit, die ständig neue Überraschungen barg, hatte ihn vom ersten Tag an fasziniert. Allerdings hatte diese Seite auch anstrengende Facetten. Ira war immer bereit, Neues auszuprobieren, beruflich wie in ihrer Freizeit. Und so musste er sich ständig mit Aktivitäten und Ideen auseinandersetzen, auf die er selbst nicht im Entferntesten gekommen wäre. Zu dem japanischen Trommelabend im Überseemuseum war er kürzlich ohne Protest mitgegangen. Auch bei dem Wochenendkurs Tango Argentino hatte er noch gute Miene gemacht, obwohl er überzeugt war, nicht besonders gut tanzen zu können. Aber als Ira kürzlich Karten für eine Dichterlesung mit Musik aus dem 17. Jahrhundert besorgt hatte, streikte er.

Steenhoff stand aus seinem Sessel auf und schlenderte gemächlich in Richtung Küche, um den Tisch zu decken. Er hörte, wie die Badezimmertür im ersten Stock noch einmal aufging.

«Frank?»

«Ja?»

«Ich dachte, du könntest noch etwas für deine Rückenmuskulatur tun, bevor du bis heute Abend im Präsidium verschwindest.»

«Hm.»

«Die Geschirrspülmaschine muss noch ausgeräumt werden.»

Steenhoff unterdrückte einen Seufzer. Er hatte sich schon gewundert, dass Ira vorhin so schnell klein beigegeben hatte. Doch statt in die Küche, lief er nun mit großen Schritten die Treppenstufen hoch. Zehn Sekunden später stieg er neben seine überraschte Frau in die Dusche und ließ sich heißes Wasser über Schulter und Rücken laufen.

Als Steenhoff am späten Vormittag vom Hof fuhr, hätte er viel dafür gegeben, diesen trüben Oktobersonntag weiter mit Ira zu verbringen. Aber er musste dringend Roman vernehmen. Sie mussten wissen, warum er ihnen die SMS verschwiegen hatte, in der Nilgün mit ihm Schluss machte, und was diese Tatsache mit Nilgüns Tod zu tun hatte.

Eine halbe Stunde später ging er mit Navideh Petersen unter der schief gewachsenen Magnolie hindurch und klingelte an der Haustür der Rodewaldts. Steenhoff hörte, wie jemand im Haus «Moment, bitte» rief. Dann passierte erst einmal minutenlang nichts. Petersen und Steenhoff sahen sich verwundert an.

Steenhoff wollte gerade ein zweites Mal klingeln, als Cornelia Rodewaldt die Haustür öffnete. Sie trug einen Bademantel und hatte sich ein Handtuch um die nassen Haare gewickelt.

«Entschuldigung, ich war gerade im Bad.» Sie lächelte die beiden Beamten an, aber Steenhoff spürte, dass sie nicht vorhatte, sie hereinzubitten.

«Tut mir leid, wenn wir schon wieder stören. Aber wir müssen unbedingt mit Roman sprechen. Ist er zu Hause?»

«Nein. Er ist mit meinem Mann unterwegs.»

«Wann wird er wieder hier sein?»

«Wenn alles gutgeht, erst wieder zu Weihnachten», erwiderte sie.

«Was soll das denn heißen?», mischte sich Petersen ein.

«Wir haben ein Internat am Bodensee ausgesucht, wo er voraussichtlich das nächste Schuljahr verbringen wird. Mein Mann und Roman sind gestern runtergefahren, um es sich anzuschauen. Unser Sohn ist völlig durcheinander. Er braucht Abstand von all dem, was in den vergangenen Tagen passiert ist.»

Sie hielt mit einer Hand ihren Turban fest, der von den nassen Haaren zu rutschen drohte. Bevor Steenhoff etwas erwidern konnte, fuhr sie schroff fort: «Vor allem erscheint es uns dort sicherer als in Bremen. Schließlich haben Sie und Ihre Leute ja wohl nicht vor, ihn rund um die Uhr vor dieser verrückten Familie zu beschützen.» Sie versuchte ein Lächeln, aber ihre Augen verrieten, wie empört sie war.

«Roman wird vorerst nicht die Schule am Bodensee besuchen», sagte Steenhoff mit fester Stimme.

«So, und wer sollte uns daran hindern, ihn dort anzumelden?»

«Ich fürchte, ich werde Sie daran hindern müssen, Frau Rodewaldt.»

«Da bin ich ja gespannt, mit welcher Begründung Sie sich derart in unser Leben einzumischen gedenken.»

Steenhoff und Petersen sahen sich kurz an. Dann entschied sich Steenhoff, die Frau mit ihrem Verdacht zu konfrontieren. «Roman gehört seit gestern zum Kreis der Verdächtigen.»

Frau Rodewaldt sah die beiden Beamten verständnislos an. Sie versuchte ein amüsiertes Lächeln, aber es entglitt ihr. Stattdessen spiegelten ihre Gesichtszüge die nackte Angst um ihren Sohn wider.

«Ich denke, wir sollten das nicht im Hauseingang besprechen», sagte Steenhoff ruhig.

Cornelia Rodewaldt zögerte kurz, dann stieß sie die Tür auf und machte den beiden ein Zeichen, schon einmal ohne sie ins Wohnzimmer vorzugehen.

«Sie kennen sich hier ja inzwischen aus», sagte sie in einem Ton, der ihre Gereiztheit nicht mehr verbergen sollte. «Ich ziehe mir nur kurz etwas an.»

Steenhoff öffnete die Tür zum Wohnzimmer. Petersen,

die direkt hinter ihm ging, wirkte ungehalten. «Ich finde, das war nicht geschickt, sie vorzuwarnen. Jetzt wird sie Roman sofort auf die Nase binden, was wir wissen», sagte sie vorwurfsvoll.

«Roman hat damit gerechnet. Er wusste genau, warum er mir das Handy nicht geben wollte. Es war nur eine Frage der Zeit, wann wir hier auftauchen würden.»

«Ich verstehe nicht, warum er die Nachricht nicht gelöscht oder sein Handy weggeworfen hat!»

«Von solchen Fehlern leben wir», erwiderte Steenhoff. Aber er hatte sich dieselbe Frage auch schon gestellt. Hatte Roman sich von Nilgüns vielen Kurznachrichten einfach nicht trennen können? Oder hatte er sich so sicher gefühlt, dass er nicht daran gedacht hatte, sein Handy zu vernichten?

Im selben Moment stand Cornelia Rodewaldt in der Tür. Sie wirkte aufgewühlt. Die Haare hingen nass und unfrisiert auf die Schulter. Sie trug einen Cashmerepullover und eine schwarze Leinenhose, dazu passende schwarze Schuhe. Selbst in dieser Situation und ohne Make-up bewies sie Stil. Navideh konnte nicht umhin, die Frau dafür zu bewundern.

«Eigentlich sollte ich nach dieser ungeheuren Äußerung ohne unseren Anwalt kein Wort mehr mit Ihnen sprechen», begann sie wütend. «Aber ich möchte wissen, wie Sie auf diesen Unsinn kommen!»

«Nilgün hat wenige Stunden vor ihrem Tod am Montag mit Roman Schluss gemacht.»

Cornelia Rodewaldt lachte schrill auf. «Was für eine lächerliche Behauptung! Die beiden waren verliebt ineinander. Was meinen Sie, warum mein Sohn seit Tagen nur noch heult. Seine große Liebe ist tot. Und jetzt behaupten Sie, er soll etwas damit zu tun haben …»

«Wir haben eine SMS von Nilgün auf Romans Handy gefunden. Darin schreibt sie Ihrem Sohn in knappen Sätzen, dass sie sich wegen eines anderen Mannes von ihm trennen will.»

«Nilgün? Ein anderer Mann?» Cornelia Rodewaldt suchte Halt am Türrahmen. «Das ist nicht möglich. Das glaube ich nicht.»

«Warum nicht, Frau Rodewaldt? Viele junge Leute kommen zusammen und trennen sich wieder», sagte Navideh.

«Ich habe die beiden doch oft miteinander erlebt. Noch in der Woche vor ihrem Tod wirkten sie so fest und unerschütterlich als Paar. Sie … sie gehörten einfach zusammen. Daran hätte auch Nilgüns Schwangerschaft nichts geändert.»

«Wie hat Roman am Montagabend auf Sie gewirkt? Sie hatten ihn doch noch kurz nach seinem Training gesehen, als sie in der Küche die Schmerztabletten zu sich nahmen?»

Cornelia Rodewaldt schien angestrengt nachzudenken. Vorsichtig ließ sie sich auf dem Sofa nieder. Dann schüttelte sie den Kopf. «Roman war wie immer. Etwas erschöpft vom Training, aber trotzdem fürsorglich. Er fragte mich, ob er noch andere Schmerztabletten für mich besorgen sollte. Ich hatte ja diese furchtbaren Beschwerden nach meiner Zahnbehandlung. Ja, das hat er mich gefragt!» Sie sah die beiden Beamten hoffnungsvoll an, als könnte dieses Detail alle Verdachtsmomente entkräften.

«Ich meine, noch nicht einmal mein Mann geht so fürsorglich mit mir um wie mein Sohn. So einer bringt doch nicht vorher seine Freundin um und macht sich anschließend Gedanken, wo er stärkere Schmerztabletten für seine Mutter herbekommt.»

Steenhoff und Petersen schwiegen.

«Das passt doch nicht zusammen, oder?»

Statt einer Antwort auf ihre Frage bat Steenhoff Cornelia Rodewaldt um die Handynummer ihres Mannes. «Die beiden müssen sofort nach Bremen zurückkommen.»

Sie notierte die Nummer und reichte Steenhoff den Zettel. «Darf ich Ihr Telefon benutzen?»

Cornelia Rodewaldt schien verwundert, ging aber ohne Proteste in den Flur, um es für Steenhoff zu holen. Steenhoff wollte es Roman selbst sagen und seine Reaktion hören, ohne dass seine Mutter ihn vorwarnen konnte. Doch er kam nicht an Romans Vater vorbei.

Klaus Rodewaldt geriet völlig außer sich, als ihn Steenhoff aufforderte, sofort mit dem Jungen nach Bremen zurückzukehren. Cornelia Rodewaldt zuckte zusammen, als Steenhoff schließlich barsch ins Telefon bellte: «Entweder Sie sind bis morgen Nachmittag mit Roman wieder in Bremen, oder ich komme zu ihm ins Internat.»

Endlich schien Klaus Rodewaldt einzulenken, denn Steenhoffs Stimme wurde wieder etwas freundlicher. Kurz darauf reichte er den Hörer an Frau Rodewaldt weiter. «Ihr Mann möchte Sie sprechen. Wir kommen morgen wieder.»

Sie verzichtete darauf, die beiden Beamten zur Tür zu bringen. Mit zitternden Händen nahm sie den Hörer entgegen.

Steenhoff sah auf die Uhr. Ihre Besprechung im Präsidium würde erst in anderthalb Stunden beginnen. Er wollte die Zeit nutzen, um gemeinsam mit Petersen die Pressekonferenz am nächsten Tag vorzubereiten. Navideh war einverstanden. Schweigend fuhren sie zurück ins Büro.

Während sich Steenhoff einen Kaffee aufsetzte, verschwand Petersen, um sich eine Kanne persischen Tee zu kochen. Dann machten sie sich Notizen, was sie den Journalisten am nächsten Tag sagen und was sie ihnen auf jeden Fall verschweigen wollten, um kein Täterwissen preiszugeben. Sie hatten das in der Vergangenheit schon häufiger praktiziert. Abwechselnd schlüpften sie in die Rolle der Journalisten und stellten sich gegenseitig die Fragen, die unweigerlich kommen würden. Das kleine Rollenspiel half, über heikle Momente in einer Pressekonferenz besser hinwegzukommen.

«Wie weit lag Nilgün Cetin von dem Ort entfernt, an dem vor einigen Jahren die Kurdin ermordet wurde?», fragte Petersen, die die zweite Runde übernommen hatte.

«Gute Frage», antwortete Steenhoff und machte einen gequälten Gesichtsausdruck. «Wie wär's damit?: Die Fundorte stehen in keinem Bezug zueinander.»

«Hm.» Navideh wirkte nicht überzeugt. «Und wie viele Meter liegen die Fundorte nun auseinander?»

«Beide Fundorte befinden sich im Deichvorland.» Steenhoff notierte sich die Antwort. «Wir lassen uns definitiv auf keine Meterangaben ein.»

Petersen nickte, setzte aber noch einmal nach. «Können Sie ausschließen, dass es eine Beziehung zu der Familie des früheren Opfers gibt? Und ist diese Familie schon befragt worden?»

Steenhoff spielte den Genervten: «Wer soll das denn jetzt sein? Die Frau von der *Bild* oder Andrea Voss?»

Navideh zuckte mit den Achseln. «Ehrlich gesagt fallen mir für diese Frage auch noch ein paar andere Kandidaten ein. Denk an den Typ von der *Zack* bei unserer letzten Pressekonferenz oder den Mann von der *taz* mit den roten Haaren. Also, was sagen wir dann?»

«Uns ist derzeit nicht bekannt, dass es eine Beziehung

zwischen beiden Familien gibt», schlug Steenhoff vor. «Dann können wir noch hinzufügen, dass Yasemins Familie seit Jahren nicht mehr in Bremen lebt, sondern in Berlin.»

«Und wenn die Journalisten konkret wissen wollen, ob die Familie schon vernommen wurde?»

Steenhoff zögerte. «Dann bleiben wir vage und sagen, dass wir noch in den Anfängen der Ermittlungen stecken und diverse Spuren verfolgen und auch die Unfalltheorie noch nicht völlig ad acta gelegt ist. Aber sobald Block mit der Überprüfung von Osmans Liste mit den Jungennamen fertig ist, sollte er mit Wessel nach Berlin fahren und die Familie unter die Lupe nehmen.» Er machte eine Pause.

«Was ist, woran denkst du?», hakte Navideh nach.

«Zwei junge Frauen, beide mit türkischen Wurzeln, werden an einem ungewöhnlichen Ort getötet oder tot abgelegt. Beide haben ihren Eltern nicht gehorcht und mit Tabus gebrochen. Ich frage mich, ob dieses Gelände oder der Bunker Valentin für etwas steht, was wir noch nicht sehen. Vielleicht für einen Ort der Strafe?»

«Damit wärst du wieder bei den Cetins», stellte Navideh fest.

«Nilgüns Brüder und ihr Vater zählen für mich weiterhin zu den Hauptverdächtigen, trotz der SMS an Roman», erwiderte Steenhoff nachdenklich.

Navideh goss sich eine dritte Tasse Tee ein und versuchte sich auf die nächste Frage zu konzentrieren.

Kurz vor ihrem Besprechungstermin hatten sie schließlich alle erdenklichen Varianten notiert. Auf einem weiteren Zettel standen die Fragen an potenzielle Zeugen, die die Journalisten in ihren Beiträgen und Artikeln weitergeben sollten. Möglicherweise hatte jemand die Cetins am Dienstagmorgen vor Nilgüns Schule bemerkt, oder jemand konnte sich daran erinnern, dass die Männer der Familie an dem Abend, als Nilgün verschwand, nach ihr gesucht hatten. Letztlich würde es nichts endgültig beweisen, doch Steenhoff bezweifelte, dass Kemal Cetin so abgebrüht war, erst seine Tochter zu töten und anschließend falsche Fährten zu legen. Hätte er dann nicht das Offensichtliche getan und Nilgün bei der Polizei als vermisst gemeldet? Auf der anderen Seite verabscheute er seine älteste Tochter für ihren Ungehorsam so sehr, dass er ihr sogar im Tod nicht verzieh und sich von ihr lossagte. So einem Menschen war alles zuzutrauen, zumal er offenbar auch gegenüber Saliha gewalttätig geworden war.

Steenhoff unterdrückte ein Seufzen. Die Cetins lebten in einer anderen Gedanken- und Gefühlswelt. Er musste sich eingestehen, dass er sich auch nach all den Jahren als Ermittler nicht in einen Vater hineinversetzen konnte, der sich aus verletztem Ehrgefühl weigerte, seiner toten Tochter in der Rechtsmedizin ins Gesicht zu schauen.

Es klopfte an der Tür. Bevor Steenhoff etwas sagen konnte, stand Wessel im Zimmer. «Meinetwegen können wir loslegen.»

Fabian Block hatte den Vormittag genutzt, um Max Hintemann und einen weiteren Jungen von der Liste zu überprüfen. Wessel war in Bremerhaven gewesen, um Nilgüns Onkel, Ayub Cetin, zu befragen. Saliha hatte seinen Namen gegenüber Navideh mehrfach in ihrem Gespräch auf dem Schulhof erwähnt. Kemal Cetin hatte einen guten Kontakt zu seinem ältesten Bruder. Aber auch Nilgün und Saliha mochten ihre Tante und eine der Cousinen sehr. Vielleicht hatten diese etwas von dem Drama mitbekommen, das sich seit Montag bei ihren Verwandten in Bremen abspielte. Doch zunächst sollte Fabian Block beginnen.

«Max Hintemann ist 18 Jahre alt, lebt bei seinen Eltern in Blockdiek und ist eine Klasse weiter als Nilgün», begann Block. Obwohl er zu den jüngsten in der Mordkommission gehörte, brachten ihm Steenhoff und seine älteren Kollegen viel Vertrauen entgegen. Er hütete sich vor vorschnellen Urteilen, und wenn er etwas sagte, hatte es meist Hand und Fuß. «Hintemann kannte Nilgün, aber er hatte keine gute Meinung von ihr.»

Überrascht sah Navideh hoch.

«In seinen Augen liebte es Nilgün, die Jungs in ihrer Schule heißzumachen und sie dann wieder abblitzen zu lassen.» Er räusperte sich. «Letzteres war ein Zitat von Max. Er hatte sich im Sommer wohl eingebildet, dass Nilgün Interesse an ihm hätte, und in den Pausen ihre Nähe gesucht. Angeblich hatte sie ihn dazu ermuntert. In einer Freistunde im September forderte er sie dann zu einer Partie Schach auf. Aber Nilgün weigerte sich und meinte, sie habe keine Lust. Daraufhin zog Hintemann 50 Euro aus der Tasche und schob ihr den Schein zu.» Block schaute in seine Notizen. «Er hat zu ihr gesagt: ‹Wenn ich verliere, gehört er dir, wenn ich gewinne, kommst du morgen Abend mit auf die Party, die bei einem Kumpel von mir steigt.›»

Doch Nilgün, so berichtete Block weiter, habe empört reagiert und ihre Sachen zusammengeräumt, um aufzustehen. «An der Stelle beschönigt Hintemann die Situation und beschreibt sich langatmig als Opfer einer exaltierten jungen Frau.» Abschätzig verzog er die Mundwinkel. «Demnach hat Nilgün ihn beleidigt und ihm vor die Füße gespuckt. Mehr sei zwischen ihnen nicht gewesen. Die Szene haben nach Angaben von Hintemann mehrere Siebtklässler beobachtet. Ich habe heute Morgen ein Mädchen telefonisch dazu befragen können. Die Schülerin konnte sich noch gut an die Situation erinnern. Allerdings soll Hintemann damals zu Nilgün gesagt haben, dass er für 50 Euro schließlich auch noch ganz andere Dienste von ihr erwarten könnte. Nilgün wollte ihm daraufhin eine Ohrfeige verpassen, aber er fing ihren Schlag ab, lachte und zog sie an sich. Plötzlich muss Max Hintemann aufgeschrien und Nilgün losgelassen haben. Die Schülerin konnte sich noch erinnern, dass seine Unterlippe blutete. Nilgün habe vor ihm ausgespuckt und sei wütend davongerannt. Die Geschichte ging anschließend in mehreren Varianten durch die Schule. In Nilgüns Klasse kursierte ein paar Tage später zudem das Gerücht, dass Hintemann und Nilgün ein Paar gewesen seien und sich nach einem heftigen Streit in einer Freistunde getrennt hätten.»

«Wer behauptet so etwas?», wollte Steenhoff wissen.

«Die Klassensprecherin. Nilgün stand wohl nicht nur unter der Beobachtung vieler Jungen, sondern auch unter der der Mädchen.»

Navideh nickte bedauernd. «Sie war hübsch. Auffällig hübsch. Da hat eine junge Frau viele Neiderinnen.»

Steenhoff wusste, dass sie aus Erfahrung sprach. In einem ihrer seltenen vertrauten Gespräche hatte sie Steenhoff gegenüber einmal eingeräumt, dass sie ihre Attraktivität schon häufig als Belastung empfunden hatte. «Je mehr sich die Männer um einen reißen, desto einsamer wirst du», hatte sie gesagt. Es gebe nicht viele Freundinnen, die es aushielten, ständig im Schatten zu stehen. «Dabei habe ich mich extra nie auffällig oder sexy angezogen, wenn wir abends mal gemeinsam losgezogen sind», hatte Petersen betont.

«Das Gerücht über ihre Affäre hat Max Hintemann auf Osmans Liste gebracht», sagte Steenhoff.

«Nicht ganz», widersprach Block. «Max Hintemann hat

wohl selbst an seinem Ruf als unwiderstehlicher Frauenheld gebastelt. Der Junge trägt gern dick auf. Selbst in der Vernehmung hat er das Bild des strahlenden Siegers von sich gezeichnet.»

«Ein echter Sympathicus», warf Wessel trocken ein.

«Da passte Nilgüns Abfuhr in aller Öffentlichkeit natürlich nicht ins Bild. Max hat anschließend in seinem Freundeskreis damit geprahlt, dass Nilgün ihn ständig mit Anrufen und Mails bombardiere, er aber nichts mehr von ihr wolle.»

Wessel setzte sich unruhig in seinem Stuhl auf und sah seine Kollegen irritiert an: «Ist dieser Max Hintemann womöglich doch der große Unbekannte, von dem Nilgün in ihrer letzten SMS an Roman schrieb?»

«Nein.» Fabian Block schüttelte den Kopf. «Ich habe ihn aufgefordert, mir eine dieser Mails von Nilgün zu zeigen. Angeblich hatte er sie aber alle gelöscht. Als ich ihm klarmachte, dass wir daraufhin seinen PC und sein Handy beschlagnahmen müssten, um die Nachrichten wiederherzustellen, knickte er ein. Er gestand mir kleinlaut, dass Nilgün tatsächlich nie Interesse an ihm gehabt hatte.»

«Wusste er von Roman?», fragte Petersen.

«Nein, er geht bis heute davon aus, dass sie nie mit einem Jungen zusammen war.»

«Und ahnte Nilgüns Klassensprecherin etwas von Roman?»

«Nein.»

«Was ist mit den anderen drei Jungen auf der Liste?», wollte Steenhoff wissen.

«Vermutlich alles nur Schüler, die entweder offen Interesse an ihr gezeigt haben, mit ihr Schach spielten oder prahlten, sie besser zu kennen.»

«Was heißt vermutlich?», hakte Steenhoff ungeduldig nach.

«Nach der Erfahrung mit Max Hintemann wollte ich noch ein bisschen mehr über die anderen wissen, bevor ich sie direkt konfrontiere. Bislang sieht aber alles danach aus, dass keiner der drei mit Nilgün zusammen war.»

Steenhoff nickte Fabian Block anerkennend zu. «Gut, bleib da dran. Am besten noch heute Nachmittag. Wir müssen so schnell wie möglich herausfinden, wer Nilgüns große Liebe war oder ob es sie überhaupt gab. Vielleicht wollte sie sich ja auch nur von Roman trennen, weil sie schwanger war und abtreiben wollte.» Er drehte sich zu Wessel um. «Was ist bei deinen Ermittlungen in Bremerhaven herausgekommen?»

Wessel verzog das Gesicht. «Ayub Cetin wirkte verschlossen und genauso unzugänglich wie sein Bruder Kemal.» Wessel hatte sowohl ihn als auch dessen Frau Ayse und die zwei Cousinen in Nilgüns Alter befragt. «Am Ende haben sie alle geschworen, dass sie nichts von Nilgüns Schwangerschaft oder ihrem Verschwinden wussten.» Er fuhr sich mit beiden Händen gleichzeitig durch die Haare und sah sich in der Runde um: «Und ehrlich gesagt habe ich denen das abgenommen. Die Frau wirkte erschüttert, und Ayub Cetin ließ an mehreren Stellen durchblicken, wie verärgert er sei, dass sich sein Bruder in der Not nicht an ihn gewandt hat. Natürlich betonten sie alle, dass Kemal Cetin oder seine Söhne niemals etwas mit Nilgüns Tod zu tun haben könnten.»

«Hast du sie gefragt, was Kemal Cetin ihrer Meinung nach mit der ungehorsamen Tochter gemacht hätte?»

Michael Wessel richtete sich in seinem Stuhl auf und schlug mit beiden Händen auf die Oberschenkel. Er konnte nur mit Mühe seine Empörung unterdrücken. «Ayub Cetin meinte, Kemal hätte Nilgün in der Türkei an einen älteren Mann verheiraten können. Das Mädchen sei schließlich hübsch gewesen, und ein Witwer hätte sie auch noch genommen, obwohl sie schon im Bett eines anderen Mannes gewesen sei.»

Navideh schaute vor sich auf den Boden und schüttelte den Kopf.

Wessel griff neben sich in eine Tasche und holte drei Stadtpläne heraus. Er hatte die Wege und Uhrzeiten überprüft, die Kemal, Osman und Murat Cetin unabhängig voneinander in die Pläne eingezeichnet hatten.

«Die Angaben stimmen bis auf eine Ausnahme überein. Kemal Cetin will gegen 20 Uhr die Treffpunkte von Jugendlichen im Grünzug West mit Murat und Osman abgesucht haben. Die beiden Jungen haben aber angegeben, sich erst gegen 21 Uhr mit ihrem Vater an einer Kreuzung in Walle getroffen zu haben. Vorher hätten sie Freunde und Verwandte angerufen, um nach Nilgün zu fragen, oder seien zum Jugendzentrum in Walle gefahren.»

Sie vereinbarten, dass sich Wessel nochmal Kemal Cetin vornehmen und den Widerspruch klären sollte. Am Montagmorgen sollte er dann mit Block nach Berlin fahren, um die Familie der vor Jahren am Bunker Valentin ermordeten Yasemin zu befragen. Steenhoff selbst wollte mit Petersen zum Bunker rausfahren. Er berichtete von seinem Gedanken, der Bunker Valentin könnte als Ort der Strafe benutzt werden. Schließlich waren zwei junge Frauen aus demselben Kulturkreis, die beide Tabus gebrochen hatten, dort tot aufgefunden worden.

«Aber wonach wollt ihr auf dem Gelände suchen?», fragte Wessel skeptisch.

«Ich weiß es nicht», antwortete Steenhoff ehrlich. «Aber das letzte Mal haben wir nur nach offensichtlichen Spuren im Deichvorland und rund um den Bunker gesucht. Vielleicht gibt es eine versteckte Symbolik, die wir noch gar nicht beachtet haben.»

Wessel war anzusehen, dass er nicht viel von der Idee hielt, aber er verkniff sich einen Kommentar.

Sie vereinbarten, am Abend ihre Ergebnisse kurz telefonisch zusammenzutragen, dann trennten sie sich. Petersen und Steenhoff gingen zurück in ihr Büro.

Als Steenhoff seine Jacke vom Tisch nahm, fiel sein Blick auf einen Schokoriegel, den er am Vormittag von zu Hause mitgenommen hatte. Er hatte seit dem Morgen nichts mehr gegessen und ein flaues Gefühl im Magen. Er griff nach dem Riegel und überlegte einen Moment lang, auch noch eine Tüte mit Nüssen mitzunehmen, die in der untersten Schreibtischschublade lag. Aber Petersen stand schon im Flur und drehte sich ungeduldig nach ihm um. Ohne weiter nachzudenken, steckte Steenhoff sich nur den Schokoriegel in die Innentasche seiner Jacke und schloss hinter sich die Tür. In spätestens drei Stunden wollte er wieder zu Hause sein. Ira hatte versprochen, etwas Italienisches zu kochen und eine Flasche guten Rotwein auf den Tisch zu stellen.

Er konnte nicht ahnen, dass Ira vergeblich auf ihn warten würde.

16

Kalt und abweisend erhoben sich die schwarzgrauen Mauern aus Beton. Steenhoff wich einige Schritte zurück, um Abstand zu gewinnen. Aber an seinem Gefühl änderte sich nichts. Als Mensch wirkte man unweigerlich klein und zerbrechlich vor diesem Monument der Unmenschlichkeit.

‹Jeder Quadratmeter dieses Bunkers ist mit Blut getränkt›, dachte er bitter, als er den Koloss ein zweites Mal umrundete. Er musste sich zwingen, immer wieder an seine Ausgangsfrage zu denken. Ihretwegen waren sie hergekommen. Doch die erdrückenden Schatten des Bunkers lenkten Steenhoff immer wieder ab. Er wusste, Hunderte Männer aus mehr als einem Dutzend verschiedener Länder waren bei dem Bau des Bunkers elendig gestorben. Die meisten waren an Erschöpfung, Hunger und Krankheiten zugrunde gegangen, andere an den Misshandlungen der Bewacher. Kaum eines der Verbrechen war später je gesühnt worden. ‹Heute verbringen wir manchmal Monate damit, ein einziges Tötungsdelikt aufzuklären›, dachte Steenhoff. Während der Nazizeit dagegen war ein Menschenleben nicht viel wert gewesen. Gnadenlose Ausbeutung menschlicher Arbeitskraft, Willkür und Sadismus hatten den Bunker Valentin entstehen lassen. Deshalb hieß er in der Bevölkerung «Menschenfresser».

Steenhoff schien es, als sei der Bunker das zu Stein gewordene Leid unzähliger Kriegsgefangener und KZ-Häftlinge. Und nun, über 60 Jahre später, bildete er die beklemmende Kulisse für den Fundort zweier toter Frauen. Beide hatten ihre Wurzeln in der Türkei, beide hatten ihren eigenen Weg gehen und sich nicht fügen wollen. Und beide hatten dafür mit dem Leben bezahlt.

Sein Blick glitt an den Mauern entlang und blieb an dem Deich hängen, der ihm im Vergleich zum Bunker wie eine sanfte Bodenwelle erschien. Dahinter waren Yasemin und Nilgün gefunden worden. Ihre Mörder waren bis zu dem kleinen Parkplatz in der Nähe des Deiches gefahren, hatten die sich wehrende Yasemin nachts hinübergezerrt und mit dem Gesicht in den schlammigen Boden gedrückt, bis sie kein Lebenszeichen mehr von sich gab. Jahre später hatte jemand den Leichnam von Nilgün aus einem Auto gezogen und sie nur wenige Meter von Yasemins Fundort entfernt abgelegt.

Aber was bedeutete der Bunker Valentin für die türkische Gemeinde in Bremen? Wer wusste überhaupt von diesem Ort und seiner Vergangenheit? ‹Selbst viele alteingesessene Bremer sind bestimmt noch nie hier gewesen›, überlegte Steenhoff. Der Anblick war zu bedrückend, als dass man das Gelände an der Weser für einen sonntäglichen Spaziergang aussuchen würde. Sicherlich hatte der eine oder andere geschichtlich Interessierte an einer Führung teilgenommen. Aber selbst das Gros seiner eigenen Kollegen und Bekannten hatte den Bunker höchstens einmal aus der Ferne vom Wasser aus gesehen. Und für die Mehrheit der in Bremen lebenden Türken hatte der Bau aus der NS-Zeit vermutlich überhaupt keine Bedeutung. Welch absurde Idee, dass diesem Gelände für manche Türken etwas Symbolisches anhaften könnte. ‹Ich muss mich auf die Fakten konzentrieren und nicht wild herumassoziieren›, befahl sich Steenhoff in Gedanken.

«Du siehst genauso düster aus wie das scheußliche Bauwerk», hörte er plötzlich eine spöttische Stimme hinter sich. Petersen hatte den Bunker von der Nordseite her umrundet. Sie hatte ihre Hände in den Jackentaschen vergraben und schaute sich skeptisch um.

«Ehrlich gesagt habe ich keinen Beweis zu deiner Hypothese gefunden.» Sie sog die milde Oktoberluft tief ein. «Ich glaube wie du, dass es kein Zufall ist, dass hier zwei junge Frauen gefunden wurden. Aber alle meine Assoziationen dazu scheinen mir zu weit hergeholt.»

«Erzähl sie mir», forderte Steenhoff sie auf.

«Also, hier wurde zigfach Leben vernichtet», begann Navideh widerstrebend. «Minderwertiges Leben in den Augen der Nazis. Natürlich gab es darunter auch KZ-Häftlinge, die sich zuvor gegen die Nazis und ihre Gesetze aufgelehnt hatten. Das ist jedoch die einzige Parallele zu unseren beiden Frauen. Auch Yasemin und Nilgün haben Gesetze gebrochen, nämlich die ihrer Gemeinschaft oder Familie. Aber die meisten der früheren Opfer waren doch Kriegsgefangene oder Menschen, die nach Ansicht der Nazis schon per Geburt ihr Lebensrecht verwirkt hatten. Was hat all das hier mit den beiden Mädchen zu tun? Vielleicht ist der Ort einfach nur abgelegen und einsam genug, um furchtbare Dinge zu erledigen?»

«Ja, vermutlich hast du recht», erwiderte Steenhoff.

Aber Navideh spürte, dass er nicht überzeugt war. «Du glaubst weiterhin, dass Nilgüns Fundort nicht austauschbar ist und die Verbrechen an den beiden Mädchen in irgendeiner Form zusammenhängen», stellte sie fest.

«Ja.» Steenhoff bückte sich, nahm einen Stein in die rechte Hand und schleuderte ihn gegen die Ostseite des Bunkers. Man hörte ein helles Plopp, als der Stein von der Wand abprallte. «Ich gehe nochmal die Wasserkante ab. Danach fahren wir zurück ins Präsidium», erklärte er und marschierte los.

Während Steenhoff mit weit ausholendem Schritt in Richtung Weser lief, ging Navideh zurück zu ihrem Dienstauto. Sie musste dringend aufs Klo. Verstohlen sah sie sich nach Spaziergängern um. Aber Steenhoff und sie waren die Einzigen, die sich in den vergangenen zwei Stunden an dem unwirtlichen Ort aufgehalten hatten. Kurz überlegte sie, sich einfach hinter das Auto zu hocken. Doch allein der Gedanke, Steenhoff könnte es sich anders überlegt haben und plötzlich neben dem Fahrzeug auftauchen, ließ sie sich anders entscheiden.

Sie zog ihre Jacke aus, warf sie ins Fahrzeug und lief, die Spitze des Bunkers links liegen lassend, in Richtung Weser, wo sie ein verwildertes, mit Büschen und Bäumen bewachsenes Areal gesehen hatte. Sie nahm schützend die Arme hoch, um sich nicht die Haut an den Brennnesseln zu verletzen, und schlängelte sich durch hohes Buschwerk hindurch. Schon nach wenigen Metern war das Auto nicht mehr zu sehen, aber das Laub war hier so dicht, dass sie sich den Hintern zerkratzt hätte, wenn sie sich an dieser Stelle hingehockt hätte.

Einige Meter weiter entdeckte Navideh endlich eine Stelle mit nur kniehohen Gräsern. Erleichtert hockte sie sich auf den Boden.

Als sie gerade wieder aufstehen wollte, bemerkte sie direkt vor sich eine Bewegung in den Büschen. Navideh vermutete dort ein Kaninchen und schob neugierig die Zweige auseinander. Doch voller Ekel fuhr sie zurück: Eine dicke Bisamratte starrte sie aus ihrem Versteck an.

Das Tier schlug heftig mit den Schneidezähnen aufeinander, um den Eindringling zu verscheuchen. Navideh wollte aufspringen und weglaufen, aber sie strauchelte über ihre heruntergelassene Hose und fiel auf die nackten Knie.

Seit sie denken konnte, hasste sie Mäuse. Ratten aber waren ihr Albtraum. Da half es auch nichts, dass eine Kollegin ihr bei einem früheren Einsatz einmal erklärt hatte, dass Bisamratten eigentlich gar keine Ratten seien. Die zoologischen Feinheiten waren Navideh jedoch vollkommen gleichgültig. Der dicke, glatte Schwanz und die rattenartige Gestalt reichten, um bei ihr eine Gänsehaut am ganzen Körper auszulösen. Instinktiv tastete sie den Boden nach einem Stein ab, um damit das Tier zu vertreiben. Aber ihre Finger fühlten nur ein vor Jahren zurückgelassenes und von Gräsern überwuchertes Holzbrett auf dem Boden.

Mit einem Satz war Navideh wieder auf den Füßen. Ihre Augen suchten das Gebüsch ab, aber die Bisamratte war verschwunden. Erst jetzt fühlte Navideh, wie heftig ihr Herz schlug. Peinlich berührt stellte sie fest, dass sie unbewusst ihre Pistole gezogen hatte und auf den Busch vor sich zielte. Sie stieß einen leisen Fluch aus, steckte die Waffe zurück ins Holster und zog sich wieder an. Sie war unendlich froh, dass niemand sie beobachtet hatte. Das waren die Geschichtchen, die bei Weihnachtsfeiern im Präsidium wieder und wieder die Runde machten.

Als sich Navideh umdrehte, um auf schnellsten Weg das Gebüsch zu verlassen, bemerkte sie, dass der Boden unter ihren Füßen leicht federte. Zur Probe sprang sie eine Handbreit in die Luft. Wieder hatte sie das Gefühl, auf einem alten Trampolin zu landen. Sie erinnerte sich, im Erdkundeunterricht mal etwas von dem Phänomen eines Schwingrasens gehört zu haben. Aber soweit sie sich erinnern konnte, entstand solch ein federnder Untergrund bei der Verlandung von Gewässern oder in Moorgebieten. Die Weser floss zwar in unmittelbarer Nähe, aber ein Schwingrasen passte nicht in die Beschaffenheit des Geländes.

Navideh sprang erneut hoch. Doch diesmal hatte sie ihre Arme in die Luft gerissen, um höher zu kommen. Als sie wieder landete, wusste sie, dass sie einen Fehler gemacht hatte.

Niemals würde Navideh das Knacken von morschem, altem Holz vergessen. Vergeblich suchten ihre Füße und Hände irgendwo nach Halt. Denn statt auf dem niedergetrampelten Gras zu landen, verschwanden ihre Beine im Dunkeln. Petersen stieß einen entsetzen Schrei aus. Dann wurde sie von der Erde verschluckt.

Steenhoff stand an der Wasserkante und sah einem Binnenschiff nach, das die Weser hinuntertuckerte. An Deck hing Wäsche zum Trocknen. Selbst aus dieser Entfernung konnte er erkennen, dass neben Bettlaken und einfarbigen Hemden eine rot-blau karierte Tischdecke im Wind flatterte. Gleich daneben lehnte ein schwarzes Herrenrad an der Reling. Die Szene hatte etwas Zeitloses. Als Kind saß Steenhoff häufig in Hastedt auf den Ufersteinen und sah den kleinen Segelschiffen und Ladekähnen nach. Allein dass sie in Richtung Nordsee unterwegs waren, reichte damals aus, um seine Phantasie zu beflügeln. Für ihn stand fest, dass er später die letzten weißen Flecken auf der Landkarte erforschen wollte. Er wollte dorthin, wo zuvor noch nie ein Mensch seinen Fuß hingesetzt hatte. Von diesen Orten, so war er als Kind überzeugt, müsse ein ganz eigener Zauber ausgehen. Er glaubte, dass er sofort spüren würde, ob jemals jemand zuvor auf diesem Flecken Erde gewesen war oder nicht. Aber am Ende war er doch kein Berufsabenteurer geworden, sondern nur Polizist.

‹Zumindest versuche ich manchmal das eine oder andere Geheimnis zu lösen›, dachte er etwas wehmütig.

Doch heute würde ihm selbst das nicht gelingen. Er hatte den Bunker mehrmals von Nord nach Süd und von Ost nach West abgeschritten, gründlich das Deichvorland abgesucht und war an der Wasserkante entlanggelaufen – aber ihm war keine Eingebung gekommen, warum die beiden Mädchen ausgerechnet hier getötet worden waren. Doch so schnell wollte er noch nicht aufgeben. Er würde einen

Kollegen bitten, der seit Jahren engen Kontakt zu muslimischen Gemeinden in Bremen hielt, sich in den Moscheen noch einmal umzuhören. Das wäre sinnvoller, als wenn sie als Mordermittler plötzlich in den Gemeinden auftauchten und Fragen stellten.

Steenhoff sah auf die Uhr. Er hatte länger gebraucht als geplant. Es dämmerte bereits. Petersen würde bestimmt schon ungeduldig im Auto auf ihn warten.

Er warf noch einen letzten Blick auf das Binnenschiff, dann drehte er sich um und ging zurück. Im selben Moment meinte er, einen Schrei zu hören.

Beunruhigt sah Steenhoff sich um. Aber er war der einzige Spaziergänger weit und breit. Über ihm flogen zwei Möwen Richtung Bunker. Als er nichts weiter hörte, setzte er seinen Weg fort. Wahrscheinlich hatte er nur die Vögel gehört.

Das Dienstfahrzeug stand einsam auf dem kleinen Parkplatz in der Nähe des niedrigen Deiches. Schon von weitem meinte Steenhoff zu erkennen, dass Petersen nicht im Fahrzeug saß. Als er näher kam, sah er, dass er recht hatte. Petersen war nirgends zu sehen. Mit ein paar Schritten lief er auf den Deich. Doch selbst von diesem leicht erhöhten Standpunkt sah er nur einen Mann, der in einiger Entfernung seinen Hund spazieren führte.

Er formte seine Hände zu einem Trichter und rief laut Navidehs Namen. Aber niemand antwortete.

Wieder sah Steenhoff auf die Uhr. Es wurde Zeit, dass er sich auf den Heimweg machte. Ira hatte versprochen, etwas Leckeres zu kochen, und er wollte sie nicht schon wieder warten lassen. Er holte sein Handy heraus und wählte Navidehs Nummer. Aber sie ging nicht ran. Langsam keimte Ärger in ihm auf. Wo steckte Navideh bloß?

Steenhoff ging zurück zum Auto, setzte sich hinters Lenkrad und drückte zweimal auf die Hupe. Dann wartete er. Aber Navideh tauchte nicht auf. Nach einigen Minuten rief er sie ein zweites Mal an. Doch erneut meldete sich nur die Mailbox.

Steenhoff wurde unruhig. Navideh war zuverlässig. Wenn sie sagte, dass sie im Auto auf ihn warten wollte, dann war sie auch da. Es sei denn, es war etwas Ungewöhnliches passiert.

Kurz entschlossen stieg Steenhoff aus, kletterte auf das Dach ihres Dienstwagens und suchte das Gelände nach seiner Kollegin ab. Er hoffte, dass sein Gewicht keine Delle im Blech hinterlassen würde. Der Mann mit dem Hund war verschwunden.

«Navideh!», brüllte Steenhoff. «Wo steckst du?»

Seine Stimme schien von der riesigen Bunkerwand zurückzuprallen. Wieder rief er ihren Namen, aber sie reagierte nicht.

Mit einem Satz sprang Steenhoff auf den Boden. Er öffnete die Fahrertür und sah sich im Wageninneren um. Seine Entdeckung gab ihm einen Stich: Im Fußraum der Rückbank lag ihre braune Lederjacke. Warum lief sie ohne Jacke draußen herum? Er gab sich einen Ruck und durchsuchte die Taschen. Erleichtert stellte er fest, dass sie jedenfalls ihr Handy dabeihatte. Navideh fror schnell, in wenigen Minuten würde sie wieder da sein. Vermutlich war sie nur irgendwo in den Büschen verschwunden und mochte nicht antworten, während sie pinkelte.

Steenhoff setzte sich auf den Fahrersitz und schloss die Augen. Nilgüns Bild kam ihm in den Sinn. Ihr offenes Lächeln. Die ebenen Gesichtszüge. Der Junge hatte sie geliebt. Daran bestand kein Zweifel. Warum hatte Nilgün sich von ihm trennen wollen? Hatte ihre Entscheidung etwas mit ihrer Schwangerschaft zu tun? Wollte sie abtreiben? Und hatte Roman den Entschluss nicht verwinden können?

Einem Impuls folgend öffnete Steenhoff wieder die Augen und drehte sich um. Doch hinter ihm stand nur der riesige dunkle Bunker. Steenhoff meinte, die Gegenwart des Gebäudes fast körperlich zu spüren.

Irgendetwas stimmt hier nicht. Seit gut einer Viertelstunde war er beim Auto, aber von Petersen fehlte jede Spur.

Er stieg aus. Neben der Beifahrertür entdeckte er Schuhabdrücke ihrer Stiefel. Steenhoff kam sich wie ein Fährtenleser vor, als er den weichen Boden nach weiteren Spuren absuchte. Ein paar Abdrücke schienen in Richtung Weser zu führen. Kurz überlegte er, ob er die Taschenlampe aus dem Fahrzeug holen sollte, lief dann aber weiter. Sicher würde Petersen gleich mit einem verlegenen Lächeln aus dem Gebüsch auftauchen.

Steenhoff blieb stehen und rief so laut er konnte ihren Namen. Angestrengt lauschte er. Aber niemand antwortete. Wieder schaute er auf die Uhr. Eine Viertelstunde würde er noch warten. Dann würde er Wessel und Block benachrichtigen. Oder die Kollegen vom nächstgelegenen Revier oder das Lagezentrum oder …

Er zwang sich, ruhig zu bleiben. Sicherlich gab es eine vernünftige Erklärung dafür, warum sich Petersen nicht meldete und hier draußen ohne Jacke herumlief. Nein, er würde sich und seine Kollegin nicht der Lächerlichkeit preisgeben, indem er Hals über Kopf eine Suchaktion nach ihr startete.

Noch nicht.

Steenhoff stellte seinen Fuß neben die Spur im Wiesenboden. Der Abdruck, den sein Schuh hinterließ, war breiter und größer. Er versuchte sich zu erinnern, was Navideh an diesem Tag für Schuhe trug, aber es gelang ihm nicht. Eines war aber sicher: Der andere Schuhabdruck in der Wiese war der einer kleineren, leichteren Person. Vermutlich der einer Frau. Bemüht, keinen weiteren Abdruck zu übersehen, schaute Steenhoff voller Konzentration nach unten und folgte der Spur.

Als er bei einem verwilderten Areal mit dichten Büschen und Bäumen beim Bunker ankam, drehte er sich noch einmal um. Einen Augenblick lang hoffte er, Navideh winkend auf dem Parkplatz zu entdecken. Doch das Dienstfahrzeug stand verlassen im Abendlicht.

Bei den Büschen verlor sich ihre Spur. ‹Jetzt könnte ich einen Kollegen von der Tatortgruppe gebrauchen›, dachte Steenhoff. Doch im gleichen Moment verwarf er den Gedanken. Es gab keinen Tatort und kein Verbrechen, nur eine unzuverlässige Kollegin, die gerade im Begriff war, seinen Abend mit Ira zu verderben. Steenhoff hatte seiner Frau fest zugesagt, dieses Mal pünktlich zu sein.

«Navideh, verdammt, wo steckst du?» Steenhoff versuchte gar nicht mehr, seinen Ärger zu unterdrücken. Doch außer einer Amsel, die mit einem aufgeregten Tix-Tix-Tix im Unterholz verschwand, schien er allein zu sein.

Da fiel sein Blick auf einen abgebrochenen Zweig. Das Gras war an dieser Stelle etwas zerdrückt. Er ging in die Hocke, um nach weiteren Zeichen am Buschwerk zu suchen, konnte aber keine entdecken. Im selben Moment meinte er, ein leises Stöhnen zu hören. Steenhoff hielt den Atem an. Er wagte nicht, sich zu bewegen, um ja nichts zu überhören. Instinktiv griff er mit der rechten Hand an seinen Gürtel. Seine Waffe steckte im Holster. Allein ihre Konturen zu spüren, gab ihm ein Gefühl der Sicherheit.

Entschlossen bog er die Zweige auseinander und ging tiefer ins Gebüsch. Nach wenigen Metern blieb er stehen und lauschte erneut. Es war ein Fehler, die Taschenlampe nicht mitgenommen zu haben. Zwar hatten sich seine Augen an das stetig abnehmende Licht gewöhnt, doch er konnte kaum noch Einzelheiten in der Umgebung erkennen. Irgendwo in der Ferne hörte er ein wütendes Bellen. Der Spaziergänger mit dem Hund kam ihm in den Sinn.

Nach jedem Schritt hielt Steenhoff inne, um ja kein Geräusch zu überhören.

«Navideh? Bist du hier irgendwo?» Seine Stimme glich einem Flüstern.

Diesmal gab es keinen Zweifel: Jemand stöhnte. Seine Sorge um Navideh ließ ihn alle Vorsicht vergessen. Er zog seine Waffe und drückte mit seinem Körper die Büsche auseinander. Im selben Moment brach eine monströse Kraft durch das Unterholz. Steenhoff war zu perplex, um zu schießen. Er wich ein paar Schritte zurück, um Platz zwischen sich und dem unbekannten Angreifer zu gewinnen.

Der Sturz in die Tiefe kam völlig unvorbereitet.

Der Schrei des Mannes lenkte den Hund von seiner Jagd nach dem Hasen ab. Mitten im Lauf stoppte er und schnüffelte neugierig an der finsteren Grube, in die immer noch Laub von den Rändern nachrutschte. Aufgeregt fing er an zu jaulen. Als er die Hundepfeife hörte, stimmte er lautes Gebell an. Wieder ertönte die für menschliche Ohren kaum hörbare Pfeife, dann ein knapper Befehl. Hin- und hergerissen zwischen den merkwürdigen Gerüchen aus der Grube und den Rufen seines Herrn, tänzelte der Hund vorsichtig um das Loch herum. Schließlich drehte er auf den Hinterpfoten um und lief bellend zurück.

Benommen öffnete Steenhoff die Augen. Um ihn herum war es stockdunkel. Eine eisige Sekunde lang fürchtete er, erblindet zu sein. Aber als ein kleiner Ast auf seinen Oberkörper fiel und er nach oben schaute, erkannte er dort die dunkelbraunen Umrisse eines Baumes.

Vorsichtig setzte er sich auf. Seine Arme und Hände waren in Ordnung. Er beugte die Knie und streckte die Beine – erleichtert stellte er fest, dass er sich bei dem Sturz nichts gebrochen hatte.

Wo war er?

Steenhoff stand auf und versuchte abzuschätzen, wie viele Meter ihm bis zur Einbruchstelle fehlten. Zwei, höchstens drei Meter müsste er überwinden, um wieder herauszukommen. Vielleicht gab es irgendwo ein paar Wurzeln, an denen er sich hochziehen konnte? Er musste ein paar Schritte gehen, bis er kühle Erde fühlte. Da er hier unten noch immer nichts sehen konnte, tastete er die Wand nach Vorsprüngen und kräftigen Wurzeln ab. Doch vergeblich. Er drehte sich um. Die Wand im Rücken, ging er mit weit vor sich ausgestreckten Armen durch die Finsternis. Er hatte auf diese Art gerade drei Meter zurückgelegt, als sein rechter Schuh auf etwas Weiches trat. Erschrocken fuhr er zurück. Jemand stieß einen Schmerzenslaut aus.

Steenhoff ging in die Knie und ertastete zwei Beine. Seine Hände flogen über den Oberkörper. Als er lange, seidige Haare fühlte, wusste er, dass er Petersen gefunden hatte.

«Navideh? Bist du verletzt? Sag was, bitte!»

Während er auf sie einredete, versuchte er sich ein Bild von ihren Verletzungen zu machen. An Armen und Beinen konnte er keine Brüche ertasten. Doch als er ihren Kopf behutsam auf seinen Schoß legte, fühlte er, dass seine linke Hand feucht wurde. Vorsichtig tastete er ihren Hinterkopf ab. Navideh hatte bei dem Sturz offenbar eine blutende Kopfverletzung erlitten. Sie mussten hier raus, sofort.

Steenhoff tastete nach seinem Handy. Erleichtert stellte er fest, dass er es nicht verloren hatte, und zog es aus der Innentasche seiner Jacke. Das Display gab etwas Licht ab. Mit zitternden Händen tippte er die Notrufnummer ein – und starrte ungläubig auf sein Display: kein Netzempfang. Steenhoff stieß einen wütenden Fluch aus.

«Frank?»

Die leise Stimme schien von weit her zu kommen. «Frank, bist du das? Mein Gott, warum ist es so dunkel hier?»

Unendlich erleichtert strich er Navideh die Haare aus dem Gesicht. «Wir sind nacheinander in eine Grube gestürzt. Keine Ahnung, was das hier ist. Aber wir werden bald wieder draußen sein.» Vorsichtig legte er eine Hand auf ihren Hinterkopf. «Du hast dich beim Sturz am Kopf verletzt. Tut es sehr weh?»

«Hm.»

«Wie sehr?»

«Mir ist übel, und ich habe Kopfschmerzen.» Sie zwang sich weiterzusprechen. «Außerdem ist mir schwindelig … Aber sonst ist alles okay.»

Steenhoff befürchtete, dass sie sich eine Gehirnerschütterung zugezogen hatte, aber er sprach seine Sorge nicht aus. Es war niemandem geholfen, wenn er seinen Ängsten jetzt zu viel Raum ließ. «Hast du dein Handy noch irgendwo?»

«Ja, in der Hosentasche.»

Er zog es für sie heraus und wählte die Nummer des Lagezentrums. Doch wie er befürchtet hatte, konnte auch Petersens Handy in der Grube keinen Kontakt zum Netz aufnehmen. «Mist!» Er unterdrückte seinen Impuls, das

Handy in die Finsternis zu schleudern. «Ich guck mal, ob es irgendwo eine Stelle gibt, wo wir rausklettern können.»

Steenhoff trennte sich vorsichtig von Petersen und stand auf. Er musste einen kurzen Moment lang mit seinem Gleichgewicht kämpfen, da es so dunkel war, dass er noch nicht einmal seine Füße sehen konnte.

«Sprich mit mir», bat er seine Kollegin. «Dann bekomme ich eher ein Gefühl für die Richtung, in die ich mich bewege.»

Tastend setzte er einen Fuß vor den anderen. Seine größte Sorge war, dass sich in dem Loch noch weitere Schächte oder Kanäle befanden, in die er stürzen könnte. Doch unter seinen Füßen spürte er nur weiche Erde.

«Weißt du, dass es eigentlich ein Treppenwitz der Geschichte ist, dass ausgerechnet ich bei der Polizei gelandet bin», begann Navideh zögernd.

«Nein, warum?», fragte Steenhoff, um das Gespräch am Laufen zu halten. Vorsichtig setzte er zum nächsten Schritt an. Er schätzte, dass er nicht weiter als einen Meter von ihr entfernt war. Ihre Stimme hatte etwas Beruhigendes. Er wagte es nicht, sich vorzustellen, wie es wäre, hier unten allein auszuharren.

«Okay. Ich denke, es hört ja keiner zu», versuchte Navideh zu scherzen und senkte ihre Stimme: «Ich fürchte mich vor Mäusen. Und wenn ich eine Ratte sehe, komme ich in null Komma nix jede steile Wand hoch. Oder falle in ein tiefes Loch …», fügte sie trocken hinzu.

Steenhoff hörte sie leise aufstöhnen. «Was ist?»

«Nichts. Ich habe nur gerade versucht, mich etwas bequemer hinzusetzen.»

Mit weit ausgestreckten Armen setzte Steenhoff zum nächsten Schritt an.

«Außerdem erwischt mich manchmal noch meine alte Agoraphobie», fuhr Petersen fort.

Ihre Stimme schien plötzlich von rechts zu kommen. Er war von der gerade Linie abgewichen. «Was ist das?», fragte er gedankenverloren.

«Die meisten Menschen kennen diese Phobie unter dem Begriff Platzangst. Aber eigentlich verbirgt sich dahinter die Panik, große, weite Plätze zu überqueren.»

«Könnte bei einer Verfolgungsjagd durch die Stadt etwas hinderlich sein», gab Steenhoff zu bedenken. Navidehs Stimme schien jetzt wieder von hinten zu kommen.

«Deswegen habe ich bei meiner Bewerbung bei der Polizei auch nichts darüber gesagt. Zum Glück haben sie mich auch nicht gefragt, ob ich unter Gephyrophobie leide.»

«Du hast Angst vor Brücken?», fragte Steenhoff verblüfft und blieb stehen.

«Nein, nicht mehr. Ich habe es mir vor Jahren abtrainiert. Aber woher kennst du diesen Ausdruck?», fragte Navideh nicht weniger überrascht.

«Meine Tante Else, bei der ich als Kind aufgewachsen bin, hat leidenschaftlich gern Kreuzworträtsel gelöst. So weiß ich auch, dass ich von Glück reden kann, nicht unter Paraskavedekatriaphobie zu leiden.

«Para… was?»

«Das ist die Angst vor Freitag, dem 13. Das war ihr Lieblingsbegriff. Ich habe ihn tagelang geübt.»

Endlich. Vor ihm lag eine Wand. Seine Hand fühlte kühle Erde. Während Navideh weiterredete, tastete er systematisch die Wand nach Vorsprüngen und dicken Wurzeln ab. Aber seine Finger fanden nichts Geeignetes, um sich daran hochzuziehen. Schritt für Schritt tastete er sich an der Wand entlang.

«Du hast deine Position verändert», stellte Navideh fest.

«Ja, ich versuche gerade, die Begrenzung unseres Gefängnisses abzuschätzen. Die Grube scheint oval oder halbrund und vor allem nicht allzu groß zu sein.» Steenhoff gab seiner Stimme einen beiläufigen Ton. «Ich denke, wir werden bis morgen früh warten müssen, um hier wieder rauszukommen.»

Er drehte sich um und ließ sich auf alle viere nieder. Noch immer bestand die Möglichkeit, dass sich in der Grube ein Schacht befand, in den sie hineinstürzen konnten. Langsam kroch er in Richtung von Navidehs Stimme zurück. Als er ihr Bein berührte, schrie sie erschrocken auf.

Er robbte sich an sie heran und spürte ihre Schulter an seinem rechten Oberarm.

«Meinst du, sie werden uns suchen?»

Er zuckte mit den Schultern. Als ihm bewusst wurde, dass sie die Geste nicht sehen konnte, fügte er schnell hinzu: «Ich hatte mich mit Ira zum Abendessen verabredet. Ich hoffe, sie wird nicht wütend ins Kino fahren, sondern besorgt Alarm schlagen.»

«Warum sollte Ira wütend sein?»

«Weil ...», er zögerte. «Weil sie in den vergangenen Jahren schon oft auf mich warten musste. Sehr oft. Wie ist es mit dir, Navideh? Wartet jemand auf dich heute Abend?»

«Ich hatte Jorges gesagt, dass ich vielleicht gegen 21 Uhr vorbeikomme und ihn auf ein Bier abhole.»

«Vielleicht?»

«Ich wusste ja nicht, wann wir fertig sein würden. Und außerdem ...» Sie ließ den Satz unbeendet.

«Mistjob», fluchte Steenhoff leise. «Niemand wird uns heute Nacht vermissen, weil alle denken, dass wir mal wieder zu Unzeiten arbeiten.»

Ein harter Erdklumpen drückte sich in Steenhoffs Schulter. Er rückte ein wenig zur Seite, um bequemer zu sitzen.

«He, lass mich nicht allein», protestierte Navideh scherzhaft. Plötzlich fühlte sie, wie sie wieder ein heftiger Schwindel packte.

Steenhoff, der nur ihren gepressten Atem hörte, nahm sie besorgt in den Arm. «Tut dein Kopf weh?»

«Ja. Aber vor allem dreht sich gerade alles.»

Ohne nachzudenken, zog er sie zu sich herüber, setzte sich hinter sie und hielt sie mit den Armen fest umschlossen. Er legte seine Hand auf ihre Stirn und murmelte: «Lehn dich einfach zurück und lass dich fallen.»

Langsam ließ ihre Anspannung nach. Steenhoff erinnerte sich an den Schokoriegel, den er im Büro eingesteckt hatte. Er kramte ihn aus seiner Jacke hervor und gab ihn Navideh. Eine Strähne ihres langen Haares streifte sein Gesicht. Tief sog er ihren Duft ein. Er hatte Navidehs Geruch schon immer gemocht, doch hier in dieser dunklen Grube, so eng an ihn gedrückt, roch sie so gut wie noch nie.

«Deine Hand auf der Stirn tut gut», sagte sie und senkte dabei ihre Stimme.

«Ich habe mal irgendwo gelesen, dass das bei Gehirnerschütterung hilft», log Steenhoff. Er beugte sich vor und küsste zart ihre Wange.

«Das auch?»

«Ja, das soll auch helfen.»

Sie machte ein Geräusch, das ihn an ihr typisches spöttisches Lachen erinnerte. Doch zu seiner Überraschung spürte er plötzlich ihre Lippen auf seinem Mund.

«Es ist medizinisch indiziert», sagte Navideh entschuldigend.

«Dann müssen wir da durch», antwortete Steenhoff mit gespieltem Ernst. Leidenschaftlich erwiderte er ihren Kuss.

Andrea Voss fuhr sich mit ihren Fingern durch das kurzgeschnittene Haar. Ein paar Sekunden lang schienen einzelne Büschel in alle Richtungen zu stehen. Ungeduldig, als hätte sie lange Haare, warf die Journalistin ihren Kopf nach hinten. Jede Friseurin hätte resigniert. Spätestens jetzt war kein Schnitt mehr zu erkennen.

Andrea Voss blickte auf die Uhr an ihrem Computer: 20.30 Uhr. Besser jetzt stören und heftig diskutieren, als morgen auf der Pressekonferenz einen übelgelaunten Frank Steenhoff vor sich sitzen zu haben. Das war das Fazit ihres inneren Dialoges. Zum wiederholten Mal überflogen ihre Augen den Artikel, der am Montag im *Weser-Kurier* erscheinen sollte, als könnte sie das vor dem Anruf bei Steenhoff bewahren. Es fiel Andrea nicht leicht, sich bei ihm zu melden und ihn auf ihren Artikel vorzubereiten. Sie ahnte, dass er ihr massiv davon abraten würde. Im letzten Telefonat hatte er ihr unmissverständlich klargemacht, dass er keine Parallelen zwischen dem Doppelmord in den 90er Jahren und dem aktuellen Fall am Bunker Valentin ziehen wollte. Genau das hatte sie aber in ihrem Artikel getan. ‹Es ist meine verdammte Pflicht, darauf hinzuweisen›, rüstete sie sich gedanklich gegen seine Proteste. Irgendeine Verbindung musste es geben, wenn zwei tote Frauen aus demselben Kulturkreis an einem abgelegenen Ort gefunden wurden. Da konnte Steenhoff reden, wie er wollte, das musste thematisiert werden. Und zwar bereits morgen und nicht erst dann, wenn nach der Pressekonferenz auch andere Journalisten Lunte gerochen hatten.

Gelegentlicher Ärger gehörte zu ihrem Geschäft dazu.

Das wusste sie als erfahrene Polizeiredakteurin. Aber Steenhoff gegenüber hegte sie zu viel Sympathie, als dass sie ihn ohne Vorwarnung vor den Kopf stoßen wollte. Sie waren in all den Jahren immer fair miteinander umgegangen. Es half nichts, sie musste ihn anrufen.

Andrea suchte in ihrem Handy nach seiner Nummer und wartete unruhig darauf, dass sich seine Stimme am anderen Ende meldete. Aber er schien sein Telefon abgestellt zu haben, obwohl sie sich angeblich gerade am Anfang der Ermittlungen befanden. Steenhoff ging auch nicht an seinen Dienstapparat im Präsidium.

Andrea seufzte laut. Also musste sie es bei ihm zu Hause probieren. Mit zwei Handgriffen hatte sie seine Privatnummer aus ihrem Karteikasten herausgesucht.

Ira Steenhoff war sofort dran. Aber sie musste die Anruferin enttäuschen. Ihr Mann war noch nicht zu Hause. Ira gab sich wenig Mühe, ihren Ärger über seine Verspätung zu verbergen. Seit Andrea Voss' dramatischer Verstrickung in den Fall auf der Jugendfarm hatte Ira die Journalistin ins Herz geschlossen.

Als Andrea bat, Steenhoff bei seiner Rückkehr auszurichten, er möge unbedingt in der Redaktion zurückrufen, antwortete Ira ehrlich: «Ich denke nicht, dass ich noch lange auf ihn warten werde. Ich gebe ihm noch 15 Minuten, dann gehe ich in die Sauna und versuche, mich nicht noch mehr zu ärgern. Aber ich werde ihm deine Nachricht gern notieren.»

Andrea bedankte sich und verabschiedete sich. Eigentlich könnte sie den Artikel auf Blau setzen und für das Lektorat freigeben. Steenhoff war nicht zu erreichen, basta und Pech gehabt. Aber kaum hatte sie ihre Hand an der Maus und sich wieder vor ihren Bildschirm gesetzt, gewann das schlechte

Gewissen die Oberhand. ‹Ich könnte zumindest versuchen, Navideh Petersen zu erreichen.› Aber auch Petersens Handy war abgeschaltet.

Als Andrea die Polizistin weder zu Hause noch im Büro erreichte, war ihre Neugier endgültig geweckt. Irgendetwas Wichtiges war passiert. Eine Besprechung, die nicht erlaubte, kurz bei Ira anzurufen, oder ein Ereignis, das so bedeutend war, dass das Ermittlerduo einfach die Handys abschaltete.

Kurz entschlossen rief Andrea bei Michael Wessel an. Doch der tat, als wisse er von nichts und spielte den Ahnungslosen. Doch die Journalistin war zu lange im Geschäft, um sich für blöd verkaufen zu lassen. Jetzt hieß es Informationen sammeln. Irgendjemand würde schon etwas ausplaudern.

Sie holte tief Luft und wählte die Privatnummer von Bernd Tewes. Der Kommissariatsleiter hatte vermutlich längst vergessen, dass er ihr seine Nummer vor Jahren einmal gegeben hatte, als er auf einen dringenden Rückruf von ihr wartete. Seither hatte sie die Nummer wie einen kleinen Schatz gehütet. Für alle Fälle. Keiner der Polizisten, die Andrea kannte, stand im Telefonbuch. Jede Nummer, die sie in ihrer Kartei besaß, hatte sie sich mühsam erwerben müssen.

Zu ihrer Überraschung war Tewes tatsächlich zu Hause. Er spielte dieselbe Rolle wie Michael Wessel, allerdings überzeugender, wie Andrea Voss ihm zugestand.

«Wer hat Ihnen meine Nummer gegeben?», blaffte Tewes sie sofort an.

«Sie selbst, vor drei Jahren.»

Tewes suchte vergeblich in seinem Gedächtnis nach einer Bestätigung. Schließlich schob er den Gedanken beiseite.

«Im aktuellen Tötungsdelikt gibt es ja eine spannende Wende», startete Andrea ihren ersten Luftballon.

«Wovon reden Sie?», fragte Tewes verwirrt.

«Na ja, die Hauptsachermittler Petersen und Steenhoff sind seit Stunden nirgendwo zu erreichen.» Das war reichlich übertrieben. Tatsächlich versuchte sie seit höchstens einer Stunde vergeblich, Steenhoff ans Telefon zu bekommen. Aber vielleicht würde Tewes anbeißen.

«Seit wann genau versuchen Sie, Steenhoff zu erreichen?» Tewes' Stimme klang besorgt. Zu besorgt für einen Bluff.

Andrea kämpfte einen Augenblick lang mit sich, dann antwortete sie ehrlich: «Seit 20.30 Uhr. Merkwürdig ist, dass er seine Frau nicht angerufen hat. Die beiden wollten zusammen essen, und er müsste eigentlich längst zu Hause sein.»

Ein unangenehmes Schweigen breitete sich am anderen Ende der Leitung aus. Plötzlich spürte Andrea, wie lächerlich sie auf den Kommissariatsleiter wirken musste. Vermutlich waren die beiden in dem Fall viel weiter, als sie dachte, und hatten einfach nur über einem Bier die Zeit vergessen. ‹Und ich mache hier die große Welle›, dachte sie peinlich berührt.

«Wie ich Sie kenne, Frau Voss, haben Sie vermutlich schon bei Michael Wessel angerufen?»

«Ja», erwiderte die Journalistin kleinlaut. «Aber Michael Wessel weiß auch nicht, wo die beiden stecken. Er sagte mir, sie hätten heute Abend eigentlich alle noch miteinander telefonieren wollen.»

«Ich werde mich darum kümmern. Danke für Ihren Anruf», sagte Tewes kurz angebunden und legte auf, bevor Andrea noch etwas hinzufügen konnte. Vergeblich versuchte sie, Tewes' Reaktion einzuordnen. War er wütend oder tatsächlich beunruhigt? Wenn ja, musste sie dranbleiben. Blitzschnell blätterte sie erneut ihre Datei durch. Dann wählte sie ein zweites Mal an diesem Abend Wessels Nummer.

Erleichtert hörte sie das Freizeichen. Sie war schneller gewesen als Tewes. «Wollte Frank nicht noch gemeinsam mit Navideh zu der Familie der Getöteten?», überfiel sie Wessel und ließ mit dieser Behauptung ihren zweiten Ballon starten.

Der vertrauliche Ton zeigte Wirkung. «Nein, die beiden wollten nachmittags nochmal zum Bunker. Keine Ahnung, wo die sich jetzt rumtreiben», sagte Wessel gedehnt.

Sie plauderten noch einen Moment, dann verabschiedete sich Andrea. Sie schaute auf die Uhr. Ihre Verabredung für diesen Abend hatte sie schon abgesagt. Zu Hause wartete niemand auf sie. Ihr Magen knurrte, und sie brauchte dringend etwas zu essen, aber ihre Neugier überwog.

Andrea setzte ihren Artikel auf Blau, sodass der Spätdienst ihn redigieren und die Lektorinnen ihn lesen konnten. Dann schaltete sie das Licht in ihrem Büro aus. ‹Steenhoff kann mir keinen Vorwurf machen›, dachte sie zufrieden. Sie hatte alles unternommen, um ihn vorher noch um seine Meinung zu fragen.

Eine halbe Stunde später bog Andrea Voss mit ihrem Smart in die kleine Straße ein, an deren Ende sich düster der Bunker Valentin vor dem Nachthimmel aufbaute. Sie schaltete das Radio aus, um den Ort mit allen Sinnen aufzunehmen, und stieg am Eingang des Geländes für einen kurzen Moment aus ihrem Auto.

Schon tagsüber wirkte der Bunker bedrückend, doch nachts verströmte er eine geradezu unheimliche Aura. Unruhig musterte Andrea die Umgebung im Scheinwerferlicht ihres Autos. Weit und breit war niemand zu sehen.

Andrea gab sich einen Ruck, setzte sich wieder hinters Steuer und schlug den Weg zu dem kleinen Parkplatz ein. Bei dem Gedanken an die Gräueltaten, die sich hier vor einigen Jahren abgespielt hatten, lief ihr ein Schauer über den Rücken. Unbewusst verriegelte sie die Türen und fuhr im Schritttempo weiter. Sie spürte, wie ihr Herz schlug. Warum saß sie nicht wie geplant mit ihrem neuen Freund in der Pizzeria und trank einen Pinot Grigio, statt Frank Steenhoff hinterherzujagen?

Sie wollte gerade wenden, als die Kegel ihres Scheinwerferlichts ein Auto erfassten. Der Wagen stand allein auf dem Parkplatz in der Nähe des kleinen Weserdeiches. ‹Vermutlich ein Hundebesitzer, der sein Tier noch ausführt›, dachte Andrea und beschloss, bei dem Auto zu drehen und den unwirtlichen Ort endlich zu verlassen.

Wenige Meter, bevor sie das Fahrzeug erreichte, erstarrte sie. Der Wagen auf dem Parkplatz gehörte zu Steenhoffs Dienststelle. Petersen und Steenhoff mussten noch hier sein.

Andrea spürte, wie sich ihr kalter Schweiß auf die Stirn legte. Sie fummelte ihr Handy aus der Tasche und wählte die Nummer des Lagezentrums. Doch vor Aufregung vertippte sie sich. Zitternd gab sie die Nummer ein zweites Mal ein. Im selben Moment wurde sie für Sekundenbruchteile von einem Lichtstrahl geblendet, der sich im Rückspiegel brach. Erschrocken drehte sie sich um.

Ein Auto bog auf den Weg ein. Mit aufgeblendeten Scheinwerfern raste es direkt auf sie zu.

17 Navideh riss sich erschrocken los. «Hast du das gehört?»

Sie tastete nach Steenhoffs Arm. Eine hilflose Geste, um sich zu vergewissern, dass zumindest hier, in dem dunklen Loch noch alles in Ordnung war – soweit man angesichts ihrer Lage überhaupt in solchen Kategorien denken konnte.

Doch, da draußen hatte jemand geschrien. Eine Frau. Da war sich Navideh sicher. Und sie hatte keinen Zweifel daran, dass die Unbekannte Todesangst ausstand.

Vergeblich suchten ihre Hände nach Steenhoff. «Frank?»

«Ich bin hinter dir.» Seine Stimme vibrierte vor Anspannung. Er stand auf. «Was ist da draußen los?»

Sie hörten ein schabendes Geräusch, dann einen dumpfen Aufprall und einen Fluch.

Erneut versuchte Steenhoff, die glatten Wände hochzuklettern. Seine Hände glitten über die kühlen Erdschichten. Plötzlich ertasteten seine Finger einen Stein, der aus dem Erdreich ragte. Steenhoffs Herz schlug schneller, als er in Höhe seines Kopfes auch eine Baumwurzel fühlte. Mit aller Kraft zog er sich hoch. Seine Fingerspitzen spürten einen Vorsprung rechts von seinem Oberkörper. Aber er brauchte einen zweiten Haltepunkt, um weiterzuklettern. Die Wurzel, die er zu fassen bekam, war dünn. Er hatte keine Wahl. Vorsichtig zog er sich hoch. Im selben Augenblick bröckelte der Vorsprung, auf dem sein ganzes Gewicht lag, unter seinen Schuhen weg, und er rutschte ab.

Der Aufprall war hart. Härter als beim ersten Sturz. Aber Steenhoff schenkte seinem schmerzenden Rücken keine Beachtung. Sofort war er wieder auf den Beinen. Da draußen wurde vielleicht gerade eine Frau ermordet, und sie mussten hier in der Grube sitzen und tatenlos ihre Schreie mit anhören.

Er formte seine Hände zu einem Trichter, um so laut zu brüllen, wie er konnte, und die Angreifer damit zu irritieren. Da trat sein rechter Fuß auf einen Gegenstand. Seine Pistole! Er hatte sie beim Sturz in die Grube verloren. Kurz entschlossen entsicherte er seine Waffe und befahl Petersen: «Halt dir die Ohren zu.»

Nur den Bruchteil einer Sekunde lang überlegte Andrea Voss, ob sie mit ihrem Auto rund um den Bunker flüchten und darauf hoffen sollte, einen anderen Weg zurück zur Straße zu finden. Aber sie fürchtete, dass der Fahrweg kurz hinter dem Parkplatz, auf dem Steenhoffs Dienstauto stand, dort endete. Schließlich war ihr Smart kein Geländewagen, mit dem sie querfeldein ihren Verfolgern entkommen konnte.

Einem spontanen Impuls folgend, riss sie die Fahrertür auf und rannte in die Nacht. Das Auto hinter ihr bremste mit quietschenden Reifen. Türen wurden aufgerissen, eine Männerstimme rief etwas. Aber Andrea hörte nur ihren eigenen gepressten Atem. Sekunden später filterten ihre geschärften Sinne dumpfe Laufschritte hinter sich heraus, die einem kräftigen, schweren Mann zu gehören schienen. Sie verlor keine Zeit damit, sich umzudrehen. Sie wusste auch so, dass der Mann die Distanz zu ihr mit jeder Sekunde verringerte. Sie hielt die Luft an und rannte. Sie rannte so schnell wie noch nie in ihrem Leben. Ohne Rücksicht auf mögliche Hindernisse, auf Zäune oder Steine im Weg.

Zweimal strauchelte sie, aber es gelang ihr, schnell wieder auf die Beine zu kommen. Der Mann war direkt hinter ihr, als sie mit einem Mal all ihre Angst hinausschrie. Wie in einem Film sah sie sich durch die feuchten Wiesen an der

Weser hetzen, dicht gefolgt von einem Schatten. Sie lauschte ihrem eigenen Schrei und hätte schwören können, dass es jemand anderer war, der diesen verzweifelten Hilferuf ausstieß.

Auch ihr Verfolger schien einen kurzen Moment lang irritiert. Er blieb stehen und rief ihr etwas zu. Doch sie schenkte seinen Worten keine Beachtung. Jeder gewonnene Zentimeter bedeutete Leben. Vielleicht gab es doch noch eine Chance. Vielleicht konnte sie den Unbekannten abschütteln.

Aber ihre Hoffnung wurde schnell zerstört. Zuerst spürte sie seinen pfeifenden Atem im Nacken, dann wie eine Hand sie packte und zu Boden stieß. Der Mann rammte ihr ein Knie in den Rücken und drückte sie mit seinem vollen Gewicht in den feuchten Boden.

‹Yasemin›, schoss es ihr durch den Kopf. So, genau so musste Yasemin wenige Meter von hier im Schlick gelegen und um ihr Leben gefleht haben. Diese Männer kannten keine Gnade. Es gab kein Entrinnen mehr. Es war aus.

Eine nie gekannte Ruhe überkam Andrea plötzlich. Sie schloss die Augen und wartete auf das Ende.

Da fielen Schüsse. Der Mann ließ sie los und warf sich flach auf den Boden. Befehle bellten durch die Nacht.

Eben noch hatte sich Andrea ihrem Schicksal ergeben. Aber jetzt keimte neuer Lebenswille in ihr auf. Auf den Boden gepresst, robbte sie weg von den Stimmen, weg von dem Angreifer. Vielleicht würden die Männer ihr Opfer in dem Chaos einfach vergessen? Noch gab es eine Chance.

Sie war keine drei Meter weit gekommen, als der Mann hinter ihr einen Satz nach vorne machte, hart bei ihr auf dem Boden landete und ihren rechten Fuß festhielt. Grob zog er sie zu sich heran. Andrea schabte mit dem Gesicht über den feuchten Grund und schmeckte Gras und Erde zwischen ihren Zähnen. Die Hände des Fremden tasteten ihren Körper ab.

«Ich habe sie», hörte sie den Mann seinen Komplizen zurufen. «Sie ist nicht bewaffnet.»

Er drehte ihre Arme auf den Rücken. Sekunden später klickte es, und sie spürte das kalte Metall von Handschellen. «Sie bleiben liegen, bis wir den Kerl haben, der hier rumballert», befahl der Mann.

Später wusste Andrea Voss genau, wann ihr journalistisches Gehirn wieder zu arbeiten anfing und die Panik beiseiteschob: Der Unbekannte hatte sie in eine äußerst missliche Lage gebracht, aber er wollte sie offenbar nicht töten. Außerdem pflegten Mörder ihre Opfer nicht zu siezen.

Langsam drehte sie ihren Kopf zur Seite und wagte einen Blick auf den Angreifer, den sie im Lichtschein der Autos nur undeutlich erkennen konnte. Er war ein paar Jahre jünger als sie und fast zwei Köpfe größer. Ihr Verfolger schien nervös zu sein und lag ebenso wie sie dicht an den Boden gepresst. Als sich Andrea vorsichtig noch ein wenig mehr nach hinten bog, erkannte sie drei, vier Männer, die sich mit gezückter Pistole hinter dem Wagen verschanzten. Erneut fielen zwei Schüsse. Niemand schien getroffen, aber die Männer fuhren alle gleichzeitig wie in einer einstudierten Choreographie zusammen und gingen noch tiefer in die Hocke.

«Bleiben Sie unten», herrschte sie der Mann an und drückte sie förmlich in den Boden. So wie er es tat, hatte es fast etwas Fürsorgliches an sich.

Andrea sah seinen Arm direkt vor ihrem Gesicht, den nachtblauen Stoff seiner Jacke, und auf einmal überkam sie grenzenlose Erleichterung, dass sie anfing zu lachen. Zuerst leise, dann immer lauter, und schließlich liefen ihr vor Lachen die Tränen über die Wangen.

«Bist du auf Drogen, oder was?» Der Mann war noch dichter an sie herangerobbt und hielt ihr den Mund zu. Vermutlich hatte er Angst, dass ihr Gefühlsausbruch die Aufmerksamkeit des Schützen auf sie lenken würde.

Andrea beherrschte sich und konnte gerade noch einen weiteren Lachanfall unterdrücken.

«Ich nehme erst die Hand weg, wenn du wieder still bist», drohte der Mann.

Sie nickte. Zögernd löste er seine Hand.

Der grelle Lichtschein einer Taschenlampe fiel in die Grube. Steenhoff hörte eine Stimme, die es gewohnt war, Befehle zu erteilen.

«Hier spricht die Polizei. Sie werden jetzt ihre Waffen auf den Boden legen und mit erhobenen Händen in die Mitte der Grube gehen. Dann klettern Sie langsam heraus!»

Steenhoff tat wie ihm geheißen. Er legte die Pistole zur Seite und half Navideh auf. Sie geriet ins Taumeln, als sie aufzustehen versuchte, aber er nahm sie fest in den Arm. Gemeinsam traten sie in den gleißenden Lichtschein.

Unwillig schattete Steenhoff seine Augen mit der linken Hand ab. Er hörte, wie jemand seinen Namen rief. Der Lichtstrahl, der sie eben noch unerbittlich fixiert hatte, bewegte sich an den Wänden der Grube entlang. Eine erleichterte Männerstimme war zu hören. Jemand lachte auf.

Noch immer konnten Steenhoff und Petersen durch das gleißende Licht hindurch niemanden erkennen. Steenhoff verkniff sich eine harsche Bemerkung darüber, dass seine Kollegen so lange gebraucht hatten, um sie zu finden. Stattdessen sagte er so ruhig er konnte: «Okay, die Show ist vorbei. Werft uns ein Seil runter und schaltet endlich diesen Bühnenscheinwerfer ab.»

Es war Wessel, der als Erster zu ihnen in die Grube kletterte. Er umarmte Petersen freudig und hielt sie einen Moment länger als nötig fest.

«Wirklich gemütlich habt ihr es hier. Ich nehme an, du und Frank, ihr wolltet euch mal in Ruhe ausquatschen.» Er warf Steenhoff einen spöttischen Blick zu, aber seiner Stimme war anzumerken, wie froh er war, die beiden unverletzt vorzufinden.

Der Einsatzleiter wollte die Feuerwehr alarmieren, um Petersen auf einer Trage aus der Grube holen zu lassen. Doch sie bestand entgegen Steenhoffs Rat darauf, selbst am Seil hinaufzuklettern.

Rund um den kleinen Parkplatz standen mehrere Einsatzfahrzeuge. Die Blaulichter verbreiteten hektische Betriebsamkeit. Hinter den Polizeifahrzeugen standen zwei Krankenwagen.

«Mein Gott, was für ein großer Bahnhof», knurrte Steenhoff.

Wessel klopfte ihm auf die Schulter. «Ausnahmsweise mal alles für euch.»

Unruhig schaute sich Steenhoff um. «Ich hoffe doch sehr, ihr habt mit eurem Aufzug hier nicht die Medien angelockt, Michael. Ich will darüber nicht das Geringste in der Zeitung lesen!»

Doch Wessel antwortete nicht. Stattdessen wandte er sich um und ging zu Petersen.

Steenhoff konnte aus der Entfernung erkennen, dass sich in einem der beiden Wagen ein Sanitäter um jemanden kümmerte. Er machte eine schmale Statur und kurze Haare aus. Zweimal drückte der Sanitäter den ungeduldigen Patienten zurück auf den Sitz, um ihn zu behandeln. Bevor Steenhoff etwas fragen konnte, baute sich schon ein kräftiger Notarzt vor ihm auf.

«Alles okay bei Ihnen?»

Mürrisch winkte Steenhoff ab und zeigte auf Petersen. Tewes stand bei ihr und stützte sie unbeholfen. Wessel war ebenfalls hinzugetreten und legte Navideh besitzergreifend seinen Arm um ihre Schultern.

Mit drei Schritten war Steenhoff bei ihm. Er musste endlich wissen, was hier los war. «Wer hat hier eben geschrien, Michael? Und wer wird dort im Krankenwagen behandelt?»

«Ich glaube nicht, dass du das wirklich wissen willst.»

Irritiert hob Steenhoff die Augenbrauen. «Los, spuck's aus!»

Wessel schnaufte leise auf. «Die Voss sitzt da.»

«Andrea Voss?» Steenhoff holte tief Luft.

Schnell beeilte Wessel sich hinzuzufügen: «Und bevor du jetzt etwas Falsches sagst und hier rumtobst, Frank, solltest du wissen, dass nicht sie uns hinterhergefahren ist, sondern wir ihr.»

Andrea Voss' kurze Haare waren mit Schlamm verschmiert, Jacke und Hose verdreckt, aber sie sprühte vor Energie. Als Steenhoff die Krankenwagentür öffnete, nähte ein Arzt gerade eine kleine Platzwunde an ihrer Stirn.

«Sitzen bleiben», herrschte sie der Arzt an, als sie bei Steenhoffs Anblick aufspringen wollte. «Sonst haben Sie den Rest ihres Lebens was von dieser Nacht.»

Andrea blinzelte Steenhoff zu und mimte die Geduldige. Doch kaum hatte der Arzt den letzten Stich getan, kletterte sie aus dem Fahrzeug.

«Die Begegnung mit deinen Kollegen hat mir offenbar mehr Blessuren eingebracht als dir der Sturz in die Grube», eröffnete sie das Gespräch und lächelte breit.

Steenhoff betrachtete sie von oben bis unten: «Ehrlich gesagt, du sahst schon mal besser aus, Andrea.»

«Wie das blühende Leben kommst du aber auch nicht rüber», konterte sie und schenkte ihm einen abschätzigen Blick. Sie tat, als müsste sie überlegen. «Wie heißt noch der Slogan, der auf jedem Einsatzfahrzeug klebt? Ach ja: Wir sind immer in ihrer Nähe.» Sie lachte vergnügt auf. «Vielleicht sollten wir Journalisten uns auch ein paar dieser Folien besorgen und unsere Wagen damit bekleben? Besser wär's.»

Ohne mit einem weiteren Wort auf ihre Spötteleien einzugehen, drückte er sie an sich. «Ich weiß zwar noch nicht, warum, aber irgendwie scheinst du diese nette Polizeiübung hier ausgelöst zu haben.» Er löste sich von ihr und hielt sie mit ausgestreckten Armen fest: «Danke, Andrea. Ohne dich wären wir morgen zu spät zur Pressekonferenz gekommen.»

«Für eine gute Geschichte nehme ich auch schon mal nachts an einer Übung teil», nahm sie den Ball auf.

Genau das hatte er befürchtet. «Diese Geschichte wirst du nicht schreiben», blaffte er schroffer als gewollt.

Andrea Voss trat einen Schritt zurück und verschränkte die Arme. «Du wirst mich nicht daran hindern können.»

Vergeblich suchte er nach dem richtigen Ton, den richtigen Worten. Natürlich war es aus der Sicht einer Journalistin eine phantastische Geschichte: Zwei Ermittler stürzen bei einem Ortstermin in eine Grube, hocken stundenlang im Dunkeln und werden erst, nachdem eine Reporterin die Polizei durch Nachfragen aufscheucht, mitten in der Nacht gefunden. Die ganze Stadt würde über die Story reden – und er und Petersen würden zum Gespött der Leute werden.

«Ich werde es fair machen», sagte sie, strich sich mit ihren Fingern durch die verklebten Haare und drehte sich um. Sie war schon fast bei ihrem Auto angelangt, als Steenhoff sie einholte.

«Warte.»

Andrea öffnete die Tür und stieg ein. Doch Steenhoff hielt die Fahrertür fest und beugte sich zu ihr hinunter.

«Ich biete dir einen Tausch an. Du vergisst das hier und dafür ...» Er senkte seine Stimme und sprach so leise, dass niemand der Umstehenden etwas verstehen konnte.

18

Salihas Pobacke schmerzte. Sie veränderte ihre Sitzposition an der Bettkante, ohne die Hand ihrer Mutter loszulassen.

Regungslos lag Besma Cetin unter der weißen Baumwolldecke und atmete flach. Die Krankenschwester, die schon zweimal den Kopf ins Zimmer gesteckt hatte, um nach ihr zu schauen, nahm an, die Frau mit den dunklen Ringen unter den Augen schliefe. Doch Saliha vermutete, dass ihre Mutter die ganze Zeit über wach war. Sie wollte nur nicht die Augen öffnen.

Anne war wieder in ihrer anderen Welt. Dort, wohin ihr niemand folgen konnte. Die Ärzte nannten es Depression, aber Saliha hatte den Zustand schon ein paar Mal bei ihrer Mutter erlebt. Drei, vier Wochen lang sprach Besma Cetin dann von Tag zu Tag weniger. Ihre Bewegungen wurden langsamer, als hingen schwere Gewichte an ihrem Körper. Da ihr Mann keine langen Gespräche von ihr erwartete und Besma weiterhin kochte, wusch und die Wohnung in Ordnung hielt, war es eigentlich immer nur Nilgün und Saliha aufgefallen, wenn mit ihrer Mutter etwas nicht stimmte.

In solchen Phasen stand Besma Cetin morgens mit ihrem Mann zusammen auf, aber kaum war er aus dem Haus, legte sie sich entgegen ihren sonstigen Gewohnheiten wieder ins Bett. Die ersten Male hatten die Schwestern noch versucht, sie aufzuheitern. Mit kleinen Scherzen, lustigen Erzählungen aus der Schule. Aber ihre Gesichtszüge wirkten eingefroren. Sie zeigte keine Regung. Kein Lächeln, keine Ungeduld. Es war, als könnte sie nichts mehr erreichen. Ihre Augen schauten freundlich, aber dahinter spürte Saliha stets einen düsteren Abgrund.

Besmas jüngere Schwester Meriam hatte ihnen erzählt, dass Besma schon als Mädchen so war. Als der Vater ihr damals mitteilte, dass sie ihren fünf Jahre älteren Cousin Kemal heiraten würde, hatte sie wochenlang nicht mehr gelacht. Ihre gewohnte Heiterkeit war wie weggeblasen. Bei der Hochzeit hatte sie geweint. Im Dorf hieß es, sie habe einen anderen geliebt. Aber Meriam hielt das für ein böses Gerücht. Besma sei immer eine brave Tochter gewesen. Wie all ihre Geschwister habe auch sie darauf vertraut, dass ihre Eltern eine gute Wahl für sie treffen würden. Und war nicht Kemal Cetin ein guter Mann? Besser als Ibrahim, der Mann von Meriams jüngster Tochter. Dieser Nichtsnutz! Meriam gab sich immer selbst das Stichwort, um endlich in ihr Lieblingsthema einzusteigen, denn ihre Tochter hatte sich den Mann selbst wählen wollen.

«Und? Was ist dabei herausgekommen? Sie hat einen Mann genommen, der sein Geld verspielt und in der Gegend herumhurt.» Meriams Stimme überschlug sich dann immer vor Wut. Sie hatte ihren Schwiegersohn von Anfang an nicht gemocht. Aber zu ihrem Verdruss hatte ihre

Tochter sie nicht einmal um Rat gefragt, geschweige denn um Erlaubnis. Als alleinerziehende Frau hatte sie die Heirat auch nicht verhindern können.

«Ihr seid zu jung, um selbst zu entscheiden», hatte sie Saliha und Nilgün eingeschärft. «Hört auf eure Eltern, und ihr werdet einen guten Mann wie Kemal finden.»

Die Schwestern widersprachen nicht. Aber Nilgün wollte keinen jungen Kemal an ihrer Seite.

Flüsternd malten sich Saliha und Nilgün abends aus, wie sie sich ihren späteren Mann vorstellten. Wie er sie in den Arm nehmen und sie zärtlich streicheln würde. Nie hatten sie eine solche Geste bei ihrem Vater gesehen. Möglich, dass er es heimlich tat, wenn keines der Kinder im Raum war. Aber Nilgün glaubte nicht daran. «Er wird *Anne* beschlafen, wenn er Lust dazu hat. Vielleicht denkt er sogar, dass sie es genauso mag wie er. Aber vielleicht ist es ihm auch egal, was sie dabei empfindet.»

Saliha hätte sich an solchen Abenden am liebsten die Ohren zugehalten. Es tat ihr weh, wie Nilgün über den Vater sprach. Unerbittlich. Distanziert. Die Worte der älteren Schwester legten sich wie dunkle Laken über Saliha, und so sehr sie auch versuchte, sie zu vergessen, hüllten die Worte sie ein. Schließlich umgaben sie sie auch tagsüber, und Saliha fing an, ihren Vater mit anderen Augen zu betrachten. Als kleines Kind hatte sie ihn verehrt, und wenn er einen seiner seltenen Scherze mit ihr trieb, hätte sie alles getan, um ihm weiterhin nah sein zu dürfen. Aber je älter Saliha wurde, desto misstrauischer wurde sie von ihrem Vater beäugt. Kemal Cetin ließ seine jüngste Tochter zur Schule gehen und wie die deutschen Mädchen Sport treiben, aber seine Fragen am Abend hatten weniger etwas Interessiertes als etwas Wachsames.

Spätestens mit dem Tag, an dem sie zu bluten anfing, sorgte er sich um ihren Ruf. Wenn sie vor seinem Gemüseladen mit Nilgün laut auflachte, befahl er ihnen hineinzukommen. Früher hatte er die fröhliche Art seiner jüngsten Tochter immer gemocht, doch plötzlich quittierte er Gefühle, die sie in der Öffentlichkeit zeigte, mit hochgezogenen Augenbrauen. Seine Töchter sollten nicht die Aufmerksamkeit junger Männer erregen. Sich nicht laut und auffällig hervortun.

Während ihre deutschen Freundinnen mit ihrer aufblühenden Weiblichkeit provozierten und experimentierten, fing Saliha an, sich zu verstecken. Erst allmählich begriff sie, dass sie ihren Vater besänftigen und zurückgewinnen wollte, indem sie sich für die Jungen unsichtbar machte. Denn sie war nicht so eine. Sie brauchte keinen Tanzkurs, keine Verabredungen im Kino. Was sie wollte, war die Zuneigung ihres Vaters. Dass er sie wieder mit zärtlichen Blicken bedachte und ihr langes schwarzes Haar streichelte. So wie er es früher manchmal getan hatte. Dafür trug Saliha langärmelige T-Shirts im Sommer, flache Schuhe und weite Hosen. Ihr seidiges Haar war gebunden und gebändigt, damit es die Männer nicht erregen konnte.

Aber der Vater blieb misstrauisch und beobachtete Saliha. So wie er auch Nilgün beobachtete. Und es war ihm sofort aufgefallen, als Nilgün eines Abends noch Reste von rotem Nagellack auf den Nägeln hatte. Er packte ihre Hand und fragte, ob sie jetzt genauso werden wolle wie die Deutschen. Mädchen, die keinen Respekt vor der Familie hatten.

Nilgün hatte die Hand zurückgezogen und dem Vater weisgemacht, die Farbe an den Fingern stamme noch aus dem Kunstunterricht. Nie wieder hatte Nilgün es danach versäumt, den Nagellack gründlich zu entfernen, bevor sie sich auf den Heimweg machte. Auf der Mädchentoilette in der Schule wischte sie sich mittags gekonnt den Lippenstift ab, schloss ihre Jacke, bevor sie aus der Straßenbahn trat, und steckte sich die Haare mit zwei langen Spangen hoch.

«Die Deutschen feiern einmal im Jahr Fasching, ich mache jeden Tag Maskerade», spottete sie über ihr eigenes Verhalten. Sie hatte amüsiert geklungen, doch Saliha, die auf dem Bett hinter ihr hockte, sah, wie sich Nilgün im Spiegel verächtlich musterte. «Weißt du, Saliha, was ich glaube? *Baba* hat Angst vor seinen Töchtern. Die Leute könnten reden. Vor allem über ihn, unseren tapferen Ehrenhüter.» Sie schnalzte mit der Zunge und ließ sich auf ihr Bett fallen. «Unsere deutschen Freundinnen haben es gut. Die können nur ihre eigene Ehre verlieren, wenn sie Mist bauen.» Sie verschränkte die Arme hinterm Kopf. «Aber du und ich, kleine Schwester, wir sind dazu verdammt, die Ehre der ganzen Familie zu bewahren.»

Nilgün sprach oft über diese Bürde. Im Nachhinein glaubte Saliha, dass sich Nilgün in den Gesprächen mit der jüngeren Schwester vergewissern wollte, ob es richtig war, was sie tat. Nilgün war auf dem Gymnasium so stark in die deutsche Welt eingetaucht, dass sie ihr Zuhause oft als Gefängnis empfand. Warum durften Osman und Murat am Wochenende bis spätnachts unterwegs sein und tanzen gehen, während die Mädchen zu Hause vor dem Fernseher hocken mussten? Warum erlaubte der Vater Nilgün und Saliha kaum noch, bei deutschen Freundinnen zu übernachten?

Sie spürten den Druck, der auf ihrem Vater wie auf vielen türkischen Familien in der Nachbarschaft lastete, die Töchter zu verheiraten, bevor sie ihre Unschuld verloren. Dafür waren manche der türkischen Väter bereit, die Mädchen ohne Abschluss von der Schule zu nehmen. Und manche Mütter gaben ihre Töchter früh her, obwohl sie sich ein besseres Leben für sie erhofft hatten. Auch Kemal dachte so. Doch Besma redete und feilschte, bettelte und zeterte so lange, bis Kemal Cetin nachgab und Nilgün auf dem Gymnasium ließ.

Die älteste Tochter war fleißig und lernte oft noch, wenn er abends nach Hause kam. Kemal Cetin begann, sich Nilgüns Zukunft und seine eigene in rosigen Farben auszumalen. Gemeinsam unter einem Dach, mit einem klugen Schwiegersohn, der viel Geld verdiente, einer angesehenen Tochter und den Enkelkindern. Dafür war Kemal Cetin bereit gewesen, gewisse Risiken einzugehen. Als Besma auch für Salihas Schulpläne eintrat, ließ er sie gewähren. Sie waren gute Töchter, und Kemal Cetin war überzeugt, dass sie wussten, was sie der Familie schuldig waren. Doch die beiden Polizisten, die am Freitag bei ihm zu Hause aufgetaucht waren, hatten ihm diesen Glauben genommen.

Prüfend blickte Saliha ihre Mutter an und flüsterte: «*Anne*, bist du wach?»

Einen Moment lang meinte Saliha, das linke Auge ihrer Mutter habe gezuckt. «*Anne*, bitte sprich mit mir», flehte sie so leise, dass die alte Frau im Bett nebenan nichts hören konnte.

Aber Besma hielt die Augen geschlossen.

Müde fuhr sich Saliha mit den Fingern über die Augen. Als sie ihre Hand auf der Bettdecke aufstützte, blieb ein brauner Fleck auf der Baumwolle zurück. Saliha stand auf und ging zum Spiegel. Wenn jemand vom Krankenhauspersonal hereinkommen würde, brauchte sie sich nur etwas vorzubeugen, und die langen Strähnen bedeckten ihre Schwellungen. Den Rest hatte sie mit viel Make-up überschminkt.

Osman hatte sie am Sonntagmittag an der Tür abgefangen, als sie zu ihrer Mutter ins Krankenhaus fahren wollte. Er war wütend und bezichtigte sie, sich ohne Erlaubnis aus der Wohnung stehlen zu wollen. Dann schubste und beleidigte er sie. Aber Saliha wollte zu *Anne*! Wütend versuchte sie, sich an ihm vorbeizudrängen. Doch Osman hielt sie im Flur fest und schlug ihr mit der Faust ins Gesicht. Saliha strauchelte und fiel zu Boden. Zum Glück kam ihr Vater im selben Moment zur Tür herein. Doch statt Osman zur Rede zu stellen, packte er Saliha am Arm und zog sie hoch.

«Wo wolltest du hin?», herrschte er sie an.

«Zu *Anne*», antwortete sie unter Tränen.

«Du hast zu fragen, wenn du die Wohnung verlässt. Merk dir das.» Drohend sah er sie an. Saliha konnte nicht glauben, dass ihr Vater so ungerecht sein konnte.

«Osman hat mich geschlagen», brach es aus ihr heraus.

«Und er wird es wieder tun, wenn du nicht gehorchst! Ich habe euch viel zu viele Freiheiten gelassen. Ihr habt sie ausgenutzt und Schande über unsere Familie gebracht. Die Leute zerreißen sich das Maul, weil Kemal Cetin sich von seinen Töchtern auf der Nase rumtanzen lässt. Ich schwöre, damit ist Schluss, hörst du? Schluss!» Er packte sie an den Schultern und schüttelte sie.

Saliha war klug genug, nicht zu widersprechen. Im Hintergrund sah sie, dass Murat aus dem Wohnzimmer gekommen war. Die Brüder starrten sie an.

Saliha fühlte sich unendlich allein. «Bitte, ich möchte zu *Anne*.»

«Ich kann sie fahren», bot Murat an.

Kemal Cetin zögerte.

«Wenn du willst, hole ich sie auch wieder ab», schlug der älteste Bruder vor. Saliha stand mit gesenktem Kopf im Flur.

Offenbar betrachteten die Männer sie nicht länger als Familienmitglied, sondern als Risikofaktor für einen weiteren Ansehensverlust. Die Nachbarn im Haus redeten schon hinter vorgehaltener Hand. Bald, wenn alles haarklein in der Zeitung stünde, wüsste es der ganze Stadtteil.

Nilgün hatte die Männer der Familie Cetin durch ihre heimliche Beziehung mit einem Deutschen bloßgestellt. Saliha, so hatten sie beschlossen, sollte nicht den Hauch einer Chance erhalten, es ihr gleichzutun.

Kemal Cetin fasste Salihas Kinn und drehte ihren Kopf. Er betrachtete den großen, roten Fleck, den Osmans Faustschlag hinterlassen hatte, und befahl: «Geh und mach dir was drüber.» Dann drehte er sich zu seinem ältesten Sohn um: «In zwei Stunden bringst du sie wieder zurück.»

Die Geschwister schwiegen während der Autofahrt. Erst als Murat das Auto auf dem Parkplatz des Krankenhauses abstellte, drehte er sich zu Saliha um und fragte unvermittelt: «Tut es noch weh?»

Sie zuckte mit den Schultern und stieg aus. Wortlos ging sie auf den Eingang zu.

«Ich hol dich in zwei Stunden ab», rief Murat ihr nach. Als er sicher war, dass sie zum Fahrstuhl ging, setzte er sich wieder ins Auto und fuhr davon.

«*Anne*, hörst du mich? Ich bin es, Saliha!»

Nie hatte sie sich einsamer gefühlt. Ihre große Schwester war tot, die Mutter verschwunden in einer anderen Welt, und die Brüder und der Vater standen wie eine Front zusammen und kontrollierten jeden ihrer Schritte. Tränen liefen ihr übers Gesicht. Sie wischte sie rasch mit dem Handrücken weg. Im selben Moment ging die Tür auf. Es war wieder die Krankenschwester. Diesmal kam sie gut gelaunt hereingeweht. Obwohl die Frau zu den Älteren im Team gehörte, strahlte sie Kraft und Vitalität aus. Als ihr Blick Saliha streifte, stutzte sie. Während sie den Puls der Mutter fühlte, betrachtete sie das Mädchen aufmerksam.

«Und? Wie geht es so?»

Ihre Stimme klang warm. Fast mütterlich. Saliha musste schlucken. «Meine Mutter scheint fest zu schlafen.»

«Das sehe ich. Ich meinte auch nicht deine Mutter, sondern dich.»

Saliha ließ ihre Haare ins Gesicht fallen Und stand auf, um der Schwester Platz zu machen.

Die Frau überprüfte den Tropf, an dem Besma nach ihrem Zusammenbruch lag, verlor dabei das Mädchen aber nicht aus den Augen. Sie meinte die Schwere, die sie ausstrahlte, mit den Händen greifen zu können. Als sich Saliha unbewusst eine Strähne hinters Ohr strich, sah die Krankenschwester die Schwellung unter dem linken Auge. Jemand hatte das Mädchen geschlagen! Einem spontanen Impuls folgend, sagte sie: «Es ist gerade ruhig auf der Station. Ich habe mir im Schwesternzimmer einen Tee gekocht. Komm doch kurz mit, dann reden wir ein wenig darüber, wie du deiner Mutter besser helfen kannst.»

«Mein Bruder wird mich gleich abholen. Er wird mich suchen.»

«Viel Zeit habe ich auch nicht», erwiderte die Frau. «Spätestens in zehn Minuten wird hier irgendwo wieder ein rotes Lämpchen angehen. Aber die kleine Auszeit sollten wir uns gönnen. Wir sehen deinen Bruder, sobald er auf der Station auftaucht.» Aufmunternd nickte die Frau ihr zu.

Widerstrebend stand Saliha auf. Die Krankenschwester umfasste ihre Schultern und schob sie sanft, aber bestimmt in Richtung Tür. Saliha hatte keine Kraft, ihr etwas entgegenzusetzen.

Die Pressekonferenz am Montagmorgen fand im zweiten Stock des Polizeipräsidiums statt. Seit mehreren Monaten hatte es keine Toten mehr gegeben. Zwar waren mehrere Menschen Opfer schwerer Gewalttaten geworden, aber sie waren dem Tod jedes Mal dank Notärzten und der Intensivmedizin noch einmal von der Schippe gesprungen. Doch nun war eine Schülerin von einem Unbekannten ermordet worden. Fast noch ein Kind. Das lockte auch Fernsehteams aus dem Umland an.

Der Konferenzraum war schon fünfzehn Minuten vor Beginn der Pressekonferenz bis auf den letzten Platz besetzt. Aber noch immer kamen Journalisten schnaufend die Treppe hoch. Plaudernd bevölkerten sie den langen Flur, der zum Konferenzraum führte. Niemand schien bedrückt. Hätte man anhand der Stimmung unter den Reportern und Reporterinnen Rückschlüsse auf den Anlass des Treffens ziehen wollen, hätte an diesem Morgen auch ein Spielplatz eingeweiht werden können.

Um Punkt zehn Uhr betraten Staatsanwalt Jens Degert, Kommissariatsleiter Bernd Tewes und Frank Steenhoff den Raum. Andrea Voss hatte lange vor ihnen am äußersten Ende des Tisches Platz genommen.

Der Polizeipressesprecher Lars Diepenau stellte die Beamten vor und übergab dann an Staatsanwalt Jens Degert. Der drahtige kleine Jurist hatte morgens genau mit Steenhoff und Tewes abgesprochen, was sie sagen und was sie noch zurückhalten wollten. Dabei hatte er sich furchtbar über den Artikel von Andrea Voss im *Weser-Kurier* aufgeregt. Haarklein war die Journalistin in ihrem Bericht auf den Doppelmord am Bunker Valentin Ende der 90er Jahre eingegangen und hatte die Frage aufgeworfen, warum schon wieder eine junge Frau aus dem türkischen Kulturkreis im Deichvorland der kleinen künstlich angelegten Bucht tot aufgefunden worden war. «Da wird bewusst ein Mysterium um den Fall aufgebaut, das uns bei der Analyse nur behindert», wetterte Degert im kleinen Kreis.

Anders als Andrea Voss am Sonntagabend befürchtet hatte, war Steenhoff inzwischen ganz froh, dass die Reporterin den Doppelmord aufgegriffen und in Beziehung zur jetzigen Tat gestellt hatte. So war Degert gezwungen, sich bereits im Vorfeld mit den zu erwartenden Nachfragen der Journalisten auseinanderzusetzen. Im Gegensatz zu Steenhoff bereitete sich Degert auf Pressekonferenzen nämlich normalerweise nicht lange vor. Er wollte sie einfach nur rasch hinter sich bringen. Das eine oder andere Mal war es Journalisten schon gelungen, den Staatsanwalt durch provozierende Fragen aus der Reserve zu locken und ihn zu längeren Erklärungen zu verleiten. Steenhoff dagegen hatte sich im Laufe der Jahre angewöhnt, so knapp wie möglich und so kurz wie möglich zu sprechen. So hatte er es meist geschafft, nicht mehr preiszugeben als beabsichtigt.

Steenhoff sah, wie Degert einen Stichwortzettel aus der Tasche zog. Der Staatsanwalt schien sich diesmal vorgenommen zu haben, nur das zu berichten, was nötig war, um die Öffentlichkeit zu informieren und auf diese Weise weitere Zeugenhinweise zu erhalten. Nachdem er den Fall zusammengefasst hatte, übergab er an den Kommissariatsleiter. Bernd Tewes sollte die Fragen an die Bevölkerung vortragen. Vorsichtshalber hatte Lars Diepenau sie alle nochmal auf der neuesten Pressemitteilung notiert.

Nachdem Tewes geendet hatte, begann der schwierigste

Part. Die Journalisten bekamen Gelegenheit, Fragen zu stellen. Steenhoff sollte, wie zuvor vereinbart, als Ermittlungsführer antworten. Erwartungsgemäß beschäftigte der lange zurückliegende Doppelmord die Reporter mindestens ebenso sehr wie die aktuelle Tat. Geschickt ging Steenhoff auf die Fragen ein und bestätigte, dass die Polizei den Parallelen natürlich sofort nachgegangen sei. Allerdings gebe es bislang keine Anhaltspunkte, die die These stützten. Er musste die gleiche Aussage in mehreren Varianten wiederholen, bis die Journalisten endlich den Punkt fallenließen.

Nach einer Stunde war die allgemeine Pressekonferenz beendet. Zu Steenhoffs großem Ärger hatte Tewes unnötigerweise in einem Nebensatz bemerkt, dass das Opfer schwanger gewesen sei. Die Journalisten hatten die Information begierig aufgesogen. Steenhoff hatte sofort eingegriffen und sie eindringlich gebeten, diesen Punkt aus Rücksicht auf die Familie nicht zu schreiben, aber er war sich nicht sicher, ob sich alle daran halten würden.

Andrea Voss hatte nichts gefragt und schien völlig in ihre Notizen vertieft.

Lars Diepenau verteilte ein Foto von Nilgün Cetin. Die Medien sollten es veröffentlichen, in der Hoffnung, dass sich Zeugen an die junge Frau erinnern würden. Noch wusste niemand, wohin das Mädchen gegangen war, nachdem sie Romans Elternhaus verlassen hatte.

Dann wurden Degert und Steenhoff gebeten, ein paar O-Töne vor laufenden Kameras abzugeben.

Als der Spuk vorbei war, steuerten die Männer erleichtert die Kantine an, um einen Kaffee zu trinken und die weiteren Schritte zu besprechen.

«Wie geht es Navideh?», erkundigte sich Degert, als sie sich an einen freien Platz am Fenster setzten.

«Schon besser», erklärte Steenhoff. «Sie hat bei dem Sturz eine Gehirnerschütterung erlitten und wird die nächsten Tage wohl ausfallen.»

«Ich werde dir jemanden an die Seite stellen. Du kannst ja nicht allein weiterarbeiten, wenn Block und Wessel in Berlin sind», versprach Tewes.

Doch Steenhoff lehnte dankend ab. Jeder neue Kollege müsste sich erst mal in den Fall einarbeiten. Bis er auf dem aktuellen Stand wäre, wären Wessel und Block längst wieder zurück.

«Es sei denn, Petersen überlegt es sich nochmal anders», sagte Degert und grinste breit. Steenhoff folgte seinem Blick. Auf dem Parkplatz vor der Kantine hatte ein Taxi gehalten, und eine schlanke Frau mit langen dunklen Haaren stieg aus. Sie ging um das Fahrzeug herum, beugte sich zu dem Fahrer hinunter und verabschiedete sich herzlich. Ohne zu zahlen, ging sie mit eiligen Schritten in Richtung Dienstgebäude.

«Verdammt. Was macht sie hier?» Steenhoff sprang auf. Er starrte fassungslos aus dem Fenster. «Die Ärzte haben ausdrücklich gesagt, sie solle sich unbedingt Ruhe gönnen.»

Tewes zuckte gleichmütig die Schultern. «Du weißt doch, wie sie ist, Frank.»

Steenhoff haute mit der flachen Hand auf den Tisch, sodass sich einige Beamte in der Kantine erstaunt nach ihnen umdrehten. Dann griff er seine Jacke, klopfte Degert im Vorbeigehen zum Abschied auf die Schulter und eilte Petersen nach.

«Ist sicherlich nicht immer leicht», sagte Degert und nahm sich Steenhoffs Kaffeebecher.

«Du meinst mit Navideh?», fragte Tewes.

«Ich meine mit Frank und Navideh. Wundert mich, dass das so lange gutging. Ich weiß nicht, wer von den beiden den größeren Dickschädel hat.»

Im Treppenhaus holte Steenhoff Navideh ein. Ohne Gruß herrschte er sie an: «Was soll das? Warum bist du schon wieder im Dienst?»

«Das frage ich mich allerdings auch bei dieser Art von Begrüßung», entgegnete sie scharf.

«Der Notarzt hat gestern gesagt, dass du mindestens 24 Stunden unter Beobachtung bleiben sollst. Jetzt ist gerade die Hälfte der Zeit rum.»

«Mir geht es prima. Also beruhige dich.» Sie stockte. «Außerdem habe ich nachgedacht. Wir müssen reden.»

«Du meinst …»

«Ja.»

Steenhoff holte tief Luft. Er setzte gerade zu einer Entgegnung an, als sie eilige Schritte auf der Treppe hörten. Im nächsten Moment stand Barbara Stockert von der Daktyloskopie vor ihnen. «Ach, hier seid ihr! Ich hatte befürchtet, ihr wäret noch in der Pressekonferenz.»

Keiner der beiden sagte etwas.

«Wollt ihr gar nicht wissen, was ich gefunden habe?» Die Biologin sah sie irritiert an.

«Was hast du gefunden, Barbara?», fragte Steenhoff beherrscht.

«Jemand hatte doch das breite Gummiband um den Stapel Briefe zerrissen. Daran haben wir einen kleinen Rest Fremdmaterial gefunden», erklärte sie stolz.

«Was für Briefe?», fragten Petersen und Steenhoff gleichzeitig.

Barbara Stockert schaute verwundert von einem zum

anderen: «Na, in dem aufgebrochenen Spind des Opfers. In der Schule!»

Durch Steenhoff ging ein Ruck. Das begonnene Gespräch mit Navideh war vergessen. «Los, sag schon. Wer hat den Schrank aufgebrochen?»

Barbara Stockert ließ sich einen Moment Zeit, dann sagte sie triumphierend: «Roman Rodewaldt.»

19

Steenhoff wollte gerade klingeln, als ihm Cornelia Rodewaldt schon die Tür öffnete. Romans Mutter wirkte sehr angespannt.

«Wenn es nach meinem Mann und mir ginge, würde ich Sie nicht mehr ins Haus lassen», begrüßte sie die beiden Beamten mit kaum unterdrückter Ablehnung. «Aber Roman hat mir das Versprechen abgenommen, dass ich Sie kurz zu ihm lasse. Unser Anwalt wird sich übrigens noch heute mit Ihnen in Verbindung setzen.» Sie trat zurück und bedeutete den Polizisten, die Treppe zum Zimmer ihres Sohnes hinaufzugehen.

Petersen warf Steenhoff einen Blick zu.

«Frau Rodewaldt, wir werden Ihren Sohn zur Vernehmung mit aufs Präsidium nehmen», sagte Steenhoff ernst.

Die Gesichtszüge der Frau verhärteten sich. «Das werden Sie nicht tun. Roman ist krank. Unser Hausarzt wird jede Minute eintreffen. Roman liegt mit hohem Fieber im Bett. Schauen Sie aufs Thermometer, oder messen Sie selbst nach. Aber Sie dürfen ihn nicht mitnehmen!» Entschlossen stellte sie sich den beiden Beamten in den Weg.

«Seit wann sind Ihr Mann und Roman aus Süddeutschland zurück?» Petersen versuchte, Zeit zu gewinnen.

«Sie kamen spät in der Nacht. Roman hatte schon ganz glasige Augen und erhöhte Temperatur. Aber erst, als ich ihn nachts weinen hörte und zu ihm ging, habe ich bemerkt, dass er Fieber hatte.» Ihre Augen füllten sich mit Tränen. «Sobald er glaubt, dass wir ihn nicht hören, fängt er an zu weinen. Er ist völlig verzweifelt. Mein Gott, ich mache mir solche Sorgen um ihn!»

«Hat er Ihnen gesagt, was genau ihn beschäftigt?», hakte Steenhoff nach.

«Nein, er spricht ja kaum mit uns. Aber wahrscheinlich drehen sich alle seine Gedanken um Nilgün. Erst trennt sie sich überraschend von ihm, dann wird sie tot aufgefunden und Roman erfährt, dass sie von ihm schwanger war ...» Erschöpft ließ sie sich auf die Treppenstufen sinken und hielt sich mit einer Hand am Geländer fest. «Wie soll er das verkraften? Es ist furchtbar!» Tränen liefen ihr übers Gesicht. Mit bebender Stimme fuhr sie fort: «Ich erkenne ihn kaum wieder. Er war immer so freundlich und so gut gelaunt. Aber seit dieser Geschichte mit Nilgün redet er nur noch das Nötigste.»

Steenhoff bedeutete Petersen, bei der verzweifelten Frau zu bleiben. «Ich gehe jetzt zu Roman, Frau Rodewaldt. Keine Sorge, ich werde nicht unnötig lange bei ihm bleiben.»

Ohne eine Antwort abzuwarten, zwängte sich Steenhoff an der Frau vorbei und ging die Treppe hinauf. Aus dem Augenwinkel sah er, wie Petersen sich neben die Frau setzte und ruhig auf sie einsprach.

Als er das Zimmer betrat, lag Roman mit dem Gesicht zur Wand. Steenhoff blieb in der Mitte des Raumes stehen.

«Hallo Roman. Wie geht es dir?»

Schwerfällig, als koste es ihn unendlich viel Kraft, drehte sich der Junge um. Er hatte glasige Augen. Steenhoff zog sich den Schreibtischstuhl heran und musterte Roman. «Nilgüns Tod setzt dir mächtig zu, nicht war?»

Mühsam richtete sich Roman im Bett auf. Er presste die Lippen aufeinander. Steenhoff wartete geduldig.

«Ich … Ich kann das alles nicht glauben», begann der Junge. Seine Stimme zitterte. «Wenn ich aufwache, hoffe ich jedes Mal, dass alles nur ein furchtbarer Albtraum ist. Zigmal am Tag denke ich, dass ich unbedingt eine SMS an Nilgün schicken muss. Aber dann fällt mir ein, dass ich gar kein Handy mehr habe. Und dass ich auch gar keins mehr brauche, weil Nilgün mir nie wieder schreiben wird.» Seine Schultern fingen an zu beben. Beschämt bedeckte er seine Augen mit der Hand.

Steenhoff sah sich im Zimmer um und entdeckte eine Packung Taschentücher auf dem Schreibtisch. Wortlos reichte er sie dem Jungen.

«Nilgün wollte sich von dir trennen», sagte er unvermittelt, nachdem Roman sich ausgiebig die Nase geputzt hatte.

«Ja, äh … nein …», stammelte Roman. «Ich verstehe nicht, warum sie das tun wollte. Wir hatten uns nicht gestritten oder sonst was.» Er sah Steenhoff mit verquollenen Augen an. «Nilgün und ich, wir liebten uns. Sie hatte keinen neuen Freund, bestimmt nicht!»

«Und du, hattest du vielleicht eine neue Freundin?»

«Quatsch.» Roman schüttelte den Kopf. «Andere Mädchen interessieren mich nicht.»

«Und da warst du natürlich wütend, als sie dir den Laufpass gegeben hat.»

Roman pfiff abfällig durch die Zähne. «Nein. Ich war nicht wütend. Es war zu unwirklich. Ich habe die SMS gelesen, als ich mit meinen Kumpels nach dem Sport noch kurz in die Kneipe gegangen bin. Erst habe ich gedacht, es will mich jemand verarschen. Aber es war ja Nilgüns Handynummer. Dann war ich überzeugt, dass einer der beiden Brüder ihr Handy in die Finger bekommen hatte und mich abservieren wollte.»

«Und dann?»

«Ich habe mir ein Handy von einem Freund geliehen, damit sie oder ihre Brüder nicht gleich meine Nummer erkennen und auflegen. Dann habe ich bei Nilgün angerufen. Aber ihr Handy war abgestellt. Ich habe es zigmal von verschiedenen Apparaten aus probiert, aber sie war nicht erreichbar. Später bin ich dann zu Nilgün nach Hause gefahren.»

«Was wolltest du da?»

Roman rutschte unruhig hin und her. «Ich weiß es nicht. Wirklich … Ich … ich war total aufgewühlt und hatte Angst, sie könnte in Gefahr sein.»

«Hast du bei den Cetins geklingelt?»

«Nein. Ich habe nur vor der Haustür gestanden und gehofft, dass ich sie irgendwo am Fenster sehe. Aber bis auf ihre jüngere Schwester schien niemand zu Hause zu sein. Irgendwann kamen dann ihre Brüder mit dem Vater nach Hause. Sie sprachen kein Wort miteinander.»

«Haben sie dich gesehen?»

«Nein.»

«Woher wusstest du, dass es ihre Brüder waren?»

«Nilgün hatte mir Bilder von ihrer Familie gezeigt. Einen der beiden Brüder habe ich am nächsten Morgen vor unserer Schule gesehen. Er suchte jemanden. Aber ich habe mich nicht getraut, ihn anzusprechen.»

«Bist du dir mit dieser Beobachtung ganz sicher?», hakte Steenhoff nach.

«Ja. Ganz sicher. Es war Murat. Der Ältere der beiden. Ich habe ihn an seinem großen Muttermal auf der Wange erkannt. Er hockte bei den Fahrradständern und tat, als würde er an einem Rad rumfummeln. Ich habe ihn erst gar nicht bemerkt. Aber ein Schüler glaubte wohl, dass Murat sich an seinem Fahrradschloss zu schaffen machte, und beschimpfte ihn lauthals. Da fiel er mir auf. Er hat sich schnell wieder aus dem Staub gemacht.»

«Warum hast du uns das nicht erzählt?»

Roman zuckte mit der Schulter. «Ich wollte es einfach nicht glauben, dass sie mit mir Schluss gemacht hat … Es ist so schrecklich, dass sie tot ist. Und ich weiß nicht, wie ich damit weiterleben soll. Aber die Vorstellung, dass sie, kurz bevor sie starb, nichts mehr mit mir zu tun haben wollte … Das macht mich total fertig.» Er vergrub sein Gesicht in der Bettdecke und fing an zu schluchzen.

Steenhoff wartete, bis er sich wieder ein wenig beruhigt hatte, und sagte dann: «Das kann ich verstehen. An deiner Stelle würde es mir auch nicht anders gehen.»

Roman, der längst sein letztes Taschentuch verbraucht hatte, zog laut die Nase hoch. «Ich habe dann am nächsten Tag unter einem Vorwand bei einer ihrer Freundinnen aus der Klasse nachgefragt. Niemand durfte ja wissen, dass wir zusammen waren. Aber die wussten auch nichts. Erst am übernächsten Tag erzählte mir jemand, Nilgün sei krank.» Er stockte. «Einen Tag, bevor sie gefunden wurde, habe ich dann ihren Schrank in der Schule aufgebrochen. Ich musste einfach wissen, ob sie wirklich einen anderen Freund hatte oder nicht.»

«Und? Hast du etwas gefunden?»

«Nein, da lagen nur ein paar Schulbücher und die Briefe drin, die ich ihr geschrieben hatte. Sie hatte sie alle aufbewahrt und der Reihe nach geordnet. Aber ich konnte auch nicht genauer nachschauen. Ein Lehrer kam die Treppe hoch, und ich habe die Schranktür schnell wieder zugedrückt.»

«Du hättest auch keine Beweise für einen anderen Mann in Nilgüns Leben gefunden. Jedenfalls nicht dort», sagte Steenhoff.

Roman sah ihn verblüfft an. «Woher wollen Sie das wissen?»

«Wir haben genau nachgesehen und sind dabei nur auf deine Spuren gestoßen.»

«Tut mir leid, dass ich das nicht sofort gesagt habe.»

«Gibt es noch etwas, was du uns verschwiegen hast?»

Im selben Moment wurde die Tür aufgerissen, und Klaus Rodewaldt stand im Zimmer. Er war außer sich vor Empörung. Hinter ihm stand ein älterer Mann mit einem Arztkoffer in der Hand. «Was fällt Ihnen ein, hier einfach einzudringen. Das wird nicht ohne Folgen für Sie bleiben», schimpfte Romans Vater. «Wie konnte Cornelia Sie bloß zu dem Jungen lassen!»

«Papa, bitte …»

«Sei still, Roman. Du hast keine Vorstellung, wie Polizeibeamte dir jedes Wort im Munde umdrehen können. Ruckzuck, und sie haben dir einen Mord angehängt.»

Roman wurde vor Schreck weiß im Gesicht.

«Es reicht», entgegnete Steenhoff grob. Er drehte sich zu Roman um und sagte freundlich: «Ich bin froh, dass du mir das mit dem Schrank erzählt hast. Wir reden weiter, wenn es dir wieder bessergeht.» Dann ging er, ohne ein weiteres Wort an Klaus Rodewaldt zu verlieren, die Treppe hinunter.

Hinter sich hörte er, wie der Vater Roman bedrängte, ihm zu erzählen, was sie gerade besprochen hatten.

Petersen saß bei Cornelia Rodewaldt im Wohnzimmer. Steenhoff gab ihr ein Zeichen, dass sie gehen sollten, und marschierte aus dem Haus. Wenige Minuten später kam Navideh heraus.

«Was macht dein Kopf?»

Sie verdrehte die Augen: «Er sitzt fest an seinem Platz. Also, was hat er gesagt?»

«Roman war es nicht.»

«Hat er das gesagt?»

«Nein, ich.»

Auf dem Weg zu ihrem Wagen fasste Steenhoff das Gespräch mit Roman zusammen. «Er hat zwar anfangs wichtige Details verschwiegen, aber als er sie jetzt erzählte, gab es keine Widersprüche.»

«Roman ist intelligent, und er hatte Zeit, sich wegen Nilgüns letzter SMS Gedanken zu machen und sich eine Erklärung zurechtzulegen», gab Navideh zu bedenken.

«Der Junge ist total fertig. Das war nicht geschauspielert, was ich eben in seinem Zimmer erlebt habe. Außerdem hat er von sich aus zugegeben, Nilgüns Schrank aufgebrochen zu haben. Und er hat mit seiner Aussage Osman und Murat entlastet.»

Navideh sah ihn erstaunt an. «Ach, ja?»

«Roman hat Murat am Dienstagmorgen bei den Fahrradständern vor dem Haupteingang der Schule gesehen. Osman und Murat haben unabhängig voneinander ausgesagt, dass sie am Montagabend zusammen nach ihrer Schwester gesucht haben. Also gingen sie am Dienstagmorgen noch davon aus, dass Nilgün nur verbotenerweise von zu Hause weggeblieben war. Sie wollten sie an ihrer Schule abfangen und zur Rede stellen. Mit anderen Worten, sie haben sie nicht getötet!»

«Denk daran, dass wir auch eine andere Variante für möglich gehalten haben», warf Navideh ein. «Murat, Osman und Kemal Cetin haben Nilgün getötet und am nächsten Morgen die Suche vor der Schule nur inszeniert, um sich ein Alibi zu verschaffen.»

Steenhoff öffnete ihr Auto. Nachdenklich schüttelte er den Kopf. «Dann hätten sie es auffälliger gemacht. Roman sagte, er habe Murat beinahe übersehen, weil er so tat, als würde er ein Rad abschließen. Nur weil zufällig der Besitzer des Rades auf Murat aufmerksam wurde und ihn laut ansprach, hat er Murat bemerkt.»

«Und wenn Nilgün tatsächlich erst am Montag bei jemandem genächtigt hat und erst später von den männlichen Familienmitgliedern erwischt und getötet wurde?»

«Aber warum sollte sich dann die Person, mit der sie zuletzt Kontakt hatte, nicht bei uns melden? Egal ob es sich nun um eine uns noch unbekannte Freundin handelt oder um den ominösen neuen Freund?», entgegnete Steenhoff.

«Entweder weil die Person selbst etwas mit ihrem Tod zu tun hat oder weil es sie gar nicht gibt», spielte Petersen den Ball zurück.

Steenhoff nickte, und Navideh wartete darauf, dass er den Zündschlüssel ins Lenkradschloss steckte. Aber Steenhoff beobachtete konzentriert eine junge Mutter, die mit ihrem kleinen Kind an der Hand den Bürgersteig entlanglief. Der alte Leitsatz seines verstorbenen Kollegen Paul Bennecke kam ihm plötzlich in den Sinn: «Denk erst das Naheliegende und dann das Unwahrscheinliche. 95 Prozent aller Täter sind so wie wir, ganz normale Menschen!»

Steenhoff nahm sein Handy und wählte Wessels Nummer. Während des Telefonats wartete Navideh ungeduldig.

«Wir sollten nochmal an Kemal Cetin ran», sagte Steenhoff, nachdem er das kurze Gespräch beendet hatte. «Michael hat ihn am Sonntagnachmittag aufgesucht, aber er war nicht zu Hause. Angeblich war er bei seiner Frau im Krankenhaus. Besma Cetin hat einen Zusammenbruch erlitten.»

«Die arme Frau», sagte Navideh spontan.

«Ja, sie und die Kleine können einem leidtun», stimmte ihr Steenhoff zu. Er startete das Auto und wendete auf der Straße.

«Wir fahren zu Cetins Gemüseladen. Ich will wissen, was er am Montagabend zwischen 20 und 21 Uhr gemacht hat.»

In dem Geschäft trafen sie nur auf Murat. Der junge Mann zuckte zusammen, als er die beiden Beamten erkannte. Dann bot er ihnen höflich einen Platz in dem kleinen Nebenraum des Ladens an. Doch Steenhoff lehnte ab.

«Wir wollten deinen Vater sprechen. Kannst du uns sagen, wann er wiederkommt?»

«Ja. Morgen oder übermorgen. Er ist bei Verwandten in Bochum.»

«Ich denke, deine Mutter liegt im Krankenhaus», sagte Petersen verblüfft.

«Ja. Sie hat wieder ihre Depressionen. Wir kennen das schon. Nur diesmal ist es schlimmer als sonst. Sie ist vor Kummer zusammengebrochen. Kreislauf oder so sagen die Ärzte. Wir besuchen sie abwechselnd.»

«Und was hat dein Vater so Wichtiges mit Verwandten zu besprechen, dass er gerade jetzt losfahren muss?»

Murat zuckte mit der Schulter. «Es geht ihm nicht gut. Er braucht jemanden zum Reden.»

«Warum ist er nicht zu eurem Onkel Ayub nach Bremerhaven gefahren?»

«Onkel Ayub ist krank. Herz oder so. Mein Vater wollte ihn nicht mit der Sache aufregen», antwortete Murat schnell.

Steenhoff sah den jungen Mann prüfend an. Er wirkte nervös, hielt aber dem Blick stand. Steenhoff nickte ihm zum Abschied zu.

Die beiden Beamten waren noch nicht aus seinem Blickfeld verschwunden, als Murat zum Telefon griff und seinen Vater anrief.

«Dreh dich nicht um, aber ich könnte wetten, dass Murat schon telefoniert», sagte Steenhoff, als sie auf die Straße traten.

«Hören wir sämtliche Anschlüsse ab?»

«Ja. Vorausgesetzt, die Cetins haben ihre Handys nicht gewechselt. Aber bislang wird noch fleißig innerhalb der Familie telefoniert. Leider –» Mitten im Satz stockte Steenhoff und blieb stehen. «Ach, das kann doch nicht wahr sein!» Er stöhnte laut auf.

Vergeblich versuchte Petersen herauszufinden, was ihn so aufregte, dann sah sie es selbst: Hinter dem rechten Scheibenwischer ihres Dienstwagens steckte ein Knöllchen.

Steenhoff riss den Strafzettel unter dem Scheibenwischer hervor und stopfte ihn in seine Jackentasche. Erst als sie schon wieder auf dem Weg ins Präsidium waren, setzte er seinen Satz fort. «Leider kommen die Dolmetscher nicht so schnell mit den Übersetzungen nach.»

Während der Fahrt zog sich der Himmel über Bremen düster zusammen. Fünf Minuten später zerriss ein Blitz das Wolkenspektakel, gefolgt von einem heftigen Donner. Dicke Regentropfen klatschten auf die Windschutzscheibe.

«Gut, dass es nicht geregnet hat, als wir in der Grube saßen», begann Steenhoff behutsam, an ihr Gespräch von vorher anzuknüpfen.

Petersen stimmte ihm zu, stieg aber nicht weiter auf das Gesprächsangebot ein.

«Ich möchte gern wissen, was diese Grube früher mal für eine Funktion hatte», begann Steenhoff erneut. Aber wieder ließ Petersen die Chance verstreichen. Früher hätte Steenhoff damit die Sache abgehakt und nie wieder ein Wort darüber verloren. Er musste nicht über alles sprechen, was ihn beschäftigte. Aber Navideh hatte den ersten Anstoß gegeben. Sie hatte es gewollt, so sehr sogar, dass sie ihn bereits auf dem Präsidiumsflur darauf ansprach. Warum ging sie jetzt nicht darauf ein? Er würde nie aus ihr schlau werden.

«Navideh ...», begann er entschlossen.

«Frank, lass uns bitte reden, wenn wir wieder allein im Büro sitzen und nicht so zwischen Tür und Ampel.» Sie stutzte und sah ihn verlegen an. «Mist, so heißt das nicht.»

Er unterdrückte vergeblich ein Lachen. «Es heißt Tür und Angel.»

Es kam äußerst selten vor, dass Navideh mal nach einem deutschen Wort suchen musste. Nur bei Sprichwörtern war sie ab und an unsicher.

Schweigend fuhren sie weiter. Doch Petersen hatte vergeblich darauf gesetzt, dass sie im Büro Gelegenheit für ein Gespräch finden würden. Kaum waren sie vom Parkplatz durch den strömenden Regen ins Bürogebäude gelaufen, fing sie Tewes auf dem Flur ab.

Ein Zeuge meinte, Nilgün am Montagabend im Stadtteil Blockdiek wiedererkannt zu haben. Er hatte den Beitrag über die Pressekonferenz in einem Privatsender gesehen und sich an einen Streit zwischen einer jungen türkisch aussehenden Frau und «einem Schwarzen» direkt vor der Apotheke gegenüber seines Wohnhauses erinnert.

Bis Mittwoch fuhren Steenhoff und Petersen von Termin zu Termin. Auf Block und Wessel konnten sie nicht zählen, da ihre beiden Kollegen ganze zwei Tage für die Vernehmung von Yasemins weitverzweigter Familie in Berlin benötigten.

Die Zeugen, die sich nach dem Aufruf in den Medien gemeldet hatten, klangen oft vielversprechend. Doch am Ende stellte sich jedes Mal heraus, dass sie sich geirrt hatten, als sie Nilgün wiederzuerkennen meinten. So entpuppte sich die vermeintliche Türkin des ersten Anrufers als Studentin aus Rheinland-Pfalz, die ihren Freund vor der Apotheke vergeblich davon überzeugen wollte, ein Pflaster gegen seine Nikotinsucht aufzukleben.

Alle Stränge, die sie verfolgten, schienen ins Leere zu laufen. Auch in Berlin bekamen Wessel und Block nur bestätigt, was sie von Anfang an vermutet hatten: Zwischen den Familien von Yasemin und Nilgün bestand keine Verbindung. «Niemand ist verschwägert, es gibt keinen gemeinsamen Großcousin, keine gemeinsame Cousine. Die Väter stammen aus unterschiedlichen Gebieten der Türkei und haben in Bremen nie zusammen gearbeitet», gab Steenhoff das ernüchternde Zwischenergebnis von Wessel wieder.

Sie steckten in einer Sackgasse.

20

Saliha saß mit angezogenen Beinen auf ihrem Bett und versuchte, ihre aufkommende Panik zu bekämpfen. Auf dem Küchentisch lagen Flugtickets nach Diyarbakir.

Baba wollte mit *Anne* in den Herbstferien in ihr Heimatdorf fahren. Nach Dicle.

Bei dem Gedanken an ihren letzten Aufenthalt dort schüttelte Saliha sich. Sie hatte sich geschworen, nie wieder dorthin zu fahren. Vor sechs Jahren waren sie alle zuletzt da gewesen. Saliha konnte sich noch gut an staubige Straßen, an müde, ausgemergelte Esel und magere Hühner erinnern, die ihren Verwandten zwischen den Füßen herumliefen. Und an den heißen trockenen Wind, der an den Kopftüchern der Frauen zerrte. Sie und ihre Geschwister langweilten sich entsetzlich, aber die Erwachsenen nahmen darauf keine Rücksicht. «Geht, spielt mit den anderen Kindern», forderte *Baba* sie auf und schickte sie nach draußen. Dort wartete schon eine Horde Kinder auf sie. Neugierig und feindselig zugleich. Doch es gab nichts zu spielen. Keinen Ball, kein Seil, keine Brettspiele. Und sie hatten auch nichts gemeinsam, außer ihrer Sprache und der Tatsache, dass ihre Väter und Mütter in diesem Dorf geboren waren. Die einen waren geblieben, die anderen in ein fremdes Universum aufgebrochen.

Die Zeit in Dicle zog sich zäh dahin. Zwischenzeitlich war Saliha dankbar, wenn ihre Cousinen sie zum Wasserholen an den Dorfbrunnen mitnahmen und abends mit ihr Fladenbrot backten. Mit zwei der Mädchen hatte sie sich am Ende doch noch angefreundet. Sie waren etwas älter als sie und mussten viel mithelfen. Manchmal durften die Kinder mit ihren Vätern in die nächstgelegene Kleinstadt fahren, wo es zwei Cafés, Geschäfte und einen Basar gab. Auf Saliha, die in Bremen geboren und aufgewachsen war, übte die verschlafene Kleinstadt kaum einen Reiz aus. Einzig die Eselskarren, die die ärmeren Bauern anstelle eines Autos als Fortbewegungsmittel benutzten, taten es ihr an. Immer wieder bedrängte sie ihren Vater, ob sie sich in Bremen nicht auch einen Esel anschaffen könnten. Damit, so malte sie sich aus, würde sie dann zu ihrer Grundschule reiten. Sie wäre der Star ihrer Klasse. Und Janina, das Mädchen, das schräg vor ihr saß, würde sie nie wieder hänseln, weil sie noch kein eigenes Fahrrad besaß.

Aber ihr Vater hatte sie nur laut ausgelacht. Ein Esel in Bremen! Man stelle sich das vor. Doch in Dicle konnte sich niemand ihr Leben fern der Heimat vorstellen. Kemals Onkel hatte höflich mitgelacht und dann das Thema gewechselt.

Irgendwie waren die vier Wochen schließlich vorbeigegangen. Als Saliha ihren Verwandten zum Abschied zuwinkte, war sie heilfroh. Nichts in der Welt würde sie in dieses Dorf zurückbringen. Und auch Besma und Kemal Cetin schien nichts zu drängen, in die alte Heimat zurückzukehren.

Doch nun lagen diese Tickets auf dem Tisch. Hamburg–Istanbul mit Anschlussflug nach Diyarbakir. Ausgerechnet jetzt. Wie konnte *Baba* an Urlaub denken, wo *Anne* im Krankenhaus lag und Nilgün noch nicht einmal beerdigt war?

Saliha stand auf und schaute aus dem Fenster. Schräg gegenüber von ihrem Wohnhaus stand an der Ecke ein Kiosk. Er gehörte einem Freund ihres Vaters. Salihas Bruder und der Besitzer hatten sich am Dienstagmorgen heftig gestritten.

Osman wollte wie immer auf dem Weg zur Arbeit seine Zigaretten bei dem Kiosk holen, als sein Blick auf die Schlagzeilen in den türkischen und deutschen Boulevardblättern fiel. Dann sah er seine Schwester. Eines der wenigen Bilder, auf denen Nilgün lächelte. Einen kurzen Augenblick lang schien es Osman, als verspotte seine schlaue Schwester ihn auch noch im Tod. Die Polizeibeamten hatten das Bild in ihrem Schrank in der Schule gefunden und mitgenommen. Nun wollten die Ermittler wissen, wer die Schülerin Nilgün Cetin gesehen hat, nachdem sie am Montagnachmittag das Haus ihres Freundes in Schwachhausen verlassen hatte. Osman riss die oberste Zeitung aus dem Ständer und überflog den Artikel. Sein Gesicht wurde rot vor Wut. Wie ein Besessener griff er nach allen Zeitungen, die er zu fassen bekam, und schleuderte sie auf die Straße. Anschließend trat er so kräftig gegen einen Stapel Papier, dass ein Windstoß einzelne Seiten erfasste und in den Rinnstein wehte.

Schwanger! Die Journalisten hatten geschrieben, dass Nilgün schwanger war. Schwarz auf weiß stand es da! Und Nilgün lächelte dazu.

Wie ein Lauffeuer würde es sich herumsprechen. Beim Bäcker, in der Teestube, in der Moschee, in ihrem Wohnhaus, an seinem Arbeitsplatz. Alle würden es heute Abend wissen: Nilgün, die älteste Tochter des Gemüsehändlers Kemal Cetin, war tot, und sie war eine Hure!

Keine ruhige Minute würden er und sein Bruder mehr haben. Die Frauen würden tuscheln, und die Männer würden sie fragen, warum sie nicht besser auf ihre Schwester aufgepasst hätten. Mit voller Wucht trat Osman noch einmal gegen die am Boden liegenden Zeitungen.

Der Kioskbesitzer war aus seinem Kabuff herausgerannt und hatte mit ihm geschimpft. Osman hätte sich am liebsten auf ihn gestürzt und ihn gewürgt. Wie konnte er diesen Schund verkaufen? Den Ruf der Familie Cetin für ein paar Euro aufs Spiel setzen? Nur aus Respekt vor seinem Vater riss sich Osman mit letzter Kraft zusammen. Er brüllte den Besitzer an, die Zeitungen gefälligst zu verbrennen. Einige

Passanten blieben stehen, Frauen wechselten mit ihren Kindern an der Hand die Straßenseite. Dann stolperte Osman zur Straßenbahnhaltestelle und stieg in eine Bahn ein.

Saliha hatte den Streit aus ihrem Zimmer heraus beobachtet. Die Medien hatten also darüber berichtet. So wie es die Kommissarin auf dem Schulhof angekündigt hatte. Ihr Vater würde außer sich sein.

Es kostete Saliha ungeheure Kraft, an diesem Morgen in die Schule zu gehen. Mehrere Lehrer sprachen Saliha ihr Beileid aus. Die Schüler und Schülerinnen dagegen machten einen Bogen um sie. Nur ein Mädchen steuerte direkt auf sie zu und sagte mitfühlend: «Die Sache mit deiner Schwester tut mir echt leid.» Dann war Saliha wieder allein. Aber alles war besser als das, was sie zu Hause erwartete.

Auf die Minute pünktlich schloss sie die Haustür auf. Sie lauschte einen Moment. Niemand schien zu Hause zu sein. Saliha reckte sich und trat erleichtert ein. Kaum hatte sie ihre Schultasche abgestellt, begann sie mit der Hausarbeit. Ihr Vater sollte eine ordentliche Wohnung vorfinden, wenn er aus Bochum zurückkehrte. Saliha hoffte inständig, dass ihm Osman und Murat keine der Zeitungen hinlegen würden. Sie wusste, er könnte es nicht ertragen.

Sie wischte, putzte und kochte für den Abend. Mit jeder Stunde, die verging, wurde Saliha unruhiger. Was hätte sie darum gegeben, nach der Schule zu einer ihrer Freundinnen gehen zu dürfen. Aber Osman hatte ihr befohlen, sofort nach Hause zu kommen. Obwohl er der jüngere der beiden Brüder war, gab er den Ton in der Familie an, sobald sein Vater nicht zu Hause war. Nie hätte sie nach ihrem letzten Streit gewagt, sich ihm zu widersetzen.

Es war kurz vor 20 Uhr, als Osman gemeinsam mit Kemal Cetin zur Tür hereinkam. Eine halbe Stunde später traf

Murat aus dem Gemüseladen ein. Geräuschlos verzog sich Saliha in ihr Zimmer. Ihr Vater wirkte um Jahre gealtert.

Als Saliha am nächsten Tag aus der Schule nach Hause kam, hatte sie die Tickets auf dem Küchentisch entdeckt. Sie wollte nicht wieder nach Dicle. Nicht jetzt. Und auch sonst nie wieder.

Sie stand auf und ging in die Küche, um sich einen Tee zu kochen. Sie wollte Murat bitten, sie ins Krankenhaus zu fahren. Ob *Anne* wohl wusste, was *Baba* vorhatte?

Während das Wasser kochte, öffnete Saliha erneut den Umschlag mit den Tickets. Der Flug in die Türkei sollte Mitte Oktober losgehen. Sie legte den Umschlag wieder weg und goss das sprudelnde Wasser über die losen Teeblätter in der Kanne. Plötzlich kamen ihr die Schlangen in den Sinn, vor denen die Frauen des Dorfes die Kinder aus Deutschland damals gewarnt hatten. Angeblich konnte sie hinter jedem Holzstoß und in jedem verdorrten Grasbüschel liegen. Saliha schüttelte sich. Jeder Tag in Dicle würde eine Qual werden. Wie lange hatte *Baba* vor zu bleiben?

Ein weiteres Mal griff sie nach dem Umschlag. Erstaunt stellte Saliha fest, dass nur drei Hinflugtickets drinsteckten. Ihre Brüder würden also gar nicht mitkommen. Natürlich. Jemand musste ja im Gemüseladen arbeiten, und Osman hatte als Lehrling nicht viel Urlaub. Die meisten Tage hatte er bereits im Sommer genommen.

Dann stutzte Saliha erneut. Warum waren nur zwei Rückflugtickets im Umschlag?

Suchend schaute sie sich in der Küche um. Ihr Ticket musste herausgefallen sein, als sie den Umschlag das erste Mal geöffnet hatte. Aber auf dem Boden lag nichts. Beunruhigt nahm sie alle Unterlagen heraus und breitete sie auf dem Tisch aus. Ausgerechnet ihr eigenes Rückflugticket fehlte. In die andere Richtung wäre es ihr lieber gewesen. Welch wunderbare Vorstellung, wenn ihre Eltern ohne sie fliegen würden und sie in Bremen bleiben könnte. Es wäre eine Woche Freiheit. Denn selbst Osman konnte sie nicht rund um die Uhr kontrollieren, und Murat verbrachte mehr als zehn Stunden täglich im Geschäft. Aber das Reisebüro hatte tatsächlich vergessen, das Ticket von Diyarbakir zurück nach Deutschland mit hineinzulegen. Sie musste ihren Vater darauf aufmerksam machen. Nicht auszudenken, wenn sie auch nur einen Tag länger als nötig in dem Dorf hocken bleiben müsste.

Saliha trank eine Tasse Tee und ging in ihr Zimmer. Der Anblick von Nilgüns leerem Bett versetzte ihr jedes Mal einen heftigen Stich. Am Kopfende hingen Fotos von ihrer Schwester und deren Freundinnen. Ein Bild zeigte Nilgün und Saliha Arm in Arm auf einer Bank an der Weser. Ihre große Schwester lachte sie an und hielt scherzhaft den Daumen ihrer linken Hand hoch. Nilgün, die Wagemutige! Die Unbeugsame!

Wie sie ihr fehlte!

Saliha nahm die kleine Stoffgiraffe und streichelte sie zart. Tränen liefen ihr über die Wangen. *Baba* konnte vielleicht Nilgün aus seinem Gedächtnis streichen und alle in der Familie zwingen, ihren Namen nie wieder zu nennen. Aber es würde kein Tag, keine Stunde vergehen, an dem sie nicht an ihre Schwester dachte.

Mit einem Mal erfasste sie eine große Unruhe. Einem Impuls folgend, ging Saliha zurück in die Küche und öffnete zum vierten Mal an diesem Tag den Briefumschlag. Sie musste nicht lange suchen. Die Rechnung über die Flugreise steckte hinter den Tickets. Saliha schluckte. Die Kosten waren genau aufgelistet: drei Hinflüge, zwei Rückflüge. Warum hatte ihr Vater das übersehen?

Plötzlich stieg ein furchtbarer Verdacht in ihr auf. Kalter Schweiß trat ihr auf die Stirn. Ihr Atem ging schneller. Saliha ließ den Umschlag fallen, zog sich eine Jacke über und stürzte aus der Wohnung.

Zehn Minuten später stellte sie ihr Rad vor dem Gemüseladen in Gröpelingen ab. Mit einem gequälten Lächeln öffnete sie die Tür. Murat war allein im Geschäft. Wie immer mittwochnachmittags, wenn ihr Vater ins Teehaus ging. *Baba* blieb bei seinen Gewohnheiten, auch wenn es ihm angesichts der Zeitungsberichte sicher schwerfiel. Aber alles andere, so war er überzeugt, wäre ihm als Schwäche ausgelegt worden. So konnte er demonstrieren, dass er nicht um seine ehrlose Tochter trauerte. Würde sonst ein Vater Karten spielen und über Geschäfte plaudern?

Salihas Blick fiel auf die große Uhr an der Wand über dem Tresen. Spätestens in 20 Minuten würde *Baba* wiederkommen. Sie durfte keine Zeit verlieren.

«Ich werde mit *Baba* und *Anne* in den Ferien in die Türkei reisen», sagte sie zu ihrem Bruder bemüht freundlich. «Schade, dass du nicht bei meinem großen Fest dabei sein kannst.»

Murat, der gerade eine Kiste Bananen hochheben wollte, fror mitten in der Bewegung ein.

Saliha wagte nicht zu atmen. Konnte es wirklich wahr sein? Würde der Vater ihr das antun?

«Was guckst du so erschrocken? Ich freue mich doch», log sie.

«Wer hat dir das gesagt?», fragte Murat entgeistert.

«Baba.»

«Baba?» Er sah sie zweifelnd an. «Ich dachte, du würdest heulen und ihn anflehen, es nicht zu tun.»

Sie schüttelte den Kopf und strahlte. Dabei war ihr Hals wie zugeschnürt. Es hämmerte in ihrem Kopf. Gleich würde ihr Vater wiederkommen. Sie musste handeln.

‹Ich muss hier raus!›, durchfuhr es sie.

Murat stellte die Kiste auf den Tresen. Eine Kundin unterbrach ihr Gespräch und verlangte nach ungespritzten Feigen. Während der sie bediente, drehte sich Saliha um und winkte Murat zum Abschied fröhlich zu. Dann zog sie die Tür hinter sich zu und schloss so ruhig wie möglich ihr Rad auf. Sie spürte den misstrauischen Blick ihres Bruders im Rücken. Er beobachtete sie durch das große Schaufenster. Ein letzter Gruß, dann entschwand sie aus seinem Gesichtsfeld.

Kaum war sie um die Ecke gebogen, schnellte Saliha von ihrem Fahrradsitz hoch und trat mit voller Kraft in die Pedalen. Klingelnd scheuchte sie Kinder und andere Radfahrer aus dem Weg, fuhr über rote Ampeln und quer durch eine Fußgängerzone.

Ihr blieben noch 15 Minuten, um ihr Leben zu retten.

21

Saliha warf ihr Rad in die Hecke vor dem Haus und rannte die Treppen hinauf. Sie betete, dass Osman an diesem Mittwoch nicht früher als sonst von der Arbeit wiederkam. Ein Blick auf die Schuhsammlung vor der Wohnungstür verriet ihr, dass ihr Bruder tatsächlich noch nicht zu Hause war.

Mit zitternden Fingern schloss sie die Wohnung auf, riss ihre Sporttasche aus dem Schrank und kippte den Inhalt aufs Bett. Dann stopfte sie ein paar Kleidungsstücke und den Talisman ihrer toten Schwester, die kleine Giraffe, in die Tasche. Das gerahmte Bild von ihr und Nilgün sowie den Pass warf sie obenauf.

Saliha war schon halb aus der Tür, als ihr einfiel, dass sie beinahe das Wichtigste vergessen hatte. Mit drei Sätzen war sie an ihrem Schrank und holte aus einem Versteck Nilgüns Schachgeld. Sie stopfte die Scheine in ihre Hosentasche, schnappte sich die Tasche und öffnete mit klopfendem Herzen die Tür zum Treppenhaus.

Stimmen und Geräusche drangen aus den anderen Wohnungen. Angestrengt versuchte Saliha, sie zu sortieren. In dem Wohnhaus mit den vielen Kindern war immer etwas los. Aber gerade schien niemand im Treppenhaus zu sein. Ohne einen weiteren Blick zurück, lief Saliha die Stufen hinunter. Wenn alles gutging, hatte sie noch fünf Minuten, bis Osman mit der Straßenbahn ankam. Sie würde auf ihr Rad springen und in die entgegengesetzte Richtung davonfahren. Wohin, wusste sie nicht. Noch nicht. Ein Plan brauchte Zeit, um zu reifen. Saliha hatte nur einen festen Entschluss, der sie leitete: Sie würde nicht für die Ehre ihres Vaters in Dicle alt werden.

Saliha war schon auf dem Absatz des ersten Stockwerkes angekommen, als sie die Bosnierin hörte. Die Frau kam gemeinsam mit einer anderen Person ins Haus. Ihre Stimme klang ernst und mitfühlend. Saliha hörte nur ein paar Wortfetzen, aber es war genug, um zu wissen, dass sie verloren war: «Danke, ich werde es meinem Vater ausrichten», sagte Osman und ging an der Bosnierin vorbei zur Treppe.

Saliha fühlte sich wie ein Ballon, aus dem plötzlich alle Luft entwich. Kraftlos ließ sie die Tasche fallen. Im selben Moment ging die Wohnungstür neben ihr auf, und ein

Kind der irakischen Familie rannte kreischend an ihr vorbei in Richtung Keller. Ein anderes wählte den Weg in die obere Etage, wo es sich hinter zwei längst vergessenen Umzugskartons im Hausflur versteckte. Sie hörte, wie ein Junge in der Wohnung zählte. Dann schrie er laut auf Deutsch: «Ich komme.»

Offenbar spielten noch mehr Kinder mit. Saliha schlüpfte in die Wohnung, blinzelte dem Jungen zu und flüsterte: «Ich helfe dir suchen.»

Das Kind nickte begeistert. Saliha tat, als schaue sie gründlich im Bad der fremden Wohnung nach versteckten Kindern. Dabei lauschte sie angestrengt, ob Osman schon an der Wohnung der Iraker vorbeigegangen war. Sie hatte keine Sekunde zu verlieren. Osman hatte ihr schließlich befohlen, nachmittags zu Hause zu sein. Wenn sie nicht da wäre, würde er misstrauisch werden. Plötzlich fiel es Saliha siedend heiß ein: die Sportsachen auf dem Bett! Ihr Bruder wusste, sie ließ nie etwas liegen und hielt stets eine fast pedantische Ordnung in ihrem Zimmer. Osman würde sofort wissen, dass etwas nicht stimmte.

Jetzt hörte sie Osmans gereizte Stimme eine Etage über ihr. «Hau ab. Spiel woanders!»

Das war ihre Chance!

«Im Bad ist niemand. Ich schaue schnell im Keller nach», sagte Saliha leise zu dem Jungen und huschte an ihm vorbei. Dabei legte sie einen Finger an den Mund. Der Junge war einverstanden und nickte.

Zwei Minuten später saß sie auf ihrem Rad und raste die Schifftstraße hinunter in Richtung Innenstadt. Die Kapuze ihrer Jacke hatte sie tief ins Gesicht gezogen. Keiner der Nachbarn sollte sie erkennen. Auf halbem Weg änderte Saliha die Richtung und bog in die Münchener Straße ein. An deren Ende fuhr sie nach rechts in die Eickedorffer Straße. Erleichtert erkannte sie die hohen Bäume des Bürgerparks. Sie musste dringend nachdenken. Sie mied den großen Spielplatz und fuhr auf kleinen Wegen zum Park Hotel. An einer abseits gelegenen steinernen Bank stoppte sie das erste Mal.

Atemlos stieg Saliha vom Rad und ließ sich erschöpft auf die Bank fallen. ‹Ich brauche eine Idee, einen Plan›, dachte sie verzweifelt. Ein 14-jähriges Mädchen konnte nicht einfach abhauen, ohne dass jemand aus der weitverzweigten Familie sie schnell wieder aufspüren würde. Fluchtbereit hielt sie den Fahrradlenker umklammert. Aber bis auf eine alte Frau mit ihrem kleinen Hund und eine Gruppe Kinder sah sie niemanden.

Langsam wurde ihr Atem wieder ruhiger. Erst jetzt bemerkte Saliha, dass ihre Beine zitterten. Aber sie schenkte ihrem Körper keine weitere Beachtung. Sie musste weg von der Straße. Womöglich suchten Osman und ihr Vater sie schon. Vielleicht hatte Murat ihnen auch bereits erzählt, dass sie Bescheid wusste. Vermutlich hatte er längst begriffen, dass sie ihn reingelegt hatte. Bislang hatte Murat sie nie geschlagen oder beschimpft. Doch jetzt würde er sie zutiefst verachten. Saliha biss sich vor Anspannung auf die Lippen, bis sie bluteten. Als sie das warme, süße Blut schmeckte, wischte sie es mit dem Jackenärmel weg.

Wer hätte den Mut, ihr zu helfen und sich dem Zorn der Familie Cetin auszusetzen?

Wer?

In Sekundenschnelle ging sie ihre Klassenkameradinnen durch, verwarf sie aber schnell wieder. Tüley, ihre engste Freundin, war ebenfalls Türkin. Sie würde vielleicht zu ihr halten, aber Saliha konnte Tüleys Eltern nur schwer einschätzen. Ihre deutsche Freundin Lena lebte bei ihrer Mutter, einer zänkischen, nervösen Frau. Saliha konnte sich nicht vorstellen, dass sie bereit wäre, sich unnötig weiteren Ärger aufzuladen.

Plötzlich kam ihr die Polizistin in den Sinn. ‹Sie ist Ausländerin, so wie ich›, dachte Saliha. Die Frau mit den langen, schwarzen Haaren und der warmen Stimme hatte Ruhe und Selbstbewusstsein ausgestrahlt. ‹Sie würde verstehen, was ich tue›, dachte Saliha. Aber die Frau war Polizistin. In Salihas Verwandtschaft wurden Probleme seit jeher ohne Polizei gelöst. Uniformierten ging man besser aus dem Weg. Man konnte ihnen nicht trauen. So war es in der Türkei, und so war es auch in Deutschland. Das hatte Saliha immer wieder gehört. Aber die Iranerin mit dem nordischen Namen war ihr irgendwie sympathisch. Doch Saliha wusste auch, dass Polizisten für Recht und Ordnung standen. Und war es nicht das Recht eines Vaters, für seine Tochter zu entscheiden?

Sie verwarf den Gedanken an die freundliche Polizistin und suchte verzweifelt nach einem anderen Menschen in ihrem Bekanntenkreis, dem sie sich anvertrauen konnte.

Plötzlich kam Saliha ihre Klassenlehrerin Hanna Tietjen in den Sinn. Sie hatte Saliha in der Schule beiseite genommen und sie überraschend in den Arm genommen, als sie ihr ihr Beileid aussprach. Dabei hatte sie Tränen in den Augen gehabt. «Wenn ich dir in den kommenden Monaten irgendwie helfen kann, dann sag es mir», hatte sie ihre Schülerin aufgefordert.

Saliha sprang auf. Nie hatte sie ihre Klassenlehrerin mehr gebraucht als jetzt. Entschlossen fuhr sie in Richtung Findorff. Sie wusste zwar nicht mehr, wie die Straße hieß, in der Hanna Tietjen wohnte, aber sie kannte den Weg dorthin. Erst vor wenigen Wochen hatte sie eine Hausarbeit, mit der sie nicht rechtzeitig fertig geworden war, nachmittags bei der Lehrerin abgegeben.

In der Findorffallee direkt am Park musste Saliha sich kurz orientieren. Dann fiel es ihr wieder ein. Sie überquerte eine Brücke des Torfkanals, auf dem die Bauern aus dem Teufelsmoor früher ihre Ware nach Bremen gebracht hatten, und bog in die Chemnitzer Straße ein. In einem dieser gepflegten alten Häuser wohnte Frau Tietjen. Erleichtert erkannte Saliha das blau gestrichene Haus mit dem großen Wintergarten und dem weiß abgesetzten Stuck an der Fassade wieder. Endlich. Frau Tietjen würde sie verstehen. Mit drei Sätzen war sie an der Tür und klingelte. Erwartungsvoll lauschte sie auf die Schritte ihrer Lehrerin. Die Sekunden vergingen.

Saliha klingelte ein zweites Mal. Diesmal drückte sie länger auf den Knopf. Aber im Haus blieb es still. Saliha hatte längst begriffen, dass niemand zu Hause war. Aber da sie nicht wusste, wohin sie sonst gehen sollte, blieb sie einfach vor der Tür stehen. Irgendwann würde ihre Lehrerin schon wiederkommen.

Nach einer Stunde begann Saliha zu frieren. Als es auch noch anfing zu regnen, packte sie die Verzweiflung.

Wohin sollte sie bloß gehen?

Saliha öffnete ihre Tasche, um nach einem wärmeren Pullover zu suchen. Der Kopf der kleinen Stoffgiraffe lugte zwischen den Kleidungsstücken hervor. Und plötzlich wusste Saliha, was sie tun musste.

Ohne Nilgün hätte sie nie den Mut gehabt, dem Unausweichlichen zu entfliehen. Nun schien ihre Schwester sie selbst über den Tod hinaus zu leiten. War sie nicht auch in höchster Not gewesen? Nilgün hatte sofort gewusst, an wen sie sich wenden konnte. Es war Schicksal gewesen, dass sie sich nur um wenige Minuten verpasst hatten und sie irgendwann in den darauffolgenden Stunden ihrem Mörder in die Arme gelaufen war.

Saliha schüttelte über sich selbst den Kopf. Warum war sie nicht früher darauf gekommen?

Mit neuem Mut stieg sie wieder aufs Rad.

Eine Viertelstunde später lehnte sie ihr Rad an einen Baum und ging unter den Ästen einer alten Magnolie hindurch in einen Vorgarten. In dem Haus am Ende des Weges brannte Licht im ersten Stock.

Nilgün hatte Roman geliebt. Und auch seine Eltern hatten sie von Anfang an gemocht. Sie waren wohlhabend und gebildet. Sie kannten keine Welt, in der Töchter verachtet wurden, nur weil sie dasselbe für sich in Anspruch nahmen wie die Söhne. Sie lebten ohne den gefährlichen Beigeschmack der Ehre. Sie waren frei, frei zu tun, was sie für richtig hielten.

Wenn ihr jemand helfen konnte, dann Roman und seine Eltern.

Saliha brauchte nur einmal zu klingeln, dann ging die Tür auf. Roman stand vor ihr und starrte sie an. Er sah blass aus, hatte einen Wickel um den Hals und einen dampfenden Becher in der Hand. Er machte den Eindruck, als wäre er auf dem Weg ins Bett. Saliha hätte schwören können, dass er mit jeder Sekunde, die sie sich wortlos gegenüberstanden, blasser wurde.

«Nilgün?», brachte er schließlich mit einer Mischung aus Entsetzen und Freude hervor.

Saliha lief ein Schauer über den Rücken. ‹Er verwechselt mich mit ihr›, durchfuhr es sie verblüfft. Sicher, sie waren

Schwestern, und der Altersunterschied betrug nur gut anderthalb Jahre, aber sie hatten nichts von Zwillingen. Erst im zweiten Moment begriff sie, dass er ihr Gesicht unter der Kapuze nicht richtig erkennen konnte. Außerdem trug sie Nilgüns Jacke. So konnte sie sich zumindest einbilden, die Nähe ihrer Schwester zu spüren.

«Nein», sagte sie mit belegter Stimme. «Ich bin es, Saliha.»

Roman schwankte.

«Bist du krank?»

Er nickte beklommen.

Damit hatte sie nicht gerechnet. Sie hatte gehofft, sich fallenlassen und anlehnen zu können. Endlich ein Stück der ungeheuren Last loszuwerden.

«Tut mir leid. Ich kann jetzt nicht. Wir reden ein andermal», sagte Roman gepresst.

Fassungslos sah Saliha, wie die Tür sich langsam schloss. Gleich würde es klack machen.

Dicle!

Mit aller Kraft stemmte sich Saliha gegen das Türblatt. «Sie wollen mich verheiraten!», schrie sie durch den Spalt hindurch. «Gegen meinen Willen. Mit jemand, den ich nicht kenne. Du musst mir helfen!»

Roman hielt weiter dagegen. Aber Saliha kämpfte. Hinter dieser Tür war sie in Sicherheit. Nilgün hatte oft von den Rodewaldts geschwärmt. Es waren kluge Leute. Sie würden wissen, was zu tun war. Roman musste sie reinlassen. Sonst war sie verloren. Ohne Rücksicht darauf, dass ihre Finger gequetscht werden könnten, umklammerte Saliha das Türblatt. Sie dankte Allah, dass Roman krank und geschwächt war. Ansonsten hätte sie keine Chance gegen ihn gehabt.

«Bitte, ich bin doch erst 14. Ich will nicht heiraten.»

Er erhöhte den Druck. Lange konnte sie ihm nicht mehr standhalten.

«Es ist doch alles nur wegen eurer Liebe. Sie bestrafen mich, weil Nilgün dich so sehr geliebt hat.»

Wie bei dem richtigen Stichwort im Märchen öffnete sich plötzlich die Tür. Fast wäre Saliha gestürzt.

Schwer atmend stand sie vor Roman. «Sie hat dich geliebt», wiederholte sie mechanisch. Es war die Wahrheit, aber für Roman schien der einfache Satz alles zu ändern.

«Komm rein.»

Saliha fiel auf, dass Roman die Straße mit den Augen absuchte, bevor er die Tür hinter ihr schloss. Dann marschierte er die Treppe hinauf.

Die Tasche fest umklammert, ging Saliha hinterher.

Romans Zimmer war mehr als doppelt so groß wie das Zimmer, das sie sich mit ihrer Schwester geteilt hatte. Direkt neben dem Spiegel hing ein auf Posterformat vergrößertes Bild von Nilgün. Der Anblick traf Saliha wie ein Schlag.

«Meine Eltern wollen, dass ich das Bild abhänge. Aber ich kann es nicht ...», sagte Roman niedergeschlagen. Er setzte sich auf sein ungemachtes Bett.

Saliha hockte sich auf einen Schreibtischstuhl. Wenn ihr Vater sie jetzt sehen könnte. Mit einem Jungen allein in einem Zimmer!

Unaufgefordert fing Roman an zu erzählen. Von Nilgün und ihren heimlichen Treffen. Von seiner Sorge, dass alles auffliegen und Nilgün Probleme mit ihrer Familie bekommen könnte.

Saliha hörte geduldig zu. Als sich Roman immer mehr in seinem eigenen Kummer zu verlieren drohte, sagte sie schlicht: «Du und deine Eltern, Roman, ihr müsst mir helfen. Ich muss weg aus Bremen. Sie wollen mich verheiraten, damit ich ihnen weitere Schande erspare.»

Roman pfiff durch die Zähne und sagte abfällig: «Meine Eltern! Die drehen durch, wenn sie dich hier sehen.»

«Deine Eltern haben Nilgün doch gemocht. Warum sollten sie etwas gegen mich haben?»

«Osman hat eine Liste mit Schülern zusammengestellt, die angeblich alle etwas mit Nilgün hatten. Bei einem Jungen ist er mitten in der Nacht vor der Haustür aufgetaucht. Bewaffnet.»

Saliha zuckte zusammen.

«Ich stand auch auf der Liste.» Roman strich mit der Hand über die Bettdecke, als wollte er sie glätten. «Seitdem wollen meine Eltern nichts mehr mit eurer Familie zu tun haben. Außerdem sind sie überzeugt, dass einer deiner Brüder oder dein Vater Nilgün getötet haben.»

«Nein, nein, bestimmt nicht», stammelte Saliha.

«Sie werden dir nicht helfen», sagte Roman hart. «Das Einzige, was sie tun werden, ist dich in hohem Bogen rauswerfen oder die Polizei holen.» Er sah sie düster an.

Saliha begann zu zittern. Eine lange Haarsträhne fiel ihr ins Gesicht, die sie sich mit einer geübten Bewegung wieder hinters Ohr strich.

«Das hat Nilgün auch immer so gemacht», sagte Roman beklommen. Eine unangenehme Stille breitete sich zwischen ihnen aus. Roman stand plötzlich auf und ging zum Schreibtisch. «Ich kann dir Geld geben, damit du abhauen kannst. Mehr kann ich nicht für dich machen.»

Als sein Blick auf den Computer fiel, hellte sich seine Miene auf. «Vielleicht gibt es irgendwo ein Mädchenprojekt, in dem du wohnen kannst?» Ohne ihre Antwort abzuwarten, bediente er die Maus.

Saliha bemerkte, dass der Computer die ganze Zeit online war.

Fünf Minuten später hatte Roman eine entsprechende Institution in Berlin gefunden. «Hier, die können dir bestimmt weiterhelfen.»

Saliha überflog die Homepage. «Ich bin nicht von einem Ehrenmord bedroht», sagte sie konsterniert. «Mein Vater will mich nur verheiraten.»

Roman zuckte mit der Schulter. «Ist doch fast dasselbe, oder?»

Er schaute auf die Uhr. «Du musst gehen. Meine Eltern werden in der nächsten halben Stunde zurückkommen. Die flippen aus, wenn sie dich hier sehen.»

Saliha fühlte sich unendlich müde. Schwerfällig stand sie von ihrem Stuhl auf.

Ein Geräusch an der Gartenpforte ließ Roman aufschrecken. Er schnellte von seinem Stuhl hoch und schaute aus dem Fenster. «Scheiße. Sie sind zurück. Du musst dich verstecken. Schnell.»

Er griff Salihas Hand und zog sie die steile Treppe hinunter. Fast wäre sie gestürzt. Aber sie prallte nur gegen Roman, der sich am Treppengeländer abstützte. Sie hatten Glück. Romans Vater schob noch den vollen Mülleimer vors Haus, während Cornelia Rodewaldt mit mehreren Einkaufstaschen vorm Eingang auf ihn wartete.

«Ich haue über eure Terrasse ab», schlug Saliha vor.

«Nein, warte.» Er öffnete einen kleinen Abstellraum unter der Treppe, der mit Geschenkpapierrollen und Kartons vollgestellt war. «Versteck dich hier. Wenn sie im Wohnzimmer sind, lasse ich dich vorne wieder raus.»

Die Stimmen kamen näher. Roman sah sie flehend an. Zögernd fasste Saliha ihre Tasche enger und kroch in die

Kammer unter der Treppe. Sofort schloss sich die Holztür hinter ihr. Im selben Moment hörte Saliha, wie jemand den Schlüssel im Schloss der Haustür umdrehte.

Sie setzte sich auf den kalten Boden und lauschte der Begrüßung auf der anderen Seite der dünnen Holzverschalung.

Mutter und Vater waren erleichtert, ihren Sohn angezogen zu sehen. «Gott sei Dank, du siehst wieder etwas besser aus», hörte sie Cornelia Rodewaldt sagen.

«Heute Abend gibt es dein Lieblingsessen», kündigte eine Männerstimme an. «Aber zuerst mache ich uns den Kaminofen an.»

Am liebsten wäre Saliha aus ihrem Versteck hervorgekrochen. Wie warmherzig der Vater mit Roman sprach! Saliha hatte keinen Zweifel, dass auch Kemal Cetin seine Söhne liebte. Und bis vor kurzem sicher auch seine beiden Mädchen. Aber es blieb immer eine Spur Distanz zwischen ihnen. Bis zur Pubertät hatte er Osman und Murat geschlagen, wenn sie ihm widersprachen. Roman dagegen hatte sicher noch nie eine Ohrfeige von seinen Eltern erhalten.

Sie beneidete ihn. Was würde sie darum geben, mit Roman zu tauschen.

Die Rodewaldts schienen die Einkaufstüten in die Küche zu tragen. Das Licht im Flur ließen sie brennen. Ein schmaler Streifen fiel durch den Spalt der Holztür in die dunkle Kammer.

Saliha suchte mit den Händen nach etwas Weichem, auf das sie sich bequemer setzen konnte. Etwas pikste sie in die Hand. Vorsichtig, um sich nicht ein zweites Mal zu stechen, tastete sie erneut die Stelle bei den Kartons ab. Da war es wieder. Ein kleines Ding mit einer spitzen Nadel. Sie nahm es zwischen Daumen und Zeigefinger und hielt es direkt an den Lichtspalt unter der Tür: ein Ohrring mit einem herzförmigen Anhänger.

Neugierig geworden, drehte Saliha das Schmuckstück mehrfach und betrachtete es genauer. Sie brauchte ein paar Sekunden, bis sie begriff, was ihre Augen längst erkannt hatten: Das war nicht irgendein Ohrring, er gehörte Nilgün.

Salihas Gedanken überschlugen sich. Hatte sich ihre Schwester auch in dem kleinen Verschlag versteckt? Vor wem aber hatte sie Angst gehabt?

Plötzlich stieg ein furchtbarer Verdacht in Saliha auf. Ihr Puls raste. Alles falsch. Alles gelogen. Die netten Worte, das freundliche Getue! ‹Raus, raus!›, schrie eine Stimme in ihr. Instinktiv drückte Saliha gegen die Tür. Doch sie war verschlossen. Roman hatte den Riegel von außen vorgeschoben.

Saliha spannte alle Muskeln an und warf sich mit voller Wucht gegen die Tür. Sie hörte einen Knall, spürte, wie sich Holzsplitter in ihren Oberarm bohrten, aber sie fühlte keinen Schmerz. Auf allen vieren kroch Saliha aus ihrem Versteck, als die Tür zur Küche aufgerissen wurde. Cornelia und Klaus Rodewaldt starrten sie fassungslos an.

Das Mädchen sprang auf, riss die Haustür auf und rannte davon, als wäre der Teufel hinter ihr her. Ihre Tasche blieb in dem Verschlag zurück.

Klaus Rodewaldt fasste sich als Erster. «Ich rufe die Polizei. Vielleicht schnappen sie die kleine Einbrecherin noch.»

Doch Roman hielt ihn zurück. «Das war keine Einbrecherin, sondern Saliha, Nilgüns Schwester.»

«Was macht sie hier? Warum lässt du sie rein?», rief sein Vater empört. «Du weißt, wir wollen nichts mehr mit diesen Leuten zu tun haben!»

Roman wurde rot vor Wut. Aufgebracht schrie er seinen Vater an: «Salihas Eltern wollen sie in der Türkei verheiraten. Aus Angst, sie könnte ihre Ehre genauso verletzen wie Nilgün. Sie ist von zu Hause abgehauen. Sie braucht unsere Hilfe, Papa!»

Cornelia Rodewaldt, die sich den Schaden an der Kammertür angeschaut hatte, hob etwas vom Boden auf. Prüfend hielt sie es ins Licht. «Ist das nicht der Ohrring, nach dem die Kommissarin und der Kommissar gefragt haben? Warum liegt Nilgüns Schmuck in der Kammer?»

Ein unheilvolles Schweigen legte sich über die drei.

Dann ging durch Klaus Rodewaldt ein Ruck. «Was stehst du hier noch und wartest, Roman! Saliha braucht uns. Das sind wir Nilgün schuldig», fuhr er seinen Sohn an. «Ich nehme den Wagen, du das Fahrrad. Sie kann nicht weit sein.» Ohne eine Antwort abzuwarten, rannte er zum Auto.

Wenig später saß Roman auf seinem Mountainbike und fuhr in die entgegengesetzte Richtung davon.

22

Steenhoff legte den Telefonhörer auf und stöhnte leise. Seit der Pressekonferenz am Montag arbeiteten sie Hinweis für Hinweis ab. Aber letztlich stellte sich immer heraus, dass die Zeugen, die sich meldeten, Nilgün mit anderen jungen Frauen verwechselt hatten.

Er stand auf und riss ein paar braune Blätter von dem wuchernden Benjamini ab, der ihrem kleinen Büro etwas Dschungelartiges verlieh.

«So schlimm?», spottete Petersen.

Steenhoff kümmerte sich normalerweise nicht um die riesige Pflanze. Manchmal fragte sich Navideh, wie der

Benjamini überhaupt überlebt hatte, bevor sie in das Büro eingezogen war. Vermutlich hatte sich eine Putzfrau ab und an erbarmt und den Baum gegossen. Inzwischen saß sie lange genug mit Steenhoff zusammen, um zu wissen, dass er an dem Benjamini immer nur dann rumzupfte, wenn er in Ermittlungsfällen nicht weiterkam.

«Ja», bestätigte Steenhoff, «so schlimm.» Er holte sich eine Schere aus der Schublade und schnitt Zweig für Zweig aus dem Bäumchen heraus.

Navideh vertiefte sich wieder in ihren Vermerk. Eine Weile sagte niemand etwas.

Steenhoffs Papierkorb quoll über mit Grünabfall, als er die Schere beiseitelegte und nach dem Autoschlüssel griff.

Erwartungsvoll sah Navideh hoch. «Und, was schlägt der Gärtner vor?»

«Lass uns ins Krankenhaus fahren. Vielleicht haben wir Glück und erwischen Besma Cetin allein und ohne dass uns ein Arzt dazwischenfunkt.»

«Meinst du, sie ist vernehmungsfähig?»

Steenhoff zuckte mit den Schultern. «Vermutlich nicht. Aber vielleicht können wir mal ohne Mann und Kinder im Hintergrund mit ihr reden. Kemal Cetin hat in einem Telefonat mit einem Verwandten aus Bochum betont, dass seine Frau nicht Bescheid weiß und auch nichts von dieser ominösen Absprache erfahren darf. Leider hat er nicht mehr gesagt.»

«Und nun hoffst du, dass Besma Cetin doch etwas ahnt?»

«Ich setze auf die weibliche Intuition», sagte Steenhoff trocken. Ernst fügte er hinzu: «Die Frau macht einen intelligenten Eindruck. Ihr Mann hat zwar das Sagen in der Familie, aber sie hat den Grips. Vielleicht haben wir Glück.»

Eine halbe Stunde später standen sie vor dem Schwesternzimmer der Station und meldeten sich an.

«Hat Frau Cetin Besuch, oder können wir hinein?», fragte Steenhoff.

Die Schwesternschülerin machte einen skeptischen Eindruck. «Frau Cetin schläft viel. Ich glaube, sie hatte eine schwere Nacht.»

Steenhoff und Petersen klopften an die Tür des Krankenzimmers. Als jemand antworte, gingen sie hinein.

Besma Cetin lag mit einer alten Frau zusammen auf dem Zimmer, die gerade Besuch von ihrer Tochter und ihrer Enkelin hatte. Besma Cetin schien fest zu schlafen.

Petersen ging an das Kopfende und sprach sie behutsam an. Aber sie reagierte nicht. Auch als Steenhoff es etwas lauter versuchte, atmete sie ruhig und gleichmäßig mit geschlossenen Augen weiter.

«Ach Gott, lassen Sie doch die arme Frau schlafen. Sie hat heute Nacht so viel geweint», mischte sich die Nachbarin ein. «Frau Cetin muss völlig erschöpft sein.»

Petersen und Steenhoff standen schon vor dem Fahrstuhl, als eine ältere Schwester hinter ihnen hereilte.

«Habe ich doch richtig gesehen», begrüßte sie die beiden. «Die nette junge Kommissarin mit ihrem Kollegen. Was macht Ihre Platzwunde?», wandte sie sich an Steenhoff. «Alles wieder gut verheilt?»

«Kennen wir uns?», fragte Steenhoff verblüfft.

«Ach, Tatjana!», sagte Navideh freudig überrascht und gab ihr die Hand.

«Sie wollten sicherlich gerade zu Frau Cetin, nicht wahr?», kam die Schwester sofort zur Sache. Navideh nickte zustimmend.

«Sie ist hier eigentlich völlig falsch. Die Frau müsste in psychotherapeutische Behandlung. Meines Erachtens sogar in stationäre Behandlung. Aber ich bin ja hier nur Krankenschwester …» Sie zögerte, dann gab sie sich einen Ruck. «Aber ich spreche Sie nicht wegen Besma Cetin an, sondern wegen ihrer Tochter.»

«Nilgün?», fragten Steenhoff und Petersen wie aus einem Munde.

«Nein, Saliha. Ihr Bruder hat sie am Wochenende geschlagen. Können Sie sich den nicht mal vorknöpfen?»

«Hat Saliha gesagt, warum?», erkundigte sich Steenhoff.

Tatjana schüttelte ungeduldig den Kopf. «Die Gründe sind mir egal. So ein Verhalten ist durch nichts gerechtfertigt!»

«Das sehen wir genauso», betonte Steenhoff. «Trotzdem kann uns das Motiv bei den Ermittlungen helfen.»

Tatjana dachte nur kurz nach. Dann sagte sie zögernd: «Der Vater und die Brüder … oder zumindest dieser Osman fürchten wohl, dass Saliha ihre Ehre durch ein falsches Verhalten aufs Spiel setzen könnte. So wie es die ältere Schwester getan hat. Zumindest nach Überzeugung der Männer. Mehr weiß ich leider nicht.»

Steenhoff bedankte sich, und sie fuhren mit dem Fahrstuhl ins Erdgeschoss.

«So, jetzt nehmen wir uns erst Osman vor, dann Murat und Kemal Cetin und dann …» Er hielt Petersen die Tür und machte eine rhetorische Pause. «Dann fangen wir nochmal ganz von vorne an.»

Navideh blieb vor Überraschung so abrupt stehen, dass Steenhoff sie unbeabsichtigt anrempelte. Eine Sekunde lang waren sie sich wieder ganz nah. Ihre Blicke kreuzten sich.

Sie wussten, dass sie dringend reden mussten. In Ruhe und ungestört.

«Später», sagte Petersen unvermittelt und ging als Erste einen Schritt zurück. Steenhoff fragte nicht nach.

Erst im Auto durchbrach Navideh ihr Schweigen. «Warum willst du, dass wir jetzt nochmal von vorn anfangen?»

«Weil mir Wessel vorhin eine kurze Mail aus Berlin geschickt hat. Fabian Block und er haben nach wie vor keinerlei Hinweise, dass die beiden Familien der Opfer sich kennen oder jemals etwas miteinander zu tun hatten. Die einen sind zudem Kurden, die anderen Türken. Sie haben in Bremen in unterschiedlichen Moscheen verkehrt und in anderen Stadtteilen gewohnt. Die einzige Gemeinsamkeit ist, dass ihre Töchter tot am Bunker gefunden wurden.»

«Und dass die Mädchen Tabus gebrochen haben», ergänzte Navideh.

Steenhoff zuckte gleichmütig mit den Achseln. «Wir können die Fallanalytiker nochmal bitten draufzugucken, aber ich fürchte, dass uns diese Idee nicht weiterbringt.»

«Und die unterschiedlichen Zeitangaben in den Stadtplänen von Murat, Osman und Kemal Cetin?»

«Dafür gibt es seit heute Morgen eine Erklärung.»

Petersen sah ihn fragend an. Steenhoff hatte am Vormittag einen der beiden Kontaktbeamten vom Gröpelinger Revier gebeten, dem Gemüseladen der Cetins einen Besuch abzustatten. Der Beamte sollte vor allem auf die Uhr über dem Verkaufstresen achten. Steenhoff war sich nicht sicher, ob er sich richtig erinnerte, aber die Uhr schien bei seinem letzten Besuch am Montagnachmittag falsch gegangen zu sein. Der Polizeibeamte hatte sofort eingewilligt und Steenhoff wenig später zurückgerufen. Tatsächlich ging die Uhr gut eine Stunde vor.

«Nach Aussage von Murat Cetin geht die Uhr schon seit einigen Wochen falsch. Sie gewinnt wohl ständig Zeit. Als Michael vor einigen Tagen Kemal Cetin gebeten hat, die Ortsangaben und Uhrzeiten in die Stadtpläne einzutragen, befand sich Kemal Cetin in seinem Gemüseladen. Er war aufgeregt und scheint sich an der Uhr orientiert zu haben.»

«Trägt er keine Armbanduhr?»

«Der Kollege hat auch danach gefragt. Murat sagte aus, dass sein Vater noch nie eine Armbanduhr getragen hat, dafür aber in der Regel ein gutes Zeitgefühl besitzt.»

«Wenn sich Nilgüns geheimnisvoller Liebhaber nicht doch noch meldet, stecken wir also fest.»

«Sieht ganz so aus.»

Steenhoff atmete schwer aus. «Und deswegen fangen wir nochmal von vorn an. Dort, wo Nilgün das letzte Mal lebend gesehen wurde, am Montagnachmittag bei den Rodewaldts.»

«Was ist mit ihrer SMS an Roman am Montagabend?»

Steenhoff schüttelte den Kopf. «Wir wissen nicht, ob Nilgün die Nachricht verschickt hat. Wir wissen nur, dass sie von ihrem Handy versandt wurde. Die Auswertung der Verbindungsdaten hat ergeben, dass sie sich zu dem Zeitpunkt noch immer in Schwachhausen aufgehalten hat. Aufgrund der Funkzellenortung wissen wir, dass sich Romans Elternhaus in dem Radius befindet. Also müssen wir den Faden am Nachmittag wieder aufnehmen. Dort, wo sie noch lebend gesehen wurde. Aber vorher fahren wir zu den Cetins.»

Doch in der Wohnung in der Schifftstraße war niemand zu Hause. Auch der Gemüseladen in Gröpelingen war verschlossen.

Steenhoff wählte nacheinander die Handynummer von Kemal und Osman Cetin. Niemand ging ran.

Petersen hatte sich unterdessen in der benachbarten Schneiderei nach den Cetins erkundigt.

«Der Schneider hat beobachtet, dass Murat und Kemal Cetin heute Nachmittag plötzlich alles Obst und Gemüse reingetragen und ihr Geschäft abgeschlossen haben. Üblicherweise haben sie bis 20 Uhr geöffnet.»

«Da stimmt etwas nicht», erwiderte Steenhoff. «Wir müssen so schnell wie möglich wissen, was die drei heute am Telefon besprochen haben. Notfalls sollen die Kollegen noch einen weiteren Übersetzer engagieren. Ich werde das mobile Einsatzkommando bitten, die Wohnung der Cetins zu überwachen. Vor allem möchte ich wissen, wo Saliha steckt. Wenn die bis heute Abend nicht wiederauftauchen, müssen wir entscheiden, ob wir sie als Zeugen in der EDV ausschreiben. Wenn wir Glück haben, laufen sie einem unserer Kollegen irgendwo in die Arme.»

Während Steenhoff sie zurück ins Präsidium fuhr, telefonierte Petersen und versuchte die notwendigen Dinge bereits von unterwegs aus zu organisieren.

Anschließend setzten sie sich in ihrem kleinen Büro zusammen und begannen, den Montagnachmittag, an dem Nilgün verschwand, erneut zu rekonstruieren.

Petersen nannte die Fakten und Uhrzeiten, ergänzt durch die Behauptungen und Angaben aller Beteiligten. Inzwischen hatten sie auch die Bestätigung aus dem Labor bekommen, dass Roman Rodewaldt tatsächlich der Vater des ungeborenen Kindes war. Stichwortartig notierte Steenhoff die Daten auf einer Flip-Chart.

Nach gut einer Stunde waren sie bei Montagabend angekommen. Steenhoff hatte bereits mehr als vier Seiten gefüllt.

«Cornelia Rodewaldt sagt aus, dass Roman gegen 23 Uhr nach Hause kam und sich besorgt nach ihr erkundigte», referierte Petersen. «Sie hat nichts Verdächtiges an ihm bemerkt. Er hat ihr, so sagt sie, angeboten, stärkere Schmerztabletten gegen ihre Zahnschmerzen bei einer Nachtapotheke zu besorgen. Cornelia Rodewaldt –»

«Stopp!», unterbrach Steenhoff sie unvermittelt.

«Was ist?»

«Wieso kümmert sich Roman um Cornelia Rodewaldt und nicht ihr Mann Klaus?»

Petersen stutzte. Sie dachte angestrengt nach. «Zumal Klaus Rodewaldt behauptet, dass er an dem Abend genug mit seiner schmerzgeplagten Frau zu tun hatte, sodass er vergaß, Roman zu erzählen, dass Nilgün nachmittags auf ihn gewartet hatte.»

«Die Eltern geben sich aber gegenseitig ein Alibi für den Abend.»

«Wobei Cornelia Rodewaldt erwähnte, dass sie sich am frühen Abend hinlegte, weil sie zu den Schmerzen auch noch Kreislaufprobleme bekam.»

«Der Zahnarzt hat doch den Termin bestätigt?», fragte Steenhoff angespannt.

«Ja. Frau Rodewaldt hatte eine komplizierte Wurzelbehandlung an dem Tag.»

Steenhoff strich ihren Namen durch. «Die Frau können wir abhaken.»

«Roman auch», sagte Petersen bestimmt. «Seine Freunde vom Basketball haben ausgesagt, dass er bis spätabends mit ihnen in der Kneipe saß. Wenn wir davon ausgehen, dass Nilgün ihrem Mörder bereits am Montagnachmittag oder Montagabend begegnet ist …»

«Wofür vieles spricht, weil Nilgün Dienstagmorgen nicht

mehr aufgetaucht ist und die Rechtsmedizin ihren Todeszeitpunkt auf Montag oder Dienstag eingegrenzt hat.»

«Dann», fuhr Petersen fort, «bleibt eigentlich nur einer auf der Liste …»

Sie sprangen gleichzeitig auf.

Zehn Minuten später parkten Steenhoff und Petersen ihr Auto direkt vor dem Haus mit der alten Magnolie.

Cornelia Rodewaldt hatte nichts mehr von der selbstbewussten Frau an sich, die sie noch vor einigen Tagen war. Aschfahl und mit leerem Blick betrachte sie die Beamten.

«Wir möchten Ihren Mann sprechen. Dringend», sagte Steenhoff ohne Umschweife.

Cornelia Rodewaldt drehte sich um und ging wortlos ins Wohnzimmer. Besorgt eilten Steenhoff und Petersen ihr nach.

«Wo ist Ihr Mann?», fragte Navideh.

«Weg.»

«Und Roman?»

«Weg.» Sie zitterte.

Navideh umfasste die Schultern der Frau und sah sie eindringlich an. «Was ist passiert?»

Mühsam holte Cornelia Rodewaldt Luft: «Nilgüns Schwester war da. Sie hatte sich in der Abstellkammer unter der Treppe versteckt. Wir haben sie erst bemerkt, als sie plötzlich aus dem Haus lief. Das Mädchen schien in Panik. Klaus und Roman sind dann gleich hinterher. Sie suchen sie.» Sie wurde von einem heftigen Weinkrampf gepackt.

«Was erschüttert Sie so?», fragte Steenhoff behutsam. «Sagen Sie es uns. Bevor noch ein weiteres Unglück geschieht.»

Cornelia Rodewaldt rang um Worte. Aber so sehr sie sich

bemühte, sie bekam keinen Ton heraus. Navideh machte Steenhoff ein Zeichen. Erst jetzt sah er, dass die Frau krampfhaft ihre rechte Hand zur Faust geschlossen hielt.

Steenhoff strich sanft über ihre Hand. Dann öffnete er sie. Widerstrebend ließ es die Frau geschehen.

Auf der Innenfläche ihrer Hand lag ein Ohrring mit einem herzförmigen violetten Anhänger.

Steenhoffs Puls schlug schneller. «Wo haben Sie das gefunden?»

Cornelia Rodewaldt drehte sich um und zeigte stumm auf die Kammer unter der Treppe.

Steenhoff erreichte Block und Wessel auf der Autobahn. Sie waren kurz vor Bremen und versprachen, sofort in die Jortzigerstraße zu kommen.

Gleichzeitig mit dem Hundeführer, den sie aus Niedersachsen angefordert hatten, betraten die beiden Männer eine Dreiviertelstunde später das Haus.

«Setz den Leichenspürhund zuerst in der Kammer ein», befahl Steenhoff.

Das Tier wirkte aufgekratzt und bellte mehrfach. Unruhig wedelte der Hundeschwanz von einer Seite zur anderen, als der Hund in den dunklen Abstellraum unter der Treppe gelassen wurde. Steenhoff sah, wie der Vierbeiner auf dem glatten Boden ausrutschte, aber sofort weiter mit der Nase am Boden schnüffelte. Plötzlich blieb der Hund wie in Stein gemeißelt stehen. Alle Aufregung schien aus seinem Körper gewichen zu sein.

«Was ist los? Will er nicht mehr?», fragte Steenhoff ungeduldig.

Der Hundeführer schüttelte den Kopf. «Im Gegenteil. Er muss nicht mehr. Er hat seine Arbeit getan.» Der Mann kroch in gebückter Körperhaltung aus der Kammer. Als er sich wieder aufrichtete, meinte Steenhoff ein Funkeln in seinen Augen zu sehen.

«Ihr seid auf der richtigen Spur, Kollegen. Da drinnen lag eine Leiche.»

«Kein Zweifel?»

«Keinen.» Der Mann klopfte unmerklich mit der Hand auf seinen rechten Oberschenkel. Sofort kam wieder Leben in das Tier. Mit einem Satz sprang der Hund aus der Kammer und setzte sich erwartungsvoll neben sein Herrchen.

Inzwischen waren die Besatzungen sämtlicher Einsatzfahrzeuge in Bremen informiert. Sie sollten nach einem silberfarbenen Audi Q5 sowie nach einem 14-jährigen türkischen Mädchen in einer langen schwarzen Daunenjacke auf einem alten Damenrad und einem 17-jährigen Schüler Ausschau halten. Petersen hatte auch die Taxi-Zentralen informiert. Mehrere Streifenwagen fuhren zudem Straße für Straße in Schwachhausen ab.

Petersen wies Fabian Block und Michael Wessel nach knapper Begrüßung sofort in die neuesten Entwicklungen ein. Konzentriert hörten beide zu.

Cornelia Rodewaldt konnte kaum weiterhelfen. Sie war völlig verwirrt. Steenhoff hatte vorsichtshalber eine Polizistin abgestellt, die sie betreuen sollte. Auf seine Fragen hatte die Frau nur unzusammenhängend geantwortet. Steenhoff gab Petersen und seinen beiden Kollegen mit einem Zeichen zu verstehen, dass sie zu einer kurzen Besprechung in Romans Zimmer gehen sollten.

«Wir müssen Saliha vor Klaus Rodewaldt finden», sagte er bestimmt.

«Und vor den Cetins», fügte Navideh düster hinzu. «So

wie sie ihre Tasche gepackt hat, wollte sie von zu Hause weglaufen.»

Steenhoff nickte. «Also, wo rennt ein Mädchen in ihrer Situation hin? An wen kann sie sich noch wenden? Wo kennt sie sich aus?»

«Sie ist in Panik, völlig verstört», tastete sich Navideh vor. «Sie flüchtet dorthin, wo sie sich sicher fühlt.»

«Ihre beste Freundin», schlug Block vor.

«Verwandte, denen sie vertraut», meldete sich Wessel zu Wort.

Steenhoff stand unvermittelt auf und ging auf den Computer zu. Als er die Maus berührte, erschien der Bildschirmschoner. Das Gerät war an! Steenhoff klickte auf «Verlauf» und überflog die Seite.

Mit einem Ruck drehte er sich um. «Roman wollte ihr helfen. Wir müssen die Bahnpolizei informieren. Möglich, dass sich Saliha auf dem Weg nach Berlin befindet.»

Eilig verteilte Steenhoff die Aufgaben. Wenige Minuten später waren auch die Fahrerinnen und Fahrer der Straßenbahnen und Busse informiert. Mit jedem Telefonat wurde das Netz, das sie über Bremen legten, dichter.

Was sie nicht ahnten, war, dass zur selben Zeit auch andere ihr Netz zusammenzogen.

Steenhoff zwang sich zur Ruhe. Mit mehreren Beamten durchsuchten sie Romans Zimmer. Aber sie fanden keine weiteren Anhaltspunkte. Schließlich nahm er Petersen beiseite.

«Lass uns nochmal versuchen, uns in das Mädchen hineinzuversetzen.»

Navideh schloss die Augen. Zu Steenhoffs Überraschung stand sie plötzlich auf und ging die Treppe ins Erdgeschoss hinunter. Er folgte ihr und beobachtete interessiert, wie sie in die niedrige Kammer unter der Treppe kroch. Ohne weitere Erklärung schloss sie die demolierte Tür von innen.

Steenhoff blieb davor stehen. «Also, sie kommt mit ihrer gepackten Tasche hierher und sucht Hilfe ...», begann er. «Roman lässt sie zur Tür rein ... Er sucht für sie ein Mädchenprojekt in Berlin heraus. Aber dann muss sie sich verstecken.»

«Warum?», hörte er Navideh mit gedämpfter Stimme fragen.

«Warte», bat Steenhoff. Nach wenigen Minuten kam er aus dem Wohnzimmer zurück. «Frau Rodewaldt sagt, dass ihr Mann, nachdem Osman die Liste erstellt hatte, absolut keinerlei Kontakt mehr zu Nilgüns Familie wünschte. Als die Eltern zurückkommen, versteckt Roman Saliha daher vor seinem Vater.»

«Saliha sitzt im Dunkeln, ist unruhig und ängstlich. Und plötzlich ertasten ihre Hände in der Kammer ein Schmuckstück – den Ohrring mit dem herzförmigen Anhänger. Der Ohrring, der an dem Leichnam fehlte», fuhr Petersen fort.

«Die Erkenntnis trifft sie wie ein Schlag: Auch ihre Schwester war in der Kammer. Tot.» Steenhoff, der vor der Kammer stand, wartete.

Mit einem heftigen Stoß öffnete Petersen plötzlich die Tür, richtete sich so schnell sie konnte auf und rannte zum Hauseingang und schließlich hinaus ins Freie.

Steenhoff folgte ihr.

An der Gartenpfote drehte sich Navideh zu ihm um. «Sie flieht vor ihren Brüdern, dem Vater und vor Klaus Rodewaldt. Sie braucht dringend Unterstützung. Eine Institution oder eine Person, der sie vertraut, die Einfluss hat, den Mut und vor allem die Möglichkeiten besitzt, sie zu schützen.»

«Sie hätte sofort zum nächsten Revier fahren oder uns anrufen können», erwiderte Steenhoff.

«Ja, aber das hat sie nicht gemacht», sagte Navideh gepresst. «Was bleibt, ist das Krankenhaus, wo ihre geliebte Mutter liegt, und Tatjana, der sie ebenfalls vertraut.»

Sie standen gerade vor dem Krankenhausfahrstuhl, als Petersens Handy klingelte. Sie machte Steenhoff ein Zeichen, nicht in den Fahrstuhl zu steigen, und zog ihn, während sie weiter mit dem Anrufer sprach, in Richtung Eingangstür.

Er hörte, wie sie eindringlich sagte: «Bleib dran, Jorges. Bleib bloß dran. Verliere sie nicht aus den Augen!»

Dann spurtete Navideh, dicht gefolgt von Steenhoff, zurück zum Auto.

23

Als sie den mit seiner Spitze im Nebel liegenden Fernsehturm in Walle passierten, platzte es aus Navideh heraus: «Ich fasse es nicht, warum fährt sie nach alldem zurück nach Hause?»

Steenhoff antwortete nicht. Er fuhr mit hoher Geschwindigkeit die Hauptstraße entlang. Das Blaulicht auf dem Dach scheuchte andere Autofahrer beiseite. Angestrengt suchten seine Augen die Rad- und Seitenwege nach Saliha ab. Bei einer Radfahrerin mit halblangen schwarzen Haaren bremste Steenhoff so stark ab, dass die junge Frau vor Schreck den Lenker zur Seite riss und einen Sturz nur in letzter Sekunde verhindern konnte.

Entschuldigend machte Navideh ihr ein Handzeichen.

Mit quietschenden Reifen bog Steenhoff kurz darauf

in die Straße der Cetins ein. Die Wohnung lag weiter im Dunkeln. Ohne auf die Tarnung seines MEK-Kollegen zu achten, rannte er zu dem dunklen Audi, der in 50 Meter Entfernung am Seitenstreifen parkte. Mit einem Ruck riss er die Fahrertür auf.

«Ist Saliha schon da?»

Der Beamte schüttelte unwirsch den Kopf. «Aber vielleicht schickst du auch noch Navideh und Michael hier vorbei. Dann wissen alle in der Nachbarschaft, dass die Polizei hier eine neue mobile Wache aufgemacht hat», bemerkte er sarkastisch.

«Behalte das Haus weiter im Auge. Sobald das Mädchen auftaucht, meldest du dich», befahl Steenhoff. Dann rannte er zurück zu Petersen.

Navideh hatte schlechte Nachrichten. «Jorges hat Saliha in den kleinen Straßen im Westend verloren.»

«Wie konnte das passieren?», polterte Steenhoff los.

«Sie ist entgegen der Fahrtrichtung in eine Einbahnstraße gefahren», sagte Navideh entschuldigend.

«Hat sie Jorges bemerkt?»

«Nein, er glaubt nicht.»

«Wie lange ist das her?»

«Eben gerade.»

Steenhoff sah ungeduldig auf seine Uhr. «Dann ist sie in spätestens zehn Minuten hier.»

Ungeduldig schaute Steenhoff immer wieder auf die Uhr. Die Minuten verstrichen. Doch sie warteten vergeblich. Inzwischen suchten drei Zivilstreifen im Westend nach dem Mädchen. Mit jeder Minute wurde Steenhoff unruhiger.

Auch Navideh fuhr sich nervös mit der Hand durch die langen Haare. «Scheiße Frank. Sie will gar nicht nach Hause!» Mit einem Ruck drehte sie sich zu ihm um: «Saliha ist auf dem Weg zu ihrer Schule!»

Aufgewühlt schlug Steenhoff aufs Lenkrad. «Natürlich. Ein sicherer Ort, eine Institution, die sie schützt, vielleicht ein Lehrer, dem sie vertraut …» Mitten im Satz brach er ab, drehte den Schlüssel im Zündschloss und gab so viel Gas, dass der Motor aufheulte. Er sah nicht, dass sein Kollege in dem dunklen Audi sich empört mit der Hand vor die Stirn schlug.

Als er Minuten später mit dem Fahrzeug in die Helgolander Straße einbog, reduzierte Steenhoff die Geschwindigkeit. Keiner von beiden sagte ein Wort. Irgendwo hier musste Saliha sein. Vielleicht versteckte sie sich in einem der schlecht beleuchteten Eingänge auf dem Weg zum Schulgebäude?

Petersen musste den gleichen Gedanken gehabt haben. Sie ließ die Seitenscheibe hinunter und leuchtete mit einer starken Stabtaschenlampe die Vorgärten und Hauseingänge ab.

Nach ein paar hundert Metern hielt Steenhoff vor dem roten Backsteingebäude der Schule, das wie ein uneinnehmbares Bollwerk an einer ruhigen Straßenkreuzung stand. Er parkte das Auto halb auf dem Bürgersteig und stieg aus. Meter für Meter sog er die Umgebung in sich auf.

«Frank!»

Petersens Stimme klang entsetzt. Er folgte ihrem Blick und wusste sofort, warum. Auf der anderen Straßenseite stand das Auto von Kemal Cetin.

«Ich gehe vorne rein, du hinten», rief Steenhoff ihr zu und rannte los.

Navideh sah, wie er in dem Haupteingang der Schule verschwand. Mit großen Schritten lief sie um das Gebäude herum auf den Schulhof. Nur einige Räume in dem mehrstöckigen Haus waren erleuchtet. Ihr matter Schein fiel auf den Hof.

Saliha rannte durch den Flur im zweiten Stock. Ihre Schritte hallten in dem leeren Gebäude wider.

Frau Tietjen! Sie musste Frau Tietjen finden. Die Klassenlehrerin war ihre letzte Rettung. Ein fremdes Keuchen hinter sich ließ sie mitten im Lauf herumfahren. Sie strauchelte und fiel zu Boden. Sofort rappelte sie sich wieder hoch. Saliha erwartete einen Schlag oder einen Stich, aber es war niemand da. Sie war ganz allein.

Hinter ihr lag nur der lange Flur, an dem sich die stillen, verschlossenen Klassenzimmer reihten. Erst jetzt bemerkte Saliha, dass sie selbst es war, die so schwer atmete. Tatsächlich bekam sie kaum noch Luft. Sie musste auf ihrem alten Rad von Romans Elternhaus bis zu ihrer Schule regelrecht geflogen sein. Aber sie hatte keinerlei Erinnerung mehr, wie sie nach Walle gekommen war. Saliha wusste nur, dass sie ihre Klassenlehrerin finden musste.

Nach der furchtbaren Entdeckung hatte sie sich wie blind auf ihr Rad geworfen, jede Faser ihres Körpers in Aufruhr. In ihrer Todesangst war ihr Frau Tietjen wieder in den Sinn gekommen. Sie konnte ja gar nicht zu Hause sein! Mittwochs waren immer Konferenzen, und abends dann noch ihre Theater-AG an der Schule. Der «Endlos-Tag», wie sie den Mittwoch in der Vergangenheit manchmal seufzend bezeichnet hatte.

Frau Tietjen würde wissen, was zu tun war.

Hanna Tietjen führte ein geordnetes, klares Leben. Nichts schien sie jemals wirklich erschüttern zu können. In ihrer Welt gab es Regeln und Ziele. Richtig gewählt konnten sie einen überall hinbringen, war Frau Tietjen überzeugt und predigte dies auch ihren Schülern. Wie oft hatte Saliha mit ihren Freundinnen früher über die Klassenlehrerin gespottet. Jeden Zwischenfall meinte sie sofort in richtig oder falsch einordnen zu müssen. Hanna Tietjen schien keine Zweifel zu kennen. Richtig oder falsch. Falsch oder richtig. Alles hatte seinen Platz.

Wenn jemand wieder Ordnung in Salihas Leben bringen könnte, dann ihre Lehrerin.

Schwer atmend stand Saliha auf. Der Hausmeister hatte gesagt, dass Frau Tietjen die Proben früher als geplant in der Aula beendet hatte und mit einigen Schülerinnen nach oben in einen der Handarbeitsräume gegangen war, um weiter an den Kostümen zu arbeiten. Saliha ging auf eine braune, abgestoßene Holztür zu und lauschte angestrengt. Von innen drang kein Laut auf den Flur.

Saliha drückte die Türklinke herunter. Vergebens, der Raum war abgeschlossen. Frau Tietjen war nicht hier, wie der Hausmeister gesagt hatte. Wo war sie dann?

Wütend drückte Saliha die Klinke wieder und wieder hinunter. Aber die schwere Tür gab nicht nach. Tiefe Verzweiflung machte sich in Saliha breit. Sie wusste, sie würde nicht mehr die Kraft haben, sich erneut aufs Rad zu setzen und zum Haus der Lehrerin nach Findorff zu fahren. Sie hatte zu gar nichts mehr Kraft. Nilgün tot, ermordet im Haus ihres Freundes. Und die eigene Familie, die nichts Besseres zu tun hatte, als sie in eine ungewollte Ehe in der Türkei zu zwängen … Ihre Augen füllten sich mit Tränen.

Erschöpft lehnte sich Saliha mit dem Rücken an die Wand. Verschwommen sah sie an dem linken Ende des Schulflurs einen Mann mit großen Schritten die Treppe heraufkommen.

Bei ihrem Anblick erstarrte er. «Saliha, du Miststück. Da bist du ja!» Osmans Worte dröhnte in ihren Ohren. Im selben Moment ging das automatische Licht im Flur aus.

In einigen Metern Entfernung sah Saliha das rote Lämpchen eines Lichtschalters leuchten. Blitzschnell erhob sie sich, drückte sich von der Wand ab und rannte in die entgegengesetzte Richtung davon. Sie konnte nichts sehen. Aber sie wusste, dass der Flur gleich einen Bogen machen würde. Hunderte Male war sie diesen Weg zur Pause hinuntergelaufen.

Doch mitten im Lauf gefror ihr Blut zu Eis.

«Scheiße, Osman, ich sehe nichts», hörte sie Murat wenige Meter vor sich jammern.

Die Brüder waren beide hier. Sie hatte keine Chance.

«Halt sie fest!», schrie Osman. «Sie muss ganz in deiner Nähe sein.»

Saliha ging in die Knie und kauerte sich hinter eine Vitrine, in der die Klassenlehrer die Kunstarbeiten der Schüler ausstellten. Gleich würde das Licht wieder angehen. Gleich würden sich ihre beiden Brüder auf sie stürzen.

‹Es ist aus, aus, aus›, hämmerte es in ihrem Kopf, als die Schritte näher kamen.

Murat stolperte an ihr vorbei in Richtung des Lichtschalters. Wenige Meter trennten ihn nur noch von dem Schalter. Wie ein waidwundes Tier, das sich ein letztes Mal gegen sein Ende stemmt, schnellte Saliha nach vorn.

Überrascht sah Navideh vom Hof aus in die oberen Stockwerke des Gebäudes. Das Licht im Flur des zweiten Stockes war ausgegangen. Aber jemand hatte es kurz danach wieder eingeschaltet.

Eine Bewegung an einem der großen Fenster bannte ihre

Aufmerksamkeit. ‹Was war das?› Navideh kniff die Augen zusammen. Die Erkenntnis traf sie wie ein Schlag.

Der Klingelton des Handys ließ Steenhoff im ersten Moment in dem großen stillen Gebäude zusammenzucken. Die Schule schien bis auf den Hausmeister und einige Mitglieder einer Theater-AG völlig verwaist. Als er sah, dass es Petersen war, die ihn zu erreichen versuchte, nahm er das Gespräch hastig an.

Ungeduldig hörte er zu und begann noch mit dem Handy am Ohr loszulaufen. «Alarmiere die anderen. Sie sollen bei der Anfahrt Lärm machen. Komm so schnell du kannst!», befahl er ihr und rannte zum nächstgelegenen Treppenaufgang.

Saliha stand auf der breiten Fensterbank und versuchte mit dem Mauerwerk in ihrem Rücken zu verschmelzen. Ihr Herz schlug so laut, dass sie überzeugt war, dass es jeder hören müsste. Die leuchtend gelbe Gardine reichte bis zum Boden. Im Hochsommer wurden die Vorhänge immer zugezogen, um die Hitze in dem Gebäude erträglicher zu machen. Jetzt war der Stoff zurückgezogen und fiel in schwere Falten. Dahinter hörte sie, wie ihre Brüder sich anschrien.

«Du Idiot, du hast sie entkommen lassen», fuhr Osman seinen älteren Bruder an.

«Nein, unmöglich. Sie muss hier noch irgendwo sein», versuchte Murat ihn zu beschwichtigen. Erstaunt stellte Saliha fest, dass Murat ängstlich klang.

«Erst verrätst du ihr *Babas* Pläne mit der Hochzeit und jetzt …»

«Ich habe nichts verraten», widersprach Murat.

«Halt's Maul und guck nach, ob sie in eine der Klassen verschwunden ist.»

Saliha hörte, wie jemand vergeblich an den verschlossenen Türen ruckelte. Sie zwang sich, flach zu atmen, um möglichst kein Geräusch von sich zu geben.

Am anderen Ende des Flurs riss jemand die Gardinen zurück. «Sie muss hier irgendwo sein. Guck auf deiner Seite nach.»

Im selben Moment schob eine Hand den Vorhang beiseite, und Saliha sah direkt in die Augen ihres Bruders Murat.

Ihr stockte der Atem. Instinktiv schaute sie durchs Fenster nach unten auf den Hof. Es waren zwei Stockwerke. Sechs, vielleicht sieben Meter. Ihre letzte Chance. Sie hatte eine ähnliche Szene schon einmal im Fernsehen gesehen. Mit etwas Glück würde sie es überleben. Doch die Heirat wäre geplatzt. Wer würde schon einen Krüppel heiraten? Ihr Körper spannte sich.

Murats Augen weiteten sich vor Schreck. Er schüttelte den Kopf. Dann ließ er die Gardine wieder fallen.

«Sie ist weg», rief er seinem Bruder zu. «Lass uns unten nachsehen. Vielleicht ist sie längst *Baba* in die Arme gelaufen.» Seine letzten Worte gingen in einem furchtbaren Geschrei unter.

Saliha hörte eine dritte Männerstimme, die Osman befahl, sich flach auf den Boden zu legen. Doch ihr Bruder schien nicht mehr ansprechbar. Außer sich vor Wut, stürzte er sich auf den Mann. Saliha hörte, wie die beiden miteinander kämpften und abwechselnd aufstöhnten. Vorsichtig lugte sie aus ihrem Versteck hervor. Gerade rammte Osman dem Kommissar sein rechtes Knie in die Magengrube. Der Polizist klappte wie ein Taschenmesser zusammen. Sofort bekam er einen zweiten Tritt gegen den Kopf und stürzte schwer zu Boden.

Murat lief unschlüssig auf die Kämpfenden zu, griff aber nicht ein.

Osman nahm erneut Anlauf, um dem Mann seine Stiefel in die Eingeweide zu stoßen. Doch mit erstaunlicher Behändigkeit drehte sich der Kommissar plötzlich zur Seite. Der Tritt ging ins Leere. Osman strauchelte. Der Mann nutzte die Schwäche seines Gegners sofort aus und haute ihm noch im Liegen mit voller Wucht die Beine weg. Dann fiel er über Osman her und verpasste ihm zwei harte Faustschläge ins Gesicht.

Saliha verließ unbemerkt ihr Versteck und stürzte die Treppe am anderen Ende des Flurs hinunter. Hinter ihr befahl der Kommissar Murat, sich auf den Boden zu legen und sich nicht zu rühren.

Im Schatten der Gebäude rannte Saliha über den Hof und vom Schulgelände herunter. Im selben Moment fuhren von allen Seiten Wagen mit Blaulicht auf die Schule zu. Saliha kletterte über einen Zaun und sprang, bevor der erste Wagen auf den Schulhof einbog, in die Hintergärten der benachbarten Gebäude.

Ein paar Minuten später trat sie am anderen Ende des Häuserblocks wieder auf die Straße. Mit übermenschlicher Kraft zwang sie sich, ruhig weiterzugehen. Wie ein abendlicher Spaziergänger.

Niemand schien sie zu beachten.

Navideh war erst wenige Meter weit gekommen, als der Hausmeister sie stoppte.

«Wer sind Sie? Wohin wollen Sie?», herrschte er sie unfreundlich an.

«Kriminalpolizei. Lassen Sie mich durch!» Sie wollte an ihm vorbeirennen, doch er packte sie wütend am Arm.

«Nix da, mein Mädchen. So geht's nicht. Erst ausweisen. Vielleicht habe ich ja hier endlich die Diebin, die seit einigen Wochen ihr Unwesen in meiner Schule treibt.» Er grinste sie böse an.

«Sie behindern einen Polizeieinsatz, Sie Idiot!» Navideh riss sich los und schob ihre Jacke beiseite. Der Blick auf ihre Dienstwaffe ließ den Mann erbleichen.

«Was, ich verstehe nicht ...»

Erleichtert hörte Navideh, wie sich in der Ferne mehrere Polizeifahrzeuge unter Alarmfahrt der Schule näherten.

Sie wollte gerade in den ersten Stock des Gebäudes rennen, als plötzlich Klaus Rodewaldt vor ihr stand. Er kam direkt aus dem Kellergeschoss. Die Sirenen hatten ihn aufgeschreckt. Bei ihrem Anblick wirkte er völlig perplex. Er hob abwehrend die Hand und ging, als sei sie nicht mehr vorhanden, an ihr vorbei zum Ausgang.

«Stehen bleiben!»

Klaus Rodewaldt reagierte nicht. Er schien Petersen ausgeblendet zu haben.

«Stehen bleiben, oder ich schieße!» Navideh zog ihre Waffe, ging leicht in die Knie und umklammerte die Sig Sauer mit beiden Händen. Doch Rodewaldt marschierte einfach weiter. Gleich würde er durch die Tür gehen und verschwinden.

Navideh riss ihre Waffe nach oben und schoss. Der Knall in dem leeren Gebäude war ohrenbetäubend. Der Hausmeister warf sich erschrocken zu Boden. Klaus Rodewaldt blieb wie angewurzelt stehen.

«Umdrehen!»

Er tat, wie ihm befohlen. Aber seine Bewegungen wirkten

hölzern. Verwundert stellte Navideh fest, dass er kreideweiß im Gesicht war. Mit einer dramatischen Geste griff er sich plötzlich an die Brust, geriet ins Taumeln und stürzte auf die Knie. Ohne sich abzustützen, fiel er aufs Gesicht und blieb reglos liegen.

«Ihre Show können Sie sich sparen!», fuhr Navideh ihn an. «Hände über den Kopf.» Doch Klaus Rodewaldt reagierte nicht. Misstrauisch, mit der Pistole im Anschlag umrundete Navideh den Mann.

«Der atmet nicht mehr», hörte sie den Hausmeister hinter sich sagen. «Um Gottes Willen, der hat wahrscheinlich einen Infarkt!»

‹Oder er simuliert›, dachte Navideh. Vorsichtig stieß sie ihn mit der Spitze ihres rechten Schuhs in die Rippen. Klaus Rodewaldt zeigte keine Reaktion.

Navideh sicherte ihre Pistole und drückte sie dem Hausmeister in die Hand. «Hier. Im Notfall halten Sie den Mann damit in Schach.»

Der Hausmeister schüttelte erschrocken den Kopf.

«Das ist ein Mörder. Wenn Sie nicht wollen, dass er sich in Ihrer Schule verschanzt, dann tun Sie gefälligst, was ich Ihnen sage!»

Eingeschüchtert nickte der Mann und nahm ihre Dienstwaffe.

Navideh ließ sich neben Klaus Rodewaldt auf die Knie nieder und drehte ihn auf den Rücken. Er hatte keinen Pulsschlag mehr. Sie riss sein Hemd so heftig auf, dass die Knöpfe nach links und rechts wegflogen. Dann begann sie mit der Herzdruck-Massage. Wie durch einen Nebel hindurch bekam sie mit, dass kurz darauf mehrere bewaffnete Beamte durch den Haupteingang stürmten. In knappen Sätzen dirigierte sie ihre Kollegen in den zweiten Stock. Sie verbot sich darüber nachzudenken, was Steenhoff und Saliha passiert sein könnte. Sie musste dieses Herz wieder zum Schlagen bringen.

Als zehn Minuten später der Notarzt die Reanimation von Klaus Rodewaldt übernahm, war Navideh schweißgebadet. Mühsam rappelte sie sich auf. Sofort war der Hausmeister bei ihr. Er war die Liebenswürdigkeit in Person und bot ihr Wasser und Kaffee an.

«Wo ist meine Dienstpistole?»

«Die hat ihr Kollege mitgenommen.»

«Welcher Kollege?»

«Der die beiden Jungs oben festgenommen hat», antwortete der Hausmeister. «Ich muss schon sagen, wenn ich geahnt hätte, was an dieser Schule los ist, hätte ich vor zwei Jahren lieber den Pförtnerjob bei den Stadtwerken übernommen», stöhnte er.

Navideh ließ ihn stehen und sah sich suchend um. Im selben Moment sagte eine vertraute Stimme hinter ihr: «Ich dachte schon, du kannst dich gar nicht mehr von diesem Kerl trennen.»

Steenhoffs Kinn war aufgeplatzt, und sein linkes Auge schwoll bereits zu, aber er hatte keine schwereren Verletzungen davongetragen. Erleichtert nahm Navideh ihn in den Arm. Er erwiderte die Umarmung und drückte sie fest an sich. Einen kurzen Moment lang waren Klaus Rodewaldt, die Sanitäter und Beamten um sie herum vergessen. Sie hatten Salihas Verfolger gefunden, bevor die Männer das Mädchen in die Hände bekommen konnten.

Mit einem Ruck löste sich Navideh von ihm: «Wo ist Saliha?», fragte sie besorgt.

«Sie muss irgendwo hier in der Schule sein. Unsere Leute suchen gerade nach ihr. Vermutlich hat sie sich in irgendeinem Schrank versteckt.»

Doch diesmal irrte Steenhoff. Nach zwei Stunden mussten sie sich eingestehen, dass Saliha entkommen war. Kemal Cetin wurde festgenommen, als er sich zu seinem Wagen zurückschleichen wollte. Er hatte sich die ganze Zeit über hinter zwei Abfallcontainern versteckt und Saliha vor der Schule aufgelauert.

Während die Suche nach dem Mädchen weiterging, vernahmen Steenhoff und Petersen die Cetins getrennt voneinander. Osman und Kemal Cetin verweigerten die Aussage. Doch dafür sagte Murat aus. Er bestätigte, dass sein Vater Saliha bei ihrem nächsten Urlaub in der Türkei an einen drei Jahre älteren Cousin verheiraten wollte.

«Ich habe versucht, mit ihm zu reden. Sie ist doch noch so jung. Aber *Baba* hatte furchtbare Angst, dass auch seine jüngste Tochter ihn enttäuschen und Schande über die Familie bringen könnte.»

Von seiner Begegnung mit seiner Schwester hinter der Gardine sagte er nichts. Dafür berichtete er den Beamten, wie sie Saliha aufgespürt hatten. «Wir haben all unseren Bekannten und Nachbarn gesagt, dass Saliha sich aus Kummer über den Tod ihrer Schwester umbringen will und wir sie unbedingt finden müssen. Die Nachricht hat sich wie ein Lauffeuer im Stadtteil herumgesprochen. Eine Kundin aus unserem Gemüseladen hat sie dann gesehen, wie sie vor der Schule stand, und uns sofort benachrichtigt.»

Kemal Cetin sollte noch weiter festgehalten werden. Steenhoff wollte ihn nicht wieder auf freien Fuß setzen, bevor sie Saliha gefunden hatten. Aber er wusste, dass er den Mann spätestens am Ende des nächsten Tages wieder freilassen musste.

«Wir müssen unbedingt Saliha finden», sagte Petersen angespannt. «Jetzt ist sie völlig auf sich allein gestellt.»

Steenhoff nickte. Die Suche nach dem Mädchen lief auf Hochtouren. Früher oder später würde man sie in dieser Nacht finden. Vermutlich irrte sie unter Schock in der Gegend herum. Doch gleichgültig, ob sie nach Hause fuhr, zum Krankenhaus, zu ihrer Lehrerin oder zum Bahnhof – überall wurde sie schon erwartet.

«Es ist eine Frage von zwei, drei Stunden – dann haben wir sie», beruhigte Steenhoff seine Kollegin und sich selbst.

Roman war, nachdem er mit seinem Vater aus dem Haus gerannt war, nach einer Stunde wieder zurückgekehrt. Wie seine Mutter wirkte er völlig verstört auf Block und Wessel. Er hatte eins und eins zusammengezählt, aber er konnte das Offensichtliche nicht begreifen. Mühsam berichtete er den Beamten, was passiert war, nachdem sich Saliha in der Abstellkammer versteckt hatte. Als er zu der Szene kam, wie seine Mutter Nilgüns Ohrring in der Hand hielt, brach seine Stimme.

Steenhoff und Petersen verzichteten darauf, Roman in der Nacht ein weiteres Mal zu vernehmen. Stattdessen fuhren sie ins Krankenhaus. Wie sich herausstellte, hatte Klaus Rodewaldt tatsächlich einen Herzinfarkt erlitten, aber zugleich viel Glück dabei gehabt.

Die Medizinerin vertröstete die Beamten auf den nächsten Tag. «Morgen Vormittag können Sie ihn das erste Mal sprechen. Aber nur kurz.»

Müde verließen sie das Krankenhaus. Der Parkplatz der Klinik lag wie ausgestorben vor ihnen.

Navideh lehnte sich gegen das Dienstauto und vergrub die Hände in ihrer Lederjacke. Steenhoff blieb vor ihr stehen und musterte sie. «Was ist? Was denkst du?»

«Ich verstehe nicht, was Klaus Rodewaldt zu dieser furchtbaren Tat getrieben hat? Warum bringt er die schwangere Freundin seines Sohnes um?»

«Morgen früh werden wir es erfahren. Jetzt ist erst mal wichtig, dass Saliha wiederauftaucht. Wenn sie morgen früh noch nicht da ist, lassen wir öffentlich nach ihr fahnden.»

Navideh nickte. Sie ging ums Auto herum und wollte sich auf den Beifahrersitz setzen, aber Steenhoff warf ihr den Schlüssel zu.

«Tu mir den Gefallen und fahr du zurück ins Präsidium.»

Schweigend ließ Navideh das Auto an. Kurz vor der Autobahnabfahrt zur Uni sagte sie plötzlich: «Ich bin völlig ausgelaugt und aufgekratzt zugleich. Wie wär's mit einem kleinen Spaziergang im Blockland?»

Steenhoff sah sie überrascht an. Doch er fasste sich schnell wieder. «Drei Uhr morgens», stellte er mit einem Blick auf seine Uhr fest. «Ideale Zeit, um die Otter in der Wümme zu beobachten.»

Eine Viertelstunde später parkte Navideh das Auto an einem Ausflugslokal an der Wümme. Steenhoff schaute prüfend in den Himmel.

«Der Sternenhimmel sieht auf dem Land immer ganz anders aus als über der Stadt.»

«Ich habe hier schon mal nachts das Nordlicht über dem Fluss gesehen. Das war außerirdisch schön», schwärmte Navideh.

«Du bist öfter hier?»

«Ja.»

«Aber doch nicht nachts?», fragte Steenhoff besorgt.

«Doch, auch nachts.»

Steenhoff schüttelte verwundert den Kopf.

«Du lebst doch auch relativ abgelegen, mitten im Moor», sagte Navideh.

Sie schloss den Wagen ab und ging auf den kleinen geschwungenen Deich zu, der die Gehöfte und die weiten Felder vor der Wümme schützte. Steenhoff folgte ihr. Lange sagte keiner von beiden ein Wort. Schließlich steuerte Navideh eine alte Holzbank auf dem Deich an. Sie setzten sich. Wie ein dunkles Band wand sich der kleine Fluss durch die Schilflandschaft. Enten flogen schnatternd auf. Dann hörten sie wieder nur das Glucksen des Flusses.

«Dies ist meine andere Welt. Sie hat nichts mit dem zu tun, was ich tagsüber in Bremen erlebe», begann Navideh vorsichtig.

Steenhoff spürte, dass in dem Satz mehr Botschaften steckten, als Navideh im ersten Anlauf sagen wollte. Aufmerksam hörte er zu.

«Das Blockland ist nur wenige Kilometer vom Zentrum entfernt, aber hier gelten völlig andere Regeln. Die Bauern müssen ihre Häuser nicht verriegeln und ihre Räder auf dem Hof nicht abschließen. Vermutlich gab es hier in den letzten 50 Jahren kein einziges Gewaltverbrechen.»

Steenhoff wollte widersprechen, aber er beschloss, weiter zuzuhören.

«Das hier ist also auch eine Art von Parallelwelt, aber eine ganz andere. Alles, was ich sonst kenne, scheint hier irreal. Wie im Traum», fuhr Navideh fort. Sie strich ihre langen schwarzen Haare zurück und schaute ihn an.

Steenhoff legte den Arm um sie. «Wie in dieser Grube. Habe ich recht?»

«Ja, das war außerhalb dieser Welt.»

«Fast als hätte es nie stattgefunden.»

«Ja», antwortete sie tonlos. «Fast als hätte es nie stattgefunden.»

Er beugte sich vor, strich ihr über das Gesicht und küsste sie auf die Lippen. Beide schlossen die Augen und gaben sich ganz dem Augenblick hin.

Plötzlich spürte Navideh, wie sich Steenhoff sanft von ihr löste. «Für einen Mann küsst du verdammt gut», sagte sie, nur um etwas zu sagen und um ihre Verlegenheit zu überspielen.

Seine Augen blitzten amüsiert auf. Doch schnell wurde er wieder ernst. «Navideh, wenn wir hier weitermachen …» Er stockte. «Ira bedeutet –»

«Ja, ich weiß», unterbrach sie ihn schnell. «In Wirklichkeit stehe ich auch gar nicht auf Männer.»

Er sah sie skeptisch an.

«Außer sie haben Humor, Herz und Esprit.»

Er zuckte die Schultern. «Und welcher Mann hat das schon?»

«Eben.»

«Außerdem möchte ich mir weiter mit dir und dem Benjamini unser winziges Büro teilen.»

«Dann ist also alles klar.»

Es war mehr eine Frage als eine Feststellung.

«Ja. Alles klar.»

Sie nahm seine Hand und zog ihn von der Bank hoch. Hand in Hand liefen sie den Deich hinunter. Als sie einer Pfütze in der Mitte des schmalen Fahrwegs ausweichen mussten, ließen sie sich los.

Nachdem sie das Hindernis umrundet hatten, machte keiner von beiden Anstalten, die Hand des anderen wieder zu ergreifen.

24 Am nächsten Morgen wurde Navideh kaum wach. Der Wecker schrillte in ihrem Ohr, aber sie brauchte lange, um aus ihrer Benommenheit herauszufinden.

Mühsam richtete sie sich im Bett auf. Auf ihrem Schlafzimmerboden häuften sich Pullover, Strümpfe und zwei Paar Jeans. ‹Ich muss dringend aufräumen›, dachte sie verstimmt. In den vergangenen Tagen war sie nur zum Schlafen in ihre Wohnung zurückgekehrt.

Navideh schaute auf die Uhr. Es war zehn. Der Müdigkeit in ihren Knochen zufolge hätte es genauso gut erst sechs Uhr morgens sein können. Unter äußerster Willensanstrengung schlug sie die Bettdecke zurück und quälte sich aus dem warmen Bett.

Sofort kam ihr Frank Steenhoff in den Sinn. Entschlossen schob sie den Gedanken beiseite. Er war eine pikante Fußnote in ihrer persönlichen Liebesbiographie. Mehr nicht.

Sie trat gegen einen Haufen Kleidung, der direkt vor der Tür lag. ‹Als ich noch mit Vanessa zusammen war, habe ich mich nicht so gehenlassen›, dachte sie missmutig.

Erst als sie mit nassen Haaren aus der Dusche zurückkehrte, fiel ihr Blick auf das Handy. Jemand hatte ihr nachts eine SMS geschrieben. Gespannt öffnete sie die Nachricht.

Aber es war nicht Steenhoff, sondern Jorges. Verblüfft las sie die Zeilen.

«Hallo Navideh. Bin auf dem Weg nach Berlin. Saliha ist bei mir. Macht euch keine Sorgen. Ich passe auf sie auf.»

Navideh starrte auf das Display und las die Nachricht mehrmals, bevor sie überzeugt war, wirklich verstanden zu haben, was Jorges ihr da geschrieben hatte. Saliha war bei ihm! Ein 14-jähriges Mädchen!

Sie musste an die Frau denken, die Jorges am Sodenmattsee nach einer Taxifahrt angeblich fast vergewaltigt hätte. Sofort bereute sie den Gedanken. Die Ermittler hatten herausgefunden, dass Gabriele Koch in den vergangenen Jahren nicht nur zweimal länger in der Psychiatrie behandelt worden war, sondern auch den Blutverdünner Marcumar einnahm. Somit hätte sie sich die blauen Flecken leicht selbst zufügen können. Navideh war erleichtert gewesen, als Jorges ihr davon berichtete, obwohl es natürlich noch nichts bewies. Aber sie persönlich brauchte auch keine Beweise mehr. Etwas in ihr wusste, dass Jorges kein gewalttätiger Mann war. Dafür hatte sie zu viele dieser Männer kennengelernt.

Sie wählte seine Nummer.

Er ging sofort dran. «Endlich meldest du dich», begrüßte er sie erleichtert.

«Wo ist Saliha? Warum ist sie bei dir und warum hast du dich nicht früher gemeldet? Sämtliche Polizeibeamte Bremens suchen nach ihr!»

Ihre Stimme klang schärfer als gewollt.

«Ich hatte dir doch nachts noch eine SMS geschickt», antwortete er eine Spur beleidigt.

«Da habe ich geschlafen. Aber warum hast du nicht im Lagezentrum Bescheid gesagt?»

«Weil die mir befohlen hätten, sofort mit dem Mädchen umzukehren. Saliha saß hier aber zitternd im Auto. Das Letzte, was sie wollte, war zurück nach Bremen. Das Mädchen ist völlig fertig.»

«Wo ist sie jetzt?»

«In dem Berliner Wohnprojekt, das Roman für sie im Internet recherchiert hatte.»

«Ich brauche die Adresse.»

«Ich habe keine Adresse.»

«Was soll das heißen?»

«Wir haben mit der Vermittlerin telefoniert und uns dann an einem neutralen Ort getroffen. Niemand außer den engsten Mitarbeiterinnen kennt die Adresse. Da wohnen nur Mädchen und Frauen, die in Lebensgefahr von zu Hause weggelaufen sind, Navideh. Ich habe nur die Nummer der Vermittlungsstelle.»

Navideh dachte über die Neuigkeiten nach. «Wie hast du sie eigentlich gefunden?»

«Purer Zufall. Sie ist mir mitten in der Nacht in der Innenstadt vors Taxi gelaufen. Irgend so ein Penner hatte offenbar gehofft, mit ihr anbändeln zu können. Ich habe sie sofort erkannt und sie angesprochen. Sie wollte weglaufen, aber als ich ihr hinterherrief, dass ich ein Freund von dir sei, ist sie stehen geblieben.»

«Und dann hast du sie noch in derselben Nacht nach Berlin gefahren?», fragte Navideh ungläubig.

«Ja. Sie wollte einfach nur weg. War total in Panik.» Er wartete ab.

Jorges konnte nicht ahnen, dass Navideh lächelte. «Schlaf dich aus und dann komm bitte zur Vernehmung ins Präsidium.»

«Ich hatte eigentlich gehofft, Navideh, dass wir beide zusammen einen Kaffee trinken könnten.»

«Erst die Vernehmung, dann der Kaffee», sagte sie bestimmt. Sanfter fügte sie hinzu: «Danke, Jorges. Das hast du wunderbar gemacht.»

Dann legte sie auf.

Gegen Mittag fuhren Navideh und Steenhoff zusammen ins Krankenhaus. Klaus Rodewaldt war von der Intensivstation in ein Einzelzimmer verlegt worden. Auf dem Flur saß ein Beamter Wache.

Rodewaldt zuckte zusammen, als er die beiden Kommissare erkannte. Unruhig richtete er sich auf.

Steenhoff und Petersen setzten sich rechts und links des Fußendes auf zwei Stühle.

«Wie geht es Ihnen?», eröffnete Steenhoff das Gespräch.

Klaus Rodewaldt zuckte mit den Schultern. «Lassen wir die Floskeln. Höflicher Smalltalk hilft wohl kaum weiter.»

«Was hilft denn weiter?», hakte Navideh sofort ein.

«Es gibt keine Hilfe mehr. Es ist aus.»

«Was meinen Sie damit?»

«Ich habe meine Familie schützen wollen. Doch alles, was ich geschafft habe, ist, sie zu zerstören.» Seine Stimme zitterte vor Selbstmitleid.

Steenhoff und Petersen tauschten einen raschen Blick aus. «Wir müssen Sie belehren …», begann Steenhoff.

Aber Klaus Rodewaldt sprach unbeirrt weiter. «Ich habe das nicht gewollt mit Nilgün. Das müssen Sie mir glauben.»

«Warum haben Sie sie getötet?»

«Ich habe sie nicht umgebracht», erwiderte Klaus Rodewaldt heftig.

Steenhoff hoffte, dass keine der Schwestern am Zimmer vorbeigehen würde. Sie hatten versprechen müssen, den Patienten nicht aufzuregen. Offenbar hatte die junge Stationsschwester keine Erfahrung mit Ermittlern. Aber er wollte auch nicht, dass Klaus Rodewaldt sich seiner Verantwortung durch einen zweiten Infarkt entzog. So ruhig wie möglich stellte er daher die nächste Frage. «Wenn Sie sie nicht umgebracht haben, wer dann, Herr Rodewaldt?»

«Es war ein Unfall. Das müssen Sie mir glauben.»

Steenhoff und Petersen versuchten, ihren Unwillen zu

unterdrücken. Wie oft hatten sie das schon bei Straftätern gehört!

Klaus Rodewaldt beobachtete sie genau. «Ich weiß, Sie glauben mir nicht. Vermutlich erzählen das alle, nachdem sie ihrer Frau oder dem Konkurrenten das Messer in den Rücken gerammt haben. Aber ich wollte sie nur festhalten, wollte mit ihr reden und sie überzeugen, dass sie das Kind abtreiben lassen muss.» Er atmete schwer. «Aber nachdem ich ihr meine Meinung gesagt hatte, wollte sie weg.»

Er sah die Beamten flehend an. «Stellen Sie sich das mal vor: Mein Sohn wäre mit 17 Jahren Vater geworden. Mit 17! Und seine Frau, die Tochter eines Gemüsehändlers aus Anatolien … Ich bitte Sie!»

«Woher wussten Sie, dass Nilgün schwanger war?», unterbrach ihn Navideh.

«Sie wirkte so aufgelöst an dem Tag. Ich habe ihr einen Tee angeboten, und wir haben ein wenig geredet. Schließlich habe ich sie direkt gefragt, ob sie etwas bedrückt. Da brach sie in Tränen aus und sagte mir, was passiert war.» Er schnaubte empört. «Ehrlich gesagt war mir in dem Moment auch zum Heulen zumute. Vor allem als sie ankündigte, das Kind behalten zu wollen.»

Er sah Steenhoff aufgebracht an. «Sie hätte Romans ganzes Leben zerstört. Nur weil der Junge einmal nicht aufgepasst hat … Ich habe auf sie eingeredet und ihr schließlich auch Geld geboten. Aber sie wollte nicht mit sich reden lassen und sprang auf. Ich bin hinterher, wollte sie unbedingt überzeugen. Aber sie versuchte abzuhauen. An der Treppe habe ich sie dann erwischt und festgehalten. Sie riss sich los, ich habe versucht, sie zu packen und …»

«Was ist dann passiert?», fragte Steenhoff scharf.

«Sie hat sich heftig losgerissen und ist gestürzt. Die ganze

Treppe runter. Es hat furchtbar gepoltert. Ich werde diesen Anblick nie vergessen. Ihr Körper lag völlig verdreht auf den untersten Treppenstufen. Sie rührte sich nicht mehr.» Er weinte.

Navideh spürte, dass die Tränen ihm selbst und nicht etwa Nilgün galten.

«Als ich Erste Hilfe leisten wollte, merkte ich, dass sie tot war. Es war schrecklich ...» Er bedeckte seine Augen verschämt mit der rechten Hand.

Petersen und Steenhoff warteten.

«Dann bin ich in Panik geraten», fuhr Klaus Rodewaldt fort. «Ich habe sie in die Abstellkammer geschleift und fieberhaft überlegt, was ich jetzt tun sollte.»

«Warum nicht die Polizei anrufen?», fragte Navideh provozierend.

Er musterte sie wütend: «Mein Ruf wäre ruiniert gewesen. Ein junges, schwangeres Mädchen, noch dazu Türkin aus einfachsten Verhältnissen, stirbt im Haus eines angesehenen Bremer Hochschullehrers – es wäre immer etwas an mir und meiner Familie haftengeblieben. Immer. Die Zeitungen wären über uns hergefallen. Womöglich wäre Roman auch noch in Verdacht geraten. Nein, ich musste es für ihn, für meine Familie tun. Das war ich ihnen schuldig. Unser Name sollte nicht öffentlich in den Dreck gezogen werden.»

«Und deswegen haben Sie Roman am frühen Abend eine SMS von Nilgüns Handy geschrieben, dass sie sich trennen will.»

«Ja. Ich hatte gehofft, dass seine Wut über ihre Entscheidung seine Trauer irgendwann überdecken würde.»

Navideh gelang es nur mühsam, ihre Abscheu zu verbergen. Aber Klaus Rodewaldt war zu sehr bei sich, um zu merken, wie seine Worte auf die beiden Beamten wirkten.

«Warum haben Sie den Leichnam am Bunker in Farge abgelegt?», wollte Steenhoff wissen.

Rodewaldt zuckte mit den Schultern. «Falsche Fährte, Spurenverwischung, Ablenkung? Nennen Sie es, wie Sie wollen. Ich wusste, dass dort schon einmal ein Verbrechen an einer jungen Frau geschehen war. In dem Moment, in dem ich die Leiche in der Nähe des alten Tatortes ablegen würde, hätte die Polizei sofort Nilgüns Landsleute in Verdacht.»

Petersen presste die Lippen zusammen. Wie gern hätte sie den Mann jetzt auseinandergenommen. Satz für Satz in einer stundenlangen Vernehmung seziert. Aber das musste warten. Die Ärzte hatten ihnen eine halbe Stunde zugestanden. Keine Minute länger.

«Warum sind Sie Saliha letzte Nacht gefolgt?»

«Das Mädchen hatte Nilgüns Ohrring in der Kammer gefunden. Sie hat eins und eins zusammengezählt. Saliha hätte unsere Familie zerstört. So wie es vorher ihre Schwester tun wollte. Ich musste mich entscheiden. Diese Gemüsehändler oder wir.» Heftig schlug er mit der flachen Hand auf die Bettdecke. «Jeder verantwortungsvolle Vater hätte genauso gehandelt wie ich.»

«Sie befanden sich in einer Notlage.» Steenhoffs Worte klangen wie eine verständnisvolle Feststellung.

«Ja. Genau. Wie gesagt, ich war in Panik. Was hätten Sie gemacht?»

«Ich wäre sicherlich auch außer mir gewesen», antwortete Steenhoff vage und ließ Rodewaldt in dem Glauben, er könne ihn verstehen.

Navideh übernahm dagegen den Part der Anklägerin. «Sie hätten, verdammt nochmal, ihrem Sohn alles erklären können und müssen. Schließlich war es ein Unfall.»

Klaus Rodewaldt schüttelte unwillig den Kopf. Hilfesuchend sah er Steenhoff an. «Er hätte mir nie verziehen. Ich war schon zu weit gegangen. Nein, ich …» Er stockte.

Steenhoff nickte ihm aufmunternd zu.

«Ich musste handeln. Ob ich wollte oder nicht. Diese Göre musste weg. Weg!» Seine Stimme überschlug sich.

Als sie aus dem Zimmer gingen, stand Cornelia Rodewaldt vor der Tür. Sie wirkte versteinert. Steenhoff konnte ihr dennoch nicht ersparen, sie anzusprechen.

«Frau Rodewaldt, Sie können gleich zu Ihrem Mann hineingehen.»

Sie nickte.

«Heute Nachmittag werden wir uns noch mit Ihnen und Roman unterhalten müssen.»

Die Frau zeigte keine weitere Reaktion.

«Wie geht es Ihrem Sohn?»

Sie holte tief Luft. Steenhoff sah, dass sich ihre Augen mit Tränen füllten. Mühsam suchte sie nach Worten: «Wie es einem jungen Menschen so geht, wenn er erst die Liebe seines Lebens und dann das Vertrauen zu seinem Vater verloren hat.»

«Wollte er nicht mit?», erkundigte sich Navideh vorsichtig.

Sie richtete sich auf. «Er will meinen Mann nie wiedersehen!»

«Und Sie?»

Sie presste die Lippen aufeinander. «Ich weiß nicht. Ich suche in mir die ganze Zeit nach einem Gefühl für ihn. Aber da ist nichts. Keine Verbundenheit, keine Sorge um seine Gesundheit, keine Wut. Es ist, als würde ich einen Fremden im Krankenhaus besuchen, der nichts mit meinem bisherigen Leben zu tun hat.» Cornelia Rodewaldt schwankte. Sie war kurz davor, komplett die Fassung zu verlieren.

Plötzlich drehte sie sich auf dem Absatz um, murmelte eine Entschuldigung und lief in Richtung Ausgang.

Schweigend fuhren Petersen und Steenhoff zurück ins Präsidium.

Navideh setzte sich eine große Kanne persischen Tee auf, während Steenhoff dem Kommissariatsleiter Bericht erstattete. Sie versuchte, sich auf die Vernehmung von Mutter und Sohn am Nachmittag vorzubereiten, aber ihre Gedanken schweiften immer wieder ab. Mit einem großen Becher Tee setzte sie sich auf die Fensterbank und schaute nach draußen. Der Herbst lag in der Luft. Wind wirbelte einen Blätterhaufen am Rande eines Beetes auf. Überrascht sah sie, wie Steenhoff in Begleitung von Tewes in Richtung Kantine lief. Die Art, wie Steenhoff über den Parkplatz rannte, verriet den geübten Läufer.

Einem plötzlichen Impuls folgend, drehte sie sich so ruckartig um, dass ihr Tee überschwappte. Aber sie schenkte den Teeflecken auf ihrer dunklen Jeans keine Beachtung. Sie setzte sich an den Computer, rief die Suchmaschine auf und gab den Begriff «Bunker Valentin» ein. Kurz darauf hatte sie gefunden, wonach sie suchte.

Navideh wählte die Nummer des Geschichtsvereins und lauschte gespannt dem hohlen Tuten. Das Telefon hatte keine dreimal geklingelt, als sich eine ältere Männerstimme meldete.

Mit einem Mal war Navideh verlegen. Ob sich ihr Sturz in die Grube schon herumgesprochen hatte? Vermutlich lachten die Leute schon herzhaft über so viel Tölpelhaftigkeit der Polizei. Spontan gab sie sich als Christine Bunsick vom Landeskriminalamt Bremen aus. Dann kam sie zu ihrem eigentlichen Anliegen: «Ich bin von meinen beiden verunglückten Kollegen gebeten worden, herauszufinden, wozu diese Grube früher diente.»

Der Mann am anderen Ende schwieg.

«Sind Sie noch da?», fragte sie irritiert.

«Ja. Sicher.» Er räusperte sich.

Navideh wagte kaum zu atmen. Die Vorstellung, dass dort unten vielleicht früher Tote hineingeworfen worden waren, hatte sie in den letzten Nächten immer wieder beschäftigt. Die Antwort ließ sie einen kurzen Augenblick lang schwanken.

«Das war eine Fäkaliengrube. Die Zwangsarbeiter mussten damals große Gruben buddeln, über die ein schmales Brett gelegt wurde. Fertig waren die Toiletten.»

Navideh schüttelte es. Das Ganze war über 60 Jahre her, aber sie hatte den dringenden Wunsch, sich sofort Hände und Gesicht zu waschen.

«Danke für die Auskunft», stammelte sie und wollte gerade auflegen, als sie noch hastig hinzufügte: «Bitte behalten Sie diese Auskunft für sich. Aus Ermittlungsgründen versteht sich.»

«Genau dasselbe hat Ihr Kollege, Herr Steinhoff oder so, vorgestern auch gesagt. Er warnte mich eindringlich vor einer Frau Petersen. Ist wohl Reporterin oder so. Aber Ihnen kann ich es ja sagen. Sie sind ja auch von der Polizei.»

Als Navideh eine halbe Stunde später aus den Waschräumen zurück ins Büro kam, schaute Steenhoff sie erstaunt an. «Ich dachte schon, ich müsste eine Vermisstenmeldung aufgeben. Aber Marianne Schwenning behauptete steif und fest, du wärest die ganze Zeit auf Toilette. Alles okay bei dir?»

«Ja. Alles bestens», log sie und überging seinen fragenden Blick wegen ihrer vom intensiven Waschen geröteten Hände. «Manchmal wird mir der ganze Dreck, mit dem wir es hier zu tun haben, einfach zu viel», sagte sie entschuldigend.

«Ja, das kenne ich», erwiderte Steenhoff. «Ich kam vorgestern auch nicht mehr aus der Dusche raus.»

Er ging zu dem riesigen Benjamini zwischen ihren Schreibtischen und tat, als würde er sich für die Feuchtigkeit der Erde im Topf interessieren.

Aus dem Augenwinkel sah Navideh, dass er sie prüfend musterte. «Und? Bist du dieses Gefühl wieder losgeworden?», fragte sie vorsichtig.

Er lächelte. «Ja, ich muss nur in meinen Erinnerungen kramen und an etwas Schönes denken.»

Navideh spürte, dass sie errötete. Verlegen drehte sie ihre langen Haare zu einem Zopf und steckte sie mit einer Spange locker am Hinterkopf fest.

«Was hast du eigentlich der Voss versprochen, damit sie keinen Bericht über den Abend am Bunker schreibt?»

Steenhoff schaute überrascht hoch. Er stand auf und schloss scheinbar beiläufig die Bürotür. «Sie darf mal einen Blick in die Vernehmungsakten von Holsten werfen.»

«Von diesem brutalen Serientäter, den du vor ein paar Jahren geschnappt hast?»

«Ja.»

«Nur einen Blick?»

«Na ja, ich habe ihr die Akten für ein paar Tage ausgeliehen. Sie war schon immer an den Details zu dem Fall interessiert.»

«Du bist wahnsinnig. Wenn das rauskommt!»

«Wäre es dir lieber gewesen, wenn unser Grubenabenteuer als Aufmacher auf Seite eins gestanden hätte?»

Navideh schüttelte den Kopf.

«In zwei Stunden kommen Roman und seine Mutter», sagte sie schließlich mit belegter Stimme. «Ich habe schon mal ein paar Fragen zusammengestellt.»

Sie zog sich einen Stuhl heran und setzte sich neben Steenhoff, um mit ihm gemeinsam das Papier zu studieren. Er roch nach Aftershave. Tief sog sie den Duft ein.

Dann notierte sie eine neue Frage auf dem Blatt.

Ich danke Frank Czubaiko von der Bremer Mordkommission für seine Bereitschaft, mir viele Fragen geduldig zu beantworten, dem Staatsanwalt Uwe Picard, der mit mir eigens zum Bunker Valentin hinausfuhr, um mir den Tatort von einst zu erläutern, sowie Dirk Siemering und Ronald Walther von der Polizeipressestelle für ihre bereitwillige Unterstützung, sobald ich mal eine Frage «zwischendurch» hatte.

Der Fallanalytiker Axel Petermann war so nett, mein fertiges Manuskript mit in den Urlaub zu nehmen, als die Zeit eilte. Seine Anmerkungen haben mir erneut sehr geholfen. Ebenso wie die von meiner Lektorin Monika Thiele, die meine handelnden Figuren manchmal besser zu kennen scheint als ich selbst.

Zuletzt danke ich meiner Familie, dass sie meine Lust am Schreiben zu allen Unzeiten so gelassen erträgt.

Rose Gerdts-Schiffler

Rose Gerdts bei rororo

Brandfährte (nur als E-Book erhältlich)

Dornenkinder

Ehrenhüter

Gedankenmörder (nur als E-Book erhältlich)

Morgengrauen

Schattenschmerz

FSC
www.fsc.org
MIX
Papier aus verantwortungsvollen Quellen
FSC® C083411

Das für dieses Buch verwendete FSC®-zertifizierte Papier
Holmen Book Cream liefert Holmen, Schweden.